Frida Skybäck

# Bed & Breakfast and Books

## IL CLUB DEL LIBRO ALLA FINE DEL MONDO

Traduzione di
Sara Rossini

GIUNTI

Titolo originale:
*Bokcirkeln vid världens ände*






www.giunti.it


Via Bolognese 165 – 50139 Firenze – Italia
Via G. B. Pirelli 30 – 20124 Milano – Italia

Prima edizione: giugno 2024

*A Tilda e a Klara*

# 1

## Mercoledì 29 maggio

Quando Patricia Sloane apre la cassetta delle lettere dalla tipica forma allungata, tirando fuori la posta del giorno, in un primo momento non fa caso alla busta di colore bianco. Semplicemente si mette tutto sotto al braccio, inclusi i giornali e gli annunci pubblicitari, tira giù la bandierina rossa e si incammina verso il cancello.

Nonostante sia ancora maggio il caldo è già calato su Charlottesville come una pesante coperta. L'erba è gialla e secca e il terreno così arido che si sono formate delle lunghe crepe in tutto il giardino.

Patricia appoggia la mano sulla colonna bianca del cancello. Era stata una giornata insolitamente lunga al Mackenzie Junior High, la scuola dove lavora. La mattina era iniziata con l'allarme antincendio, proprio nel bel mezzo delle lezioni.

Si era subito resa conto che si trattava di un falso allarme. Aveva visto Dennis Rodd correre lungo il corridoio con un accendino in mano. Ma per motivi di sicurezza erano stati ugualmente costretti a evacuare i locali, e riuscire a far mettere in fila cinquecento ragazzi in un campo da football era come voler spingere una mandria di bisonti impazziti dentro a un recinto troppo piccolo.

Patricia si massaggia la spalla indolenzita. Ovviamente l'interruzione aveva fatto perdere tempo agli studenti dell'ultimo anno durante la loro lezione di educazione sessuale, motivo per cui il professore di biologia, il signor Alvarez, si era alquanto risentito. Era preoccupato per i suoi allievi che avevano avuto nozioni solo sulla prima parte dell'argomento, saltando il punto preciso in cui spiegava le conseguenze di ciò che lui definiva "un utilizzo irresponsabile del sistema riproduttivo"; per questo aveva preteso una modifica immediata dell'orario, in modo da poter finire la lezione. A Patricia era venuta voglia di rispondergli che avrebbe dovuto riflettere sull'utilizzo irresponsabile del suo dopobarba, ma alla fine era riuscita a mettersi in contatto con l'insegnante di matematica, il quale aveva ceduto al collega Alvarez metà della sua ora.

A quel punto si erano fatte le dieci e lei era rimasta molto indietro con i dati da compilare. Quarantacinque minuti più tardi, proprio quando credeva di essersi rimessa finalmente in pari, Rachel Morgan era entrata nella reception con due dita nel naso. Indossava una tuta da ginnastica e sopra ai calzini abbassati si intravedeva una ferita.

«Contrasto in scivolata» aveva mormorato.

Sfortunatamente, proprio in quel momento Patricia era del tutto assorta in uno degli interminabili rapporti del rettore sulla documentazione in materia di leggi sul lavoro, per cui era solo riuscita a dire «Come hai detto?», al che la ragazza si era tolta le dita dal naso, facendo cadere il sangue sul tappeto dell'ingresso con lo stemma della scuola.

Patricia non aveva trovato altra soluzione se non quella di strappare il suo foulard preferito e tamponare le narici di Rachel, mentre chiamava l'addetta all'infermeria. Ma la signora Fletcher, come al solito, stava seguendo un corso e alla fine si era vista costretta a introdursi nel suo ufficio. Quando poi, assai più tardi, aveva rispedito a casa la povera Rachel con due tamponi infilati nel naso, era appena suonata la campanella dell'ora di pranzo.

«Se sapessi che giornata che ho avuto» dice salutando Barry, il grosso labrador di famiglia, seduto in attesa davanti al cancello. Il cane scuote felice la testa e lei sorride. Non si sarebbe mai azzardata a vivere da sola nella fattoria di Mill Creek se non fosse stato per lui. Barry non è solo il suo cane da guardia, le tiene anche compagnia quando si sente sola.

Tutto allegro la segue scodinzolando verso la veranda, dove Patricia si lascia cadere sul dondolo dipinto di blu.

Dai campi si alza una piacevole brezza e intanto lei sfoglia la posta, organizzandola in piccoli mucchi. Le bollette finiscono da una parte, mentre la pubblicità del vicino emporio agricolo viene sistemata insieme all'ultimo numero della rivista *Acres*. Alla fine fra le mani le resta solo una lettera. La busta è piccola, l'indirizzo accuratamente scritto con inchiostro nero e il francobollo estero.

La gira, studiandola. Nessun mittente. Raramente riceve lettere scritte a mano, e in un primo momento le viene da pensare che in realtà sia destinata a Tom ed Eunice, che abitano a due case di distanza. Negli ultimi dieci anni hanno ospitato giovani studenti provenienti dall'Olanda, dalla Francia e dalla Germania, arrivati per fare un anno d'esperienza in una vera scuola americana. Patricia non ha mai capito perché famiglie in grado di poter mandare i propri figli all'estero scelgano proprio Mill Creek, tuttavia immagina che in un Paese dove si parla inglese giocare a *beer pong* o al gioco della bottiglia possa essere istruttivo. Ma la lettera non è indirizzata a Tom ed Eunice, è per lei.

Cerca di aprire la busta, ma è ben sigillata e il viaggio di ritorno al caldo le ha messo sete. Entra in casa a versarsi un bicchiere di tè freddo da una caraffa che tiene in frigorifero e prima di tornare fuori ne approfitta per procurarsi un coltello.

In lontananza la porta del fienile rosso sbatte per il vento. La struttura ha bisogno di essere riverniciata, il colore è sbiadito dal sole e ha iniziato a sfaldarsi, ma Patricia non ha né il tempo né i soldi per risolvere il problema.

Stanca, lascia spaziare lo sguardo sui campi. L'ambiente intorno alla fattoria è sempre lo stesso da quando era piccola. Le verdi piantagioni di tabacco oscillano al vento, e più in là il grano brilla di un giallo acceso intorno al silo, che risplende alla luce del giorno.

Patricia utilizza il giornale per farsi aria. Il suo piccolo orto non ha mai retto il confronto con quello degli Henderson, e negli ultimi anni lo ha gradualmente abbandonato. La parte più grande del terreno che aveva ereditato dai suoi genitori l'ha venduta, tutte le mucche e i maiali sono stati messi all'asta e si è addirittura liberata dei pochi macchinari che avevano valore come usato. Le sarebbe piaciuto mantenere l'allevamento, ma non era possibile gestire una fattoria del genere da soli. Tutto ciò che resta sono alcune galline e un piccolo appezzamento di terra dove coltiva zucche, pomodori e fagioli. Ma a lei mancano i versi e gli odori del bestiame.

A volte si chiede che cosa sarebbe successo se avesse abbandonato la fattoria. Non ha mai avuto intenzione di restare, ma dalla scomparsa di sua sorella minore Madeleine, avvenuta oltre trent'anni prima, non è più riuscita ad andarsene.

Abbassa lo sguardo verso il bracciolo di legno del dondolo, dove sono incise una M e una P, e lascia andare un sospiro. Da piccole stavano sempre insieme, tutto il tempo, e una volta cresciute Madeleine era diventata la sua confidente. Dopo essersi trasferita per studiare, Patricia aveva preso l'abitudine di chiamarla ogni domenica. Potevano parlare per ore, stese sul letto, girando la cordicella a spirale del telefono tra le dita, discutendo di tutto ciò che era successo durante la settimana. Ogni volta che la sorella raccontava di un appuntamento finito male o di qualcosa di buffo successo al college, Madeleine rideva così forte che il loro padre batteva contro la parete.

Per questo Patricia c'era rimasta un po' male quando la sorella le aveva rivelato di avere ottenuto il posto per un tirocinio in una chiesa di un piccolo paese della Svezia. Certo, capiva che l'occasione per Madeleine di girare il mondo e conoscere il Paese di origine della loro madre era unica, ma allo stesso tempo non voleva rimanere senza di lei. D'un tratto ci sarebbe stato un oceano a dividerle.

Patricia scuote la testa. Ancora le salgono le lacrime agli occhi ripensando all'ultima volta che ha visto sua sorella. Era stata lei a portarla alla stazione di Charlottesville. Madeleine era così felice. Gli occhi le brillavano di speranza mentre sventolava la mano dal treno. Se avesse saputo che cosa sarebbe successo, le avrebbe impedito di partire, invece aveva solo ricambiato il saluto.

Tocca la scritta incisa sul dondolo. È una strana sensazione aver perso qualcuno che si ama e ancora più strano è non sapere che fine abbia fatto. Madeleine era a malapena riuscita a trascorrere due mesi in quel piccolo paesino prima di sparire nel nulla. Un giorno aveva fatto la valigia lasciando la chiesa senza dire dove fosse diretta, dopodiché nessuno l'aveva più vista.

Patricia scaccia quei pensieri e riprende la lettera. I suoi occhiali sono dentro la borsa, ma non le va di prenderli. Stringe gli occhi per cercare di leggere. Il francobollo ritrae la silhouette in bianco e nero di una regina con la corona.

Giocherella con la busta mentre con aria incerta cerca di decifrare i caratteri: S V E Z I A.

Patricia ha un sussulto. Ha ricevuto posta dalla Svezia?

Rapida infila il coltello dentro al bordo. Il cuore le martella nel petto mentre affonda un dito all'interno, ma con sua grande sorpresa non trova nessuna lettera. La busta è vuota. Eppure sente che dentro c'è qualcosa, e nel girare l'involucro l'oggetto scivola a terra.

Patricia fissa la collanina che tiene in mano. All'improvviso si sente male e non sa che fare. Una voce interiore le intima di alzarsi e scappare, eppure resta dov'è.

Con la mano tremante solleva la sottile catenina contro il sole. L'argento ha un riflesso opaco e il piccolo ciondolo, a forma di nota musicale, dondola.

La stringe fra le mani. Non la vede da più di trent'anni ma la riconosce.

Osserva con attenzione il ciondolo. D'un tratto la realtà le sembra distorta. L'aveva regalata a Madeleine per il suo diciottesimo compleanno. L'aveva al collo il giorno in cui era partita per la Svezia.

Chiude gli occhi. Cerca di fare ordine tra i pensieri che si affollano. Si tratta davvero della catenina di Madeleine? E se è quella, perché gliel'hanno spedita? Forse qualcuno sa che cosa è successo a sua sorella?

Solo quando Barry abbaia solleva lo sguardo. Si muove incespicando verso la cucina. La temperatura interna è quasi la stessa di quella esterna; si china sul lavello e apre il rubinetto per sciacquarsi il viso.

L'acqua fredda le scivola lungo il collo, le manca il respiro. Barry si è seduto sul tappeto della cucina accanto a lei. Sembra come in attesa, convinto di dover ricevere qualcosa da mangiare.

Patricia prende uno strofinaccio e si tampona il volto. Cerca di non pensare alla collana, ma non riesce a smettere di fissarla. Si strofina il collo turbata.

Ha passato più di metà della vita a chiedersi che cosa fosse successo a sua sorella. Ha immaginato infiniti scenari per potersi spiegare la sua sparizione, ma nessuno di questi le è servito a mettersi l'anima in pace. Continua a vivere nel buio, senza sapere, ponendosi le stesse domande. *Non ci si può liberare da un simile dolore*, pensa. *Resta sempre lì, come un buco scavato nel cuore.*

Appoggia la mano sulla testa di Barry accarezzando il suo pelo liscio. D'un tratto le emozioni sono come svanite. Se chi ha spedito la collana davvero sa qualcosa, lei deve riuscire a trovarlo, o trovarla. Ma come potrà mai risalire al mittente?

Nonostante sia presto per la cena, versa il cibo di Barry nella sua ciotola di acciaio. Il cane scodinzola entusiasta non appena lei la appoggia a terra.

Patricia lo guarda. Per molti anni ha invocato e pregato di ricevere un segno, eppure adesso che ne ha avuto uno si sente stranamente calma.

«Suppongo di dover andare in Svezia» confessa in modo inespressivo al labrador. «Immagino di dover tornare là e tentare di nuovo di trovare Madeleine.»

Barry alza lo sguardo e la fissa con i suoi occhi gentili, e in quel momento le sembra che lui sia perfettamente in grado di capire come si senta. Poi il cane torna alla sua ciotola e ai suoi croccantini al gusto di fegato.

# 2

## Sabato 8 giugno

Il pulsante della radio è sciupato ma Evy riesce comunque ad accenderla alle 7:54 in punto, proprio quando inizia il bollettino meteorologico terrestre e marittimo. Nonostante abbia meno di dieci anni l'apparecchio ha cominciato a dare dei problemi, e lei sa che è solo questione di tempo prima di dover prendere il pullman e andare in città a comprarne uno nuovo. Proprio lei, che odia andare in città.

Dopo un breve silenzio nella comunicazione via etere il meteorologo fa le sue presentazioni. Evy lascia andare un sospiro. Certe volte si domanda con quale criterio reclutino chi deve dare le previsioni del tempo. Si mettono a cercare di proposito persone irritanti? Forse Radio Svezia vuole che la gente si addormenti durante il meteo, per caso si tratta di una specie di esperimento?

Il meteorologo parla lentamente. Sembra che si sia appena svegliato e che stia leggendo da un libro, mentre pensa quanto a lungo far bollire le sue uova per la colazione. *Mi piace quando il tuorlo rimane liquido, d'altra parte le uova sode si possono tagliare a fette e sistemare sul pane. A proposito, la vista sull'Östersjön è buona, non sono previsti rovesci, nel pomeriggio i venti soffieranno da nordovest tra i 25 e i 43 chilometri orari, ma con tendenza a diminuire, e lo stato del mare resta invariato.*

Evy preme la penna contro il suo quaderno di appunti scrivendo più veloce che può. Non può perdersi una virgola, poiché il prossimo bollettino non ci sarà prima delle 12:55.

Dopo aver scritto, beve un sorso di caffè volgendo lo sguardo fuori, oltre la finestra. Solo perché le condizioni meteo sono buone non significa che il rischio di incidenti sia minore. Al contrario, il bel tempo implica un aumento dei rischi, poiché in molti decidono di andare per mare.

Sta spalmando due fette di pane croccante con burro e pâté di fegato, aggiungendo qualche fettina di cetriolo, quando sente un rumore provenire dall'esterno. Un acuto lamento fende l'aria e si sente grattare alla porta.

Evy sbuffa e si alza da tavola incespicando.

Saba è in piedi sulle scale che si stira nel sole del mattino. Non sembra vergognarsi minimamente di aver passato fuori l'intera nottata. Al contrario agita con indolenza la sua coda nera, come per dire "La regina è tornata a casa".

Evy socchiude la porta lanciando un'occhiataccia alla gatta, che con fare disinvolto risponde a sua volta guardandola male.

«Vieni dentro, forza» mormora lasciando che l'animale si intrufoli.

Saba salta sulla sedia libera in cucina; le serve del pâté su un piatto.

Mangiano in silenzio e a Evy viene da pensare che questo è il momento più bello della giornata. Per alcuni minuti rimane assorta a godersi il rumore del pane croccante spalmato di pâté che scricchiola in bocca. Ma poi ecco che è infastidita dalla porta del vicino che sbatte e guarda l'orologio con aria spaurita. Le 8:30. Di già?

Di solito a quest'ora ha già finito di fare colazione, ma oggi se l'è presa con più calma per via di quella maledetta artrosi.

Quando il ginocchio le fa male fatica a muoversi e il dolore lancinante la costringe a stare seduta più di quanto dovrebbe.

«Giù dalla sedia!» dice a Saba, cercando di tirare le tende davanti alla finestra aperta della cucina. Ma è troppo tardi. Yusuf è già in piedi là fuori che la saluta.

«Buongiorno» dice gioviale. Come ogni mattina indossa una camicia marrone, un gilè verde e pantaloni color cachi che arrivano sotto le ginocchia, facendolo sembrare ancora più basso di quello che è.

Evy lo fissa.

«Mi copri la visuale.»

«Scusami» mormora Yusuf, spostandosi rapidamente di un paio di passi. «In realtà volevo solo dirti...»

S'interrompe e lei alza gli occhi al cielo.

«Sì, cosa?»

«Che... Saba è tornata sul mio balcone stanotte. Di nuovo.»

Evy si porta una mano alla fronte. Lei e Yusuf sono vicini di casa da oltre dieci anni, ma nonostante tutti i messaggi subliminali lui non ha ancora capito che lei è totalmente disinteressata alla sua compagnia. È sorprendente a quante persone in questo paese sembrino mancare le più basilari nozioni sulla socialità.

«Ah. E che ti aspetti che faccia? Starmene in piedi tutta la notte a fare la guardia, forse?»

Yusuf si divincola mentre il suo piccolo e irascibile bassotto si attorciglia fra le sue gambe.

«No, non è fattibile ovviamente.»

Evy sospira.

«Smetti di darle da mangiare e vedrai che il problema si risolve da solo.»

«Ma è capitato solo una volta, quando eri all'ospedale» protesta Yusuf.

Saba ha finito il suo pâté di fegato e fa le fusa con soddisfazione, come se sapesse esattamente quello che ha combinato. Evy inizia a sparecchiare la tavola.

«Ora non ho più tempo di stare a parlare.»

«No, certo» conferma Yusuf. «Oggi sei di turno.»

«Proprio così.»

Con uno scatto tira Melker al guinzaglio.

«Se non altro il tempo è buono» azzarda.

«Non vuol dire un bel niente.»

«No, certo.»

Evy si alza e lo guarda male finché lui non capisce di doversene andare. «Ci vediamo più tardi» le dice a voce alta.

«Non se ti vedo prima io» replica lei, ma il bassotto lo ha già spinto abbastanza lontano perché lui possa sentire.

«Mi sa che oggi non è giornata» borbotta incontrando lo sguardo di Saba. «Che ne dici di un po' di panna montata come dessert?»

Il dolore al ginocchio la rallenta più del previsto durante il suo giro mattutino, e alla fine torna zoppicando verso il sentiero che porta alla strada principale. La gatta le va dietro. La segue sempre durante il suo percorso, camminando di soppiatto a due passi di distanza, esplorando i dintorni come se fosse in missione segreta.

Ogni mattina la stessa procedura. Prima Evy controlla che il dispositivo di sospensione del salvagente sia correttamente avvitato e che la cima sia appesa al riparo dalla luce del sole, poi che il gancio salvavita sia attaccato al suo palo e che la bandierina segnaletica sia integra.

A volte capita che qualche stupido ragazzino cerchi di fare colpo sugli amici gettando in mare il salvagente, e allora lei deve ritirarlo su e riattaccarlo al suo posto assicurandosi che non si sia sciupato.

È stata lei stessa a proporsi come responsabile delle attrezzature di sicurezza del paese, ma non c'è nessuno che la ringrazi per questo. Per anni ha cercato di convincere il Consiglio cittadino a comprare una zattera di salvataggio per la piccola baia e anche proposto di installare all'estremità sud del pontile una scala di soccorso, ma il Consiglio puntualmente si rifiuta.

Stringe la mano a pugno dentro la tasca. Prova rabbia ogni volta che ci pensa. Alf, il portavoce del Consiglio, non è esattamente un genio. Sostiene che la corrente lungo il pontile sia debole e che per questo sia sufficiente un salvagente, nonostante tutti sappiano che la corrente può variare di intensità e che oltretutto può trascinare in mare aperto. Evy lo vorrebbe spingere in acqua a sud del pontile per vedere se ce la fa a mettersi in salvo con l'aiuto di un salvagente, ma non ha ancora escogitato un modo per attirarlo alla baia.

Nonostante di solito non dia troppa importanza a certe cose, è una splendida mattina, e nel percorrere l'ultimo tratto verso il centro sente il sole scaldarle il viso.

In lontananza scorge il Bed & Breakfast and Books di Mona. La vecchia residenza del capitano di colore giallo, con la sua piacevole architettura e le cornici delle finestre a vista finemente ornate, svetta nel rigoglioso giardino in fondo alla strada principale. Evy conosce Mona da quando si è trasferita a Ljusskär all'inizio degli anni Ottanta, e nonostante sia un po' stramba e ripeta spesso le stesse cose (*"Come stai?"*, *"Così così, ho dolore al ginocchio"*, *"Oh, cavolo, come va col ginocchio?"* E via di seguito...) è una delle poche persone che Evy riesce a sopportare.

Lancia un'occhiata oltre la spalla prima di attraversare la strada. Quando Mona le aveva raccontato di voler rilevare il vecchio hotel dei suoi genitori, facendolo diventare il Bed & Breakfast and Books, lei ne era rimasta colpita. Non vedeva l'ora che Ljusskär si potesse riempire di ospiti appassionati di letteratura e di organizzare gruppi di lettura, oltre a emozionanti incontri con gli autori nell'ampia veranda a vetri.

Purtroppo la visione di Mona si era rivelata ben più ristretta. Il suo primo intento era stato riempire la casa di libri poiché riteneva che ciò le conferisse un aspetto accogliente, e così a Ljusskär erano iniziati ad arrivare ospiti che non avevano mai sentito parlare né di Faulkner né di Proust.

Evy preme la mano contro il ginocchio indolenzito. Siccome non vuole inimicarsi anche Mona ha smesso di tirare fuori l'argomento, ma è evidente che il B & B and B non stia sfruttando tutto il suo potenziale. Una volta entrati si ha quasi l'impressione di essere finiti nella dimora di una bibliotecaria affetta da demenza senile. Solo che perfino un vecchio bibliotecario rimbambito avrebbe in qualche modo catalogato i volumi, mentre i libri di Mona erano stati messi a caso qua e là, in mezzo al variegato vasellame sui davanzali delle finestre, appoggiati sul tavolino da caffè, accanto alle poltrone mangiate dalle tarme e sotto ogni piatto e oggetto decorativo. Inoltre i tendaggi e la tappezzeria erano stati ricavati da pezze di tessuto cucite insieme e ogni superficie libera era occupata da vasi di vetro soffiati a mano acquistati al mercato delle pulci, vecchi barattoli di latta e candelabri ridicoli. L'ambiente era a dir poco affollato e come se non bastasse Mona sistemava le sue alghe essiccate in piccole ciotole a forma di animale. Come se uno studioso di letteratura che si rispetti adorasse mangiare degli snack prendendoli da un fenicottero rosa.

Più ci pensa e più Evy si sente turbata. In tutto questo tempo Mona non era riuscita a organizzare un singolo incontro letterario. Una volta stava quasi per ospitare Bjarne Neesgard, ma poi lui fu colpito dall'alluce valgo vedendosi costretto ad annullare, nonostante Mona gli avesse promesso durante la sua visita cure podologiche illimitate e una fornitura a vita di separatori per le dita.

Certo, ogni tanto le capitava di organizzare un evento per il club del libro, però Evy non ne era soddisfatta. Aveva partecipato un paio di volte, ma si era subito annoiata per la banalità delle discussioni. Spesso si parlava più di quale vino fosse adatto per quell'incontro che non del libro stesso, e molti dei partecipanti avevano la sfacciataggine di cogliere l'occasione per sfogarsi dei propri problemi personali invece di concentrarsi sulla trama e lo sviluppo dei personaggi. Dopo che si è passato ore ad analizzare un'opera e si è pronti a condividere le proprie conclusioni è davvero penoso essere costretti ad ascoltare l'amministratrice di una compagnia di assicurazioni, alticcia e con la permanente fatta in casa, lamentarsi perché gli ABBA si sono sciolti.

Durante la sua ultima partecipazione aveva usato di nascosto un cronometro, e come previsto solo l'undici per cento del tempo era stato dedicato al libro proposto. Quando poi la donna con la permanente aveva dichiarato che il romanzo per l'incontro successivo sarebbe stato *La valle dei cavalli*, Evy si era decisa ad abbandonare il club.

Scuote la testa. Sente ancora l'amaro in bocca ripensando a tutti i libri di bassa qualità che era stata sul punto di leggere. Doveva pur esserci un limite a ciò che era disposta a fare per Mona.

Si sposta sul marciapiede opposto e proprio mentre sta per girare in direzione dell'hotel vede qualcuno. Evy si rifugia rapida dietro l'angolo di una casa. Nonostante sia lontana una trentina di metri non ha dubbi. Si tratta di Marianne: cammina su dei tacchi vertiginosi e indossa un abito così aderente che pare le abbiano girato intorno con del nastro adesivo.

Si appoggia al muro e si accorge che Saba, dopo averla raggiunta, si sta strusciando alle sue gambe. Non riesce proprio a capire come faccia quella donna a mettersi delle scarpe del genere, o cosa ci faccia a Ljusskär se è per questo. Perché non è rimasta in America, dove pare si trovi tanto bene?

Sembra che Marianne si stia dirigendo da Mona, ma poi dalla sua borsa arriva un suono e si ferma. Disinvolta tira fuori il cellulare e lo porta all'orecchio.

Evy arriccia il naso. Certe persone evidentemente sono così importanti da dover essere sempre reperibili. Lei non si comprerebbe mai uno di quei telefoni portatili. Se qualcuno la vuole può benissimo chiamarla a casa.

Lascia andare un sospiro. Aveva pensato di comprare i panini alle alghe, ma adesso non se lo sogna nemmeno, con Marianne che si aggira intorno all'hotel. La detesta da sempre, da quando ha demolito la casa dei suoi genitori per costruire quell'orrenda villa che le oscura la vista sul mare. Marianne è arrogante e piena di sé, una tipa *so-tutto-io*. Le mancano proprio le buone maniere.

Innervosita, Evy si gira. Non sa proprio capire come sia possibile che Ljusskär eserciti una tale attrazione per la gente disagiata. Tutti gli imbecilli del mondo sembrano volersi radunare qui e teme di ritrovarsi ben presto a essere l'unica sana di mente in questo misero paese.

# 3

Erika aggiusta lo specchietto retrovisore e guarda Lina seduta con l'iPad sulle ginocchia. Sorride quando la figlia incontra il suo sguardo.

«Siamo quasi arrivate.»

Lina annuisce. La piccola non ha idea che la loro partenza di buon mattino il primo giorno delle vacanze estive sia dovuta alla scarsa capacità di persuasione di sua madre.

Erika si morde l'unghia del mignolo. Da adolescente si era convinta che la questione del sesso si sarebbe risolta in età adulta. Si era immaginata che potesse diventare una parte naturale della vita, come il pranzo della domenica o la pulizia delle finestre (che a pensarci bene ricorda molto il sesso: richiede impegno e di assumere strane posizioni, ma poi ti senti soddisfatto e ti chiedi perché non lo fai più spesso).

Erika lascia vagare lo sguardo oltre i campi. Dovrebbe davvero pulire i vetri delle finestre, ma quando mai potrà riuscire a completare la sua lista infinita di cose da fare? La vicina di casa, la signora Henrietta Sköld, le ha detto che loro utilizzano un sistema di rotazione, per assicurarsi che tutti i compiti più importanti vengano svolti in tempo. La loro casa ha sempre un aspetto impeccabile: i vetri sono puliti, il giardino è in ordine e l'erba come appena tagliata. Henrietta non si scorderebbe mai di preparare la merenda per i figli quando vanno in gita, di decorare la casa per le feste o di avere le gomme per la macchina adatte alla stagione. Probabilmente lei e Adam hanno anche una soddisfacente vita sessuale. Di sicuro è previsto dal loro sistema, proprio come pulire i vetri delle finestre.

Una Mercedes le supera a velocità elevata ed Erika gira il volante della macchina, che ha un sussulto. Col cuore in gola lancia un'occhiata a Lina, che sembra non essersi accorta di nulla.

Con cautela rallenta e fa un profondo respiro. In realtà lei odia guidare per lunghe distanze. L'intenzione iniziale era stata di partire tutti insieme, con Martin alla guida. Ma quest'anno lui ha molto da fare nel suo studio di revisore contabile. «Andate,» ha detto senza nemmeno alzare gli occhi dal computer «vi raggiungerò appena avrò finito.» La loro figlia maggiore invece ha ottenuto il suo primo lavoretto estivo. Avrebbe raccolto fragole nell'azienda agricola a pochi chilometri da casa.

*I tempi cambiano*, pensa Erika. Emma sta diventando grande ed è comprensibile che non voglia più passare le vacanze con i suoi genitori. Eppure la addolora il fatto che non staranno insieme questa estate. Avrebbe tanto voluto riunire tutta la famiglia nell'hotel di sua madre un'ultima volta.

Riprende velocità. Il B & B and B di Mona esiste fin da quando lei era bambina. A Ljusskär è un'istituzione, un posto dove la gente si ritrova per fare due chiacchiere e comprare il famoso pane o le ciambelline di sua madre; ed è l'unico luogo che offre la possibilità di pernottare. Ai tempi d'oro dell'hotel in molti ci andavano per una cena nella bellissima veranda a vetri o per celebrare un battesimo, un compleanno o altre ricorrenze. Oggi sono sempre meno i frequentatori della piccola località balneare.

Una lepre sfreccia lungo la strada, ma prima che Erika abbia il tempo di dirlo a Lina è scomparsa. Il contatto con la natura è uno dei motivi per cui lei ama questo posto. Ljusskär è un luogo incantevole, una perla nascosta sulla riva del mare, circondata dalle dolci colline dell'Österlen e popolata da aziende agricole. Ma sa anche che per sua madre è dura gestire l'hotel da sola. Negli ultimi anni la salute di Mona è peggiorata. I suoi vicini di casa hanno avvertito più volte Erika del fatto che la madre continua a mettersi in situazioni pericolose. In autunno aveva lasciato un pentolino di latte sul fuoco provocando un incendio in cucina, e un paio di settimane più tardi si era arrampicata sul tetto per vedere se un uccello fosse rimasto incastrato nel camino, senza più riuscire a scendere. Come se non bastasse era anche stata malata. Durante l'inverno aveva avuto un'infezione dopo l'altra, e a febbraio l'avevano ricoverata in ospedale perché la febbre non accennava a scendere e la penicillina sembrava non funzionare.

Le vengono i brividi al solo pensiero. Era stato penoso ricevere queste notizie mentre si trovava a più di trenta chilometri di distanza senza poter fare nulla. Ogni volta che Mona era stata male si era offerta di raggiungerla, ma sua madre era stata chiara: non aveva bisogno del suo aiuto. «Hai già abbastanza da fare per conto tuo» non fa che dirle, e in effetti è vero. Con una casa perennemente da restaurare, ognuno il proprio lavoro a tempo pieno, un'adolescente e una bambina di cinque anni, non le avanza certo tempo; ciò nonostante Erika avrebbe trovato un modo per aiutare sua madre, se lei gliel'avesse chiesto.

Sospira. Gli ultimi cinque anni sono stati tutt'altro che semplici. Dopo il congedo parentale per Lina, Martin ha avviato a un'azienda tutta sua e da allora sono riusciti a parlarsi a stento. Suo marito sembra sempre incollato al computer. Se non si tratta di bilanci o stipendi da versare sono operazioni contabili.

Quando Martin le aveva detto di volersi mettere in proprio, Erika aveva pensato che fosse per potersi concedere ritmi lavorativi più flessibili, e invece ora lavora il doppio di prima. Negli ultimi tempi è stato talmente impegnato da dover rimanere a dormire in ufficio, ed Erika non ricorda l'ultima volta che hanno passato la notte insieme. *Oppure pulito i vetri delle finestre*, pensa con amarezza.

Prima di diventare titolare della sua azienda Martin aveva sempre dato la priorità alla famiglia, e lui, Erika ed Emma avevano trascorso ogni momento libero a Ljusskär. Aiutavano Mona quando l'hotel era al completo: rifacevano e disfacevano i letti, mettevano in ordine, lavavano i piatti e preparavano la colazione. E anche se era lavoro, insieme si divertivano sempre. Era tradizione infilarsi in macchina e partire per la Scania, per trascorrere alcuni giorni sulla costa sudovest, circondati dallo splendido paesaggio.

Ma quei tempi sembrano essere andati. Erika ha pensato molto a sua madre: Mona ha quasi sessantotto anni e teme che non riesca a sopportare un altro anno di malattie e condizioni economiche instabili. Inoltre il vecchio podere di famiglia è sempre più fatiscente. C'è bisogno di riverniciare la casa, levigare i pavimenti e riparare il tetto in alcuni punti, ma Mona non ha i mezzi per farlo. Per questo sarebbe stato meglio mettere in vendita l'hotel, ora, durante l'alta stagione, prima che l'edificio si deteriori ancora di più.

Erika svolta in Östra Kustvägen, e percorre una strada lungo un campo di granturco che sta mutando colore, passando dal verde al giallo burro. Sa come la pensa sua madre sul fatto di vendere. La vecchia residenza del capitano appartiene alla loro famiglia da cinque generazioni, e lei e Martin avevano anche preso in considerazione l'idea di rilevarla. Ma era stato tanto tempo fa. Adesso suo marito non vuole nemmeno sentirne parlare. Tutta la sua vita è a Halmstad. Né lui né Emma hanno intenzione di traslocare e nonostante Erika non sempre sia propensa ad ammetterlo, anche lei si trova bene in città. In altre parole non deve convincere solo sua madre ad andare in pensione, ma anche a lasciar perdere la vecchia tenuta di famiglia, ed è più facile a dirsi che a farsi.

Il sole splende quando arrivano a Ljusskär. Erika non sa ancora cosa pensare dell'insuccesso del giorno prima. Una parte di lei pensa che sia tutta colpa di Martin mentre l'altra si chiede se non abbia avuto una reazione esagerata. Si sente più sensibile del solito? Sarà forse una questione ormonale?

Nell'Österlen la luce è diversa e dopo aver parcheggiato Erika chiude gli occhi, concedendosi una pausa dai pensieri. Di tutti i posti questo è il luogo che riesce a farla stare meglio. Qui si sente a casa, calma e al sicuro. Ogni volta che arriva a Ljusskär la tensione si abbassa. Prima di aprire a Lina e scaricare le valigie coglie l'occasione per fare un profondo respiro.

L'hotel è sempre uguale e sua figlia si precipita all'interno della grande caffetteria, che fa anche da hall. Mona è in piedi dietro al bancone di colore grigioverde. Indossa la sua solita uniforme, un paio di leggings stretti e una blusa con fantasia a fiori; quando vede la bambina interrompe ciò che sta facendo per andarle incontro a braccia aperte.

«Avete fatto alla svelta! Dovete essere andate veloci» dice.

«Sì» risponde Lina. «E poi la mamma mi ha svegliata presto.»

«Allora sarai proprio affamata adesso. Che ne dici di una ciambellina appena sfornata?»

Lina annuisce arrampicandosi su uno sgabello, mentre Erika gira intorno al bancone per abbracciare Mona.

«Ciao mamma, come stai?»

«Tutto bene. Un po' di dolore alla schiena.»

«Oh, no, povera.»

«Non è niente» dice facendo un gesto con la mano come per allontanare qualcosa; l'oggetto che tiene appeso al collo dondola come un pendolo.

«Cos'hai lì?» chiede Erika.

«Questo?» risponde Mona afferrando la lente di ingrandimento agganciata a una lunga cordicella. «Mi aiuta a leggere quando le lettere sono troppo piccole.»

«Mamma...» sospira Erika. «Lo sai, no, che esistono gli occhiali?»

«Non sono mica così vecchia» protesta Mona. «La lente di ingrandimento funziona benissimo. E poi costa poco. Sai quanto costano un paio di occhiali? Solo per la visita oculistica si pagano diverse centinaia di corone.»

Erika rimane in silenzio. La rattrista pensare che sua madre non possa permettersi un paio di occhiali quando è evidente che ne ha bisogno. Forse è meglio accennare subito alla vendita dell'hotel. «Senti, stavo pensando...» esordisce, poi la porta si apre ed entra Doris. Nel vedere Lina ed Erika, sul suo volto compare un ampio sorriso.

«Ciao! Che bello che siate qui!»

«Ciao Doris! Vieni, entra, stavo giusto per preparare il caffè» dice Mona.

Erika saluta l'amica di sua madre, che si mette a sedere accanto a lei su uno sgabello. Doris è sempre stata un po' strana, ma è gentile e negli anni ha realizzato a maglia un numero infinito di cappelli e calzini per le figlie di Erika.

«State tutti bene?» domanda.

«Sì. E tu?»

«Bene, grazie» risponde Doris voltandosi verso Mona. «Sapevi che Alf si è trovato una fidanzata?»

«No, e come ci è riuscito?»

«Non lo so. Ma Britt mi ha detto che ha iniziato a usare la panciera. Evidentemente per contenere l'addome. E poi si è tinto i capelli. Se li è fatti neri come il carbone, ma i baffi sono ancora bianchi.»

«Oh Dio» dice Mona tagliando a metà una ciambellina.

«Stando a Britt, pare che stia pensando di comprarsi una moto» continua Doris ridacchiando. «Prima o poi lo vedremo entrare qui dentro tutto vestito di pelle.»

Erika sorride e intanto si guarda intorno. Sua madre è un'accumulatrice di alto livello e l'hotel contiene tanti piccoli "tesori". Lina può girare per ore scoprendo cose sempre nuove: statuine di porcellana, scatoline piene di pietre bellissime, vecchi puzzle, valigie con le chiusure in ottone riempite di vestiti esotici, riviste ingiallite e ventagli di seta profumati di lavanda. Ljusskär è molto più piccola di Halmstad. Qui il traffico è quasi inesistente e non ha bisogno di sorvegliare la figlia in ogni suo movimento.

«Ecco a te» dice Mona, porgendo a Lina una ciambellina spalmata di burro e marmellata.

«Ne basta una, altrimenti non mangerai niente a pranzo» le suggerisce Erika.

Sua madre le serve una tazza di caffè.

«Sono molto sane» dice. «Ho messo le alghe nell'impasto. Prendine una anche tu. Avrai pur bisogno di mangiare.»

Erika alza gli occhi al cielo. Si innervosisce sempre quando sua madre la sprona a mangiare di più, ma in segreto adora essere viziata coi dolcetti. «Alghe? Perché?»

«Perché sono ricche di nutrienti. E poi ce ne sono a volontà. Ne raccolgo un sacco. Aspetta, ti faccio vedere!»

Si gira e cerca qualcosa dentro uno degli sportelli finché non trova due barattoli.

«Questa è quercia marina in salamoia» spiega appoggiandone uno sopra al bancone. «Insaporita con cumino e finocchio. E queste sono foglie di laminaria essiccate.»

«Ormai mette le alghe dappertutto» dice Doris portandosi la lunga e grigia treccia di capelli oltre la spalla. «Cosa abbiamo mangiato la scorsa settimana?»

«Una zuppa di pesce con sale marino e laminaria digitata.»

«Era molto buona» afferma Doris.

Il viso rotondo di Mona si illumina. Non c'è niente che la lusinghi più del ricevere complimenti per la sua cucina.

«A proposito, ho avuto un'idea l'altro giorno. Non pensi che sia arrivato il momento di ripartire con il club del libro?»

«Ma non ci avevate rinunciato?» domanda Erika.

«No,» la corregge Mona «*rinunciato* no. Ci siamo prese una pausa per un paio di anni, ma ora avrei voglia di ricominciare.»

«Sì» dice Doris spalancando gli occhi. «Io ci sto volentieri!»

«Che bello. Ho chiesto anche a Inga, ma la sua cataratta le rende difficile leggere, e gli audiolibri non le piacciono. E Anci si è trasferita a Malmö per aiutare sua figlia con i gemelli.»

«Su di me puoi contare» afferma Doris aggiustandosi la visiera infilata nei folti capelli. «Però dobbiamo darci delle regole. A me non piacciono i libri troppo violenti.»

«Nemmeno a me» dichiara Mona. «Ma quelli erotici vanno bene, giusto?»

Lina, che capta all'istante parole non adatte a lei, si drizza sulla sedia.

«Che significa *erotici*?» domanda inclinando l'angelica testolina da un lato.

«Niente» risponde rapida Erika.

«Invece sì, mamma, qualcosa vuol dire! Voglio saperlo anch'io» ribadisce con fare risoluto.

«È una parola da grandi» spiega Erika. «Se la smetti con le domande ti do un'altra ciambellina.»

Lina sembra apprezzare l'offerta ed Erika pensa che sia una fortuna riuscire ancora a corromperla così facilmente.

«Non lo so» mormora Doris. «Pensa se le donne del circolo di lavoro a maglia ci sentissero parlare di sesso.»

«Se c'è qualcuno che ha bisogno di più sesso, quelle sono loro» dice Mona. «Ma non dobbiamo per forza leggere qualcosa che metta a disagio. Scegli tu il nostro primo libro.»

Doris si gratta il mento.

«In effetti stavo proprio pensando di rileggere *Orgoglio e pregiudizio*.»

«Perfetto! Mia madre me lo regalò ai tempi della scuola, ma saranno cinquant'anni che non lo apro» risponde Mona. «Sarà divertente. Prometto di preparare qualcosa di buono per il nostro primo incontro.»

La campanella appesa sopra alla porta suona ed Erika si gira; si presenta una donna alta e maestosa con una pomposa acconciatura biondo platino. Le ci vogliono un paio di secondi per riconoscerla, e una volta capito di chi si tratta, Mona è già uscita da dietro il bancone.

«Marianne!» esclama aprendo le braccia.

La donna, in abito bianco, firmato, sorride solennemente e saluta Mona accostandosi alle sue guance, baciando l'aria.

«Mona, tesoro» dice con enfasi mentre si toglie i grandi occhiali da sole di colore nero, portandoli sulla fronte.

«Che sorpresa! Quando sei arrivata?»

«Stanotte. Non hai idea di che viaggio…» dice facendo una piccola smorfia quasi impercettibile. «Per prima cosa sull'aereo avevano finito le mascherine per dormire. In prima classe! Ho detto a quell'assistente di volo che io ho la carta Socio Oro, ma a quanto pare non fa alcuna differenza. Poi, il pesce che hanno servito era freddo e quando finalmente siamo atterrati a Copenaghen ho scoperto che una delle mie valigie era stata smarrita. Proprio quella con tutti i miei prodotti per capelli» aggiunge con voce sommessa. «"Le porgiamo le nostre scuse" hanno detto quelli allo sportello Ritiro Bagagli. Come se potesse essere di qualche aiuto quando i paparazzi scopriranno che sono qui.»

«Che scocciatura» dice Mona facendo un gesto verso il bancone. «Posso offrirti del caffè e delle ciambelline?»

Marianne si passa una mano sui capelli lisci.

«Le ciambelline no, ma il caffè lo prendo volentieri. Se proviene da coltivazione biologica.»

«Proviene dalla sua confezione» replica Mona sorridendo. «Mia figlia Erika e mia nipote Lina sono qui in visita. E Doris la conosci già.»

Marianne saluta e prende posto su uno degli sgabelli. Erika la osserva di nascosto mentre si passa una mano sul vestito bianco, accavallando le gambe. Ricorda bene lo scalpore che la donna suscitava tempo addietro quando tornava a casa a Ljusskär. Ogni volta era un'emozione sedersi accanto all'amica d'infanzia di sua madre e ascoltarla raccontare delle sue avventure hollywoodiane.

«Ecco qua» dice Mona servendo a Marianne una tazza di caffè. «Sei a casa ora. Fai un bel respiro.»

«Non fa niente» risponde lei. «Mi piace agitarmi. Fa bene al metabolismo, così non avrò bisogno di correre troppo a lungo sul tapis roulant domattina.»

«Come va con Frank?» chiede Mona appoggiando la brocca del caffè. «L'ho adorato in quel film nello spazio.»

«Sì, non è da tutti convincere un regista a poter vagare a torso nudo in una stazione spaziale» ribatte Marianne seccata. «In tutta onestà è da un po' che non ci parlo. Attualmente comunichiamo solo tramite i nostri avvocati.»

Mona si porta una mano alla bocca.

«Non starete per...?»

«Separarci? Sì, pare proprio di sì» dice Marianne con calma girando il suo caffè.

«Che dispiacere. Frank sembrava così...»

«Carino?» continua Marianne facendo un gesto con la mano come per scacciare una mosca. «Purtroppo l'ha pensato anche il ragazzo che pulisce la piscina. E il nostro massoterapista. E il mio *caro* commercialista.»

Mona sgrana gli occhi. «Non dirai sul serio?»

«Sfortunatamente il mio avvocato mi ha proibito di commentare quanto accaduto. Ma posso dirvi questo: non mi avrebbe fatto né caldo né freddo se Frank fosse stato investito da un autobus. Però mi sto godendo l'indagine fiscale molto dettagliata.» Sorride. «E pare che l'ufficio delle imposte abbia avuto una soffiata su uno dei conti segreti di Frank alle Cayman.» Marianne si volta opportunamente verso Doris, che siede in silenzio. «Come vanno le cose?»

«Bene» risponde lei, ma suona più come una domanda.

«Piena di impegni?» chiede Marianne bevendo un sorso di caffè. «So cosa vuol dire. Niente pace né riposo. Quando non ho l'extension alle ciglia o la criolipolisi ho il crossfit. A dire la verità ne ho abbastanza. Ho bisogno di una vacanza come si deve, e Saint Tropez mi ha solo resa più stressata. In questo momento sto aspettando di ricevere un copione sia da Spielberg sia da Scorsese, ma finché non arrivano penso proprio di prendermi una bella pausa.»

«Resti qui?» domanda Mona spingendo il vassoio delle ciambelline verso di lei.

Marianne ne prende una perfettamente tonda affondando le unghie appena fatte e la gira.

«Sì, perlomeno durante l'estate. George e Amal mi avevano invitata a casa loro sul lago di Como. A quanto pare Bob de Niro e Meryl volevano a tutti i costi che io ci andassi. Sì, abbiamo fatto un film insieme alcuni anni fa» spiega a Doris. «E in effetti stavo per andarci, ma poi ho saputo che era stato invitato anche Tom Hanks e allora ho deciso di lasciar perdere» dice arricciando il labbro superiore.

«Ah sì? E perché mai?» chiede Mona incuriosita. «Anche lui e Frank hanno...?»

«No, niente del genere. È solo che tutti pensano che Tom sia così simpatico, ma io credo che il successo gli abbia dato alla testa. Di qualsiasi cosa si parli deve sempre uscirsene col fatto che ha vinto due Oscar, ma è successo più di venticinque anni fa! "Cosa sei riuscito a fare ultimamente?" mi viene da pensare quando si mette a parlare di quale sia il miglior prodotto con cui mantenere lucide le statuette.» Marianne scuote la testa. «Invece credo che mi faccia bene stare qui. Ho bisogno di fare una vita normale per un paio di settimane e cercare di rilassarmi.»

Erika vede comparire un ampio sorriso sul volto di sua madre, e si rende conto che il suo compito si è appena fatto doppiamente difficile.

«Ma è fantastico. Come sono contenta!»

Marianne dà un piccolo morso alla sua ciambellina.

«Mi farà bene comportarmi come la gente comune, senza andare in giro più di tanto» osserva convinta.

«Potresti entrare nel nostro club del libro» esclama Mona.

Doris si fa rossa in viso, ma non dice nulla.

«Chi altro c'è?»

«Per adesso siamo noi, io e Doris. Oh, sarà proprio come una volta» dice Mona allegra. «Vi ricordate di quando giù al molo leggevamo i libri della detective Kitty?»

Marianne tamburella sulla superficie del bancone con le unghie rosso brillante.

«Okay» risponde pensierosa. «Ho bisogno di qualcosa con cui tenermi occupata. Però dobbiamo organizzare una bella inaugurazione, con un rinfresco.»

«Certamente» esulta Mona. «Torna nel pomeriggio così studiamo la cosa. Pensavamo di iniziare con *Orgoglio e pregiudizio*.»

«In effetti non l'ho mai letto.»

«Allora è davvero un'ottima scelta» dice Mona dando un leggero colpetto al fianco di Doris.

Marianne si alza agitando in aria la ciambellina già a metà.

«Ti prego, dimmi che qui dentro non c'è burro.»

«Nemmeno l'ombra.» Mona sorride, ma Erika la vede incrociare le dita dietro la schiena.

Marianne indossa gli occhiali da sole e saluta con la mano, come fanno solo i bambini e i membri della famiglia reale.

«*See you soon*» dice a voce alta uscendo.

Erika sta per dire qualcosa, ma Doris la precede. Sembra una pentola a pressione che è stata troppo a lungo sul fuoco, pronta a scoppiare da un momento all'altro.

«Perché l'hai fatto?»

«Cosa?» replica Mona scuotendo la testa senza capire.

«L'hai invitata al club del libro.»

«E cosa c'è che non va?»

«Davvero pensi che abbia voglia di stare con noi?» chiede Doris. «Cosa abbiamo ancora in comune?»

«Ma Doris, siamo pur sempre vecchie amiche.»

«Direi piuttosto che lo *siamo state*. Quand'è stata l'ultima volta che hai avuto notizie di Marianne?»

«Non ricordo con esattezza» risponde Mona sollevando le spalle.

«Esatto. Non per essere scortese, è solo che mi innervosisco quando appare così dal nulla. Marianne mi fa sentire come... un'aliena.»

«Ma che dici, dài!» replica Mona appoggiando una mano sul suo braccio. «Ci divertiremo! Vedrai, sarà proprio come un tempo.»

«Io non credo» borbotta Doris.

«Per favore, dacci una possibilità.»

«Va bene» dice lei alla fine. «*Una* possibilità. Ma se si mette a parlare di quale cera usa per farsi i peli all'inguine, come ha fatto l'ultima volta che ci siamo viste, io me ne vado.»

«Credete che Marianne stia pensando di andare in pensione?» chiede Erika. «Mi è sembrato di capire che si sia stancata di fare quella vita. Dopotutto quest'anno compie sessantotto anni, no?»

«Non bisogna andare in pensione solo perché si ha più di sessant'anni» dice Mona. «Io non lascerò mai il mio albergo. Semplicemente dovrete portarmi fuori di peso quando verrà quel giorno.»

Erika si morde un labbro. Proprio non è andata come aveva immaginato.

«La nostra famiglia ha...» dice Mona asciugando il bancone.

«... vissuto qui per cinque generazioni» continua Erika. «Sì, mamma, lo so.»

«Non ho intenzione di assillarti, dico solo che è un peccato che le bambine non possano crescere a Ljusskär, come hai fatto tu. Avrei potuto aiutarvi con Lina, così da potervi concedere di passare più tempo insieme. Lo sai che la sessualità è essenziale per mantenere vivo il matrimonio.»

«Mamma...» dice Erika in un gemito, pensando che non è strano che lei abbia un rapporto conflittuale con il sesso.

«Voglio solo dire che non dovreste scordarvi l'uno dell'altra in mezzo al caos delle vostre figlie. Ho letto di una coppia che aveva preso l'abitudine di...»

«Smettila, ora» la interrompe brusca Erika. «Hai promesso di non impicciarti. Ci troviamo bene a Halmstad ed è là che lavoriamo. Di cosa vivremmo trasferendoci qui?»

«Potreste lavorare con me, all'hotel.»

«Hai sei stanze. Non è sufficiente a mantenere cinque persone. E poi ha bisogno di essere ristrutturato.»

«In effetti ho ampliato la mia attività commerciale» dice Mona offesa. «Da qualche settimana ho iniziato a preparare e consegnare da mangiare agli anziani del Comune. Quella specie di poltiglia che arrivava in furgone dalla città non era commestibile.»

«Dovresti startene più tranquilla.»

«È un servizio molto apprezzato» interviene Doris.

«E credo di poter ricavare qualcosa anche dalle alghe!» continua Mona, e con un ampio gesto si volta verso l'entrata; la lente di ingrandimento che tiene al collo oscilla. «Cosa ne dite di un espositore proprio vicino all'ingresso, pieno di prodotti a base di alghe? Ci potrei fare un po' di soldi.»

Erika annuisce controvoglia. Non sa quanto sia redditizio il commercio delle alghe, comunque sempre meglio di quando sua mamma si era messa in testa di vendere tavole da wakeboard. In ogni caso lei è qui per cercare di convincerla a cessare l'attività.

«Ma sì, certo, andrà bene» risponde lei conciliante. «Sai che la famiglia di Martin vive nello Halland e che le ragazze hanno i loro amici là.» Mona si mette le mani sui fianchi atteggiandosi in modo serio e lei si schiarisce la voce. «Comunque ne riparlerò con lui… di nuovo.»

Erika si accascia dando un morso alla sua ciambellina. Sua madre si è sempre considerata un'esperta di rapporti umani. Secondo lei prendersi cura delle relazioni dovrebbe essere un servizio incluso nel soggiorno in hotel, e crescendo, Erika si era spesso vergognata per il modo in cui sua madre offriva consigli non richiesti. Mentre le altre signore le proponevano serate a base di film e popcorn o di darsi lo smalto alle unghie, Mona le invitava a intrattenersi con lunghe chiacchierate su come trovare la propria dea interiore per mezzo dei cristalli. E anche se ormai Erika è abituata alle stranezze di sua madre, ogni volta che lei tenta di darle indicazioni sul suo matrimonio o di appiopparle qualche statuetta della fertilità balinese le vengono i brividi.

Lina, finito di mangiare, salta giù dallo sgabello appoggiando le braccia intorno alla vita di Erika.

«Mamma, posso andare?»

«Certo. Ma prima ringrazia la nonna per la merenda.»

«Grazie, nonna.»

«Prego, tesoro mio» risponde Mona sorridendo. «C'è un baule con un sacco di oggetti che ancora non ho controllato, nella camera Dickens. Sai, quella verde.»

Lina annuisce e sale su di corsa per le scale.

«Io adesso vado» dice Doris.

«Ma torni nel pomeriggio, vero?» chiede l'amica.

Doris sembra pensarci ma poi annuisce con rassegnazione.

«Lo faccio solo per te» risponde lasciando l'hotel.

Mona resta dietro al bancone per radunare le tazze rimaste in giro.

«Devo preparare le cose per il pranzo, ma tu siediti e stai tranquilla che tra poco ci mangiamo qualcosa insieme.»

«Posso aiutarti, mamma.»

«No, non ce n'è bisogno. E poi sei in vacanza.»

«Smettila. Dimmi cosa devo fare.»

«E va bene» sospira Mona. «Puoi impacchettare le confezioni di alluminio che sono nel forno.»

«Certo. Vuoi che consegni io il pranzo?»

Lei scuote la testa.

«Non puoi. Non sai per chi è e poi tutti si aspettano che sia io a portarlo.»

«Mamma... Io voglio esserti d'aiuto, davvero.»

«Lo so, piccola mia» annuisce Mona. «Potresti dare un occhio alla cassa mentre non ci sono, così evito di chiudere? Dio sa se ho bisogno di ogni singola corona che riesco a guadagnare.»

«Assolutamente. C'è nient'altro che posso fare?»

«Puoi fare la pasta per il sugo alla bolognese che sta cuocendo sul fuoco.»

«Va bene» risponde Erika.

«Sai come si fanno gli spaghetti, vero?»

«Ma sì, lo so.»

Mona indossa la sua borsa a tracolla.

«È importante che l'acqua sia abbondante e salata, e ricordati di scolarli un minuto prima del tempo di cottura scritto sulla confezione. Poi mettili in un'insalatiera, aggiungi del sugo, un filo d'olio e mescola bene.»

«Sì, mamma» replica Erika sospirando.

«Prendi la bottiglia migliore. Devi usare l'olio extravergine.»

«Certo» dice Erika alzando gli occhi al cielo. «Non ti preoccupare, me la cavo.»

Mona sorride e prima di andare le accarezza la guancia.

«È così bello avervi qui. Torno fra tre quarti d'ora e se hai bisogno di qualcosa, chiama.»

Dopo che Mona è uscita con le confezioni di cibo, a Erika cade l'occhio su un vecchio bricco del latte molto ammaccato che sta in un angolo. Sua madre è appassionata di mercatini dell'usato e ogni anno la casa si riempie di nuovi oggetti. E siccome odia buttare via la roba, Erika teme che prima o poi l'hotel finirà per essere così pieno da non riuscire più a chiudere la porta d'ingresso.

Si guarda intorno e pensa che un po' di spazio per un espositore vicino all'entrata si possa trovare, spostando qualche tavolo. Potrebbe addirittura starci bene e Mona potrebbe metterci oggetti che invitano all'acquisto. Ma poi si rammenta che non è il caso di incoraggiare nuove idee.

Stanca, si avvicina al bancone. In qualche modo deve cercare di far capire a sua madre che non può continuare a lavorare a questo ritmo. Entrambe amano quel posto, ma è troppo impegnativo per lei mandare avanti l'hotel da sola, e se vuole smetterla di ammalarsi e avere dolori deve convincersi ad andare in pensione.

*Sarebbe stato tutto più facile se ci fosse stato anche Martin*, pensa Erika sospirando. Ma lui non c'è, ora. Erika deve farcela senza il suo aiuto. La domanda è se ci riuscirà senza ferire i sentimenti di sua madre.

# 4

Patricia scende dall'autobus, che quando riparte solleva una nuvola di polvere. Il sole è alto e mentre si volta si protegge gli occhi con una mano. È difficile accettare che si trova qui in questo momento, che ancora una volta ha viaggiato fino a Ljusskär.

Estrae il manico della sua valigia, cercando di capire da che parte debba andare per raggiungere l'hotel. L'ultima volta che aveva visitato Ljusskär aveva trascorso la notte a Ystad e guidato fin lì con una macchina a noleggio, ma non ha intenzione di rifare lo stesso errore. Il noleggiatore possedeva solo auto con cambio manuale e lei, che non ne aveva mai guidata una del genere, con fatica era riuscita a procedere lungo la tortuosa strada costiera.

La stretta via principale è deserta, ma più avanti intravede un chiosco che sembra essere aperto. Patricia prende in considerazione di andarci, ma poi si gira, vede il mare e d'istinto capisce di dover andare dalla parte opposta.

A passo veloce comincia a camminare lungo il marciapiede accidentato. Vede una bella casa di colore grigioverde con le persiane verde muschio, che stranamente le sembra familiare. Forse l'ha riconosciuta dalla sua ultima visita o da una delle lettere di Madeleine. Aveva fatto in tempo a inviargliene quattro prima di sparire e lei le ha lette così tante volte da conoscerne a memoria ogni singola riga.

Si ferma un attimo per riprendere fiato. Il viaggio è stato stancante, ma si rammenta che ha tante cose da fare. Il permesso non pianificato che è riuscita a farsi dare dal suo capo è di tre settimane. Il signor Marsden non era proprio contento di affidare tutta l'amministrazione a Marco, l'assistente scolastico che ha sempre la gomma da masticare in bocca. Ma quando Patricia ha promesso di risolvere tutti i problemi potenziali che avrebbe potuto creare, senza chiedere nemmeno un dollaro di straordinari, lui ha acconsentito a lasciarla partire.

Trascina la valigia e osserva il mare, di un blu intenso. Sembra non avere fine, così calmo a fare da specchio al cielo. In effetti qui dovrebbe sentirsi a casa. Sua madre era cresciuta in Scania, ma lei non ha mai conosciuto i suoi parenti svedesi. Si ricorda che da bambina si scambiava delle lettere con sua nonna, ma con la morte di sua madre aveva perso i contatti.

Si strofina le palpebre, stanca. Nell'ultima settimana ha dormito male. La busta con dentro la collana ha rievocato in lei vecchi ricordi che l'hanno tenuta sveglia durante la notte. Le basta chiudere gli occhi e vede davanti a sé sua sorella: i riccioli scuri che sobbalzano mentre cammina e quello sguardo birichino che le rivolgeva ogni volta che loro padre le rimproverava per non aver rimesso in ordine la cucina o pulito la stalla dal letame. Madeleine sapeva sempre come farlo tornare di buon umore. Le bastava inclinare la testa di lato e dire «Scusaci, paparino» per strappargli un sorriso.

Posa la valigia e con le dita cerca il cellulare in tasca. Nonostante non si vedano altre persone in giro si sente osservata. È come se tutte le persiane scure delle piccole casette la stessero guardando.

Fa scorrere lo sguardo sulla pittoresca scena di quella strada.

Da un lato ciottoli arrotondati, dall'altro dei sassi di marmo bianco, e fuori dalle porte dei grandi vasi pieni di splendide margherite africane.

Il telefono suona e Patricia si accorge di aver ricevuto un messaggio da suo figlio maggiore, Matthew. *Sei arrivata?* le chiede.

Sorride dolcemente. Deve essere presto a Richmond. Troppo presto per una mattina di un giorno festivo, ma Matthew ha due bambini piccoli che spesso e volentieri lo svegliano all'alba.

*Sei già in piedi?* gli risponde lei raccontando di essere appena arrivata e che sta per raggiungere l'hotel, il Bed & Breakfast and Books.

Lui le invia l'emoji di una faccina che russa. *Zoey pensa che dormire sia "noioso".*

Patricia ride. Zoey è la figlia maggiore di Matthew, una bambina di quattro anni dal carattere deciso e i capelli sempre raccolti in due codine, che si rifiuta di uscire di casa senza la sua gonna di tulle.

*Oh no*, scrive. *Povero te!*

Per un paio di minuti non arrivano altri messaggi e lei si immagina che Zoey sia seduta rannicchiata sul divano, pregando suo padre di prepararle qualcosa: riscaldarle il latte, tagliarle una banana a fettine, spalmare il pane con burro e miele. Quando il telefono suona di nuovo lei lo ha appena messo via ma lo riprende subito.

*Come ti senti?*

Matthew, in famiglia, è quello che si è interessato di più al suo viaggio. Il figlio più giovane, Justin, non ha mai incontrato Madeleine, mentre lui se la ricorda ancora.

*È strano*, digita in un primo momento, ma poi cambia idea e scrive: *Bene*, prima di inviare il messaggio. Lei e Matthew sono sempre stati molto vicini. Lui ha ereditato la sua sensibilità e lei non vuole che si preoccupi.

Il cellulare non suona più. In realtà Patricia avrebbe voluto qualcuno al suo fianco in questa avventura. È strano trovarsi in Svezia da sola, ma come avrebbe potuto chiedere a suo figlio maggiore di lasciare la famiglia per stare con lei? Matthew è talmente gentile che probabilmente avrebbe detto di sì se lei lo avesse pregato, ma Patricia sa che sua moglie Denise non ne sarebbe rimasta contenta.

Le sfugge un sospiro mentre rimette il telefono in tasca. Fa di tutto per farsi piacere Denise, ma non riesce a ignorare il fatto che Matthew si sia allontanato da lei a causa sua. Prima di incontrare sua moglie parlava con la madre ogni giorno. Si rivolgeva a lei quando aveva un problema ed era la prima a cui comunicava ogni bella notizia. Quando otteneva un voto alto a un esame o veniva nominato impiegato del mese al ristorante dove lavorava, Patricia veniva subito chiamata, ma adesso lui non ha più tempo per certe cose. E poi Denise mette il cheddar nella torta di mele. Il formaggio cheddar! A chi mai verrebbe in mente una cosa del genere?

Prende ancora il cellulare per controllare se Matthew ha scritto qualcos'altro, ma niente. Di nuovo un sospiro. È curioso trovarsi così lontano dalla famiglia e da Mill Creek. La vecchia fattoria è tutto ciò che le resta dei genitori. I ricordi del loro tempo insieme fanno parte di quelle mura e Patricia non osa abbandonarli. Ha paura di ciò che potrebbe succedere se si dovesse trasferire, di potersi sentire come se avesse perso sua sorella un'altra volta.

Il suo ex marito, Michael, aveva cercato a lungo di farle vendere la proprietà. In effetti era stato uno dei motivi principali che aveva portato alla loro separazione. Michael non voleva più vivere a Mill Creek. L'idea non era mai stata quella di rimanere lì, eppure era andata così.

Patricia scaccia le lacrime con le dita. Quasi non riesce a pensare al periodo dopo la scomparsa di Madeleine. Era stata dura mandare avanti la fattoria e allo stesso tempo prendersi cura di due bambini. In un primo momento il piano era stato quello di trasferirsi nuovamente a Washington una volta che sua sorella fosse stata in grado di occuparsi dell'azienda agricola, ma poi aveva ottenuto quel posto per il tirocinio. E allora si erano messi d'accordo di darle un altro anno, ma quando non aveva più fatto ritorno, la famiglia era rimasta intrappolata in una specie di limbo.

Sa di essere stata ingiusta con Michael. Lui l'aveva aspettata per anni e aveva cercato con pazienza e dolcezza di riportarla alla vita di sempre, ma non c'era mai riuscito del tutto.

C'è un'enorme buca sull'asfalto davanti a lei; pensa che i bei tempi del paesino siano andati, proprio come i suoi. Per lei era stata dura quando i figli avevano deciso di andare via di casa. Che Justin se ne sarebbe andato già lo sapeva. Era sempre stato più avventuroso e intraprendente di suo fratello e non appena ne aveva avuto la possibilità si era trasferito a New York. Ma aveva sperato che Matthew decidesse di restare, che non si allontanasse troppo. E per i primi tempi era sembrato così. Si era iscritto alla University of Virginia e aveva trovato un appartamento a Charlottesville. Ma poi Denise era entrata nella sua vita e a lei non era bastato un trilocale nel quartiere di Barracks Rugby. No, lei sognava una bifamiliare a Richmond, spaziosa, con tre bagni, un ampio giardino e a non meno di quindici chilometri di distanza da sua suocera.

Patricia allontana da sé quei pensieri. Adesso è qui e deve concentrarsi su quello che deve fare. Anche se le dispiace che i suoi nipotini abitino così lontano da lei. In caso contrario, avrebbe potuto aiutare Matthew e Denise in modo più consistente.

A ogni passo la borsa le urta contro l'anca e lei la sposta delicatamente da un lato. Al suo interno c'è la collanina di Madeleine, nascosta in una piccola scatola. Il cuore le batte forte mentre ci pensa. Teme che il ciondolo d'argento possa sparire.

Quando Patricia aveva saputo che sua sorella era scomparsa si trovava a seimilasettecento chilometri di distanza, con un bambino appena nato, uno di quattro anni, un conto in banca sempre in rosso e una fattoria con mucche e maiali che avevano bisogno di essere governati. Le ci erano voluti diversi giorni per organizzare il viaggio e una volta arrivata era già trascorsa una settimana.

Molti dei ricordi legati a quei tempi sono sfocati e frammentari. Patricia ricorda le chiamate disturbate in Svezia la sera e le mille domande a cui nessuno aveva saputo replicare. La prima volta che le avevano risposto aveva scoperto che Madeleine era stata dichiarata scomparsa. Ben presto però le ricerche erano state interrotte. Qualcuno l'aveva vista salire su un pullman diretto a Malmö, e benché lei avesse spiegato che sua sorella non si sarebbe mai allontanata senza prima dirlo alla sua famiglia, nessuno sembrò crederle.

Patricia tira un calcio a un sasso. Quando era atterrata a Kastrup si era subito diretta a Ljusskär, dove aveva incontrato le persone che avevano lavorato nella parrocchia con Madeleine, ma tutti le avevano detto la stessa cosa: sua sorella aveva fatto le valigie e se n'era andata senza dare la minima spiegazione.

Non essendo venuta a capo di un bel niente, aveva guidato fino a Malmö e si era messa in contatto con la polizia locale. Aveva cercato in tutti gli ospedali e gli ostelli della città, era persino stata aiutata a contattare la polizia di Copenaghen, ma neppure loro avevano trovato qualcosa. Alla fine era stata costretta ad arrendersi. Ma già sull'aereo per tornare a casa sentiva addosso il senso di colpa. Se fosse restata più a lungo, avrebbe potuto fare la differenza? Continuava a chiederselo. Se avesse avuto più coraggio nel cercare di empatizzare con le persone, avrebbe forse avuto maggiori probabilità di ritrovare Madeleine?

In fondo alla strada si erge una grande villa gialla, con le finestre ad arco, una veranda bianca con fregi in legno e tetto di lamiera verde. Patricia alza lo sguardo. Deve trattarsi dell'hotel.

Si sistema il colletto della camicia chiedendosi se qualcuno la riconoscerà. Ovviamente ha mantenuto i contatti con la Libera Chiesa, chiamando e pregando di ricevere aggiornamenti di quando in quando, ma sono passati almeno dieci anni dall'ultima volta che ha parlato con qualcuno. Odia ammetterlo a se stessa, ma prima dell'arrivo della busta con la collana aveva più o meno abbandonato l'idea di riuscire a scoprire dove fosse Madeleine.

Quando pensa a quale sia la posta in gioco sente il cuore fare una capriola. Deve cercare di restare calma, nonostante le emozioni che le ribollono dentro.

La valigia sobbalza mentre la trascina sull'asfalto sconnesso. Si guarda intorno: qualcuno deve sapere che cos'è successo quella sera di fine estate del 1987. Qualcuno ha tenuto da parte la collanina di Madeleine per tutti questi anni e Patricia non ha intenzione di tornare a casa prima di scoprire chi sia questa persona.

# 5

Erika tira fuori il telefono e si accorge di non aver ricevuto messaggi. Dopo il litigio della sera precedente sperava che Martin si facesse sentire. Forse è stata precipitosa ad andarsene via da casa così presto senza dire nulla, ma non ce la faceva più a restare lì. Si sentiva talmente ferita per ciò che era accaduto il giorno prima che non sapeva nemmeno se sarebbe riuscita a guardare di nuovo suo marito negli occhi.

Diciassette anni fa, all'inizio della loro relazione, lei e Martin non potevano fare a meno l'uno dell'altra. Mentre Erika studiava per terminare gli esami, Martin tornava a casa in bicicletta per pranzo pur di riuscire a vederla, nonostante avesse solo quarantacinque minuti di pausa, di cui venti servivano per andare e tornare. Ma lui riteneva che valesse la pena compiere quel sacrificio pur di passare del tempo insieme. Adesso invece non riesce neanche a spostarsi dal salotto alla camera da letto per parlare con lei. Anzi, si mette a urlare se c'è qualcosa di cui ha bisogno, e se la pulizia dei vetri è sporadica, non è niente in confronto alla loro vita sessuale.

Erika dispone delle tazze pulite sul bancone di fronte alla macchina del caffè. Sperava che la loro relazione migliorasse una volta che le bambine fossero cresciute e che si sarebbero riavvicinati. Invece i loro doveri coniugali, come Martin li aveva definiti una volta (ovviamente per scherzo, ma forse era il modo in cui concepiva il sesso...) si erano ridotti a un atto d'obbligo una volta ogni due mesi. Il tutto in modo così rigido e meccanico che Erika aveva cominciato a sentire la mancanza delle goffe sveltine piene di risate nel locale lavanderia, mentre Emma guardava i cartoni animati alla televisione. E adesso che finalmente riesce a dormire tutta la notte e non ha perdite al seno o i vestiti perennemente macchiati di vomito, in effetti le è tornata la voglia.

Erika si gratta il collo. Ha sempre pensato al sesso come qualcosa di privato e un po' imbarazzante (all'inizio riusciva a farlo solo a luce spenta, forse come conseguenza del disinvolto atteggiamento da figlia dei fiori di sua madre) e, pur sapendo quanto sia controproducente, a lei piace che sia l'uomo a prendere l'iniziativa nei doveri coniugali (santo cielo, forse avrebbe dovuto reagire quando lui aveva detto così?). Ma dopo aver passato un'altra notte da sola davanti a *Dirty Dancing*, piena d'invidia con gli occhi puntati sulle braccia muscolose di Patrick Swayze e i fianchi di Jennifer Grey, si era decisa a prendere la situazione in mano.

Si era subito messa a cercare su Google dei corsi di ballo, ma ben presto si era resa conto che le possibilità di trascinare Martin in qualcosa di simile erano scarse (e nell'improbabile ipotesi che avesse accettato, in ogni caso non avrebbe mai acconsentito a indossare la camicetta aderente come Swayze, per cui che senso avrebbe avuto tutto ciò?). Invece si era recata in libreria, aveva trovato la guida *Come aggiungere pepe alla vita sessuale* e l'aveva appoggiata con sguardo mesto vicino alla cassa (cercando di resistere all'impulso di aggiungere che lo acquistava per un'amica). Fortunatamente il commesso era sembrato comprensivo circa il livello di discrezione di cui lei aveva bisogno per poter concludere l'acquisto e aveva rapidamente impacchettato il libro senza guardare il titolo o uscirsene con qualche commento del tipo "Io e mia moglie abbiamo sempre preferito il cumino".

Una volta a casa Erika aveva iniziato a sottoporsi a quello che l'autore definiva *Un metodo infallibile per raggiungere la felicità sessuale*. E il libro era stato alquanto illuminante. A parte il fatto che aveva finalmente capito il significato del termine "sesso vaniglia" (che non aveva nulla a che fare con quell'atto perverso e poco igienico che si era sempre immaginata), aveva anche imparato alcune *Semplici ma efficaci tecniche per creare intimità* e *Come rendere la vita più divertente con i giochi di ruolo*.

Ma infallibile, in effetti, non lo era.

Erika gira la fede intorno al dito. Ricordare quanto accaduto il giorno prima la fa sentire ancora abbattuta; si chiede se non abbia esagerato un po' troppo nel dire a Martin che avrebbero anche potuto passare l'intera estate lontani l'uno dall'altra.

Prende uno straccio e si mette ad asciugare il bancone. Forse è stato sciocco da parte sua pensare di poter riaccendere da sola la scintilla del loro rapporto invece di parlare apertamente con Martin di come si sentisse, ma quel libro sembrava rendere tutto così facile… Stando agli autori lei avrebbe solo avuto bisogno di trasformare la cosa in modo da renderla sensuale, libera da aspettative, inibizioni e critiche (queste ultime due sembravano essere le cause più comuni di calo del desiderio sessuale maschile).

Anche se alcune parti del libro sembravano uscite dalla serie televisiva *Mad Men* (*Sorridi a tuo marito: ha avuto una giornata stressante in ufficio e ha bisogno di sentirsi amato*), Erika aveva pensato che potesse comunque valere la pena fare un tentativo.

Così aveva cominciato a creare un'atmosfera sensuale. Ogni sera per due settimane aveva cucinato i piatti preferiti di Martin, apparecchiando con le stoviglie migliori, aveva acceso candele e cercato di non parlare della bolletta della luce in scadenza, dello scarico del bagno otturato o di altri problemi legati alla quotidianità. Se suo marito si lamentava di qualcosa avvenuto sul lavoro, lei lo ascoltava senza interromperlo, sorridendo dolcemente, nonostante le nuove mutandine di pizzo, che secondo il libro avrebbero dovuto farla brillare di fiducia in se stessa, le dessero fastidio.

E dopo un paio di giorni aveva pensato che in effetti stesse funzionando. Lo sguardo di Martin si era fatto più acceso. Sembrava meno stressato e quando lui per la prima volta dopo tanto tempo, guardandola intensamente negli occhi, le aveva proposto di guardare un film insieme, *solo loro due*, dentro di sé lei aveva esultato.

Finalmente, sul calare della sera, Erika aveva preparato tutto nei minimi dettagli. Avevano dato i soldi a Emma per andare al cinema e Lina era stata messa a letto con l'iPad, senza le restrizioni attivate su YouTube, cosa che avrebbe tenuto la figlia occupata per un paio di ore buone (*ma senza aspettative*, aveva ricordato a se stessa Erika). Lei si era messa ad aspettarlo nell'ingresso con le stesse mutandine di pizzo (in ogni caso, di lì a breve se le sarebbe dovute togliere), una parrucca bionda e un vestitino in pelle, che stando al negozio di costumi online doveva farla assomigliare alla Madre dei draghi nel *Trono di Spade*, una serie a cui Martin si era più o meno appassionato (e che lei per gentilezza aveva provato a guardare insieme a lui, ma si era ben presto annoiata: che cosa ci sarà mai di divertente nei draghi e nel fare la guerra?).

Solo dopo Erika si era resa conto di essere probabilmente

un po' troppo eccitata per trattarsi di una semplice cena a base di pizza, ma era per via del fatto che aveva atteso a lungo che qualcuno la toccasse come faceva Patrick Swayze. Aveva perfino fatto stretching (anche questo *del tutto senza aspettative*). Martin le aveva promesso di prendere sulla via del ritorno una bottiglia di vino e la sua pizza preferita, la Quattro stagioni, e uno spuntino era già pronto sul tavolino del salotto.

Il primo messaggio era arrivato alle sei e un quarto. *Scusami, un'emergenza al lavoro, mi devo trattenere un'altra oretta.* Affamata e delusa Erika si era accasciata sul divano, ma poi aveva pensato a cosa c'era scritto nel libro: che la *comprensione* è un concetto chiave per una relazione che funziona. E poi non voleva rovinare l'atmosfera sensuale che tanto aveva faticato a creare, per cui aveva risposto che non era un problema se lui arrivava in ritardo.

Il secondo messaggio era arrivato una mezz'ora più tardi, anch'esso molto promettente. *Il sistema si è piantato, ma conto di venire via non appena avremo fatto ripartire il programma.* A quel punto Erika avrebbe veramente dovuto mangiare qualcosa.

Alle otto aveva deciso di arrendersi, si era messa il pigiama e riposto l'orribile parrucca e il vestito di pelle in fondo al guardaroba. Quando Martin finalmente era tornato a casa, senza pizza, lei si era sentita talmente umiliata che nemmeno gli aveva dato il tempo di spiegare, scagliandogli addosso la ciotola con le patatine al formaggio.

Erika si strofina il viso con le mani. Sa che può diventare irragionevolmente furiosa quando ha un calo di zuccheri, ma in questo caso in effetti non crede di aver sbagliato. Martin aveva rovinato la loro serata quando, per l'ennesima volta, aveva messo in primo piano il lavoro. E come se non bastasse aveva avuto la faccia tosta di arrabbiarsi perché si era ritrovato addosso una misera manciata di patatine al formaggio (più la ciotola, che per sua fortuna era di plastica).

Scuote la testa. Quando Emma era piccola tutto questo non sarebbe stato una tragedia. Martin le avrebbe chiesto scusa ed Erika l'avrebbe perdonato. A quel tempo si divertivano davvero insieme, a prescindere da quanto fosse disperata la situazione. I loro primi anni come famiglia li avevano vissuti in un logoro bilocale in affitto, il cui bagno era talmente stretto da doverci camminare lateralmente, e una lavatrice che funzionava solo se veniva messo qualcosa a contrasto con il portello. Eppure quasi tutti i suoi ricordi legati a quel luogo sono felici. Ricorda ancora come ridevano dei cesti traboccanti di pannolini, della pappa d'avena sparsa ovunque e delle cose rotte. Quando Emma aveva imbrattato coi pennarelli le scarpe bianche di Martin, delle Original Superstar della Adidas, regalo che gli aveva portato suo fratello da New York, lui non si era neppure arrabbiato, e facevano a turni durante la notte per cullare Emma e asciugare lo yogurt al mirtillo spiaccicato contro le pareti. Ora invece è come se vivessero due vite parallele, dove non hanno mai tempo l'uno per l'altra.

Erika riprende il telefono, clicca su un sito di notizie e ferma lo sguardo sulla foto di una coppia sorridente di una rubrica dal titolo *Felicemente separati*. Rapida lo rimette via. Odia leggere di persone che si rifanno una vita, che si vantano di come hanno chiuso con il loro matrimonio fallito ritrovando il fervore. La sua relazione con Martin non manca di amore, stanno solo affrontando un momento difficile. Si amano e si portano rispetto e hanno due figlie bellissime. Anche solo il suo starsene seduta lì a pensare a quelle cose equivale a tradire la sua famiglia.

I suoi cupi pensieri vengono interrotti dal suono della campanella quando la porta dell'hotel si apre. Una donna entra guardandosi intorno. Ha con sé un trolley e lo sguardo di chi ha viaggiato troppo a lungo.

«Salve!» dice Erika sfoggiando il suo sorriso migliore. «Benvenuta.»

La signora sfila un fazzoletto dalla tasca asciugandosi la nuca. Ha l'aria esausta. Le linee intorno alla bocca suggeriscono a Erika che abbia intorno ai cinquant'anni.

«Salve. Avete una camera libera?»

«Certamente» risponde Erika accompagnando la donna verso il bancone. «Ha fatto un lungo viaggio?»

«Vengo dagli Stati Uniti» dice lei tirando fuori il portafoglio. «Tra non molto saranno passate ventiquattro ore da quando sono partita da casa.»

Erika prende il suo passaporto, apprestandosi a registrare *Patricia Sloane* nel sistema di prenotazione.

«Ci credo che sia stanca. Le va una tazza di caffè?»

«Volentieri.»

La serve e intanto continua la procedura di inserimento. Anche se sono passati un paio di mesi dall'ultima volta che Erika è stata all'hotel, quella routine fa parte di lei.

«Quanto si trattiene?»

La donna beve un sorso di caffè.

«Non ne sono sicura. Potrei farglielo sapere più avanti?»

Erika annuisce valutando l'accento di Patricia.

«Sì, certo. Manca ancora un po' all'inizio dell'alta stagione e abbiamo posto a sufficienza per tutta la settimana.»

«Bene.»

«Le do la suite Shakespeare, signora Sloane. La camera è leggermente più piccola, ma ha la vista sul mare.»

«Mi sembra perfetto. E può chiamarmi Patricia.»

Erika inserisce gli ultimi dati e si accorge che la donna la sta guardando.

«Lei è di qui?»

L'altra le porge le chiavi della camera. «Sì. Nata e cresciuta...» risponde pimpante.

Patricia si siede su uno degli sgabelli. Ha i capelli folti e scuri con un taglio a paggetto asimmetrico che, nonostante l'abbigliamento semplice, la fa apparire elegante.

«Posso chiederle come mai parla svedese?»

Patricia aggiunge un goccio di latte al suo caffè.

«Bello forte» dice sorridendo con la bocca ma non con gli occhi. «Mia madre era di qui, sono cresciuta parlando la sua lingua.»

Suona di nuovo la campanella e Mona varca la soglia. È stata fuori per la sua terza commissione ed Erika non l'ha ancora vista mettersi a sedere una volta. Per pranzo ha mangiato in piedi, facendo contemporaneamente l'inventario della dispensa.

«Mamma, abbiamo una nuova ospite» dice Erika invitandola ad avvicinarsi.

«Che piacere! Io sono Mona» risponde con gioia sollevando un sacchetto pieno di verdure. «Vado a sistemarle in cucina, poi torno e ci salutiamo come si deve.»

Mentre Mona si allontana si ode un tonfo. Lina si è accasciata sul pavimento davanti a loro.

«Ciao, tesoro. Come va?» chiede Erika.

«Non bene» risponde lei con un gemito.

«Sta male?» domanda Patricia preoccupata.

Lina si tocca il braccio.

«Cos'è successo?» domanda Erika.

«Ho il colera» brontola la bimba. «Qui, sul gomito.»

«Tutto okay» dice con un sorriso Erika rivolgendosi all'ospite. «È solo un po' di colera sul gomito.»

Mona ritorna dalla cucina con un vassoio di ciambelle, tenendolo saldamente con entrambe le mani, ma inciampa su una tavola rialzata del pavimento. Patricia si precipita svelta verso di lei, riuscendo ad afferrare il vassoio prima che cada per terra.

«Oh. Grazie» dice Mona spaventata prima di voltarsi verso Lina. «Povero amore. Sei malata?»

«Ho bisogno di una puntura» mormora.

«Purtroppo non ce l'ho. Ma forse una ciambellina può aiutare?»

Lina ci pensa, poi all'improvviso decide di alzarsi. «Va bene» esclama mettendosi a sedere vicino al lungo bancone. «Se la mamma è d'accordo.»

«Be', hai mangiato tutto a pranzo, quindi... sì, certo che puoi.»

Erika si volta verso Patricia.

«Ha cinque anni» le spiega «ed è molto interessata alle malattie rare.»

«Capisco» annuisce lei. «È l'età in cui ne sanno una più del diavolo.»

* * *

La proprietaria dell'hotel mette in tavola delle belle tazze con motivi floreali, chiedendo a Patricia se vuole unirsi anche lei per bere e mangiare qualcosa. La donna si guarda intorno. È stanca e in realtà vorrebbe salire in camera, ma si rende anche conto che è molto probabile che Mona conosca tante persone a Ljusskär e per questo potrebbe essere in grado di rispondere ad alcune delle sue domande.

«Grazie, volentieri. Vado solo un attimo a lasciare la valigia e a rinfrescarmi» risponde.

Una volta tornata, Patricia si siede accanto a Erika. Il piano terra dell'hotel consiste in una stanza a forma di ferro di cavallo piena di tavoli e sedie bizzarre di vari colori. Al centro c'è un bancone con la cassa, dietro al quale si accede alla cucina.

Mona le porge una tazza e Patricia si sforza di sorridere. Non è una che ama chiacchierare, ma ha ben in mente il suo obiettivo.

«Com'è carino qua» esordisce.

«Grazie!» dice Mona servendole il tè da una grossa caraffa di porcellana color panna con un *craquelé* sul beccuccio. Le linee sottili si diramano in una ragnatela di piccoli segmenti grigi.

Patricia pensa che la maggior parte degli oggetti nell'hotel sembrano essere di seconda mano e le piace quell'atmosfera speciale. Si nota che ogni piccola cosa è stata scelta con cura e ovunque lei guardi vede pile di libri.

Due donne entrano nell'hotel, annunciate dal segnale acustico della porta che si apre. La prima indossa un vestito aderente, tacchi alti e vistosi gioielli. Pare uscita da una rivista di moda e il confronto con la lunga gonna, le ciabatte e la visiera parasole che indossa l'altra è quasi comico.

«Giusto in tempo!» esclama Mona gioiosa. «Queste sono le mie amiche, Doris e Marianne, e lei è una nuova ospite» continua. «Patricia è appena arrivata dagli Stati Uniti.»

«Che bello» dice la donna con la gonna lunga. Ha folti capelli grigi raccolti in una treccia. «Io non sono mai stata dall'altra parte dell'Atlantico, ma ho letto tutti i libri di Toni Morrison e Philip Roth che sono stati tradotti in svedese.»

«Facciamo parte di un club del libro» aggiunge Mona. «O

meglio, stiamo per farlo ripartire e sono sicura che sarà divertente leggere libri insieme.»

«Cioè, ognuno legge il libro per conto suo» chiarisce Doris. «Non insieme agli altri.»

«Credo che lo possa immaginare da sola» osserva Marianne divertita. «Anche in America esistono i club del libro.»

«Ovviamente» replica Doris sistemandosi gli occhiali da sole.

Patricia sorride. Le donne parlano così velocemente che lei riesce a seguirle a fatica.

«Che cosa carina, un club del libro.»

«Ora sedetevi» le invita Mona. «Non hai nulla in contrario vero se ti fanno compagnia?» chiede disponendo alcune tazze sulla tavola prima ancora che Patricia abbia il tempo di rispondere. «Volete anche voi del tè?» continua. «È aromatizzato alla frutta, di provenienza locale.»

Doris ringrazia e porge la sua tazza così che Mona possa raggiungerla con la caraffa e versarle un po' della bevanda calda e fumante.

Patricia sorseggia il suo tè, che sa di fragola e pera.

«Che buono» dice.

«Grazie» sorride Mona. «È una mia ricetta.»

Marianne si appoggia allo schienale della sedia e Patricia l'osserva con discrezione. Le sembra di riconoscere quella donna elegante, ma non sa dire come mai.

«Non è che per caso hai del succo vegetale?» chiede Marianne.

«No» risponde Mona. «Ma posso fartelo. Cosa ci metti di solito?»

«Un po' di tutto: cavolo, spinaci, sedano, piselli e una spruzzatina di succo di limone.»

«Ci penso io» dice Mona entrando in cucina.

«Allora, dove posso procurarmi una copia di *Orgoglio e pregiudizio*?» domanda Marianne.

Doris afferra una borsa di stoffa e tira fuori tre libri appoggiandoli sul bancone.

«Ce l'ho io per tutte» dice.

«Hai comprato tre copie dello stesso romanzo?»

«Sono edizioni diverse» controbatte Doris. «Le copertine sono così belle, e poi mi piace davvero molto.»

Marianne guarda i libri.

«Per me vale la stessa cosa con le scarpe. Le mie Louboutins non sono mai abbastanza.»

«Ho sentito dire che molte donne hanno un ricordo più vivido del loro primo paio di scarpe che del loro primo bacio» afferma Mona annuendo, tornando dalla cucina con un grosso bicchiere di succo vegetale.

«Sicuramente è così. Non scorderò mai quel paio di sandali di velluto blu che mi regalò mia madre prima che iniziassi la scuola. Fu amore vero» dice Marianne mandando giù un sorso del suo succo. «Ma che delizia» esclama, e beve velocemente. «Che ci hai messo?»

«Proprio quello che mi hai detto tu, cavolo, sedano, spinaci, piselli e limone. Però il sapore era un po' amaro, così sono stata costretta a renderlo più gradevole con un po' di panna.»

Marianne si impietrisce.

«C'è dentro la panna?»

«Sì» dice Mona. «Ma solo qualche decilitro, altrimenti sarebbe stato imbevibile.»

«Io non mangio latticini» mormora l'amica portandosi una mano alla bocca.

Patricia la osserva discreta. Marianne non è forse quell'attrice famosa negli anni Ottanta?

«Va be', dài» dice Mona mentre il viso di Marianne impallidisce. «Un po' di panna non ha mai ucciso nessuno. È uno degli ingredienti base della cucina svedese. Guarda un po', abbiamo i libri!» continua prendendone uno in mano.

«Hai letto *Orgoglio e pregiudizio*?» domanda Doris rivolgendosi a Patricia.

«Sì, ma molto tempo fa.»

«Anche tu puoi prenderne uno se vuoi, a casa ne ho diversi» spiega indicando le altre copie.

Patricia non sa bene che cosa rispondere. Non vuole sembrare sgarbata, ma non ha viaggiato fino a lì per entrare a far parte di un club del libro. Allo stesso tempo si rende conto che conoscere quelle donne potrebbe tornarle utile.

Sospira fra sé. Da quando Madeleine è scomparsa lei è diventata una specie di lupo solitario. Non riesce più a fare entrare le persone nella sua vita ed è disinteressata alle dinamiche sociali. Da una parte si chiede se non debba semplicemente domandare loro se sappiano qualcosa di sua sorella, ma dall'altra sente di dover aspettare il momento giusto.

«Va bene» risponde titubante.

«Che bello» replica Doris con la sua voce squillante. «Leggi pure quanto vuoi e nel caso tu sia ancora qui quando inizieremo gli incontri al nostro club del libro sarai ovviamente la benvenuta.»

Il telefono di Mona squilla e lei si allontana scusandosi, mentre Marianne apre il libro della Austen e inizia a leggere.

«*Orgoglio e pregiudizio* è il vostro primo libro?» chiede Patricia.

«Sì» conferma Doris. «L'ho scelto io. Cosa ti piace leggere?»

Patricia ci pensa. Leggere è una delle poche gioie della sua vita. I libri ci sono sempre stati quando ne ha avuto bisogno. La confortano e le fanno compagnia quando si sente sola e sono per lei una via di fuga dai problemi della vita reale.

«Mi piacciono molto i romanzi storici. Hai mai letto *The Help*?»

«Favoloso» esclama Doris illuminandosi in un sorriso. «Ho adorato Minny, ma dopo aver letto il libro non sono più riuscita a mangiare cioccolata per diverse settimane.»

Patricia scoppia a ridere. C'è qualcosa nel modo di parlare di Doris che rende impossibile non farsela piacere.

«Nemmeno io.»

«Hai letto *Il club del libro e della torta di bucce di patata di Guernsey*?» domanda Doris.

«Sì» risponde Patricia. «Potessi vivere dentro a un libro sceglierei quello. Vorrei trasferirmi a Guernsey insieme a Dawsey e Juliet.»

«Sembrano stare così bene quando si incontrano per parlare di libri» prosegue Doris. «Sono rimasta incuriosita a lungo da quella torta di bucce di patata.»

«Io ho provato a cucinarla.»

«Davvero? E com'era?»

Patricia fa una piccola smorfia.

«Non era buonissima, ma probabilmente meglio della torta al cioccolato di Minny.»

Mona fa ritorno proprio in quel momento. Ha un'espressione preoccupata sul viso mentre si sistema i capelli ricci color biondo rame.

«Chi era?» chiede Doris curiosa.

«Alf, il presidente del Consiglio comunale» spiega a Patricia e Marianne. «Hanno avuto dei problemi con l'annuale festival estivo. Margareta è in ospedale con il femore rotto e nessun altro ha avuto tempo di organizzare le attività. Dato che mancano solo tre settimane e non è stato ancora fatto alcun programma, il Consiglio pensa di annullare la manifestazione.»

Erika, seduta al bancone mentre sfoglia una rivista, si gira sulla sedia.

«Ma mamma, il festival estivo non è una delle tue principali fonti di guadagno?»

«Sì.»

«Che tipo di attività ci sono di solito?» domanda Marianne.

«Niente di straordinario. Ci può essere una caccia al tesoro, dei mercatini, un torneo di bocce e musica da ballo la sera. Ma, a dire il vero, attira tante persone.»

«Potremmo darci da fare noi, no?» propone Doris giochellando con la sua lunga treccia.

«Per esempio, che faresti?» chiede Mona.

Doris riflette, poi sobbalza sulla sedia.

«Vi ricordate quel quiz musicale che hanno organizzato un paio di anni fa? Ha avuto molto successo. Non potremmo fare la stessa cosa con i libri?»

«Un quiz letterario?»

«Sì, perché no?» continua Doris. «Potremmo leggere ad alta voce brani tratti da romanzi che ci piacciono e fare delle domande sui personaggi. Potremmo anche utilizzare degli oggetti di scena. Pensa se facessimo la torta di bucce di patata, ma buona. Mi sembra perfetta per un Bed & Breakfast and Books! Se la prepariamo qua potresti riempire la caffetteria di clienti!»

Mona non sembra del tutto convinta.

«Mi pare un'idea molto carina, ma non so se ho il tempo di organizzare un quiz letterario.»

«Ti aiutiamo noi, ovviamente» dice Doris rivolgendo uno sguardo a Marianne.

«Sì, certo» risponde lei sfuggente girando pagina.

Patricia si guarda intorno fino a incontrare l'orologio nero appeso alla parete. È stata così bene da non essersi resa conto del tempo che passava ed è meglio che si sbrighi se vuole recarsi all'ufficio della parrocchia prima che tutti se ne siano tornati a casa.

In un attimo si assicura di avere in tasca sia la chiave della camera sia il telefono. Alle signore del club del libro potrà fare domande al suo ritorno.

«Grazie per il tè» dice alzandosi. «Adesso avrei una cosa da sbrigare.»

«Prego» le risponde Mona sorridente.

«Ci vediamo più tardi» aggiunge Doris salutandola mentre si dirige verso la porta.

Una volta uscita una fresca brezza investe Patricia, che fa un profondo respiro. È sorpresa di quanto siano state gentili le donne in hotel. Durante la sua prima visita a Ljusskär, gli abitanti del piccolo paese le erano sembrati molto più riservati, e si chiede come possa essere stato per Madeleine la prima volta che era arrivata qui. Si era sentita accolta o anche nei suoi confronti avevano assunto un atteggiamento diffidente?

Chiude gli occhi e immagina sua sorella lì davanti: i riccioli ribelli di cui spesso si lamentava e l'ampio sorriso che faceva sciogliere chiunque. A volte, quando è sola, le sembra di avvertire la sua presenza. È proprio come se fosse al suo fianco, come se fosse parte di lei.

Pensa al volto di Matthew ogni volta che vedeva sua zia. Lui e Madeleine si volevano molto bene. Avevano il loro linguaggio segreto e nessuno meglio di lei riusciva a consolarlo quando era triste. Ogni volta che cadeva voleva salire sulle sue ginocchia e lei lo cullava, raccontandogli storie fino a che non dimenticava ciò che l'aveva reso tanto infelice.

Il ricordo le infonde una sensazione di calore; quando riapre gli occhi, per un attimo le sembra di vedere la sorella ballare davanti a lei. Col senno di poi avrebbe veramente voluto conoscere meglio la parrocchia prima che lei partisse per raggiungerla.

Se solo potesse sapere che cosa è successo quando Madeleine è arrivata a Ljusskär: come era stata organizzata la chiesa e chi erano le persone che aveva frequentato, forse potrebbe scoprire dove sia andata a finire sua sorella. Ma Patricia non sa quasi nulla. Le informazioni fornite dalla parrocchia sono sempre state scarse. Le avevano raccontato davvero poco del tempo che Madeleine aveva trascorso a Ljusskär. E fin dalla sua prima visita ha avuto la sensazione che la chiesa le stesse nascondendo qualcosa, ma non ha alcuna idea di cosa.

# 6

## Mercoledì 20 maggio 1987

Il pullman bianco e arancione viaggia lungo la costa e Madeleine segue con lo sguardo il mare scintillante. Pascoli verdeggianti si distendono tra la strada e l'acqua, e ogni tanto riesce a scorgere la riva.

La visione è come ipnotica: appoggia la fronte contro il vetro sporco del veicolo per poter vedere le onde infrangersi contro gli scogli. Qua e là spuntano piccole calette sabbiose; sente nascere il desiderio di spogliarsi per correre dritta in acqua.

Ha vent'anni ma ha fatto il bagno in mare solo poche volte. La fattoria a Mill Creek dove è cresciuta è lontana dalle coste dell'Atlantico e non capita spesso che affrontino un viaggio di duecentottantasei chilometri fino a Virginia Beach per tuffarsi in acqua.

Con la mano strofina il vetro del finestrino, incontrando lo sguardo dell'autista nello specchietto retrovisore. I raggi del sole scaldano tutte le superfici rendendo l'aria asfissiante. Ormai viaggiano da più di un'ora e la strada davanti a loro è accidentata e tortuosa.

Madeleine cerca di leggere i nomi delle località sui cartelli stradali per potersi orientare, ma non avendo con sé una mappa le resta difficile capire quanto manchi. Tira fuori dalla tasca della giacca un foglietto accartocciato e legge: *Ljusskär*.

Sospira e di nuovo guarda l'autista dai capelli bianchi. Le ha promesso di avvertirla quando sarebbero arrivati, ma non è sicura che abbia capito. E se avessero già passato il piccolo paese?

Nonostante sia caldo indossa ancora la sua nuova giacca di camoscio, marrone e morbida come velluto e stretta in vita secondo la moda. Gliel'ha comprata sua sorella Patricia, benché costasse trentacinque dollari.

Ogni volta che pensa a Patricia sente un peso sul cuore. Da una parte si vergogna di aver lasciato in quel modo la fattoria, dall'altra a stento riesce a credere di essere finalmente libera. Per un anno intero non dovrà alzarsi alle cinque del mattino per mungere. Non dovrà preoccuparsi della pompa vuota, dei prendicapezzoli sciupati, degli afidi, delle zanzare, dei pannelli del soffitto incrinati o del calo del prezzo del grano.

Madeleine volta il foglietto, osserva gli scarabocchi di Matthew sul retro e sente svanire l'entusiasmo. È libera, ma non vedrà suo nipote fino alla prossima primavera.

Passa il dito sopra a uno dei suoi omini stilizzati. Matthew, meraviglioso e birichino, che si intrufola sotto le coperte facendole il solletico ai piedi quando meno se lo aspetta, che le sussurra i segreti all'orecchio, e che l'accompagna sempre dentro alle stalle. La riconoscerà una volta che sarà tornata?

Chiude gli occhi, stringe forte il foglietto fra le mani ricordando a se stessa che ha scelto lei di compiere quel viaggio. È stata lei a scrivere la lettera di candidatura al pastore Lindberg e ad accettare il posto, nonostante Patricia le avesse chiesto di restare. Aveva preso quella decisione per se stessa.

Una sensazione di calma le pervade il corpo. Sorride: sta vivendo un'avventura. Ha viaggiato fino all'altro capo del mondo per scoprire qualcosa di nuovo. Anche se si sente nervosa non deve dimenticare quanto a lungo ha atteso questo momento.

Sul sedile dall'altra parte del corridoio è seduta una donna più grande di lei, ha una postura elegante e i capelli raccolti in un alto chignon. È truccata alla perfezione, indossa una gonna stretta, lunga fino alle ginocchia, una camicia color panna con ricami in pizzo e scarpe décolleté color rosso scuro. Sulle gambe tiene un mucchio di buste di diversi negozi, ognuna col suo nome scritto in un carattere ondulato e dorato.

Madeleine la osserva curiosa. Si è sempre chiesta come sia fare shopping in negozi come quelli. Entrare e acquistare senza preoccuparsi del prezzo. Per la maggior parte della sua vita ha indossato solo abiti di seconda mano, rattoppati e troppo grandi, dato che Patricia è sempre stata più robusta di lei.

La sorprende che la donna con lo chignon viaggi in pullman. A casa in America, una come lei non avrebbe mai usato i mezzi pubblici, ma qui sembra che nessuno si faccia problemi ad andare in giro mescolandosi agli altri.

Madeleine si guarda intorno curiosa. Davanti a lei c'è un uomo con un abito scuro e una madre con due bambini che appiccicano la gomma da masticare agli schienali dei sedili; in fondo, alcuni adolescenti chiassosi e una coppia malmessa che beve da una fiaschetta da tasca. Un gruppo di persone davvero bizzarro.

Il pullman si ferma e la donna elegante si alza dirigendosi verso l'uscita. Ha diversi anelli alle dita e sebbene indossi i tacchi e abbia molte buste da portare è come se volasse lungo il veicolo.

Proprio mentre sta per scendere, Madeleine si accorge che una borsa di colore nero con una fibbia d'oro è rimasta sul suo sedile, sola e abbandonata sulla malconcia stoffa sintetica.

Madeleine per un attimo pensa che forse quella borsa contiene molti soldi e che la signora, a giudicare dal suo aspetto e da quanto sia sbadata, non sembra averne chissà quale bisogno. Poi si alza di scatto.

«Mi scusi» esclama afferrando la borsa, tenendola sollevata davanti a sé.

La donna spalanca gli occhi e cerca di tornare indietro, ma le sue buste si incastrano tra i sedili, per cui è Madeleine ad andare verso di lei.

«Grazie» dice con voce tremante. «Grazie mille, davvero.»

Madeleine torna al suo posto. È contenta di essersi accorta in tempo della borsa.

Il pullman prosegue attraversando un altro caratteristico paesino costiero. Piccole case di vari colori si susseguono lungo quella che ha l'aria di essere una delle strade principali. Sulle recinzioni di colore bianco si arrampicano cespugli di rose e dentro ai giardini ci sono tavoli e sedie di legno all'ombra degli alberi da frutto. Sembra di essere dentro una fiaba, e Madeleine osserva meravigliata gli eleganti cancelli in ferro battuto, le porte con i vetri colorati e le persiane dalle tenui tonalità.

Alla fermata, Madeleine si guarda intorno per vedere chi deve scendere, ma nessuno si alza e presto si accorge che l'autista le sta facendo cenno con la mano. «Ljusskär» dice indicando la strada.

Si sbriga a radunare le sue cose e poi spinge la valigia verso l'uscita. Ancora indecisa, incontra lo sguardo stanco del conducente.

«Sono arrivata?» domanda.

«Ljusskär» ripete lui annuendo.

Per un attimo considera di chiedere se vi siano più fermate in paese, ma quando l'uomo con la fiaschetta emette un sonoro sospiro, scende subito sul marciapiede. La porta si richiude e il pullman riparte, scomparendo in breve tempo alla vista.

Madeleine appoggia a terra la sua valigia e si guarda intorno.

Poco lontano riesce a intravedere la sagoma di una chiesa che brilla di un bianco acceso dietro alle chiome degli alberi. Il pastore Harold, a Mill Creek, le aveva raccontato che la Libera Chiesa a Ljusskär è famosa perché la maggioranza degli abitanti del paese ne fa parte. In molti si impegnano nelle attività di volontariato della parrocchia e frequentano corsi di basket e pallamano organizzati dalla chiesa, e sia la scuola domenicale sia le funzioni sono assai frequentate. Inoltre si avvalgono di un programma di scambio internazionale e invitano persone da tutto il mondo.

Madeleine giocherella con il foglietto che ha in tasca. Oltre ad esserci scritto *Ljusskär*, c'è anche il nome con indirizzo e numero di telefono di Rut Lindberg, la moglie del pastore Lindberg.

Si scuote un po' di polvere dal vestito a fiori. È il più bello che ha e se l'è messo per fare una buona impressione con la signora Lindberg.

Madeleine guarda l'orologio. Sono passati cinque minuti da quando il pullman l'ha lasciata lì. Dovrebbe forse raggiungere il chiosco vicino e chiedere di poter usare il telefono? D'altra parte ha ricevuto istruzioni precise: scendi dall'autobus alla fermata di Ljusskär e aspetta.

Soffia una brezza fresca. Le sembra di sentire l'odore del mare: alghe, salsedine e vegetazione marittima. Siamo ancora a maggio ma il cielo è terso e al sole fa caldo. Forse si può già fare il bagno?

Mentre si gira vede una signora in compagnia di un ragazzo camminare verso di lei. Indossa uno splendido abito color verde pisello; ha i capelli perfettamente acconciati, di un luminoso castano, che la fanno assomigliare alla regina Elisabetta.

Madeleine corregge la postura e si aggiusta il colletto del vestito.

«Madeleine Grey?»

La donna si ferma come se si fosse appena accorta di lei.

«Sì, sono io» risponde Madeleine.

La signora Lindberg lascia andare un sospiro di sconforto.

«Chiedo scusa, era nostra intenzione farci trovare qui al tuo arrivo, ma il pullman deve essere arrivato in anticipo!»

«Non ci sono problemi.»

La donna l'osserva da capo a piedi e poi le tende una mano.

«Piacere, Rut Lindberg. Ma puoi chiamarmi Rut.» Nonostante sia caldo le sue dita sono fredde e la sua stretta di mano è salda.

«Piacere, Madeleine.»

«Questo è mio figlio, Jonas» dice Rut sorridendo.

Il giovane uomo rimasto seminascosto dietro di lei si fa avanti. È alto e ha le spalle larghe, i capelli biondi pettinati all'indietro e un sorriso sicuro.

«Ciao» dice. «Benvenuta a Ljusskär.»

Madeleine gli stringe la mano. Sembra avere la sua età; lei scruta i suoi grandi occhi espressivi e sta quasi per rispondere quando Rut li interrompe.

«È andato bene il viaggio?» chiede.

«Sì, molto bene, grazie.»

Rut la prende a braccetto. «Vieni,» dice «ti portiamo nella foresteria dove alloggerai, la Storstuga. Condividerai la stanza con Desirée, una ragazza danese. Vedrai, ti piacerà, è un vero tesoro.» Fa un piccolo cenno a Jonas che subito afferra la valigia di Madeleine. «Lasciala portare a lui» aggiunge prima che lei possa protestare.

«Va bene. Grazie.»

«Sei arrivata il giorno giusto» continua Rut accarezzandole il braccio. «Stasera nella Storstuga si svolgerà l'assemblea parrocchiale, così avrai modo di conoscere tutti. Prima ho un appuntamento con il circolo di lavoro a maglia, ma Desirée potrà mostrarti la chiesa se ne hai voglia.»

«Con molto piacere» risponde Madeleine scambiandosi uno sguardo con Jonas.

«Meraviglioso» dice Rut iniziando a camminare a un ritmo sorprendentemente veloce. Madeleine deve sforzarsi per starle dietro e le calze lisce le fanno scivolare i piedi dentro alle scarpe.

«Siamo molto felici di averti qui.»

«Anch'io sono felice» risponde cercando di non inciampare sul marciapiede. «Sarà davvero emozionante.»

Rut si ferma e la guarda.

«*Emozionante* non credo sia la parola giusta. Non succede poi molto nel nostro paesino, ma i più si trovano bene. Dovrai lavorare sodo, ma imparerai anche tante cose, e per chi resta l'intero anno vi è la possibilità di continuare a lavorare all'interno della chiesa.»

Jonas ride alle loro spalle. «Sì, occuparsi della scuola domenicale è proprio una fatica di Sisifo. Specie quando tutti hanno bisogno di andare in bagno contemporaneamente» borbotta.

«Smettila tu» dice piano Rut, facendo un gesto di dissenso con la mano.

Madeleine ride sommessamente. «Sono abituata a lavorare duro» dice.

«Bene» annuisce Rut.

Madeleine si volta ancora verso Jonas. C'è qualcosa nel modo di fare tra madre e figlio che la incuriosisce, un amorevole battibeccarsi che la fa sentire a casa.

Quando il ragazzo le fa l'occhiolino sente un formicolio allo stomaco e d'un tratto tutte le sue preoccupazioni sono come svanite.

# 7

## Sabato 8 giugno

La Libera Chiesa si trova in cima a una collina, il che la rende facile da trovare. Si tratta di un edificio molto carino in legno bianco che Patricia riconosce dalla sua ultima visita mentre con aria stupita si guarda intorno.

La vegetazione è ben curata, la passerella è stata abbellita da piccole aiuole fiorite. Lei ci gira intorno per raggiungere la parte opposta della struttura dove si trova l'ufficio parrocchiale. È un edificio semplice, degli anni Settanta, collegato alla chiesa tramite un corridoio a vetri.

Patricia si ferma davanti all'entrata e osserva. Nel vedere una persona muoversi all'interno sente un fremito al petto. Per qualche ragione si sente nervosa.

Ripensa alla prima volta che è stata lì, a quando tutti le avevano ripetuto la stessa cosa: che Madeleine aveva lasciato il paese di sua spontanea volontà e che non c'era stato nulla che potessero fare per evitarlo.

Con aria incerta apre la porta ed entra. L'ingresso della chiesa ha il pavimento in pietra naturale, mobili moderni ed è ben illuminato con eleganti lampade scure, mentre all'interno dell'ufficio parrocchiale il tempo sembra essersi fermato.

Cammina lentamente fino a raggiungere la prima porta, che

è stata lasciata semiaperta. Dentro, su una sedia da ufficio, vi è una donna che digita sulla tastiera di un computer.

«Sì?» dice senza alzare lo sguardo.

Patricia si schiarisce la voce.

«Salve, mi chiamo Patricia Sloane e vorrei poter parlare con qualcuno a proposito di mia sorella, Madeleine Grey.»

La donna smette di scrivere e si alza. Ha la schiena curva e riccioli grigi che scendono ordinati; lo sguardo è sorprendentemente vivace per la sua età.

«Mi chiamo Rut» dice. «Credo che ci siamo già incontrate una volta, molto tempo fa.»

Patricia riconosce la donna, ma non riesce a inquadrarla bene.

«Lavorava qui nel 1987, quando Madeleine stava svolgendo il suo tirocinio?»

«Sì» conferma lei aggiustandosi gli occhiali. «Di cosa voleva parlare?»

«Volevo sapere se per caso avevate qualche novità sulla sparizione di mia sorella.»

Rut la osserva in silenzio.

«Purtroppo no. Non sappiamo niente di più di ciò che le è stato detto l'ultima volta» risponde inclinando appena la testa di lato. «Ma questo gliel'avrei potuto confermare per telefono.»

Patricia la fissa. Forse dovrebbe dirle della collana per vedere come reagirebbe, ma poi decide di aspettare di parlare con più persone. Continua a guardarsi intorno nel piccolo ufficio. La sedia di fronte al computer è in cattive condizioni e la carta da parati è sbiadita dal sole. A una delle pareti è appesa una stampa raffigurante Gesù con l'aureola e sulla libreria è appoggiato un telefono in bachelite color giallo senape.

«C'è nessun altro con cui potrei parlare?» chiede. «Qualcuno che ha conosciuto Madeleine?»

«Io sono l'unica che abbia lavorato in chiesa a quei tempi» risponde Rut decisa.

«E lei è sicura che nessuno abbia scoperto altro?»

«Purtroppo sì, ne sono sicura.» Fa una breve pausa prima di continuare. «Mi rincresce che abbia fatto un viaggio così lungo per niente, ma adesso ho davvero molto da fare» dice indicando la scrivania.

Patricia fa un passo in avanti, ma senza varcare la soglia.

«Se mai dovesse avere notizie, la prego di farmelo sapere. Alloggio al B & B and B di Mona e le sarei grata per qualsivoglia informazione.»

«Lo farò» risponde Rut richiudendo con cura la porta.

Patricia resta in piedi nel piccolo corridoio. C'è qualcosa di scoraggiante nei modi di quella donna. Si sarebbe aspettata di vederla più affranta nel parlare di Madeleine, che fosse dispiaciuta per quanto accaduto, invece di scacciarla via. Dopotutto sua sorella aveva viaggiato fino a lì per la Libera Chiesa.

Da una finestra nota un gruppo di persone che si sono radunate sul prato adiacente alla chiesa. Indossano delle tute da ginnastica dai colori sgargianti e con i loro bastoni da passeggio stanno imitando una donna con dei pantaloni attillati di colore rosa acceso che gesticola in aria.

Patricia esce fuori. Anche se Rut non vuole parlarle non significa che lei non possa continuare a indagare. Lentamente si avvicina a una delle signore più anziane.

«Chiedo scusa» dice. «Potrei farle una domanda?»

La donna le rivolge una rapida occhiata volgendo poi di nuovo lo sguardo verso l'allenatrice, che scandisce «E avanti e su, e avanti e su».

«Certo. Mi dica» risponde in affanno.

«Ecco, mi chiedevo se lei o qualcun altro nel gruppo abbia fatto parte della Libera Chiesa nel 1987» domanda con discrezione.

La signora ha una fascia viola per capelli e scuote la testa per allontanare un ciuffo.

«No» dice espirando mentre sposta in alto e in avanti il suo bastone da passeggio. «Non che io sappia. Ma provi a chiedere ad Astrid, laggiù» aggiunge indicando una donna leggermente in disparte che si sforza di seguire i movimenti.

Patricia si mette accanto a lei. È alta e magra e si muove energicamente sulle gambe allargate.

«Salve. Mi chiamo Patricia e sto cercando qualcuno che si ricordi di mia sorella Madeleine. Ha lavorato qui nella chiesa poco meno di trent'anni fa.»

Astrid si ferma incontrando il suo sguardo. Ha gli occhi azzurri e sorride vagamente.

«Madeleine Grey?»

«Sì, la conosceva?» domanda Patricia.

«Cantavamo insieme nel coro» dice piano Astrid. «Era molto gentile.»

«Si ricorda cosa le è successo?»

«Fu così strano. Un giorno se ne andò di punto in bianco. Purtroppo non ho mai saputo il perché.»

Patricia deglutisce. Ha ricevuto quella risposta più volte di quante riesca a ricordare.

«C'è nessun altro con cui io possa parlare?»

Astrid sembra pensarci.

«Ha provato a chiedere a Evy?»

Patricia scuote la testa. Non ha alcun ricordo di aver incontrato una certa Evy quando era venuta qui nel 1987.

«No. Dove la posso trovare?»

«Abita nella casa grigia con gli infissi blu a Sandvägen.»

Astrid indica con un gesto verso il mare. «Ho idea che abbiano avuto contatti.»

Il cuore prende a batterle forte.

«Grazie» mormora incamminandosi in tutta fretta verso Sandvägen.

# 8

## Mercoledì 20 maggio 1987

Desirée è seduta alla piccola scrivania e guarda Madeleine distendere i vestiti su uno dei due letti.

«Sono tutti così gentili qui» dice Madeleine girandosi un ricciolo tra le dita.

Sorride pensierosa. È contenta che Desirée sia la sua compagna di stanza. Le ha già mostrato la chiesa e la Storstuga, la foresteria, dove dormono in una delle camere disposte in fila nel lungo corridoio. In fondo c'è un bagno comune e, accanto alla sala delle assemblee, c'è una cucina. Madeleine si era sempre immaginata che gli studenti di un college vivessero così.

Appende i suoi abiti nell'armadio incastrato tra il cassettone e la scrivania. La camera è piccola come lo sono i letti, ma l'atmosfera è comunque familiare, con piccoli arazzi ricamati a mano alle pareti e tappeti di stracci sovrapposti sul pavimento.

Quando la nuova arrivata tira fuori un altro vestito, color panna coi bottoncini di legno, Desirée sobbalza sulla sedia.

«Oh, che carino!» dice prendendo l'indumento dalle mani di Madeleine. «Adoro gli abiti lunghi, ma per me è difficile portarli. Sono troppo bassa» riflette alzando gli occhi al cielo.

Lei sorride. Non è abituata alla compagnia di persone che parlano così tanto. Suo padre è sempre stato di poche parole, e quando Patricia se ne era andata di casa per studiare al college, sulla fattoria era calato il silenzio. A volte potevano passare giorni senza che i due si dicessero qualcosa oltre lo stretto necessario.

«Dunque, gli Stati Uniti» dice Desirée facendo una piccola piroetta col vestito fra le braccia. «Come si vive da quelle parti?»

Madeleine alza le spalle.

«Bene. E in Danimarca?»

Desirée si mette a ridere scuotendo i suoi capelli biondo dorato.

«Bene, suppongo. Ti va di raccontarmi qualcosa della tua famiglia?»

Madeleine giocherella con il piccolo ciondolo d'argento che tiene appeso al collo. Il gioiello è un regalo di sua sorella e lei lo indossa sempre sotto ai vestiti.

Deglutisce continuando a disfare la valigia. È difficile credere che siano passati due giorni dall'ultima volta che è stata a Mill Creek. Le ultime ore a casa le aveva trascorse a giocare con Matthew, a badare alle mucche, a mangiare il pasticcio di pollo con patate dolci, mais e fagioli preparato da Patricia e a salutare il suo nuovo nipotino ancora nella pancia.

«Ho una sorella più grande, si chiama Patricia. Vive con suo marito Michael e il figlio Matthew nella nostra fattoria in Virginia. Presto avranno un altro figlio, un maschio credo.»

Gli occhi di Desirée si illuminano. Ha un piccolo neo obliquo sopra alla bocca che le dona una dolcezza per cui è difficile staccarle gli occhi di dosso.

«Che bello! Io non ho fratelli o sorelle. I miei genitori vivono a Haderup, vicino a Viborg nello Jutland. È il posto più noioso del mondo» dice in modo teatrale.

«I miei genitori sono morti.»

Nell'udire le sue stesse parole Madeleine ha un sussulto.

Perché l'ha detto? Prima di riuscire a scusarsi Desirée ha già ricominciato a parlare.

«Che disgrazia. Mi dispiace per te!»

«Grazie» risponde piena di imbarazzo.

Desirée non sembra accorgersi che l'atmosfera nella stanza è cambiata e continua allegra la conversazione.

«Rut mi ha detto che sai suonare il pianoforte e cantare.»

Madeleine si sistema un ciuffo di capelli. A casa la forte umidità li rende gonfi e crespi, ma qui l'aria sembra più asciutta.

«Sì, è vero.»

«Ma che bello! Allora mi potrai aiutare con la scuola domenicale. Cantiamo spesso insieme ai bambini.»

Madeleine annuisce.

«Hai anche cantato nel coro, vero?» chiede Desirée.

«Sì, da quando avevo sei anni.»

Non vuole assolutamente che la compagna di stanza si accorga di quante poche cose ha con sé e perde tempo con ogni singolo indumento mentre cerca di pensare a qualcosa da chiederle.

«Quanti tirocinanti siamo in tutto?»

«Tre» risponde subito lei. «Io, te e Aino. Ma non ci chiamano tirocinanti, ci chiamano adepte.»

«Va bene.»

Desirée la guarda in silenzio come se stesse pensando a qualcosa, poi abbassa la voce.

«Aino è gentile e carina, ma io sono contenta che tu sia arrivata qui.»

Si sente un rumore nel parcheggio lì accanto e lei si gira, guardando fuori dalla finestra.

«Il pastore Lindberg sta arrivando.»

Madeleine, che non sa che cosa significhi, appoggia gli ultimi indumenti dentro un cassetto del comò prima che Desirée la prenda per un braccio.

«Dobbiamo andare. Ora.»

Si mette davanti a Madeleine come per ispezionarla, allunga una mano e con le dita tocca la microscopica cicatrice che ha sulla guancia destra.

D'istinto la ragazza vorrebbe indietreggiare ma si costringe a restare ferma.

«Che ti è successo?»

«Niente. Ho preso un calcio da un cavallo.»

Desirée annuisce seria.

«Sei comunque bella» esclama scostandole una ciocca di capelli. «Ecco, così!» dice divertita e apre la porta. «Ora siamo pronte.»

La sala riunioni, che prima era vuota, improvvisamente si è riempita e altri ancora si stanno riversando all'interno. Alcuni si sono seduti sulle sedie di rattan che erano state messe in fila, mentre altri rimangono in piedi lungo le pareti. Un gruppo di bambini sta facendo rotolare un pallone avanti e indietro sul pavimento di parquet, e nella cucina adiacente un paio di donne stanno preparando il caffè. Nella stanza si diffonde un brusio di voci sommesse e risa.

Madeleine si guarda intorno con gli occhi spalancati.

«Cosa sta succedendo?»

Desirée le sorride facendole strada tra la folla. È più bassa di lei di una decina di centimetri e indossa un abito lungo fino alle ginocchia che le fascia il corpo sinuoso.

«Si tratta solo di un breve incontro. Il pastore Lindberg viene ogni mercoledì per valutare in assemblea come è andata la settimana. La maggior parte delle persone viene qui per scambiarsi pettegolezzi» aggiunge facendo l'occhiolino.

Quando un uomo con una camicia bianca e i pantaloni affusolati entra nella sala, fra la gente cala il silenzio. Madeleine capisce subito di chi si tratta e fa un passo avanti per vedere meglio.

Il pastore Lindberg è alto, abbronzato e si passa con disinvoltura una mano tra i capelli color biondo cenere mentre saluta chi gli sta vicino.

Con la bocca semiaperta Madeleine lo osserva muoversi per la stanza. Il pastore saluta chiunque abbia davanti e si muove da una parte all'altra con le mani tese. I più ricambiano il sorriso riempiendosi di orgoglio per essere stati toccati da lui.

Desirée è in piedi accanto a lei con le mani chiuse a pugno. Non era mai stata in silenzio per così tanti minuti di seguito da quando Madeleine l'ha conosciuta.

«È fantastico, vero?» sussurra senza staccargli gli occhi di dosso.

Ora che sono così vicine Madeleine percepisce l'odore di Desirée: un profumo di fiori e miele.

Dall'altra parte della stanza intravede Jonas, in piedi con le mani in tasca. Sono incredibilmente simili, lui e il pastore, lo stesso viso allungato e il naso dritto. Per certi versi hanno un aspetto statuario, come fossero divinità romane.

Madeleine si chiede cosa si provi a essere il figlio di qualcuno così importante. Deve essere fantastico vedere il proprio padre ammirato in quel modo. Alza la mano per salutare, ma Jonas sta fissando il pavimento e non se ne accorge.

Quando il pastore si gira, iniziando a camminare nella sua direzione, lei non sa dove posare lo sguardo. Sente il sudore scenderle sulla nuca e si spinge contro il muro.

Il pastore Lindberg si ferma davanti a lei e la guarda dritto negli occhi.

«Ciao. Sei tu la nuova ragazza che viene da Charlottesville?» chiede con un sorriso accennato.

«Sì, mi chiamo Madeleine» risponde lei.

Lui allunga entrambe le braccia, afferra saldamente una delle sue mani e la stringe.

«Madeleine» ripete. «Io sono il pastore Lindberg. Mia moglie mi ha parlato delle tue doti musicali. Non vedo l'ora di sentirti cantare.»

Lei non sa che cosa rispondere. L'aria nel salone si è fatta pesante per via di tutta quella gente; si sente mancare il respiro.

«È davvero brava» si intromette Desirée, nonostante non l'abbia mai sentita emettere una sola nota.

Il pastore sorride di nuovo e a Madeleine sembra quasi che il pavimento si muova sotto i suoi piedi.

«Ciao, Desirée» dice lui prima di rivolgere un ultimo sguardo a Madeleine e passare alla persona accanto.

Una volta che Lindberg si è allontanato, Desirée le si avvicina.

«Gli piaci» sibila.

Madeleine è ancora appoggiata contro la parete. Si sente eccitata ed esausta allo stesso tempo.

«Tu dici?»

«Ma certo! Sei parte della famiglia adesso.»

Madeleine scosta un ciuffo di capelli. Le piace pensare di far parte di qualcosa di più grande.

Sente le dita di Desirée scivolare lungo il muro e le raggiunge con le sue, e mentre il pastore abbraccia una donna anziana in sedia a rotelle e la gente intorno si mette spontaneamente ad applaudire, Madeleine le afferra la mano.

# 9

## Sabato 8 giugno

Evy è seduta al tavolo della cucina a fare le parole crociate. Alle 15:55 ci sarà un nuovo bollettino meteo. Le lancette dell'orologio si muovono lentamente; guarda il disegno sopra la caraffa del caffè. In mezzo alle linee colorate ci sono due figure che si tengono per mano.

Sospira. Ha osservato quel disegno così tante volte che è diventato una parte dell'arredamento; teme che un giorno possa smettere di farci caso.

Fuori dalla finestra vede una donna che non conosce. Abbassa gli occhiali sulla punta del naso e la osserva con attenzione. La sconosciuta sembra una signora di mezz'età, ma i suoi capelli hanno un taglio particolare, con un ciuffo più lungo da una parte; il loro aspetto lucido e gonfio sembra innaturale.

Evy sbuffa. Ma che problema ha la gente? Conciarsi i capelli in quel modo. Se si è vecchi, si è vecchi e basta, non serve a niente illudersi. Lei ha sempre avuto lo stesso taglio di capelli e si è comunque trovata bene.

Quando si accorge che la donna si sta dirigendo verso casa sua, Evy si agita. Non è dell'umore per parlare con qualcuno oggi, soprattutto dopo che quella Marianne le ha rovinato la mattinata.

Arrancando si affretta verso l'ingresso per chiudere la porta riuscendo appena in tempo a girare la chiave prima di sentire una voce dall'altra parte. Un rumore di colpi riecheggia nella casa ed Evy fa un passo indietro.

«Salve? C'è nessuno?»

Evy non risponde, ma la donna insiste.

«Avrei bisogno di parlare con lei di Madeleine Grey.»

D'un tratto, come stordita, si appoggia al muro. Non sentiva quel nome da molto tempo.

«Vorrei farle un paio di domande» continua la voce.

*È arrivata in ritardo*, pensa Evy. Di trent'anni.

«Vada via» dice infine.

Sente la signora fare dei passi. Si ode uno scricchiolio sulla ghiaia, ma è sempre lì.

Una sensazione di disagio si è impossessata di lei, le tremano le mani.

«La prego» aggiunge la donna. «È questione di pochi minuti.»

L'ombra di un volto appare sul vetro smerigliato. Evy ha un sussulto. D'un tratto si sente come se qualcuno le avesse stretto le mani alla gola. Tira il colletto della maglia per poter respirare.

«Se ne vada» ripete ancora una volta in un sibilo, ma nel vedere che la signora non si muove, in lei scatta qualcosa. Gira la chiave e apre la porta.

La donna in piedi sulle scale fa un passo indietro. Sembra scioccata, come se non si aspettasse che qualcuno potesse aprire la porta dopo aver bussato.

Evy la fissa. «Sparisca» dice stizzita.

Lei tende impacciata una mano in segno di pace. «Se solo le potessi spiegare…»

«Non si faccia mai più vedere» la interrompe Evy scuotendo la testa. «Lei non è la benvenuta!» Nel pronunciare queste ultime parole la sua voce si spezza e tutta tremante richiude la porta.

La donna indugia per qualche attimo, poi Evy la sente andare via. In silenzio si accascia sul pavimento. Il respiro è pesante e si strofina gli occhi.

Saba le va incontro strusciandosi alle sue gambe. Lei affonda le dita nel suo manto liscio percependone il calore. Non vuole ripensare a ciò che è successo, non potrebbe sopportarlo.

La gatta si accoccola tra le sue ginocchia rotolandosi sulla schiena. Evy chiude gli occhi; le fa male il petto come se i muscoli si fossero contratti e deve sforzarsi per respirare.

Saba fa le fusa rigirandosi così da infilarsi al calduccio fra le sue gambe. Lei la accarezza delicatamente con le dita tra le orecchie.

«Tranquilla» dice. «Non è niente. Andrà tutto bene.»

Le mani le tremano ancora. Cerca di controllarsi, di calmare il respiro, ma è difficile coi pensieri che le corrono per la testa.

# 10

Sulla strada del ritorno per l'albergo, Patricia cammina lentamente. Ha gli occhi pesanti e si sente travolta da una profonda stanchezza. È ancora sotto shock per l'incontro avuto con la donna che abita nella casa grigia. Proprio non capisce come mai si sia tanto agitata: ci deve essere una spiegazione a quell'atteggiamento così strano.

Vede un cespuglio di rose rosse che sembrano di velluto e si sofferma ad annusarle. Madeleine amava i fiori e aveva cercato più volte di piantare delle rose nel giardino a Mill Creek, ma non erano mai sopravvissute alla siccità.

Patricia sospira. Che cosa si aspettava? Che a qualcuno della chiesa all'improvviso tornasse in mente qualcosa a proposito di Madeleine che si era dimenticato? O che la persona che le aveva spedito la collanina si facesse riconoscere?

Una volta giunta al B & B and B di Mona nota che lei e sua figlia stanno montando qualcosa sulla parete esterna. Assomiglia a un grosso nido artificiale con delle piccole mensole, e sul tavolo sottostante sono appoggiate pile di libri.

Patricia accenna un sorriso sentendole parlare allegramente e sale sulla veranda.

«Cos'è?» chiede.

«Una biblioteca» risponde Mona gioiosa.

«Probabilmente la più piccola del mondo» aggiunge Erika ridendo prima di posare una mano sulla spalla di sua madre. «Io torno su da Lina» dice e poi se ne va.

L'hotel è stracolmo di libri, il che conferisce un'atmosfera confortevole, ma Patricia non capisce perché ne lascino alcuni incustoditi in quel modo.

«Non hai paura che te li rubino?»

Mona aggiusta la bacheca in modo che stia dritta prima di sistemare con cura i volumi.

«Chi legge non ruba» dice con fare saggio. «E i ladri quasi mai sono lettori. L'idea è che i libri possano essere presi liberamente in prestito quando uno ne ha voglia.»

«Forse hai ragione» afferma lei pensierosa.

«Com'è andata la tua giornata?» chiede Mona.

«Insomma...» Patricia cerca di nascondere quanto sia delusa ma evidentemente non ci riesce abbastanza bene perché Mona assume un'espressione preoccupata.

«È successo qualcosa?»

«È...» esordisce, ma poi è come se le mancassero le energie.

«Vieni» le dice la proprietaria tenendole la porta aperta. «Andiamo dentro a parlare.»

Mona gira intorno al bancone e accende il bollitore che subito comincia a borbottare.

«Vorresti qualcosa da bere? Ho un fantastico tè al sambuco che ho fatto io con i fiori dell'anno scorso.»

«Sì, grazie» mormora Patricia sistemandosi su una sedia dal lato opposto.

La donna versa la bevanda in due tazze e le serve la sua facendola scivolare sul bancone. Nonostante non si conoscano, i suoi modi accoglienti e premurosi tranquillizzano Patricia.

«Ti va di raccontare?» chiede la proprietaria dell'hotel.

Patricia si guarda intorno. A parte una coppia che beve caffè seduta a qualche tavolo di distanza, la sala è vuota, ma abbassa comunque il tono di voce.

«Sono qui per cercare mia sorella» ammette abbattuta.

«Bene. Come si chiama?»

«Madeleine. Madeleine Grey.»

«Manca da molto?»

«Sì, da trentadue anni.»

Mona si blocca e la guarda.

«Trentadue anni? Ma è tantissimo tempo.»

«Lo so.»

«Perché la stai cercando proprio a Ljusskär?»

Inizia a girare il tè nella sua tazza con un cucchiaino d'argento dal manico grazioso, così da creare un piccolo vortice color bruno rame.

«Perché è venuta qui nel 1987. Aveva ottenuto un posto per il tirocinio nella Libera Chiesa e ci ha lavorato per un po', ma poi, un giorno è sparita.»

«Ma è terribile» dice Mona. «Hai un'idea di cosa possa essere successo?»

«No, nessuna» risponde Patricia. «Qualcuno ha dichiarato di averla vista prendere un pullman per Malmö, ma Madeleine non se ne sarebbe mai andata in quel modo senza alcuna spiegazione.»

«Che ti hanno detto in chiesa di quanto è successo?» chiede Mona.

«Non hanno la minima idea del perché se ne sia andata, né dove.» Patricia solleva il viso e il suo sguardo incontra quello della proprietaria. «Sono già stata qui una volta, poco dopo la sua scomparsa, e mi ricordavo di una stazione di polizia in paese.»

«Purtroppo è stata chiusa» sospira lei. «Proprio come tutto il resto.»

«E il poliziotto che ci lavorava?»

«Il signor Gustavsson se n'è andato nel 2012. E il pastore Lindberg ci ha lasciati all'inizio degli anni Novanta.»

«Avevo letto della scomparsa del pastore su Internet» dice Patricia bevendo un sorso di tè che sa di limone e mela aspra. «Cosa ne è stato della parrocchia dopo che è morto?»

Mona si china sul bancone.

«Si potrebbe dire che si sia aperta. Durante il periodo in cui c'era il pastore Lindberg era molto più isolata. Era come se i suoi membri vivessero in una realtà parallela, ma ora è una comunità come altre.»

Patricia annuisce.

«Immagino che tu non sappia niente di mia sorella...» domanda con discrezione.

«Purtroppo no» replica Mona. «Non sono mai stata coinvolta nelle attività della chiesa. Ma posso provare a sentire se qualcuno si ricorda di lei. Doris e Marianne verranno a cena qui stasera. Se ti va puoi fermarti a mangiare con noi, così potrai chiedere loro se sanno qualcosa.»

«Grazie. Sei gentile, accetto volentieri. Devo trovare qualcuno che abbia conosciuto Madeleine durante il periodo in cui ha vissuto a Ljusskär.»

Un fischio acuto proviene dalla cucina e Mona se ne va scusandosi. Patricia la sente sbuffare e colpire qualcosa più volte prima che il suono finalmente si interrompa. Poi torna, rossa in viso.

«È il forno che fa i capricci. Comincia a essere vecchio» mormora. «Che pensi di fare adesso?»

«Sono appena stata in chiesa e una donna mi ha suggerito di andare da una certa Evy.»

Nel pronunciare queste ultime parole nota che Mona trattiene il respiro.

«E com'è andata?» chiede con ansia.

«Non così bene. Si è rifiutata di parlare con me.»

«Non lo trovo strano» riflette Mona. «Evy è… particolare.»

«Perché?»

«Non lo fa per cattiveria» sospira Mona. «Però capita spesso che litighi con gli altri. Che io mi ricordi ha sempre avuto un rapporto conflittuale con la Libera Chiesa.»

«Per quale motivo?»

«In effetti non lo so di preciso. Evy ha vissuto momenti difficili. Aveva un figlio, Mats, carino, gentile, educato e sempre allegro. Aveva l'abitudine di venire qui per aiutarmi a fare le pulizie in cambio di qualche fetta di dolce avanzato. Diceva di essere un mago a eliminare la polvere» aggiunge sorridendo. «Un giorno è andato a nuotare con gli altri ragazzi del paese, ma non è più tornato.»

«Cosa vuoi dire?» Patricia allontana la tazza dalla bocca.

Mona le rivolge uno sguardo triste.

«Mats è annegato nella baia. Nessuno sa come sia andata di preciso. Sarebbero dovuti andare tutti insieme, ma per qualche ragione lui si è allontanato dagli altri e loro lo hanno lasciato lì.» Scuote la testa. «È stata una vera tragedia. Mats era tutto per Evy e lei ne è rimasta devastata.»

Patricia non sa che cosa dire.

«È davvero… terribile.»

«Sì. E da allora Evy non è più stata la stessa. A volte ci si può parlare normalmente, ma per lo più è di pessimo umore.»

«Grazie per avermelo raccontato. È stata una lunga giornata e ho bisogno di riposare un po'.»

«Certamente» dice Mona sorridendo. «A proposito, abbiamo qualche problema con lo scaldabagno. Se l'acqua è troppo fredda dimmelo, così lo faccio ripartire.»

«Va bene.»

Patricia sale nella sua stanza, frastornata dagli eventi della giornata. Pensa di disfare la valigia, ma la stanchezza le rende la testa pesante e appena sdraiata sul letto si addormenta subito, prima ancora di essersi tolta le scarpe.

# 11

## Giovedì 4 giugno 1987

Madeleine è seduta sulla sabbia scaldata dal sole e sta guardando Desirée e Aino che si rincorrono sulla riva dell'acqua.

Dal suo arrivo in Svezia le sue giornate sono state piene di impegni. Ci sono molte cose da fare in parrocchia. Oltre alla scuola domenicale, le adepte aiutano anche a preparare il pranzo, a organizzare le varie riunioni, a pulire gli spazi comuni e a gestire gli allenamenti di basket femminile. Inoltre studiano i testi biblici due volte alla settimana.

Madeleine si copre con l'asciugamano e affonda i piedi nudi nella sabbia fino a far scomparire le dita. Ha già fatto il bagno e ora sta cercando di riscaldarsi al sole.

Le sue prime settimane a Ljusskär sono state fantastiche. Nonostante i ritmi serrati si trova bene. Anche solo l'idea di avere il mare così vicino la rende felice, e poi va d'accordo con le altre adepte.

Da lontano le sente ridere e schiamazzare. Madeleine si mette comoda ai piedi di una duna coperta da ciuffi di sparto e alza lo sguardo proprio mentre Aino con la mano colpisce l'acqua, sollevando in aria un arcobaleno di gocce scintillanti.

Desirée si butta all'indietro lanciando un grido. Non si capisce quanta acqua l'abbia raggiunta e per un attimo Aino resta in silenzio, guardandola ansiosa.

Madeleine alza una mano per farsi ombra al viso. Anche se insieme si divertono, ancora non si conoscono così bene.

«Tutto bene?» domanda Aino con il suo accento finlandese. La sua corporatura è esile come quella di Madeleine.

Desirée è rimasta in piedi con le mani tese. I capelli ricci brillano al sole come un'aureola, e il taglio del costume fa sembrare le sue gambe formose ancora più lunghe. A volte, quando sono sole in camera, a Madeleine capita di mettersi a osservarla. Splende di un'energia vitale a cui è difficile resistere. Sembra contenta che tutti la guardino e adesso agita la testa come se le fosse caduto addosso un intero secchio d'acqua.

Aino fa un passo avanti con incertezza ma si blocca quando Desirée scoppia in una sonora risata.

«Ora ti faccio vedere io!» grida mettendosi a rincorrerla.

Madeleine lascia andare un sospiro. Non le piacciono i conflitti.

In silenzio le osserva giocare. Desirée le ha raccontato che Aino ha avuto un'infanzia difficile. A quanto pare i suoi genitori erano tossicodipendenti e lei ha vissuto a lungo in una casa famiglia. Madeleine non sa se tutto ciò che Desirée racconta sia vero, ma ha notato che Aino è diversa. A volte smette di parlare e il suo sguardo diventa vuoto. È proprio come se all'improvviso fosse da tutt'altra parte.

I raggi di sole sono accecanti e lei stringe gli occhi. Il mare sembra sconfinato e anche se la piccola baia è protetta, le acque conservano una certa irruenza nell'abbattersi sulla riva.

Madeleine non ha mai visto nulla del genere. Solleva lo sguardo verso le imponenti scogliere di arenaria che si stagliano sopra al mare. Le formazioni rocciose e la natura selvaggia sono strabilianti e pare impossibile che l'ordinata cittadina, con le sue casette e i giardini curati, si trovi ad appena duecento metri.

Nel girarsi vede qualcuno camminare tra le dune di sabbia. Per un istante pensa si tratti di Jonas e un brivido le attraversa il corpo. Ha sentito il desiderio di parlare con lui sin da quando è arrivata a Ljusskär, ma poi si accorge che a farsi largo tra i cespugli di rosa canina e di empetro nero è il pastore Robert.

Madeleine si scuote la sabbia di dosso e infila un maglione sopra la t-shirt inumidita. Il pastore Robert svolge il ruolo di assistente nella parrocchia e si occupa di varie cose. Desirée è solita prenderlo in giro dicendo che non ha una vita privata e che per questo è sempre coinvolto in ogni tipo di attività.

Si avvicina, e Madeleine alza la mano per salutare. Lui ricambia il saluto. È l'esatto opposto del pastore Lindberg e assomiglia un po' a un orsacchiotto con quella sua barba incolta e i suoi maglioni di lana a coprire il pancione.

«Ciao» grida lui nel vento.

«Ciao! Stai facendo una passeggiata?»

«Sì» risponde sistemandosi con fatica a sedere al fianco di Madeleine. «Hai già fatto il bagno?»

«Certo. E tu?»

Il pastore Robert si mette a ridere e lei nota che i suoi capelli si tingono di riflessi arancioni sotto ai raggi del sole.

«È davvero troppo freddo.»

Madeleine disegna con l'indice un cerchio nella sabbia. Non è abituata a intrattenersi in conversazioni così informali coi dirigenti della chiesa, ma allo stesso tempo le piace che le adepte possano rivolgersi al pastore Robert liberamente. Lui è quasi sempre a loro disposizione nella Storstuga o nell'ufficio parrocchiale ed è facile parlare con lui.

«È affollato qui in estate? Di turisti, intendo.»

«Un po'. Nei giorni più caldi capita che la spiaggia si riempia di gente. Ma non è così male che Ljusskär sia un po' nascosta.»

Si appoggia all'indietro e con lo sguardo osserva in lontananza. «Lo sapevi che c'è chi chiama questo luogo "La fine del mondo"?»

Madeleine increspa la fronte.

«No, non lo sapevo. Perché?»

«Immagino perché si trova nell'angolo più a sudovest della Scania.»

«La fine del mondo» ripete sorridendo.

Il pastore Robert si riempie una mano di sabbia, lasciandola cadere lentamente fra le dita.

«Come ti trovi qui da noi?» domanda.

«Bene.»

«E come va la condivisione della stanza?»

Desirée solleva lo sguardo verso di loro e Madeleine le sorride.

«Molto bene.»

«Non ti abbiamo dato troppo da fare, vero?»

«No, niente affatto.»

«Okay» risponde lui ridendo. «Dovesse cambiare qualcosa, sai benissimo che con me puoi sempre parlare.»

Madeleine si sente arrossire. Non è abituata a ricevere tutte quelle attenzioni.

«Grazie» mormora.

«Sei molto brava a suonare e cantare» aggiunge poi pulendosi le mani dalla sabbia sulla maglietta. «Per quanto hai detto di aver cantato nel coro della chiesa?»

«Da quando avevo sei anni.»

«È chiaro. Il pastore Lindberg vi ha sentite mentre tu e Desirée vi stavate esercitando per la scuola domenicale ed è rimasto colpito.»

«Davvero? Mi fa piacere.»

«Vorrebbe incontrarti, nel suo ufficio.»

Madeleine si volta stupita verso il pastore Robert. A eccezione delle funzioni e degli incontri nella Storstuga lo aveva intravisto a malapena. Sembra sempre impegnato e raramente prende parte alle attività quotidiane.

«Me? E come mai?» le viene da chiedere.

Il pastore Robert le si avvicina.

«Detto fra noi, credo che voglia affidarti un compito. Il pastore Lindberg ha un dono, sa intuire le capacità nascoste delle persone.»

Madeleine stringe le mani in grembo. L'idea che il pastore voglia parlare con lei le provoca una strana sensazione di euforia.

Di nuovo guarda in direzione di Desirée, ora seduta sulla sabbia intenta a creare un grazioso disegno con i legni e le conchiglie portati dalla corrente.

«Quando vorrebbe incontrarmi?»

Il pastore Robert raccoglie una pietra ruvida soppesandola con la mano.

«Domani, dopo pranzo.»

Madeleine sfoggia un lieve sorriso.

«Grazie» risponde spostando i capelli umidi sopra una spalla. D'un tratto "domani dopo pranzo" le sembra infinitamente lontano.

# 12

## Sabato 8 giugno

Doris cammina con una pila di libri in braccio. Ha raccolto alcuni dei suoi preferiti per il quiz letterario di Mona e ora sta cercando di portarli in hotel. In cima c'è una delle sue ultime scoperte, *Eleanor & Park. Per una volta nella vita*, di Rainbow Rowell.

Una folata di vento la fa barcollare, costringendola a compiere un grande passo in avanti per non perdere l'equilibrio. Forse non è stata una buona idea trascinarsi dietro tutti quei libri in una sola volta, ma quando si è messa a tirarli fuori dalla libreria non è riuscita a trattenersi. A sua discolpa, esiste forse una persona sana di mente in grado di scegliere solo *uno* dei romanzi di Isabel Allende?

Cammina a piccoli passi per evitare un ciuffo d'erba cresciuto sull'asfalto. L'ultima volta che Rut le aveva fatto visita era rimasta scioccata dalla quantità di libri, e l'aveva esortata a mettere in ordine tenendo conto di quando sarebbe venuta a mancare. «Devi pensare a chi dovrà sistemare tutta questa roba quando non ci sarai più», le aveva detto in tono brusco. Ma Doris non vuole. Ricorda con esattezza ogni momento in cui ha letto i suoi romanzi e ne ama ogni singola pagina imbrattata di cioccolato. Come *Dio di illusioni* di Donna Tartt, che aveva apprezzato sulla sedia a dondolo durante quella calda estate a metà anni Novanta; o *Nero Pakistan* di Mohsin Hamid, comprato a un evento e dal quale era stata rapita a tal punto che Göran aveva dovuto ricordarle di mangiare.

Stringe a sé i libri ancora più forte. Si sente spensierata dopo la giornata appena trascorsa. L'ultimo anno è stato difficile e tenta di ricordarsi l'ultima volta che si è sentita così felice. Deve essere stato circa due anni prima, a Pasqua, quando aveva ricevuto un invito a pranzo dal circolo di lavoro a maglia. Doris, che di solito non va oltre un bicchierino di liquore a Natale, non si era resa conto che il drink di benvenuto fosse alcolico (se lo avesse saputo non ne avrebbe bevuto così tanto) e aveva trascorso un pomeriggio insolitamente allegro. Con orrore di tutti, si era messa a ridere e spintonare durante una partita a Ludo, prima che le venisse chiesto di tornare a casa per *potersi riprendere*.

Doris si sofferma a guardarsi intorno prima di attraversare la strada. Non vede l'ora di mettere in mostra tutti i suoi libri, ma si sente anche un po' in ansia al pensiero di dover trascorrere la serata con Marianne. Prova sentimenti contrastanti nei confronti dell'amica d'infanzia. Da giovani si erano divertite molto insieme, ma da quando si era trasferita a Stoccolma Marianne non si era fatta più sentire. Doris aveva continuato a lungo a spedirle cartoline, a telefonarle in occasione del suo compleanno e a congratularsi con lei ogni volta che si era sposata, mentre Marianne non aveva mai mostrato interesse per la sua vita e alla fine il loro rapporto era sfumato.

Arriccia il naso. Certo, Marianne doveva essere presa dai suoi successi e lo capiva, ma la totale disparità della loro amicizia l'aveva ferita e il fatto che lei non l'avesse chiamata nemmeno per farle le condoglianze alla morte di Göran, era stata la goccia che aveva fatto traboccare il vaso.

Da che ha memoria, Marianne l'aveva sempre fatta sentire inferiore attraverso piccoli ammonimenti e osservazioni. Doris che pronuncia male una parola, oppure lei che sottolinea che non si accorge della fortuna che ha avuto a non dover sprecare la sua vita nel tentativo di crescere dei giovani impertinenti.

*Ma stasera no*, pensa. Stasera passeranno una serata piacevole; non ha intenzione di farsi abbattere dalle frecciatine di Marianne.

Sorride pensando a ciò che Mona preparerà per cena. Odia mangiare da sola. Fin dalla scomparsa di Göran l'ora dei pasti è diventata per lei un'angoscia. È così brutto cucinare da soli, apparecchiare la tavola con un solo piatto e cercare di valutare le giuste quantità. E poi tutte le confezioni di cibo sembrano pensate per due. Doris non riesce a finire trecento grammi di polpette di carne, le viene il mal di pancia. Certo, si possono congelare quelle avanzate, ma mentre è lì che decide se mettere una o due polpette, insieme alle verdure e alle patate, ha come la sensazione che la sua attuale esistenza sia una farsa. Tutto ciò che prima aveva un senso, condiviso quotidianamente con Göran, ora le sembra inutile. È come se stesse imitando una vita vera: impostare la sveglia, alzarsi e rifare il letto, preparare il caffè e arrostire il pane. Non c'è nessuno che faccia caso se ha preparato i cetrioli marinati e la salsa per le polpette, nessuno che si preoccupi se ha mangiato qualcosa.

A volte si chiede quanto ci vorrebbe perché amici e conoscenti si accorgano della sua scomparsa. Il mondo continuerebbe a scorrere, il circolo di lavoro a maglia a incontrarsi come al solito e forse, nel migliore dei casi, si chiederebbero se qualcuno l'abbia vista. Ma poi concluderebbero che probabilmente è rimasta a casa col raffreddore, continuando a discutere di che cosa sia davvero fatto il tupè di Donald Trump.

Oltre il bordo dei libri scorge Britt del circolo di lavoro a maglia, che la saluta cordiale.

«Ciao» risponde Doris mentre cerca di spostare il peso dei volumi da un braccio all'altro. Britt è l'esperta di macramè del gruppo, o meglio lo è stata fino a che le sue dita non si sono gonfiate per via delle pasticche di cortisone che prende contro i reumatismi. Attualmente lavora per lo più a punto croce, realizzando dei quadretti con citazioni bibliche, che però non vendono molto. Lo scopo principale del circolo è realizzare manufatti artigianali per il mercatino di Natale di Ystad, così da poter ricavare denaro per l'asilo in India sostenuto dalla parrocchia, tuttavia nessuno se la sente di dire a Britt che forse dovrebbe provare con qualcos'altro. Lo scorso anno Doris aveva visto una donna che vendeva quadretti con proverbi moderni come *Dammi la forza e le patatine*, ma quando l'aveva proposto a Rut lei le aveva risposto che «Solo perché il mondo diventa sempre più miscredente non significa che anche noi dobbiamo fare altrettanto».

«Che ci fai con tutti questi libri?»

«Oh, niente di particolare» le sorride Doris. «Aiuto Mona a organizzare un'attività per il festival estivo.»

Britt assume un'espressione strana. «Ma abbiamo l'incontro con il circolo di lavoro a maglia.»

Doris si irrigidisce. Se n'era completamente dimenticata! In realtà preferisce di gran lunga passare la serata con Mona, ma sa di essere in obbligo con la chiesa. All'inizio ci andava più che altro perché voleva cantare nel coro, ma dopo la scomparsa del pastore e da quando la vedova Rut aveva avuto bisogno di aiuto per mantenere attiva la chiesa, si era impegnata sempre di più. E poi, dopo la diagnosi di Göran, le donne del gruppo le avevano dato un supporto enorme. Erano state loro a farle compagnia durante i turni di veglia in ospedale, l'avevano aiutata a organizzare il funerale e l'avevano sorretta durante la sepoltura quando si era sentita mancare. Doris non ce l'avrebbe mai fatta senza di loro, per questo aveva un debito nei confronti di ognuna.

Guarda i libri. Forse non succede nulla se salta un incontro... In fin dei conti parlare di letteratura è una delle cose più divertenti che conosca e sicuramente potrà rimettersi in pari se perde qualcosa.

«Purtroppo stasera non posso» dice. «Di' a Rut che mi dispiace.»

«Puoi dirglielo tu, sta venendo qui.»

Sente il cuore saltarle in gola. Non c'è nessuno a cui porti più rispetto. Nonostante i suoi ottantacinque anni è ancora la referente del circolo di lavoro a maglia, degli ospiti della casa parrocchiale e la portavoce del Consiglio parrocchiale. Rut dirige la Libera Chiesa con mano ferrea e Doris non vuole ritrovarsi a litigare con lei.

«Dirmi cosa?»

Quando si gira, Rut è proprio lì, con la sua camicetta color blu marino e la gonna plissettata lunga fino ai polpacci. Il volto è teso e le linee intorno alla bocca molto marcate.

«Che non posso venire» mormora Doris.

Rut la fissa in un modo che la fa sentire a disagio e per un attimo le sembra che siano i libri a sorreggere lei e non il contrario.

«Ah. Fammi indovinare, ha qualcosa a che fare con questa montagna di roba da leggere» dice in tono brusco.

«Sì, è così» conferma Doris. «Ho promesso a Mona di aiutarla a fare una cosa. Organizzeremo un quiz letterario per il festival estivo.»

Rut allunga il collo. Per l'età che ha incute ancora una certa soggezione e Doris si sente rimpicciolire.

«Doris» mormora delusa. «Te l'ho detto, devi procurarti un'agenda. Siamo noi a scapitarci mentre tu non fai altro che correre a destra e a sinistra come una trottola impazzita.»

«Mi rendo conto» risponde Doris con imbarazzo, nonostante pensi che essere descritta come una trottola impazzita sia ingiusto.

«Va be'» abbozza Rut sospirando. «Se sei già impegnata non possiamo farci molto. Ma devi promettermi una cosa.»

«Certo» replica Doris. «Qualsiasi cosa.»

«Non lasciare che questo festival estivo ti distolga dai tuoi doveri.»

«Assolutamente no.»

«Bene» dichiara Rut. «Adesso dobbiamo sbrigarci.»

La salutano prima di avviarsi verso la chiesa. Lei, sollevata, fa un sospiro profondo.

Poco lontano vede Marianne entrare nell'hotel di Mona. Indossa un abito nuovo e, come al solito, è incredibilmente elegante. Doris scuote la testa: non si sognerebbe mai di cambiarsi d'abito per una cena o di stirarsi i vestiti come fa lei. A parte il fatto che nemmeno possiede un ferro da stiro, le saltano quasi i nervi se pensa al tempo che, nel corso della storia, le donne hanno sprecato ad abbellirsi. Avrebbero potuto dedicarlo a cose più importanti, come leggere per esempio.

Doris rinforza la presa sui libri premendo il mento contro *Eleanor & Park*. Poi riprende a camminare tenendosi in equilibrio.

# 13

## Venerdì 5 giugno 1987

Madeleine non impiega molto tempo per raggiungere lo studio del pastore Lindberg. Il corridoio le ricorda la sala d'attesa fuori dall'ufficio del professor Grant, il rettore della sua scuola a Mill Creek, e nonostante l'entusiasmo è tentata più di una volta dalla voglia di voltarsi e uscire dalle stanze della parrocchia.

Di fronte alla porta marrone un brivido si diffonde in tutto il corpo. Durante gli anni di scuola era stata chiamata dal rettore solo una volta, poiché le era capitato di vedere Billy Teegan, della classe di fronte alla sua, gettare un fiammifero acceso in un cestino della carta. Lo scherzo non aveva prodotto alcun incendio, solo un po' di fumo, ma il signor Grant aveva comunque deciso di ricorrere a misure forti; di conseguenza lei era diventata la sua testimone chiave.

A Madeleine viene la nausea ripensando a quel pomeriggio. Riesce ancora a sentire il forte odore di tabacco, a vedere il rettore sudato nella sua uniforme di acrilico blu e a udire le sue burbere esortazioni. Era chiaro che Billy Teegan volesse incendiare la scuola, no? Era vero che aveva detto qualcosa a proposito del Diavolo nell'appiccare il fuoco, giusto?

Da quel giorno aveva fatto il possibile per evitare di finire di nuovo davanti al professore. Le volte che lei stessa era finita nei guai, per essere stata beccata a fumare dietro la palestra, saltare la lezione di matematica o copiare il compito di inglese da Sandra McStrides, se l'era sempre cavata con un richiamo. Da adolescente aveva sempre avuto una certa abilità nello spiegare, con voce tremante, quanto suo padre si sarebbe arrabbiato se avesse saputo quello che aveva fatto e che per lui era difficile controllare il suo umore da quando sua madre era venuta a mancare. Funzionava, e i professori si voltavano con imbarazzo dicendo che per quella volta poteva andare, a patto che promettesse di non farlo mai più.

Madeleine poi si vergognava di aver sfruttato la situazione tragica in famiglia, ma allo stesso tempo riteneva che ci fosse una specie di giustizia universale nell'evitare di essere punita dal rettore, giacché l'improvvisa scomparsa della madre rappresentava di per sé una punizione per il resto della vita.

Stringe la collana facendo scorrere il piccolo ciondolo a forma di nota musicale, avanti e indietro, lungo la catenina. Non sa dire perché è nervosa, e mentre bussa il cuore le rimbomba nel petto tanto da farle fischiare le orecchie.

Si mette in ascolto, tesa, e le sembra di avvertire il suono di una sedia che sfrega sul pavimento, poi, dopo qualche altro secondo, una voce sommessa che la invita a entrare. Madeleine fa un profondo respiro, appoggia la mano sulla maniglia e apre.

Il pastore Lindberg è seduto dietro a un'imponente scrivania e prende appunti su un taccuino a righe. Di fronte a lui c'è una macchina da scrivere elettrica, un portadocumenti stracolmo, una foto di Jonas e Rut davanti alla chiesa e un portamatite affollato da una bizzarra collezione di penne a sfera.

Per un lungo momento non succede niente, poi Lindberg alza lo sguardo dal foglio accennando un saluto.

«Siediti» dice indicando una delle due sedie per gli ospiti, poi continua a scrivere.

Madeleine non sa se chiudere la porta o meno. Indugia sulla soglia decidendo infine di lasciarla accostata.

Con passo incerto avanza accomodandosi su una delle sedie.

«Ecco fatto» esclama il pastore dopo qualche minuto mettendo un punto. «Ora sono pronto.»

La guarda e Madeleine resta colpita dal colore intenso dei suoi occhi. Un azzurro profondo, proprio come Jonas.

«Perdonami» dice. «Ma dovevo proprio finire di scrivere, altrimenti mi sarei scordato cosa stavo facendo.»

«Nessun problema.»

L'uomo si lascia andare contro lo schienale della sedia senza staccarle gli occhi di dosso.

«Come vanno le cose?» chiede con dolcezza.

«Bene, grazie.»

«Sei stata ben accolta, vero?»

«Sì, assolutamente.»

Lindberg giunge le mani come in preghiera.

«Pensavo: Madeleine si starà certo chiedendo perché le ho chiesto di venire qui.»

Le sembra strano che parli di lei in terza persona, tuttavia fa un cenno con la testa per mostrargli la sua attenzione.

«Nonostante abbia la scrivania invasa dai documenti, letteralmente» dice sorridendo «è importante per me conoscere tutti gli adepti. Non hai nulla in contrario, giusto?»

«No, certo» risponde lei rapida.

«Bene» continua il pastore sorreggendo il mento con la punta delle dita. «Ovviamente ho letto la lettera che ci hai spedito, ma è mio desiderio instaurare un rapporto più profondo con chi viene qui, a livello spirituale intendo.»

Madeleine fissa il pavimento. Non sa cosa rispondere. Il pastore Lindberg sembra accorgersi del suo nervosismo e la affianca sull'altra sedia così da non trovarsi più faccia a faccia con lei.

«Se vuoi posso parlarti un po' di me. Sono cresciuto qui, a Ljusskär, con i miei genitori. Anche mio padre era pastore della Libera Chiesa, proprio come mio nonno Levi. In effetti fu lui a fondarla molto tempo fa.»

Madeleine cambia posizione sulla seduta.

«Lo so» risponde cauta. «Gli altri me l'hanno raccontato.»

«Immagino sia un fatto abbastanza noto» afferma il pastore Lindberg. «Ma ti hanno raccontato di quando ancora bambino sono caduto da un albero fratturandomi la schiena?»

Lei sgrana gli occhi. «No, non lo sapevo.»

«Avevo undici anni» dichiara lui dondolandosi avanti e indietro sulla sedia. «Ho subìto quattordici operazioni e sono rimasto a letto per quasi un anno. Da principio non sapevano nemmeno se avrei potuto camminare di nuovo.»

«Che disgrazia.»

Lui solleva le spalle.

«Sì e no. Io credo che la vita ci ponga delle sfide per renderci più forti. Prima dell'incidente non ero molto interessato alle Sacre Scritture, ma sdraiato nel letto non potevo fare granché oltre a leggere. La Bibbia mi ha dato conforto.»

Madeleine rimuove un filo che pende dal suo vestito. Le parole del pastore le fanno sentire un calore dentro.

«Anch'io vi ho trovato conforto» afferma. «Quando mia madre è morta, cantare era l'unica cosa in grado di sollevarmi. Andavo in chiesa il più spesso possibile.»

«Ti ho sentita cantare, hai una voce incredibile» dice lui.

«Grazie» mormora lei toccandosi la fronte per nascondere il rossore.

«Madeleine» aggiunge l'uomo con enfasi. «Perdona la mia impudenza, ma sono convinto che tu debba usare la musica per trasmettere speranza e fede nel mondo. Per questo volevo sapere se sei disposta a dirigere il nostro coro.»

Lei si sente gelare. È per questo che l'ha fatta venire qui?

«Non so se sono in grado» mormora. «Non ho mai diretto un coro.»

Il pastore Lindberg allontana la sedia, chinandosi in avanti. Più si avvicina e più Madeleine sente il cuore agitarsi. È come se lui le leggesse dentro.

«Ma io lo so» dice. «Te la saprai cavare egregiamente. E se dovessi aver bisogno di aiuto non dovrai fare altro che dirlo. Siamo come una grande famiglia, non dimenticarlo mai.»

Lei ruota il suo orologio da polso. Nonostante l'insicurezza c'è qualcosa nella sua voce che la spinge a credere che lui abbia ragione.

«Potrei provare, a dirigere il coro intendo.»

Lindberg allunga una mano appoggiandola sulla sua spalla, come se fosse la cosa più naturale del mondo. Lei deglutisce. Non è abituata al contatto fisico e le dita del pastore bruciano contro la pelle, eppure allo stesso tempo non vuole che lui le tolga.

«Bene» dice dandole delle piccole pacche. «Allora è deciso. Riferirò a Robert.»

Per un attimo, quando i loro sguardi si incrociano, a Madeleine sembra quasi di sollevarsi da terra fluttuando libera, poi lui ritira la mano.

«Buona fortuna» conclude alzandosi e tornando a scrivere sul suo taccuino.

Frastornata, Madeleine lascia la stanza. Stenta a credere a ciò che le è stato appena chiesto. Il cuore le palpita di gioia, ma è anche preoccupata per ciò che dirà Desirée. Anche la sua compagna di stanza avrebbe accettato l'incarico volentieri.

Percorre lentamente i duecento metri che separano la chiesa e gli uffici della parrocchia dalla Storstuga. Madeleine non conosce Desirée così bene da sapere come potrà reagire, ma i pensieri frenano il suo entusiasmo. Lei è la sua prima vera amica a Ljusskär e ferirla è l'ultima cosa che vuole.

# 14

## Sabato 8 giugno

Patricia osserva la piccola striscia di mare che scorge dalla sua finestra. La camera è piccola ma accogliente, con le pareti tinte di un azzurro polveroso, quadri dalle spesse cornici dorate e cuscini tondi di velluto appoggiati sul soffice copripiumino.

Su una mensola sono risposti alcuni libri ingialliti, e il pavimento in assi di legno scricchiola gradevolmente sotto ai suoi passi.

Distende una piega sulla sua camicetta azzurra. Non aveva immaginato di potersi addormentare così di colpo ed è contenta di essersi svegliata in tempo per la cena.

Socchiudendo la porta sente delle voci allegre provenire dal piano di sotto. A quanto pare le amiche di Mona sono arrivate. Patricia sorride: ha vissuto da sola così a lungo da essersi scordata cosa significhi avere la compagnia di qualcuno.

Quando i bambini erano piccoli spesso si era innervosita perché facevano troppa confusione, ma adesso le manca la loro chiassosa allegria. A volte, quando si sente sola, le capita di entrare in una delle vecchie camere dei ragazzi. Si lascia sprofondare sul letto, dove è capace di restare seduta per ore ripensando agli anni passati.

Le camere sono come portali del tempo. Sono rimaste uguali al giorno in cui Justin e Matthew se n'erano andati di casa. Le pareti sono ancora coperte di poster giganti, tenuti fermi da piccole palline di plastilina che lasciano il segno sugli angoli. La camera di Justin è tappezzata da giocatori di football, quella di Matthew da band musicali.

Seduta sul letto si rammenta di quando la casa a Mill Creek era piena di vita. Le sembra di sentire le voci dei bambini che corrono da una stanza all'altra o il rumore della palla che rimbalza su una porta.

Patricia dà uno sguardo al telefono, ma non ci sono messaggi. Sospira. È passata circa mezza giornata dal suo arrivo a Ljusskär e già prova invidia per il bel rapporto che Mona sembra avere con sua figlia. Immagina come sarebbe vivere così, insieme a figli e nipoti.

In realtà non sa se Erika e la sua bambina abitino nell'hotel, ma non è poi così importante. Lei sarebbe felicissima se Matthew e la sua famiglia decidessero di fermarsi alla fattoria di Mill Creek, ma Denise si rifiuta di dormire a casa di Patricia. Dà la colpa al fatto che per lei è difficile rilassarsi in un letto che non è il suo; ogni volta che vanno a trovarla sembra sempre che abbia fretta di tornare a Richmond. «Perché non vieni tu da noi» le dice continuamente, nonostante sappia quanto sia difficile per lei lasciare la fattoria.

Si sente frastornata e si appoggia alla parete. Il jet lag le ha scombinato l'equilibrio, e pensa di dover mangiare qualcosa per riuscire a dormire la notte. E poi vuole cogliere l'occasione per chiedere a Doris e a Marianne se hanno informazioni su sua sorella.

Arrivata in fondo alle scale le donne smettono di parlare. Mona e Marianne sono in piedi dietro al bancone mentre Doris è seduta a un tavolo apparecchiato. «Vieni a farmi compagnia» le dice scostando una sedia.

Patricia si siede e sentendo l'odore di cibo si accorge di essere affamata. Anche Doris sembra impaziente e si sporge nel tentativo di capire cosa stiano facendo le altre.

«Vi manca molto?» chiede.

Marianne e Mona sorridono, poi sollevano ognuna il proprio vassoio con i bicchieri da cocktail.

«Stavamo pensando di inaugurare subito il club del libro» spiega Mona mentre Marianne annuisce concorde.

«Ecco un paio di bei drink letterari: un Margarita Atwood e un Agatha Slammers.»

«Io preferirei qualcosa di analcolico» afferma Doris.

«Non preoccuparti, ci abbiamo pensato» replica Mona porgendole un bicchiere dal contenuto rossiccio. «Ecco un Bloody Mary Shelley analcolico. Forse potremmo anche chiamarlo Virgin Mary Shelley» dichiara ridendo.

«Grazie!» esclama Doris sgranando gli occhi. «Dov'è Erika?»

«Scenderà non appena Lina si sarà addormentata» risponde Mona.

Patricia afferra un bicchiere con l'orlo bordato di sale.

«Alle vecchie e nuove amicizie» dice Marianne a gran voce.

«E al club del libro. E al festival estivo» aggiunge Doris.

Patricia beve un sorso del suo Margarita Atwood al gusto di limone e in un angolo scorge un tavolo ingombro di libri. Doris incontra il suo sguardo.

«Mi sono portata dietro alcuni dei miei preferiti» spiega entusiasta.

«*Alcuni* dei tuoi preferiti? Quanti ne hai realmente?» si chiede Marianne.

Doris fa spallucce.

«Non c'è modo di sceglierne uno.»

«Certo che sì» protesta Marianne in tono scherzoso.

«Qual è il *tuo* libro preferito, allora?» chiede Mona facendo girare un vassoio argentato con delle tartine al formaggio fresco e salmone marinato.

Patricia nota Marianne ruotare il suo bicchiere. Si è cambiata e ora indossa un elegante abito rosso, i capelli sono raccolti e ha un paio di grossi orecchini pendenti che brillano alla luce delle candele.

«Se devo proprio essere sincera credo sia *Anna dai capelli rossi*. Più invecchio e più mi fa pensare alla mia infanzia. Quando rileggo le storie che ho amato da bambina è come se rivivessi quei momenti.»

«So cosa intendi» concorda Mona. «Se proprio devo scegliere io dico *Piccole donne*. L'ho letto talmente tante volte da considerare Jo March una vecchia amica.» Si volta verso Patricia. «Tu hai un libro preferito?»

«Io adoro *La ragazza con l'orecchino di perla*.»

«È bellissimo» interviene Doris. «Quando vedo un quadro penso spesso alla storia che c'è dietro.»

«Sì, come quella della ragazza con il nastro azzurro nel ritratto di Renoir» aggiunge Patricia. «È magica.»

«Ho letto di lei» dice Doris. «La giovane si chiamava Irene Cahen d'Anvers. Era un'ebrea cresciuta a Parigi. Il ritratto fu commissionato dal padre, ma non ne rimase contento e lo fece appendere negli alloggi della servitù. Quando Irene si sposò le consegnò il quadro. È stato esposto in uno degli hotel del marito fino a che lei non lo lasciò per mettersi con un conte italiano.»

Mona spalanca gli occhi.

«E poi che ne è stato?»

Doris soffia via un ciuffo di capelli che le è scivolato sulla fronte. Non ha più la visiera parasole e per tenere indietro le lunghe ciocche adesso ha un fermaglio con sopra uno scarabeo verde.

«Fu consegnato a sua madre, che lo affidò alla figlia di Irene, Beatrice. Ma quando i tedeschi invasero Parigi il quadro fu sequestrato da Herman Göring. E quando il marito di Beatrice, Leon, cercò di protestare, l'intera famiglia venne arrestata e spedita ad Auschwitz.»

«Dio mio, è veramente terribile» commenta Mona alzandosi. «Devo andare a controllare i fornelli, ma so che Patricia ha una cosa da chiedervi» aggiunge scomparendo in direzione della cucina.

«Sì» esordisce Patricia, sentendo i loro sguardi su di sé. «In effetti sto cercando informazioni su mia sorella.»

«Come si chiama?» domanda Marianne.

«Madeleine Grey. È venuta a Ljusskär nel 1987 per svolgere un tirocinio nella Libera Chiesa, ma poi è scomparsa.»

Marianne scuote la testa facendo intuire che il nome non le dice niente, mentre Doris si è fatta pallida in viso.

«Mi ricordo di lei» afferma. «Ma sono sempre stata convinta che se ne fosse tornata a casa.»

«Non è così.»

«Mi dispiace» replica Doris con un sospiro.

«Ti ricordi per caso se sia successo qualcosa di strano quell'estate?»

Doris sembra pensarci, ma poi fa cenno di no.

«Purtroppo no. Mia madre stava male per cui passai molto tempo in ospedale. Ma se vuoi posso chiedere se qualcuno in parrocchia sa qualcosa.»

«Grazie, saresti molto gentile.»

«Quanti anni aveva?» chiede Doris.

«Venti.»

«E tu non hai idea di cosa le sia successo?» domanda Marianne.

«No, nessuna. So che fu data per dispersa dalla polizia, ma più tardi scoprirono che aveva fatto i bagagli portando tutto con sé. Quando poi qualcuno disse di averla vista salire su un pullman per Malmö, la polizia smise di cercarla.»

I suoi occhi si inumidiscono. Sono passati molti anni dall'ultima volta che Patricia ha parlato così di sua sorella, e d'un tratto prova un profondo dolore.

«Scusatemi» mormora voltando il viso per ricomporsi. Quando risolleva lo sguardo nota che sia Doris sia Marianne hanno un'espressione preoccupata. «Vi chiedo scusa» riprende «è solo che non riesco a credere che Madeleine sia volutamente scomparsa.»

«Perché sei tornata qui proprio adesso?» domanda Marianne.

Patricia si guarda intorno, poi prende la sua borsa e tira fuori la scatolina. Solleva la catenina d'argento col ciondolo, e mentre Doris e Marianne si avvicinano, lei le osserva attentamente per capire se lo riconoscono.

«Ho regalato a Madeleine questa collana per i suoi diciotto anni; la indossava quando è partita per la Svezia» spiega. «Ma circa una settimana fa qualcuno me l'ha spedita dentro a una busta senza nient'altro all'interno.»

«Perché mai lo avrebbero fatto?» esclama Doris.

«Non ne ho idea. L'unica cosa che so è che è stata spedita dalla Svezia.»

«Pensi ci sia qualche possibilità che sia ancora viva?» chiede Marianne. «La collana potrebbe suggerirlo, no?»

Patricia abbassa lo sguardo. Ripensa al litigio avuto con Madeleine prima della sua partenza. A quanto si era sentita frustrata da come sua sorella non fosse capace di decidere che cosa fare della fattoria. A volte, nei momenti più bui, si era chiesta se le sue parole severe non avessero spinto Madeleine a scegliere di lasciare Ljusskär senza dire nulla a nessuno.

«Niente mi renderebbe più felice di sapere che lei è ancora viva, che è davvero salita su quel pullman per iniziare una nuova vita da qualche altra parte» dice guardando Marianne. «Ma perché avrebbe dovuto sottoporre la famiglia a una sofferenza del genere? Qualcosa non torna.»

«Però qualcuno ha spedito quella collana» afferma Marianne.

Patricia annuisce desolata e il silenzio invade la stanza. Doris si china sul tavolo toccandole la mano con delicatezza.

«Mi ricordo di quando Madeleine cantava nel coro. Era davvero brava.»

«Sì» mormora Patricia singhiozzando. Non è sua abitudine mostrare così apertamente i suoi sentimenti, ma le parole di Doris le rendono difficile trattenere le lacrime.

«Deve essere dura non sapere che fine abbia fatto» dice Marianne passandole un fazzoletto.

«Sì, lo è» sussurra asciugandosi gli occhi. «Dovete scusarmi, non era mia intenzione rovinare l'atmosfera.»

«Non ci sono problemi» la rassicura Doris.

Mona esce dalla cucina con una grossa teglia da forno fra le mani, e Patricia si sforza di sembrare allegra. Si era scordata di quanto fosse difficile parlare di Madeleine: è come aprire il vaso di Pandora. Tutte le domande che aveva lottato per tenere lontane da sé in un attimo sono sgorgate fuori, e il suo cuore trema di dolore.

Si concentra sul respiro. Nonostante si senta sconvolta pensa che ne valga la pena. Le donne del club del libro le hanno promesso di chiedere agli altri abitanti del paese notizie di sua sorella e sicuramente loro hanno più possibilità di lei di venire a sapere qualcosa.

*Andrà bene*, ripete a se stessa. Solleva lo sguardo incontrando il sorriso delle altre signore intorno al tavolo. Ricambia il sorriso, ma dentro di lei ancora si agitano emozioni inquietanti.

* * *

Doris cammina lungo la strada principale guardando Marianne. Hanno trascorso una piacevole serata insieme, eppure è rimasta sorpresa quando la sua amica di infanzia le ha proposto di farsi compagnia sulla strada di casa.

Sta pensando a Patricia. Non riesce neppure a immaginarsi quanto possa essere stato doloroso avere perso uno dei propri cari in quel modo; non avere idea di dove si trovi la sorella né di che cosa le sia successo.

Fa un profondo sospiro. A ripensarci adesso ricorda l'improvvisa scomparsa di Madeleine, ma è sicura di aver sentito dire che era tornata a casa. Una dei tanti giovani all'interno della parrocchia che si erano impegnati per un certo periodo, per poi proseguire il proprio viaggio.

Marianne si schiarisce la voce. «Insomma, tu cosa dici?»

Doris ha un sussulto. «Certo» risponde esitante e vede Marianne annuire. È impegnata in una lunga spiegazione a proposito di quella volta che era quasi finita nel cast di un film di James Bond. A quanto pare aveva fatto un provino con Roger Moore e tra loro era scattata una chimica tale da fare esplodere uno dei faretti sul set. Ciò nonostante non aveva ottenuto la parte. L'altra attrice era la cugina di secondo grado del produttore e a nulla era servito che Roger pregasse o implorasse.

«Roger Moore...» ridacchia fra sé Doris. Sebbene avesse deciso di trattenersi era caduta in tentazione e aveva bevuto uno di quei Margarita Atwood, e ora si chiede quanto fosse alcolico il drink. Non ama ubriacarsi, non le è mai piaciuto perdere il controllo: nemmeno al suo matrimonio si era concessa un bicchiere di champagne.

*Quarant'anni*, pensa. *Sono passati quattro decenni dal giorno più bello della mia vita.*

Ricorda quanto era stata felice quel pomeriggio di settembre. Le foglie sugli alberi avevano appena iniziato a ingiallire ma l'erba era ancora verde e gli uccellini cantavano. Sembrava quasi che qualcuno avesse ordinato al sole di splendere quando lei e Göran erano usciti sulle scale da sposi novelli.

La cerimonia era stata semplice e poco affollata e poi avevano offerto caffè e dolci a casa dei genitori di lei, perché nonostante il desiderio di celebrare il loro giorno speciale non avevano avuto intenzione di fare le cose in grande. Tuttavia Doris aveva l'aspetto di una vera sposa, con un abito bianco di seta cucito da sua madre, che ricordava quello della regina Silvia di Svezia.

Non si era mai sentita tanto bella, ma agli occhi di Marianne il vestito di sicuro sarebbe sembrato semplice. Non che il suo giudizio sarebbe stato importante: l'amica non aveva potuto partecipare alla cerimonia, né l'aveva mai invitata a uno dei suoi matrimoni.

Doris sbuffa. In effetti è strano che lei e Marianne siano diventate tanto diverse. Dopotutto sono più o meno cresciute insieme. Eppure, a ripensarci le sembra di ricordare che ci fosse qualcosa di particolare in Marianne già da bambina: un atteggiamento ribelle nei confronti di chiunque cercasse di metterle un freno. Se a Doris veniva chiesto di fare qualcosa lei rispondeva "Sì", mentre Marianne incrociava le braccia chiedendo "Perché?". Il mondo era sempre sembrato troppo stretto per lei, come se a Ljusskär non ci fosse stato abbastanza spazio. Parlava spesso di volersi trasferire nella capitale, e una volta terminati gli studi la prima cosa che fece fu tornare a casa e preparare la valigia.

Doris si guarda intorno nell'oscurità. Le vie di Ljusskär sono male illuminate ed è contenta di non dover fare la strada da sola. Nonostante siano passate le undici l'aria è ancora tiepida e una piacevole brezza spira dal mare. Lei non aveva mai pensato di lasciare il paese. Aveva continuato a vivere con i suoi per molti anni durante gli studi per diventare maestra d'asilo, e una volta laureata aveva ottenuto un posto lì a Ljusskär.

Scorge in lontananza la sua vecchia scuola. Lavorarci le era piaciuto fin da subito. Per lei era fantastico trascorrere le giornate insieme ai bambini. Dopo il matrimonio con Göran i suoi genitori le avevano proposto di smettere di lavorare, ma suo marito non aveva avuto niente in contrario alla possibilità che lei continuasse, perlomeno fintantoché non avessero avuto loro stessi un bambino. E così Doris si era data da fare. Giorno dopo giorno si era recata alla scuola materna La Stella senza che accadesse alcunché. I dottori che l'avevano visitata le avevano detto che non c'era nulla che non andasse e che certamente col tempo tutto si sarebbe risolto. Ciò nonostante i figli non arrivarono.

Alla fine Doris si era fatta spedire a casa degli opuscoli informativi sull'adozione, ma Göran aveva detto di no. Riteneva fosse troppo presto, che dovessero provarci ancora un po'. E lei aveva iniziato a chiedersi se la loro incapacità di avere figli non avesse un significato. Forse faceva parte di un piano divino, forse loro non erano destinati a diventare genitori. E così il tempo era passato e non c'era stato più nulla da fare.

Doris spinge in su i suoi occhiali, scesi sulla punta del naso. Le donne della parrocchia avevano cercato di consolarla dicendole che se non altro le restavano i bambini dell'asilo da amare. E certamente avevano ragione, anche se lei si sentiva umiliata dalle loro parole. Amava i bambini della scuola materna, si occupava di loro come se fossero figli suoi, ma alla sera in ogni caso tornava a casa da sola. Non aveva nessun piccolo a cui preparare la cena, a cui fare il bagno e mettere il pigiama. Non c'era nessuno che si infilasse insieme a lei nel letto e le chiedesse di leggere una storia o che le prendesse la mano sotto le coperte, addormentandosi sul suo petto.

Ma invece di sprofondare nel dolore Doris aveva trovato conforto nella routine. Lavava e metteva in ordine, puliva il frigorifero e la dispensa, passava lo straccio sul pavimento ogni mercoledì, spolverava le cornici e i termosifoni, lavava le finestre e preparava i cetrioli marinati. Fintantoché si teneva occupata riusciva a non pensare a ciò che non era andato come doveva. Si era anche dedicata alla modernizzazione della loro piccola casa di legno: doveva pur passare il tempo facendo qualcosa.

Quando Göran aveva voluto installare il pavimento di linoleum in tutta la casa per maggiore praticità, Doris aveva acconsentito, nonostante amasse il vecchio pavimento di legno massello. Aveva acquistato una lavatrice nuova di zecca con un display che mostrava il tempo residuo del programma e con una centrifuga di 850 giri al minuto. Era di qualità assoluta. Ma cosa aveva fatto, proprio lei che nemmeno aveva figli di cui occuparsi, per meritare un lusso simile? Almeno era dispensata dal lavare i vestiti con l'acqua bollente come sua madre aveva fatto quando lei era piccola, e poi le piaceva il suono dell'apertura dello sportello ogni volta che un lavaggio era terminato.

Göran aveva continuato a viziarla con gli elettrodomestici. Le aveva comprato un bollitore per uova, un frullatore per preparare dessert alla frutta, una gelatiera, un robot da cucina e la macchina per fare il pane, come se in qualche modo potessero compensare la mancanza di figli.

E così avevano creato la loro vita insieme: una simbiosi tra elettrodomestici multifunzione, ceramiche sanitarie color verde menta e cene davanti alla televisione. Fino a che un giorno Göran non c'era più e Doris era rimasta sola a cercare di capire come fare per sopravvivere dopo una vita basata su un rapporto di coppia ben costruito.

Si fermano davanti alla casa rossa immersa nell'oscurità. Doris si pente di non aver lasciato accesa una luce, d'altro canto sarebbe stato uno spreco eccessivo di energia elettrica.

«Buonanotte» dice Marianne sorridendo. «E grazie per la serata.»

Cerca di liberarsi dalla stretta dell'abbraccio, ma Doris non vuole lasciarla andare.

«Cosa ti prende?» le chiede infastidita. «Non avrai paura del buio?»

Doris deglutisce. No, non del buio, ma della solitudine.

«Scusami» mormora lasciando andare il braccio di Marianne. «Non sono solita rientrare a casa così tardi» aggiunge immaginando che l'amica abbia abitudini del tutto diverse.

«Posso entrare con te se vuoi» dice Marianne.

L'amica si volta verso di lei con aria stupita.

«Ma avrai altro da fare.»

«Non subito. Potremmo farci il bicchiere della staffa, no?»

Doris prende il suo mazzo di chiavi e ne infila una nella porta. D'un tratto si sente sopraffatta dalle emozioni e vorrebbe solo raccontare a Marianne esattamente cosa pensa di lei. Ma poi riesce a dominarsi.

«No, grazie» risponde veloce. «Ce la faccio.»

Marianne fa spallucce.

«Va bene. Allora buonanotte» dice ancora e riprende a camminare lungo la strada.

Doris resta ferma. Vorrebbe avere un po' di coraggio per poterle dire cosa prova, ma non le va di rischiare di rendersi ridicola. E poi non crede spetti a lei riparare le incrinature della loro relazione.

Segue con lo sguardo la sua amica di infanzia. *Marianne si tratterrà a Ljusskär non più di due settimane*, pensa. Dopodiché se ne andrà e Doris smetterà di far parte del suo mondo. Scoraggiata annuisce e apre la porta. Dopotutto Marianne non cambierà mai e l'amicizia che un tempo le legava è ormai perduta.

# 15

## Venerdì 5 giugno 1987

Appena fuori dall'ufficio del pastore Lindberg, Madeleine si incammina verso la sua stanza. Ha in mente di prendere carta e penna e scrivere a Patricia, ma resta sorpresa nel trovare Desirée in camera. La ragazza è seduta sul letto con un libro in mano; Madeleine esita qualche secondo, senza sapere se raccontarle ciò che è appena successo.

Poi, con cautela, richiude la porta dietro di sé.

«Che leggi?»

«Il *Paradiso perduto* di Milton» risponde Desirée alzando gli occhi al cielo. «Parla di quando il Diavolo si introduce nel giardino dell'Eden cercando di convincere Adamo ed Eva a mangiare il frutto proibito. È stato il pastore a consigliarmi di leggerlo.»

«È bello?»

«È scritto in versi» sospira chiudendo il libro. «Dove sei stata?»

Madeleine prende una maglia che aveva lasciato sul letto e la piega.

«Da nessuna parte.»

Si accorge dello sguardo penetrante di Desirée.

«Sei sparita dopo pranzo.»

Madeleine si sdraia sul letto. Non vuole mentirle.

«Io...» esordisce, ma Desirée la interrompe.

«So che sei stata dal pastore Lindberg.»

Il suo tono le sembra di rimprovero, ma alzando gli occhi su di lei nota il suo volto distendersi in un sorriso.

«Non devono esserci segreti fra di noi, giusto? Puoi raccontarmi tutto.»

Madeleine fa un sospiro di sollievo.

«Scusami. Non sapevo se mi era permesso dire qualcosa.»

Desirée inclina la testa.

«Il pastore Lindberg è per tutti noi adepti una guida spirituale. Lui può vedere cose in noi come nessun altro.»

«Sì, me l'ha detto.»

Desirée si siede sul bordo del letto, avvicinandosi a lei.

«Ti ha raccontato di quando si è fratturato la schiena?»

Madeleine annuisce e l'amica batte le mani.

«Lo sapevo!»

Si sposta sull'altro letto, toccandola con un braccio.

«Non essere triste, vuol dire che gli piaci. Devi esserne felice, non è da tutti essere scelti in quel modo. Sai quanti vorrebbero incontrare il pastore Lindberg e far parte della sua parrocchia? È un privilegio.» Ride, scostando i capelli biondo miele dietro a una spalla. «*Poiché molti sono i chiamati, ma pochi gli eletti.* Matteo 22:14. *Noi* siamo fra gli eletti.»

Madeleine si sforza di sorridere. Desirée ha ragione, non c'è motivo di essere triste. Percepisce il calore del suo corpo e si accorge che le piace starle vicina. Sono vere amiche e quindi deve riuscire ad aprirsi di più con lei.

Desirée le passa le dita fra i capelli, dicendole che è più carina quando li tiene raccolti. Madeleine cerca di non agitarsi. Non è mai stato facile per lei parlare a cuore aperto, ma dentro di sé ha sempre provato invidia per quelle ragazze che senza farsi problemi riuscivano a saltare sul letto dei loro amici, usare una spazzola come microfono e cantare *Girls just wanna have fun* facendo divertire tutti.

Crescendo aveva spesso fantasticato di poter essere come una Jennifer o una Melissa, che odoravano di bubblegum, arrivavano a scuola coi capelli ossigenati e dicevano cose del tipo "L'ho fatto e basta". Ma a Mill Creek sapevano già tutti chi fosse Madeleine. Timida e introversa cercava di non frequentare quei ragazzi, con la speranza di evitare commenti sui suoi abiti poco moderni e sul tipico odore di fattoria.

Poi un giorno del sesto anno di scuola arrivò in classe una nuova ragazza. Heather aveva capelli lunghi color cioccolato e la frangia arricciata. Nello spogliatoio aveva appeso il suo reggiseno a un gancio per far vedere a tutti che si trattava di una terza. Indossava un paio di jeans marca Guess nuovi di zecca. A lezione di biologia Madeleine, seduta dietro di lei, riusciva a malapena a staccare gli occhi dal piccolo logo a triangolo cucito sulla tasca.

Aveva fatto di tutto per far credere a Heather che anche lei era una di quelle ragazze fantastiche. Aveva chiesto in prestito a Patricia i suoi orecchini più belli, si era truccata gli occhi con l'ombretto azzurro e parlava ad alta voce di tutti quelli più fighi per dare l'impressione di conoscerli. E i suoi sforzi furono ripagati. Un giorno, a fine lezione, Heather aveva cominciato a parlare con lei, e prima che potesse accorgersi che Madeleine era una ragazza di campagna che prendeva l'autobus per andare a scuola, l'aveva invitata a casa sua.

Era stato incredibile poter seguire Heather a casa. Madeleine si era resa conto che quella era la sua grande occasione e si era messa a sedere sul suo letto rosa, dicendo cose del tipo «Lo sanno tutti che Billy e Sandra l'hanno fatto» e «Teddy deve essere omosessuale, si capisce dagli occhiali».

Riuscire a far ridere una ragazza come Heather era entusiasmante. A Madeleine sembrava impossibile e si era persuasa di aver raggiunto un punto di svolta nella sua vita. Da quel momento in poi lei e Heather si sarebbero viste così spesso che anche Josh Anderson l'avrebbe invitata a casa sua, dove correva voce che i genitori offrissero sidro fatto da loro e ci fosse una stanza per le feste in cantina. E, cosa fondamentale, lei e Heather sarebbero diventate migliori amiche; così per Natale lei le avrebbe regalato una di quelle catenine con un cuore diviso a metà e ognuna avrebbe indossato la sua.

Quando fu pronta la cena, la madre di Heather l'aveva chiamata a tavola. Madeleine avrebbe aspettato in camera, aveva dichiarato, poiché sicuramente anche la sua mamma aveva preparato una cena abbondante per quando sarebbe tornata a casa.

Dalla finestra Madeleine aveva visto il padre di Heather scendere dall'automobile, e nonostante fosse terribilmente affamata e sapesse che l'unica cosa che l'aspettava a casa era del pane di segale rinsecchito davanti alla televisione, non voleva rovinare tutto raccontando che sua madre era morta.

I primi minuti andò tutto bene. Madeleine era rimasta seduta sul letto a guardare l'enorme quantità di oggetti nella camera, ascoltando il tintinnio delle posate che provenivano dalla tavola della famiglia. Poi però gli occhi le erano cascati sui jeans di Heather, appesi a una sedia, e non poté più trattenersi. I pantaloni Guess erano di un perfetto blu chiaro e lei sognava da anni di potersene provare un paio.

Dal piano di sotto si sentiva ancora parlare sommessamente. Madeleine aveva incontrato il suo stesso sguardo nel grande specchio a parete e con difficoltà si era tolta i pantaloni. Voleva proprio vedere come le stessero quei jeans di lusso. Una volta un ragazzo in classe aveva detto che i jeans di marca rendevano il sedere più bello; facendo attenzione, aveva infilato i piedi dentro alle gambe dei pantaloni e poi li aveva tirati su in vita.

Era la prima volta che indossava dei jeans coi bottoni e mentre si guardava con stupore allo specchio si era sentita invadere da una sensazione di felicità. Se l'amicizia fra lei e Heather fosse continuata forse le avrebbe potuto chiedere i jeans in prestito per andarci a scuola.

Persa nelle sue fantasie d'un tratto aveva sentito uno sbuffo e si era girata. Heather era in piedi con le mani sui fianchi e la guardava.

Lei aveva iniziato a sbottonarsi i pantaloni nervosamente e intanto chiedeva scusa. Più tardi si rese conto che quello fu il colpo di grazia per la loro relazione. Se avesse avuto più fermezza, le avesse sorriso dicendo qualcosa come "Ne ho un paio uguale a casa, ma volevo vedere se questa taglia mi sta meglio" forse Heather avrebbe fatto spallucce. Ma toglierseli con agitazione e in maniera impacciata aveva invece confermato l'enorme abisso che le separava. Il giorno dopo, a scuola, Heather si era voltata, cambiando strada nel corridoio per evitare di incontrarla.

Madeleine chiude gli occhi. Sono molti i ricordi infelici di quando era a casa, ma ora non è più a Mill Creek. Adesso è a Ljusskär, e nessuno in chiesa si preoccupa di quale sia il suo passato.

Desirée è impegnata a intrecciarsi i capelli e la affianca sul letto. Questa è la sua chance di rifarsi una vita. Non deve più essere la Madeleine Grey che nessuno si fila. Ora fa parte della Libera Chiesa e Desirée è sua amica.

D'un tratto capisce che cosa deve fare. Chiederà alla sua compagna di stanza se vuole dirigere il coro insieme a lei. È un'idea geniale che le avvicinerà ancora di più.

Desirée sistema la treccia sopra alla sua spalla e Madeleine sorride. Proprio come ha detto la compagna di stanza loro sono elette, e la sensazione di essere speciale le fa provare un brivido di piacere lungo il corpo.

# 16

## Martedì 11 giugno

Dalla cucina proviene un tintinnio; Erika sente l'odore di uova e bacon diffondersi nell'hotel. È in piedi davanti a una finestra che guarda verso la piccola via principale e i raggi del sole le scaldano il viso.

Il suo sguardo scorre sulle case e nota che molte facciate sono rimaste esattamente uguali a trent'anni prima. Da bambina amava quegli edifici dai colori vivaci, con le loro deliziose persiane, gli ampi portoni e le piccole e romantiche verande. Le piaceva immaginare che Ljusskär fosse un paese delle fiabe e che tutte le case fossero abitate da creature magiche che fingevano di comportarsi come gente normale.

Erika sorride. Durante la sua infanzia il paese pullulava di vita. In estate si riempiva di gente, l'hotel era al completo e i turisti facevano la fila per prendere un caffè o un dolce da sua madre. Oltre al B & B and B di Mona c'era anche un emporio che vendeva gioielli, souvenir e caramelle, e un ufficio postale che faceva anche da banca. In più, durante i mesi estivi spuntava fuori anche un carretto dei gelati, portato in giro da qualche adolescente annoiato che sbagliava sempre a dare il resto.

Stringe le mani intorno alla sua tazza di caffè. Nonostante sia determinata a parlare della vendita dell'hotel con sua madre, ancora non è riuscita a dirle nulla. Anzi deve trattenersi dal farsi trascinare dall'entusiasmo di Mona quando spiega come vorrebbe migliorare il suo B & B and B. Freme mentre la madre racconta di voler ritinteggiare le pareti della caffetteria, cambiare i mobili nelle camere degli ospiti, ripulire il giardino incolto, e sa che più la incoraggia nelle sue idee e più le sarà difficile convincerla a vendere.

Erika dà un'occhiata al suo cellulare. Sembra che Emma si trovi bene con il suo lavoretto estivo. Ogni pomeriggio le invia un messaggio per aggiornarla su come sta andando la raccolta di fragole. *Abbastanza caldo oggi. Ho battuto il record: venti cassette!*

Martin di sicuro è ancora a Halmstad, e non fa che lavorare. Non l'ha più sentito da quando se n'è andata. Lui le ha telefonato un paio di volte durante il fine settimana, ma era alla spiaggia con Lina e non si sono parlati. È ancora ferita per ciò che è successo e teme di dire qualcosa di cui potrebbe pentirsi, qualora gli parlasse prima di avere elaborato le sue emozioni, e quindi non l'ha richiamato.

Erika mescola il suo caffè al latte d'avena. Aveva sempre pensato che lei e Martin fossero fatti l'uno per l'altra, che si appartenessero, ma adesso non ne è più così sicura.

Sedute poco più in là ci sono anche sua madre, Marianne e Doris, che pianificano il festival estivo. Sul tavolo davanti a loro ci sono pile di libri; Doris tutta eccitata agita le mani illustrando la sua idea di organizzazione.

«Marianne legge un passaggio e poi fa una domanda a cui i partecipanti dovranno rispondere.»

«E poi mangiano la torta?» chiede Mona confusa. «O la acquistano a parte?»

«No, la torta di bucce di patata fa parte del quiz. Chiunque partecipi la può assaggiare.»

«Ma se la torta la ricevono gratis forse non compreranno altro da consumare...»

Doris scuote la testa, ma poi spalanca gli occhi.

«Se proponiamo più ricette dai libri possiamo chiamarlo quiz gastronomico-letterario e far pagare per partecipare.»

«Non saprei» risponde Mona scettica.

«Io credo che sarà un successo» dichiara Doris alzandosi. «Non ti dimenticare che siamo guidate da una stella del cinema» aggiunge guardando Marianne.

«No, non te lo dimenticare» ripete lei in modo teatrale.

«Va bene» concorda Mona. «Ma siete davvero sicure di riuscire a organizzare tutto? Avete poco più di due settimane a disposizione.»

«Ma certo» dice Doris agitando una penna. «Mi occupo io dei preparativi. Non dovrete alzare un dito.»

«Tranne che per fare le prove. E pensare alle luci e all'audio» replica Marianne.

«Sì, a parte quello» conferma Doris.

Erika sorride. Non riesce proprio a capire come sua madre possa trovare tempo per altre cose, ma perlomeno è contenta che siano riuscite a convincere il portavoce del Consiglio cittadino a confermare il festival estivo.

La porta si apre suonando. Un uomo alto e dai capelli chiari pettinati all'indietro entra salutando le donne del club del libro.

Erika si appoggia alla sedia davanti a sé. D'un tratto prova una strana sensazione, come un formicolio.

«Jonas» esclama Mona allegra. «Che bello che tu sia tornato. Ti ho visto un paio di volte in paese e mi sono chiesta quando saresti passato a trovarci.»

«Sono stato molto impegnato» risponde lui dispiaciuto.

«Ma ora sono qui e vedo che anche voi siete parecchio indaffarate.»

«Sì, stiamo organizzando un'attività per il festival estivo» spiega Mona facendo un gesto con la mano. «Hai notato che c'è anche Erika qui a casa?»

Jonas si gira e la vede, lei trattiene il respiro.

«Ciao!» esclama lui.

«Ciao» dice Erika senza mollare la presa sullo schienale della sedia.

«Che buffo vederti qui. Era da un pezzo.»

Erika lo fissa. Jonas è dimagrito, cosa che rende i tratti del suo viso ancora più marcati, e la pelle è scura, quasi abbronzata, ma per il resto è ancora incredibilmente uguale.

Lei allunga la mano per salutare, ma Jonas la tira a sé e l'abbraccia. Erika sente cedere le ginocchia, tuttavia si abbandona alla stretta e quando si lasciano lui fa un passo indietro per guardarla.

«Come sei bella» dice.

«Oh, grazie.»

Lei si aggiusta il pareo. Lo sguardo di Jonas è ancora intenso come ricordava, con la stessa espressione malinconica.

Lina esce fuori dal suo nascondiglio sotto al tavolo e guarda Jonas.

«Come sei alto» sottolinea.

«Sì, puoi dirlo forte» risponde lui abbassandosi. «E tu come ti chiami?»

«Lina, senza X e senza Y.»

Erika si tocca le spalle.

«Lina, senza X e senza Y» ripete Jonas. «Carino. Io sono Jonas, senza Z.»

Lina ride e sparisce di nuovo sotto al tavolo, Jonas la indica.

«È tua figlia?»

«Sì, la minore. Ha cinque anni.»

Mona si avvicina ai due.

«Da quanto sei a casa?»

«Circa tre settimane» risponde Jonas passandosi una mano fra i capelli schiariti dal sole. «Mamma è stata male, così ho preso un aereo e sono tornato.»

«L'avevo sentito. Ma adesso è di nuovo in salute e sta bene, vero?»

«Sì. Niente sembra fermarla.»

«Ti trattieni a lungo?» continua Mona.

«Perlomeno tutto il mese. Visto che sono qui ne approfitto per sistemare un po' di cose.»

Mona annuisce, Erika vorrebbe che smettesse di fare tutte quelle domande.

«Poi tornerai in India?»

«Sì, esatto. A Calcutta. Sto dirigendo due orfanotrofi là» dice volgendosi verso Erika.

«Ah» risponde lei fingendo di essere sorpresa, ma in realtà sa bene di cosa si sta occupando Jonas. Mona le fa il resoconto di tutto quello che Rut racconta a proposito del primo fidanzato di Erika. «Davvero bello.»

Lui alza le spalle.

«Sì, immagino di sì.»

«Io penso che quello che fai sia meraviglioso» dice Mona. «Dedicare la propria vita ad aiutare il prossimo è davvero ammirevole.»

«Grazie. Ma non è niente di lodevole. Faccio solo il mio dovere da persona qualunque. Ognuno di noi ha la sua vocazione. Ho sentito dire che ti stai occupando dei pasti per gli anziani del paese.»

«Oh, ma non è niente in confronto ad aiutare i bambini senza una casa» replica la madre di Erika facendo un gesto dissuasivo con la mano.

«Si fa quel che si può» dice lui. «E tu, Erika. Come te la passi?»

Lei abbassa lo sguardo. Che cosa dovrebbe dire? "Io? Bene, grazie. Vivo nell'abbondanza e mi concedo il lusso di cose che neanche mi servono, ma nonostante la mia situazione privilegiata non sono felice perché io e mio marito litighiamo per nulla e abbiamo smesso di *pulire i vetri delle finestre*."

«Tutto bene» risponde evasiva.

D'un tratto gli occhi di Jonas si illuminano.

«Tu sei brava a disegnare» prorompe.

«Non saprei» dice Erika scuotendo la testa.

«Sì, è così, me lo ricordo. Pensi di avere tempo per aiutarmi con una cosa? I bambini della parrocchia stanno preparando uno spettacolo di beneficenza per raccogliere fondi per l'orfanotrofio, ma abbiamo qualche difficoltà con le scenografie.»

Erika arrossisce. Lavorando come amministratrice raramente le capita di poter sfruttare le sue capacità artistiche, e ormai le poche occasioni in cui prende un pennello in mano sono quando Lina deve andare a una festa di compleanno e le serve un biglietto di auguri.

«Non so se sono la persona giusta.»

«Sarebbe di grande aiuto» insiste Jonas.

«Va bene» dice infine. «Posso passare a dare un'occhiata.»

«Grazie, sarebbe fantastico. Non abbiamo ancora ricevuto tutto il materiale, ma ti avviso quando sarà arrivato.»

«Certo.»

Erika gli lascia il suo numero. Quando Jonas le fa squillare il cellulare perché possa a sua volta salvare il contatto, lei sente le farfalle nello stomaco. Le sembra di fare qualcosa di proibito mentre scrive il suo nome, e dopo qualche secondo di esitazione aggiunge la parola “lavoro”.

Jonas la guarda in un modo che quasi le toglie il respiro al punto che è costretta a voltare lo sguardo imbarazzata. Proprio non riesce a capire perché reagisce così, e quando lui le dà una pacca sulla spalla si sente scossa da un sussulto.

«È stato bello rivederti.»

«Anche per me» dice Erika senza incontrare il suo sguardo.

Jonas si abbassa e solleva la tovaglia. «Ci vediamo, Lina senza X e senza Y!» Raddrizza la schiena e porta le dita alla fronte in segno di saluto alle donne sedute al tavolo colmo di libri.

«Buona giornata e in bocca al lupo per il festival estivo» dice facendo l’occhiolino a Erika prima di uscire.

Lei barcolla e si mette a sedere. Le sembra di essere un motore surriscaldato e afferra un libro per farsi aria al viso. È *Fine di una storia* di Graham Greene.

*Appropriato*, pensa tirandosi il vestito, che d’un tratto sembra appiccicarsi al corpo. Non aveva più visto Jonas da quel giorno di tanti anni fa, quando lui aveva lasciato Ljusskär per viaggiare in Europa. Allora non sapeva che la loro storia era finita. Lo aveva accompagnato al pullman da brava fidanzatina fedele, lanciandogli baci mentre lentamente si allontanava dal paese. Una settimana dopo ricevette una lettera da Berlino.

Erika non aveva mai pianto in quel modo. Mona aveva pensato che si fosse ferita ma quando era corsa in cucina l’aveva trovata in piedi con la lettera accartocciata fra le mani.

Era strano dover perdere il grande amore per mezzo di un foglio di carta. Lei rispose a sua volta. Scrisse una lettera dopo l’altra, parole traboccanti rabbia e disperazione che spiegavano in parte come si sentisse delusa ma anche quanto ancora l’amasse. Fortunatamente non aveva indirizzo a cui spedirle e dopo un paio di mesi il peggio poteva ritenersi passato: entro Natale aveva già trovato un nuovo fidanzato.

Lina esce fuori lentamente aggrappandosi al vestito di sua madre.

«Mamma, voglio andare al parco giochi.»

Erika fa un profondo respiro. Non avrebbe mai e poi mai immaginato che Jonas potesse avere su di lei ancora un simile effetto. *Forse*, pensa, *è stato lo shock per averlo visto dopo così tanti anni*.

Accarezza i capelli di Lina che abbraccia le sue ginocchia.

«Mamma» dice un'altra volta guardando Erika coi suoi occhi grandi. «Voglio andare sull'altalena.»

«Va bene» risponde. «Ma stavo pensando di allenarci a nuotare oggi, che ne pensi? C'è il sole e l'acqua è abbastanza calda.»

Lina fa una smorfia.

«Non mi va di nuotare.»

«Tesoro» dice dolcemente. «Sei così brava e presto ce la farai senza braccioli. Vedrai, un altro paio di volte e li potrai togliere.»

«Non ce la farò mai» protesta Lina.

«Invece sì. Ricordi, anche andare in bicicletta sembrava impossibile, ma poi alla fine ce l'hai fatta. La stessa identica cosa accadrà con il nuoto.»

«Prima voglio andare al parco giochi.»

Erika guarda fuori dalla finestra. Si chiede quante siano le possibilità che incontrino Jonas se escono subito, ma poi prova vergogna. *Quei sentimenti appartengono ad altri tempi*, ricorda a se stessa. Sono i residui di una vita precedente che non è più la sua.

# 17

## Lunedì 8 giugno 1987

Madeleine e Desirée sono in piedi davanti alla dispensa della Storstuga per cercare il riso, la polpa di pomodoro e i fagioli rossi. Ogni sera le adepte e alcuni membri della parrocchia cenano insieme, facendo a turno nel preparare da mangiare. La moglie del pastore Lindberg ha raccolto una serie di ricette da seguire e stasera tocca a loro due.

Tornate in cucina vedono Aino passare lungo il corridoio. Indossa le cuffie e non sembra notarle.

Lei sbuccia la cipolla tagliandola a pezzettini mentre Desirée dosa il riso. Ha confidato a Madeleine che Aino è la prediletta del pastore e che per questo può evitare di svolgere le faccende come gli altri. Lei non sa se sia vero, ma ora che ci pensa è da tempo che non la vede aiutare in cucina.

Tira fuori la carne macinata dal frigorifero e appoggia sul fornello la padella più grande che trova, versando abbondante olio di colza. Oggi ci sono otto persone a mangiare e nonostante cucinare sia abbastanza divertente è anche piuttosto faticoso.

Desirée apre i barattoli di conserva.

«E lei come al solito è libera di non fare niente» sospira indicando la stanza di Aino.

Madeleine fa scivolare la cipolla dal tagliere alla padella e aspetta che inizi a sfrigolare. In realtà non le piace parlare male degli altri, ma comincia a capire perché Desirée ce l'abbia così tanto con Aino.

«Forse non sta bene?» ipotizza lei.

La sua compagna di stanza si guarda intorno e prima di continuare controlla che siano ancora sole.

«Credo che lo faccia per attirare l'attenzione. Vuole che il pastore Lindberg passi più tempo con lei. Lo sapevi che è stato lui a darle il walkman?»

Madeleine spalanca la bocca in modo teatrale per fare capire a Desirée quanto ritenga ingiusto ciò che lei ha appena rivelato.

«Ne sei sicura?»

«Sì. Me l'ha detto lui. A quanto pare ne aveva bisogno.» Desirée sospira. «Che io abbia bisogno di qualcosa non sembra importare a nessuno.»

Scrolla la testa e Madeleine non può fare a meno di sorridere.

«E di cosa hai bisogno?»

Desirée fa finta di aggiustarsi i capelli e muove i fianchi.

«Un paio di Levi's 501, scarpe da ballo, un paio di grossi orecchini d'oro, un costume da bagno leopardato, lo spray per capelli nuovo, un paio di scarpe col tacco di colore bianco.» Ride sonoramente. «Devo continuare?»

«Perché no?»

«Penso che dovremmo comprare un telefono coi tasti per la Storstuga, quello rosso sembra vecchio di cent'anni! E non avrei niente in contrario se qualcuno mi regalasse una bicicletta col manubrio da corsa e quella marca di ombretto color turchese coi brillantini.»

«Mi pare un modo assolutamente opportuno di spendere i soldi della chiesa...» dice Madeleine aggiungendo la carne macinata. Le piace quando Desirée è di quell'umore.

La compagna di stanza le porge un barattolo con il peperoncino in polvere e inclina la testa.

«Ascolta, mi è venuto in mente che non ho fatto in tempo a ripassare il testo biblico per il gruppo di lettura di stasera. Ti va bene se mi assento per un po'?»

Madeleine si guarda intorno. Le preparazioni del cibo non sono nemmeno a metà, non hanno ancora apparecchiato né lavato l'insalata e sembra che in cucina sia esplosa una bomba, eppure non vuole dirle di no.

Sospira rassegnata.

«Certo.»

Desirée si avvicina dandole un rapido bacio sulla guancia. Il gesto intimo fa arrossire Madeleine.

«Grazie mille. Sai che mi rende nervosa che Aino sia sempre così preparata. Odio starmene lì seduta come un'idiota mentre lei risponde alla perfezione a tutte le domande. Ma prometto di tornare prima di cena e poi laverò io tutti i piatti» aggiunge allegra.

«No, non ce n'è bisogno» replica lei scuotendo la testa. «Lo facciamo insieme.»

«Sei la migliore.»

Desirée se ne va e Madeleine guarda la carne macinata cuocere nella padella. Mentre la mescola si accorge che sta iniziando ad arrostirsi, abbassa la fiamma e intanto dà uno sguardo all'orologio. Manca meno di mezz'ora alla cena e ci sono ancora un mucchio di cose da fare.

Rapida rovescia un barattolo di pomodoro sulla carne e intanto cerca di dividerla in pezzi più piccoli, prende un tagliere pulito per l'insalata e una grattugia per le carote che devono essere spellate, grattate e poi aggiunte al chili con carne.

Con le dita appiccicose cerca di leggere la ricetta. *Il dado deve essere sbriciolato nella pentola*. Madeleine guarda la padella. Questo significa che dovrà rovesciare la carne in un tegame più grande?

È sudata. La sua esperienza in cucina si riduce ai minimi termini. A casa ci pensa sempre Patricia a mettere il cibo in tavola.

Con la mano sinistra riesce a trovare un tegame più capiente spingendolo sul piano di lavoro sovraffollato e intanto continua a leggere.

*Lasciate bollire per circa venti minuti col coperchio*. Madeleine guarda di nuovo l'orologio. Non ha davvero tempo di farlo cuocere così a lungo! Inoltre l'insalata deve ancora essere lavata e tagliata, i fagioli rossi scolati e poi aggiunti, quindi dovrà assaggiare il tutto.

Legge le istruzioni della ricetta un'altra volta. Sì, c'è scritto *assaggiare*. Ma come diamine può fare una cosa simile quando non sa nemmeno che sapore dovrebbe avere il chili con carne?

Proprio mentre Jonas entra nella stanza il riso esce fuori dalla pentola. Il coperchio sobbalza impetuoso e l'acqua che fuoriesce va a finire sui fornelli.

Madeleine sta per mettersi a piangere. Vorrebbe gettare tutto nel lavandino e andarsene. Nel tentativo di rimuovere la pentola dal fornello fa uscire altra acqua e senza volerlo emette un gemito.

«Hai bisogno di aiuto?» chiede Jonas arrotolandosi le maniche della camicia.

«Sì, cioè, non lo so» mormora lei portandosi una mano alla fronte.

Lui spegne il fuoco, afferra un panno e asciuga i fornelli prima di rimetterci sopra il riso, ben lontano dall'essere pronto.

Madeleine lo guarda stupita.

«Sembra che tu ci sappia fare» dice piena di ammirazione.

Jonas fa spallucce.

«La carne macinata deve andare nel tegame?»

«Sì» conferma lei afflitta.

In un attimo la situazione torna sotto controllo. Il chili con carne sobbolle in un ampio tegame e intanto Jonas grattugia le carote mentre Madeleine taglia l'insalata iceberg. Una volta finito apparecchia la tavola mentre lui mette in ordine il piano di lavoro della cucina. Sembra sapere esattamente cosa fare e con disinvoltura strofina il lavandino con un panno.

«Quando hai imparato a cucinare?»

Jonas le sorride.

«Non saprei. Ho sempre pensato che fosse divertente.»

Sulla finestra una radio mangiacassette suona a basso volume le prime note di *Starman*. Jonas si avvicina e alza il volume.

«Ti piace Bowie?» chiede lei.

«*Ziggy Stardust* è uno dei miei album preferiti.»

Madeleine si mette accanto a lui appoggiando la schiena al lavello. Ogni volta che lo incontra, Jonas dice o fa qualcosa che la sorprende.

«Stavo pensando che potremmo cantare *Heroes* con il coro. O credi che sia una cosa stupida?»

«No, sarebbe divertente.»

Madeleine continua a guardarlo mentre finisce di sistemare le ultime cose. Le piace parlare con lui. L'orologio indica che non mancano più di due minuti alla cena.

«Grazie infinite per l'aiuto. Senza di te non ce l'avrei mai fatta.»

Jonas si asciuga le mani a uno strofinaccio e si mette davanti a lei. Quando allunga la mano e le tocca la fronte, lei ha un sussulto.

«Salsa di pomodoro» mormora lui.

«Odio cucinare» ammette Madeleine sorridendo imbarazzata. Accorgendosi del tono un po' sostenuto cerca di smorzarlo. «Cioè, forse *odiare* è esagerato, ma non mi piace fare cose che non mi riescono bene.»

Jonas si china per sussurrarle qualcosa. Si avvicina a tal punto che lei riesce a percepire il suo alito caldo sulla guancia.

«Io odio gli studi biblici» dice portando lentamente un dito davanti alla bocca per farle capire che si tratta di un segreto.

«Immagino che nessuno sia perfetto» ride Madeleine.

«Siamo come Dio ci ha fatti» risponde Jonas facendole l'occhiolino.

Proprio in quel momento arrivano i primi commensali e Madeleine ringrazia ancora Jonas prima di portare il cibo in tavola. Si sente piena di gioia e ripensa a ciò che ha detto il pastore Lindberg. La Libera Chiesa è come una grande famiglia e ogni giorno che passa lei si sente sempre più a casa.

# 18

## Giovedì 13 giugno

Quando Patricia arriva in fondo alle scale scorge Doris seduta a un tavolo. Sparsi davanti a lei ci sono vari libri e sta meticolosamente prendendo appunti su un quaderno a righe.

«Come va?» chiede Patricia indicando i volumi.

Lo sguardo di Doris si fa intenso.

«Bene, ma ci vuole il suo tempo per scegliere quelli giusti. Guarda» dice porgendole il suo taccuino.

Patricia scorre una lista di titoli, alla maggior parte dei quali è stata associata una ricetta.

«Ne hai trovati parecchi» osserva. «Come farete a scegliere?»

Doris sorride orgogliosa.

«Finora sono riuscita a decidermi a preparare un curry per il libro *Amore, cucina e curry*, la torta di bucce di patata, pomodori verdi fritti e qualcosa a base di cioccolato dal romanzo *Chocolat*.»

«Mi sembra perfetto» concorda Patricia. «Hai letto *Cannella e polvere da sparo*?»

«No, di cosa parla?»

«Di una piratessa che prende in ostaggio un cuoco, acconsentendo a lasciarlo vivere fintantoché riesce a preparare qualcosa di prelibato ogni domenica. Il problema è che è difficile trovare gli ingredienti su una nave pirata.» Sorride. «In effetti è davvero divertente e romantico, un po' come la storia di Sheherazade.»

«Grazie del consiglio» dice Doris. «Esiste in svedese?»

«Purtroppo non lo so.»

«Allora chiederò alla mia bibliotecaria. Stavo anche pensando di fare un Boeuf en Daube, dal libro di Virginia Wolf *Al faro*, e un soufflé da quello di Nora Ephron *Affari di cuore*.»

«Oh, adoro quando la protagonista vorrebbe tirare contro al marito una torta di mirtilli invece di una al lime, che non lascia le stesse macchie difficili» risponde Patricia ridendo.

«E a te come va?» chiede Doris. «Sei riuscita a parlare con qualcuna delle donne che ti ho suggerito?»

Lo sguardo di Patricia scivola verso il pavimento. Le è grata per il suo aiuto, ma nessuna delle persone di cui ha avuto il nome sapeva qualcosa di sua sorella.

«Ho parlato con tutte e quattro» dice.

«Oh, hai fatto alla svelta. Qualcuno ricordava qualcosa?»

«No, purtroppo no.»

Doris gira la lunga treccia di capelli fra le dita.

«C'era anche un'altra donna che cantava nel coro insieme a Madeleine. Il suo nome è Greta, ma si è trasferita a Stoccolma molti anni fa. Potrei provare a reperire il suo numero di telefono e a contattarla per sapere se rammenta qualcosa.»

Patricia si sente sempre più inquieta ogni giorno che passa. La speranza, che per lungo tempo era riuscita a dominare, adesso è rinata. Proprio come l'ultima volta che era stata a Ljusskär, aveva iniziato a percepire la presenza di sua sorella. Talvolta crede di vederla dall'altra parte della strada o di sentirne la voce, perché anche se le possibilità sono veramente scarse, non riesce a smettere di sperare che sia ancora viva, che sia da qualche parte. Non è più capace di soffocare quelle emozioni come prima.

«Grazie, saresti gentile» risponde a Doris.

«Non posso neanche immaginare come sia per te essere qui.»

«Già, è una sensazione strana che si impone sopra ogni altra.»

Patricia riflette su come la sua vita sia stata plasmata dalla scomparsa di Madeleine. Durante il primo anno aveva praticamente dormito accanto al telefono, rifiutandosi di lasciarlo incustodito. Sia lei che sua sorella si erano esercitate fin da piccole a imparare il numero di casa a memoria, ed era convinta che da un momento all'altro potesse arrivare una sua chiamata. Si era immaginata che avesse seguito d'impulso qualcuno in viaggio e che fosse finita in un posto dove non era possibile telefonare. Ma una volta tornata alla civiltà avrebbe subito fatto avere sue notizie, scusandosi per essere sparita nel nulla. E Patricia l'avrebbe rimproverata per la sua incoscienza, ma poi avrebbero riso di tutto.

Ma quella chiamata non arrivò mai e con l'avvento dei cellulari lei decise di acquistarne uno, mantenendo comunque la linea fissa per sicurezza. E ancora oggi il cuore le salta in gola ogni volta che il vecchio apparecchio squilla.

«Vorrei tanto poter fare qualcosa per aiutarti» dice Doris con premura.

«Puoi dirmi dove posso comprare dei francobolli» chiede Patricia. Ha promesso a Zoey e a Dax di spedire una cartolina a ognuno.

«Li vendono al chiosco.»

«Grazie. Vado a fare una passeggiata, ma ci vediamo più tardi.»

Si dirige verso la porta d'ingresso, ma proprio in quel momento si sente un tonfo seguito da un grido acuto. Doris, spaventata, si precipita e Patricia le va dietro.

Una volta in cucina si blocca di colpo. Non è mai stata lì dentro prima d'ora, e adesso si rende conto del perché a Mona piaccia tanto fare dolci e cucinare. La stanza è enorme e lungo le pareti si estende un ampio piano di lavoro affollato da utensili in legno e attrezzature varie. Al centro vi è un'isola con doppio lavello e grandi fornelli a gas, e sulle mensole color lavanda ci sono contenitori di vetro e metallo, ognuno con la propria etichetta.

Patricia si guarda intorno stupita. Le sembra di essere entrata in una fattoria francese. Il piano di lavoro in marmo risplende sotto la luce delle lampade a goccia e tutto, dal lavello in ceramica bianca alle brocche antiche, alle padelle di rame appese alle pareti piastrellate, contribuisce a creare un'atmosfera romantica.

Dietro all'isola vede Doris piegata e lentamente si porta vicino a lei. Mona è stesa sul pavimento, i suoi vestiti sono bagnati e con uno straccio in mano sta tentando di fermare l'acqua che esce da un tubo rotto.

«Gocciolava» dice ansimante «e ho provato a fermare la perdita.»

Indica un cassetto e Doris si affretta a raggiungerlo per prendere altri panni per asciugare.

«Tieni!» dice a Patricia. Lei afferra i canovacci mettendosi ad asciugare mentre Doris sparisce di corsa. Dopo alcuni lunghi secondi l'acqua si ferma.

Patricia allunga una mano verso Mona per aiutarla ad alzarsi. La sua camicia a fiori è fradicia e le ciocche di capelli bagnate le scendono lungo il viso. Doris torna in cucina.

«È sempre lo stesso tubo. A questo punto non ti resta che chiamare l'idraulico.»

Mona lancia lo strofinaccio intriso d'acqua nel lavello.

«Lo so» afferma sospirando.

«Vuoi che lo chiami?»

«No, ci penso io» risponde rapida.

Doris spinge un panno verso l'ampia pozza d'acqua.

«Devi fare qualcosa. Pensa se comincia a perdere durante la notte, potrebbe rovinarti la casa intera.»

Mona si strofina la fronte. Sembra esausta.

«Faccio io.» Si volge verso Doris. «Ti prego, non dire nulla a Erika. Non voglio che si preoccupi.»

Anche Patricia si procura uno straccio e sta giusto per abbassarsi quando Doris la ferma.

«Ci pensiamo noi» dice cortese. «Vai a fare la tua passeggiata.»

«Siete sicure? Posso rimanere per aiutarvi.»

«Assolutamente. Non potrei mai lasciare che un'ospite metta a posto in cucina» dice Mona accennando un sorriso.

Patricia esita, ma quando Doris le prende lo straccio dalle mani, obbedisce ed esce dalla stanza.

Patricia raggiunge il chiosco e compra francobolli e cartoline, scrive due saluti e le imbuca. Poi alza lo sguardo in direzione del mare. Si è avvicinata alla spiaggia un paio di volte ma non è mai scesa fino alla baia.

Con calma percorre la strada principale. Ovunque si giri vede case piccole e graziose con gente che beve il caffè in completo relax al riparo di un ombrellone. I giardini splendono di fiori e i cancelli e i tralicci sono già ricoperti dalle clematis in fiore e dal caprifoglio selvatico.

Una coppia di anziani, che cammina tenendosi a braccetto, la saluta. Pensa a ciò che le ha detto Mona: a Ljusskär ci si prende cura l'uno dell'altra. Ci si aiuta a badare agli animali domestici, a fare la spesa e a tagliare l'erba, e una volta alla settimana, a turno, chi ha la macchina va a Ystad a fare acquisti in farmacia e al Systembolaget, il negozio di alcolici, per chi può raggiungerli. È davvero difficile pensare che qualcuno in questo paesino accogliente possa aver fatto del male a Madeleine.

Nel corso degli anni Patricia aveva elaborato una miriade di teorie su ciò che poteva essere successo a sua sorella. All'inizio avere così tante alternative le aveva dato speranza, come se potesse aumentare le possibilità che Madeleine fosse viva e stesse bene. Ma col tempo aveva iniziato a logorarsi: l'incertezza per lei era diventata la principale fonte di dolore.

La strada asfaltata termina, lasciando spazio a un sentiero battuto fino al mare. Patricia guarda oltre, verso le dune di sabbia. I cespugli fluttuano al vento in un contrasto di colori che le pare di una luminosità intensa. La sabbia dorata risalta a contrasto col verde, e poco più in là l'orizzonte disegna una morbida linea tra il cielo e le acque blu zaffiro. Ma per quanto bello, il luogo racchiude anche qualcosa di selvatico.

Si ricorda che Madeleine le aveva raccontato che Ljusskär era nota per essere chiamata da tutti "La fine del mondo"; adesso che si trova qui a guardare quel mare apparentemente infinito ne capisce il motivo. La posizione del paese, isolato dal resto del mondo, dà una sensazione di vulnerabilità.

Vedendo le scogliere di arenaria Patricia si sofferma. Trovarsi a Ljusskär rende tutto più tangibile. Sa di non aver mai elaborato la scomparsa di sua sorella. Con un bambino appena nato e un figlio di cinque anni non si era potuta permettere di sprofondare nell'abisso. Era stata costretta a restare in piedi, imponendosi per certi versi di respingere ciò che era successo.

Anche se è dura ammetterlo, le era capitato di sperare che qualcuno trovasse il corpo di Madeleine. Non perché lei volesse che fosse morta, ma perché si rendeva conto che le possibilità che fosse ancora viva erano minime. Se avesse avuto il corpo perlomeno avrebbe potuto portarla a casa, dandole sepoltura nel luogo a cui era legata; invece era stata costretta a un vuoto rimbombante con cui dover fare i conti.

Fa un respiro profondo. Non potrà restare a Ljusskär per sempre. Due settimane scarse, poi il suo permesso di lavoro sarà finito. Ora si rende conto che il tempo è troppo poco. Patricia ha davvero fatto tutto il possibile per cercare di avere più notizie su Madeleine. Ha parlato con tutti i membri più anziani della chiesa che è riuscita a contattare, ha coinvolto il club del libro nelle sue ricerche e persino interpellato la polizia di Ystad, senza alcun risultato. Nessuno sembra sapere niente di nuovo sulla sparizione di sua sorella.

Una sensazione di panico le cresce nel petto. E se la persona che le ha spedito la collana non si trovasse nemmeno qui? E se fosse da qualche altra parte? Non può certo mettersi a girare tutto il Paese. Presa dallo sconforto nasconde il volto tra le mani. Patricia vuole trovare sua sorella: deve sapere che cosa è successo, ma non sa più che altro fare. A chi può ancora rivolgersi?

Si accascia su una panchina. La situazione le sembra disperata. Probabilmente dovrebbe arrendersi. Forse il viaggio aveva lo scopo di farle accettare l'impossibile? Ma poi le viene in mente un fatto che le aveva raccontato Mona. C'è qualcosa che Patricia ancora non ha tentato e che forse potrebbe funzionare. Se c'è una cosa che ha imparato a conoscere negli ultimi trent'anni sono le dinamiche del dolore, quanto possano essere brutali e disarmanti, ma anche che solo chi ha vissuto in prima persona le stesse cose può capire veramente.

Le ci vogliono un paio di secondi a orientarsi, poi si alza e comincia a camminare.

# 19

## Sabato 13 giugno 1987

Madeleine si butta sul letto. Per tutta la settimana ha pensato di scrivere a sua sorella, ma non l'ha ancora fatto. Adesso che il caldo è davvero arrivato, per lei e Desirée ogni occasione è buona per andare in spiaggia. Nelle sere libere, quando non devono studiare i testi biblici, si recano alla baia. Fanno a gara a chi ha il coraggio di tuffarsi prima in acqua, a chi riesce a nuotare più lontano e a chi è più brava a fare la ruota sul bagnasciuga tante volte di seguito senza perdere l'equilibrio.

Accanto al letto c'è il suo grande diario rosso. Lo prende. Ha sempre scritto, fin da piccola, annotando fatti e riflessioni ogni volta che ne ha avuto voglia e le sottili pagine a righe vanno benissimo anche come carta da lettere.

Solleva la copertina dall'aspetto vissuto in cerca di una pagina vuota. Una volta trovata, inizia a scrivere.

Cara Patricia,
quanto mi mancate! Come state e come va col bambino? Non è ancora nato, vero? Dovete promettermi di chiamarmi subito dall'ospedale, sono veramente curiosa di sapere del mio nuovo nipote.
Matthew si trova bene all'asilo? Ha imparato a fischiare? Digli che se quando torno a casa ci sarà riuscito riceverà un bel regalo.

Io sto bene. Ljusskär è un posto meraviglioso e spero di potervelo mostrare prima o poi.
Adesso che l'acqua del mare inizia a essere più calda, vado a nuotare quasi ogni giorno. E poi qui sono tutti così gentili e insieme ci divertiamo molto.
Desirée, la mia compagna di stanza, è una delle persone più strambe che abbia mai conosciuto. È molto simpatica ma è capace di dire di tutto. A volte mi rende nervosa il fatto che possa fare qualcosa di inappropriato, come la linguaccia ai bambini della scuola domenicale o il verso alla moglie del pastore, ma per adesso è riuscita a controllarsi nelle situazioni più critiche.
Io e il pastore Lindberg continuiamo a conversare ed è entusiasmante poter parlare con una persona così colta. È sempre molto impegnato quindi è un onore che riesca a trovare del tempo per me. Quando mi ha chiesto se volevo dirigere il coro non sapevo se ci sarei riuscita, ma per adesso sta andando bene. Ci siamo già esercitati abbastanza e domenica canteremo in chiesa (sono così nervosa!).
A proposito, come sta il pastore Harold? Gli ho scritto tempo fa, ma non ho avuto risposta. L'operazione al ginocchio è andata come previsto? Devo ammettere che un po' mi manca. Nonostante le funzioni religiose qui aiutino a crescere e ad aprire la mente e si faccia del gran bene per la comunità, la vita in parrocchia è molto intensa e non mi dispiacerebbe avere un po' più di "tempo da dedicare alla meditazione", come direbbe il pastore Harold. La prossima volta che lo vedi promettimi di salutarmelo.
Adesso devo andare a prepararmi per la scuola domenicale con Desirée. Abbraccia tutti da parte mia. Ti voglio bene e anche a Michael e a Matthew e al piccolo che porti in grembo (e anche alle mucche, ma tienilo per te, altrimenti si montano la testa).
Baci e abbracci, *Madeleine.*

Appoggia la matita alla bocca. Assorta ne mordicchia il legno tenero. È la sua terza lettera, ma non ha ricevuto alcuna risposta; ha paura che sua sorella sia ancora arrabbiata con lei per come se ne era andata. Madeleine sa che la situazione della fattoria di famiglia è complicata. Quando suo padre era venuto a mancare, Michael e Patricia si erano appena trasferiti a Washington. Michael aveva ottenuto un posto temporaneo come giornalista al *Washington Post* e Patricia studiava giurisprudenza, ma per poterle permettere di finire la scuola si erano trasferiti di nuovo a Mill Creek. L'idea era che Madeleine rilevasse la fattoria non appena si fosse sentita pronta per farlo, tuttavia durante l'ultimo anno la sua voglia di partire e andare via da lì era cresciuta e per questo aveva fatto domanda per il tirocinio a Ljusskär. Ricorda ancora la delusione negli occhi di sua sorella quando le aveva confessato il suo desiderio.

Facendo attenzione stacca il foglio, lo piega e lo infila in una busta. Ha promesso a Patricia di tornare a casa una volta trascorso un po' di tempo nella Libera Chiesa. Sa che sarebbe meglio per tutti. Se lei rilevasse la fattoria non sarebbero costretti a vendere la casa di famiglia, ma negli ultimi tempi ha iniziato a fantasticare su altre opportunità. La Libera Chiesa sviluppa progetti in tutto il mondo e Madeleine sogna segretamente di potersi dedicare a uno di questi. *Immagina come sarebbe andare in Asia o in Africa e partecipare alla creazione di qualcosa di nuovo.* Non riesce a pensare a niente di più emozionante.

In fondo al diario rosso c'è una vecchia busta sgualcita. Madeleine la prende, legge l'indirizzo del mittente scritto a inchiostro sul retro e l'ombra di un sorriso le nasce sul volto.

Durante i primi anni della sua infanzia c'era stato un intenso scambio di corrispondenza con la loro nonna svedese. Erano solite ricevere lunghi resoconti su come fosse la vita di campagna in Scania, che sua madre aveva l'abitudine di leggere per loro, oltre a libri con racconti per bambini in lingua svedese.

Madeleine ricorda quanto fosse felice sua madre ogni volta che ricevevano posta dalla Svezia. Saltava come una bambina mentre apriva la busta. A volte, mentre leggeva ad alta voce i racconti di sua madre, gli occhi le diventavano lucidi e diceva che un giorno avrebbe portato lei e Patricia nel suo Paese di origine, per far loro vedere quanto tutto fosse bello. Ma poi la mamma era morta e poco dopo quelle buste gialle con le farfalle in un angolo smisero di arrivare. Non ha mai capito perché, ma quando aveva chiesto a Patricia se non fosse il caso di riprendere i contatti con la nonna, lei aveva detto di no. Non voleva più sentir parlare di quella traditrice.

Madeleine legge l'indirizzo. Fin da quando aveva deciso che sarebbe andata a Ljusskär aveva pensato di rintracciare la sua parente svedese. Pensa che sarebbe sciocco essere andata fin lì senza nemmeno fare un tentativo, ma non osa raccontare il suo piano a Patricia. Ha paura che sua sorella possa arrabbiarsi o che possa dire qualcosa di sua nonna che lei non vuole sentire.

Dal corridoio si sente la voce di Desirée.

«Quanto ti manca?» chiede con impazienza.

Madeleine si alza e appoggia il diario sulla scrivania. Spedirà la lettera per Patricia più tardi.

«Arrivo» risponde prendendo la sua giacca di pelle scamosciata dall'appendiabiti.

# 20

## Giovedì 13 giugno

Lina è seduta sulle ginocchia di Erika, avvolta in una grossa coperta per riscaldarsi. Sono appena state alla spiaggia a nuotare. O meglio, a fare il bagno. Lina ancora non si azzarda a togliere i braccioli e a mettersi davvero alla prova.

Erika accarezza i suoi capelli bagnati, cercando di asciugarne le ciocche con un piccolo asciugamano, nel frattempo la bambina con aria solenne beve a grandi sorsi la cioccolata calda che la nonna le ha preparato.

Non vuole insistere troppo con sua figlia; sa che imparerà a nuotare solo quando riuscirà a lasciarsi andare.

Lina prende un sorso troppo grande e tossisce.

«Tutto bene?» chiede Mona.

La bambina fa una smorfia.

«Credo di avere l'influenza spagnola» dice indicandosi la fronte. «Vedi le macchie?»

«Oh, poverina» annuisce Mona.

«Dobbiamo chiamare l'ambulanza per andare all'ospedale, dal dottore» aggiunge Lina.

«Tesoro» interviene Erika dolcemente. «Le ambulanze servono a chi sta davvero male e deve subito ricevere aiuto.»

«Un paio di settimane fa ho trovato alcuni vestiti per giocare ai travestimenti in un mercatino delle pulci» dice Mona facendo un gesto verso le scale. «Sono dentro al baule grande nella camera Alcott. Non vuoi andare a vedere se c'è qualcosa che ti piace?»

Lina salta giù e dà un abbraccio alla nonna.

«Grazie» risponde allegra imboccando le scale, proprio mentre Marianne entra nell'hotel. Insieme a lei c'è un ragazzo dai capelli lisci di colore blu e nero che scendono lungo il viso brufoloso. Ha un cappellino e una t-shirt scura con sopra un lupo che ulula. Cammina lentamente, andando a sistemarsi in un angolo senza alzare lo sguardo dal suo iPad.

«Chi è quello?» chiede Erika.

Marianne alza gli occhi al cielo, aggiustandosi il vestito su misura color rosa shocking con cinturino bianco in vita.

«È Markus, mio nipote.»

«Quant'è cresciuto!» esclama Mona.

«Sì, sai com'è, se uno mangia pane di segale e beve quattro litri di latte al giorno cresce per forza.»

«Si trattiene per un po'?»

«Non ne ho idea» replica Marianne alzando le braccia. «Ho cercato di chiederglielo, ma non c'è modo di conversare con uno che non stacca mai gli occhi dal suo tablet.»

«Non è che si offende se dici così?» chiede Doris dal suo posto vicino al tavolo dei libri.

«No, non sente niente» dice Marianne ridendo. «Ha nelle orecchie due piccoli auricolari bianchi con cui ascolta la musica.» Si sistema su uno sgabello. «Lo hanno spedito qui Carl e Lizette. Markus ha appena finito la scuola, ma non si è cercato un lavoro estivo e nemmeno ha deciso se continuare gli studi; i suoi sono un po' preoccupati che possa trascorrere l'intera estate a giocare al computer.»

«In effetti, adesso sembra che stia giocando» osserva Mona passando un panno sul ripiano.

«Sì, ma qui a Ljusskär la connessione non è buona, e Internet è molto lento. Aspetta e vedrai.»

Le donne intorno al bancone si voltano facendo appena in tempo per notare Markus che sbatte l'iPad sul tavolo, sbuffando. Poi lo riprende in mano.

Marianne ride di gusto.

«Staremo a vedere quanto resiste.»

«Come sarebbe bello essere giovani e avere tutta la vita davanti» dice Doris con aria sognante.

«Come sarebbe bello essere in pensione» replica Erika rivolgendo un'occhiata a sua madre. «Dev'essere fantastico avere così tanto tempo libero per fare quello che ti pare.»

«Non saprei» risponde Doris. «Leggo tutto il tempo che voglio, ma per il resto la vita da pensionati in effetti è molto triste.»

«Ma è perché non hai ancora trovato la tua vocazione» dice Mona.

«Esatto» aggiunge Marianne. «Non sono mai stata così bene. Non c'è niente e nessuno a cui devo rendere conto se non me stessa, e so esattamente cosa voglio dalla vita. Io credo che fino a sessant'anni non raggiungiamo il nostro massimo potenziale; è da quel momento che finalmente possiamo fare quello che vogliamo.»

«Forse non proprio *tutto* quello che vogliamo» osserva Mona stirandosi la schiena.

«E cosa dovrei fare?» chiede Doris. «Mi dedico già al circolo di lavoro a maglia un paio d'ore a settimana, il martedì vado a fare volontariato al gattile e il giovedì lo passo a giocare con gli anziani della casa di riposo.»

«Quasi tutte attività per gli altri» dice Marianne. «Io penso che dovresti trovarti un nuovo compagno.»

A Doris va di traverso il caffè che ha appena bevuto. È la

prima volta che l'amica accenna di sapere della morte di Göran.

«Ma sono vedova da appena un anno» protesta lei.

«Un anno e mezzo» la corregge Mona tirando fuori un vecchio samovar ammaccato da uno degli sportelli. «Che ne pensate di questo?»

«È nuovo?» chiede Marianne.

«No, l'ho trovato a un mercatino delle pulci. Compro solo cose di seconda mano.»

«Va bene, un anno e mezzo» continua Doris. «Ma non mi sento pronta per incontrare qualcuno. Non sono mai stata con nessun altro a parte Göran. Il nostro matrimonio è durato quarant'anni e non riesco a immaginare di poter ritrovare ciò che condividevo con lui.»

«Forse non devi trovare la stessa cosa, no?» propone Mona con cautela.

«Proprio così» dice Marianne. «Dopo quarant'anni di matrimonio un po' di divertimento te lo sei guadagnata.»

«Sono d'accordo» aggiunge Mona.

«Perché proprio io dovrei *andare a divertirmi*? E tu, allora?» chiede Doris a Mona, che agita il suo panno in segno di disapprovazione.

«Io mi trovo bene da sola. Dopo la scomparsa del padre di Erika ho scelto di non avere altre relazioni. Il mio grande amore è questo hotel!»

«E la tua vita sessuale?» esclama Marianne.

«Va benissimo così. Quando ne ho voglia mi incontro con qualcuno, e poi ho i miei rimedi fai da te.»

«Non si tratterà di qualcosa che hai comprato al mercatino delle pulci, vero?» domanda Doris preoccupata.

«Non posso né confermare, né smentire» dichiara Mona ridendo.

Marianne si volge verso Doris.

«Io penso che dovresti caricare una tua foto su Tinder.»

«E cos'è?»

«È un'app di incontri dove si possono conoscere persone interessanti» spiega Marianne.

«Mai e poi mai!» ribatte Doris inorridita.

«Ma potresti almeno provare, no?»

«Provaci tu.»

«Non posso» replica Marianne sospirando. «Se mettessi una mia foto nessuno crederebbe che sono io.» Poi indica Erika. «Fai una fotografia a Doris e mostrale come funziona.»

«Hai un cellulare?» chiede Erika.

Con grande esitazione Doris le passa un vecchio iPhone e mentre Erika lo prende si sforza di sorridere.

«No, aspetta» dice spostandosi la treccia da destra a sinistra. «Okay, ora sono pronta.»

«Molto carina. Allora ti creo subito un profilo» dice Erika.

«Che significa?»

«Che le altre persone possono vederti. Se vi scegliete a vicenda potete mettervi in contatto e inviarvi messaggi.»

«Non so se è una buona idea» mormora Doris.

«Certo che lo è!» esclama Marianne. «Aspetta e vedrai, presto ci dovrai ringraziare.»

Doris si guarda intorno esitante. «Ovvio, sembra eccitante ma… e se qualcuno della parrocchia venisse a sapere quello che sto facendo?»

«Non preoccuparti» la rassicura Marianne. «Quelle vecchie megere di certo non usano Internet.»

Doris scuote la testa. «Non dovresti chiamarle così. E poi lo usano. La scorsa settimana ho visto Karin, la moglie di Bengt, giocare a poker durante la messa. Cercava di nascondere il cellulare dietro la Bibbia, ma ogni volta che vinceva faceva un sobbalzo. Per fortuna il pastore ha creduto che fosse la sua predica a emozionarla tanto.»

«Dovessi pentirti, puoi sempre eliminare il tuo profilo. Basterà cliccare su un pulsante» spiega Erika.

«Ne sei sicura?» chiede l'altra girandosi sulla sedia.

«Te lo giuro. Cosa devo scrivere? Che stai cercando?»

Doris sospira.

«Deve avere più o meno la mia stessa età.»

«Almeno sessantotto anni?»

«Ah» dice alzando gli occhi al cielo. «Metti da sessanta in su. Anzi, facciamo da cinquantadue. E che non abbia più di settantacinque anni. E che non sia calvo.» Si avvicina a Mona. «Non mi sono mai piaciuti gli uomini pelati, hanno un aspetto viscido...» dichiara voltandosi poi di nuovo verso Erika. «Lo preferirei in buona forma e con dei bei muscoli. Ma non voglio che sia uno di quei vegetariani che mangiano solo canapa. Scrivi: "Un elegante e sofisticato tipo alla Hugh Jackman, di sani princìpi". E che viva nei dintorni» aggiunge.

«Okay» dice Erika sollevando le sopracciglia. «E come vorresti descrivere te stessa?»

Doris alza le spalle. «Non ne ho idea.»

«Ti piace la cucina. Racconta quali sono i tuoi piatti preferiti» suggerisce Mona.

«Mi piacciono i frutti di mare, in particolare le ostriche, e i dolmades greci in foglia di vite. E poi adoro i biscottini al lampone di Mona, mi ricordano quando da bambina andavo in pasticceria.»

Erika digita velocemente sul cellulare.

«Sto scrivendo che sei una donna vivace, nel fiore degli anni, che ama le ostriche, i dolmades e i biscotti al lampone.»

Mona si aggiusta la camicetta a fiori rossi e gialli. «Hai conosciuto Yusuf, il vicino di Evy?» chiede. «È davvero una persona gradevole.»

«Ma si fa la coda ai capelli e porta un orecchino» dice Doris arricciando il naso. «Non significa che è…»

«Un pirata?» esclama Marianne.

«Ah, si dice così oggigiorno?»

Mona inclina la testa.

«Non dovresti giudicare le persone a prima vista. Yusuf è molto gentile e ha un orto bellissimo. Ho iniziato a comprare la verdura da lui.»

Erika le porge il telefono.

«Ecco fatto.»

«Oh, sei stata veloce» dice Doris imbarazzata scostando un ciuffo di capelli dietro l'orecchio. «E adesso che succede?»

«Devi aspettare di vedere se qualcuno ha affinità con le tue caratteristiche.»

«Ma devi stare attenta» aggiunge Marianne. «Evita tutti quelli che si mettono in posa con dei gatti, con teneri cagnolini o con le armi, o quelli che pubblicano foto dove l'immagine della loro ex è stata strappata. Non spedire mai soldi a nessuno, per quanto disperati ti possano sembrare. Se ti dicono che la moglie li ha lasciati portandosi via tutto ciò che avevano, vedrai che una ragione ci sarà. E non dare a nessuno il tuo indirizzo di casa.»

«Credo di essermi pentita» mormora Doris.

«Ma no…» dice Marianne prendendo il suo cellulare. «Vediamo un po' se riusciamo a trovare qualche bel bocconcino.»

«Lui sembra affascinante» esclama Mona tirando fuori la sua lente di ingrandimento. «E c'è anche scritto che è femminista.»

«Lo scrivono tutti» risponde Marianne. «Ormai anche il

movimento Tea Party oggi si dichiara a favore della lotta per i diritti delle donne.»

Doris si è fatta pallida in viso.

«Non sapevo che fosse così impegnativo.»

«Questo è niente in confronto a un venerdì sera a Los Angeles» dichiara Marianne con disinvoltura. «Se vuoi trovare la persona giusta devi essere disposta a fare un piccolo sforzo.»

Erika sorride delle tre donne radunate intorno al cellulare di Doris e sente vibrare il suo telefono. E se fosse Martin che chiede come mai non si è fatta sentire?

Si sente in colpa. Martin ha scritto e chiamato più volte ma, a parte un paio di brevi messaggi in cui lo rassicurava che lei e Lina stavano bene, ha sempre cercato di evitarlo. Non è ancora pronta a parlare con lui, non prima di aver capito come si sente veramente.

Quando fissa lo schermo, si accorge con grande stupore che il messaggio non è affatto di Martin, bensì di *Jonas-Lavoro*. Con imbarazzo si guarda intorno, ma Mona e le sue amiche sono troppo incuriosite dal telefono di Doris. Apre il messaggio.

Ciao, Erika! È stato molto bello rivederti l'altro giorno. Non vedo l'ora di ricevere il tuo aiuto per le scenografie: mi farò vivo non appena il materiale sarà arrivato. Un abbraccio, Jonas.

Erika lo rilegge diverse volte. Non avevano più avuto contatti dal giorno in cui lui era partito, ma ha sempre sentito un po' la sua mancanza.

Ripensa a una delle ultime volte che si erano visti. Jonas le aveva chiesto di seguirlo al parco giochi nel bosco e si erano seduti sull'altalena, senza dirsi granché. Per tutta la primavera le aveva parlato del viaggio che intendeva fare. Voleva girare l'Europa in treno, visitare Berlino, Praga, Parigi, Roma e Barcellona.

In un paio di occasioni Erika aveva pensato di chiedergli se potesse andare con lui. Si era immaginata che avrebbero potuto viaggiare per le città con lo zaino in spalla, prendendo una stanza in affitto, lavandosi i capelli in qualche fiume e dividendosi una baguette fresca per colazione in un parco. Ma sapeva che non sarebbe mai accaduto: non era abbastanza grande. Doveva ancora finire la scuola e cosa avrebbe dovuto fare Jonas nel frattempo, stare seduto a girarsi i pollici?

Nonostante il giorno in cui aveva ricevuto quella lettera fosse stato il peggiore della sua vita da sedicenne, Erika non ricordava di essere stata a lungo in collera con Jonas. Sì, aveva provato delusione, disperazione, ma non odio. Dopo un po' aveva capito che doveva arrendersi e che il loro tempo insieme era semplicemente finito.

Passa il dito lungo il bordo del cellulare. Da adolescente, piena di insicurezze, era solita credere che fosse un miracolo che un ragazzo così attraente e popolare come Jonas potesse anche solo degnarla di uno sguardo. Ogni momento passato con lui era da considerare un vero e proprio premio. Ovunque andassero lui catturava l'attenzione di tutti e lei notava come le ragazze della parrocchia ne fossero invaghite. Gli lanciavano sguardi bramosi per strada e sfornavano torte margherita per Rut al fine di compiacerla. Per quanto Erika si sforzasse di ignorarlo, Jonas apparteneva a un mondo a cui lei non aveva accesso. La parrocchia era come un piccolo universo, un luogo segreto isolato dal resto del paese che lei non avrebbe mai compreso fino in fondo.

Ripone il telefono chiedendosi che cosa sarebbe successo

se Jonas non fosse partito. Avrebbero forse continuato a stare insieme, e in tal caso che vita avrebbe avuto? Sarebbero rimasti a Ljusskär in una piccola casa vicino alla spiaggia? Avrebbe passato le sue giornate a dipingere marine ad acquerello? Ma soprattutto, Jonas l'avrebbe resa più felice di quanto non abbia fatto Martin?

## 21

Giovedì 18 giugno 1987

Madeleine è in piedi che aspetta davanti alla Storstuga. Lei e Desirée stanno andando alla spiaggia per un bagno serale, ma la compagna di stanza è rientrata di corsa per prendere l'asciugamano.

Le viene da ridere pensando a quanto la sua amica sia sbadata. Perde spesso le cose e dimentica vestiti e libri da tutte le parti. L'altro giorno avevano passato buona parte della mattina a cercare le sue scarpe da ginnastica; alla fine avevano scoperto che erano finite sotto il letto.

Ciò nonostante è impossibile non farsi piacere Desirèe. Lei e Madeleine sono quasi sempre insieme e la sera quando vanno a letto parlano fino a tarda notte.

Desirée le espone con trasporto i suoi piani futuri. Vuole diventare proprio come Rut, sposarsi con un pastore e dirigere una parrocchia.

«Per questo sono sempre così gentile, perché allora non potranno mai rispedirmi a casa. "Desirée deve restare"» dice imitando la voce di Rut. «"È così affascinante."»

Quando Desirée fa il verso alla moglie del pastore, Madeleine ride tanto che le fa male la pancia. Adora ascoltare le storie della compagna di stanza ed è orgogliosa che lei l'abbia scelta come sua intima amica.

Madeleine fa oscillare la sua busta bianca del supermercato, con dentro il costume e un asciugamano di spugna sbiadito, chiedendosi che fine abbia fatto l'amica. Aveva detto che le ci sarebbero voluti due minuti, ma ne sono passati almeno cinque.

Spazientita tira un calcio a un sasso. Non ha ancora ricevuto una risposta da sua sorella. Tutti i giorni corre all'ufficio della parrocchia per vedere se è arrivato qualcosa, ma ogni volta torna a mani vuote.

Madeleine pensa che Patricia non le scriva perché è ancora arrabbiata con lei e si chiede cosa succederà quando le rivelerà di voler continuare a lavorare nella Libera Chiesa. Se sua sorella è delusa perché si è presa un anno sabbatico, come potrà mai reagire quando le dirà di aver deciso di non voler assolutamente rilevare la fattoria di famiglia?

Sa di averle promesso che sarebbe tornata a casa una volta trascorso l'anno, ma stare lontano da Mill Creek le ha fatto capire che non è là che lei vuole vivere il resto della sua vita. Non ha alcuna intenzione di finire come suo padre, intrappolata in un monotono susseguirsi di infruttuosi lavori agricoli in una fatiscente fattoria, con mucchi di bollette che non riescono mai a pagare in tempo.

Sentendo dei passi provenire dal retro dell'edificio, Madeleine distoglie il pensiero dalla sorella. Sta per dire qualcosa, ma esita quando si accorge che Desirée non è sola.

La compagna di stanza avanza a saltelli e quando i loro occhi si incontrano indugiano qualche secondo.

«Ho chiesto a Jonas e al pastore Robert se volevano venire con noi.»

Madeleine guarda i due giovani uomini camminare lungo il sentiero, ognuno col suo asciugamano sulle spalle.

Prova un fremito allo stomaco, si sente colma di speranza.

Jonas saluta con un cenno della testa e Madeleine risponde con un sorriso.

«Va bene.» Cerca di mantenere la calma, ma poi si gira per non far vedere a nessuno che sta arrossendo.

Arrivati in spiaggia si sistemano dietro a una duna, al riparo dal vento. Jonas si toglie la maglietta gettandola sulla sabbia. Indossa un paio di pantaloncini azzurri e Madeleine guarda imbarazzata verso di lui.

«Dài, andiamo» dice al pastore Robert, che non è altrettanto veloce. Tiene l'asciugamano in vita mentre con fare maldestro si infila il costume da bagno e si lamenta che l'acqua è ancora troppo fredda.

Desirée porge il suo asciugamano a Madeleine, pregandola di reggerlo così che anche lei possa cambiarsi. Madeleine la circonda con il telo meglio che può.

«Arriviamo subito!» grida Desirée a Jonas e al pastore Robert, che si stanno dirigendo verso l'acqua. L'amica si dimena dietro all'asciugamano e Madeleine si chiede come mai lei, che di solito non è così timida, d'un tratto sia tanto attenta a coprirsi. Con discrezione lascia scivolare lo sguardo lungo la spalla di Desirée. La compagna indossa ancora la sua maglietta e sta cercando ostinatamente di infilarsi un costume che sembra non essere della taglia giusta. Scorgendo una fessura tra gli indumenti, Madeleine nota che la pancia di Desirée è attraversata da cicatrici orizzontali. Sembra che ci sia un piccolo branco di pesci sotto la sua pelle. Quando Madeleine alza lo sguardo nota che lei se n'è accorta.

«Scusami» mormora.

Desirée afferra l'asciugamano.

«È stato un incidente» risponde rapida.

Madeleine la fissa mentre solleva la spallina del costume,

lancia la maglietta e poi corre verso il mare. Non ha mai visto niente del genere e si chiede che incidente possa averle lasciato così tante cicatrici.

In lontananza vede gli altri entrare in acqua. Jonas si volta verso di lei e mette le mani intorno alla bocca. «Vieni?» grida.

Un brivido le attraversa il corpo, alza una mano per salutare.

«Sì» risponde prendendo il suo costume dalla busta di plastica. Con l'asciugamano ben stretto intorno al corpo si avvicina al mare e mentre nessuno guarda lo lascia cadere sbrigandosi a entrare.

Spira un vento fresco da est e l'acqua del mare ghiaccia la pelle. Madeleine trema, ma non vuole restare sul bagnasciuga e si costringe a raggiungerli.

Più al largo Jonas sta facendo la lotta col pastore Robert, mentre Desirée li guarda divertita. Quando Jonas vede Madeleine camminare a braccia incrociate le sorride.

«Hai freddo?»

«*Mmm...*»

«Se ti tuffi poi va meglio.»

Con un gesto veloce della mano le schizza l'acqua addosso.

«Smettila» grida senza volerlo.

Lui ride, prende la rincorsa e con un tuffo elegante sparisce.

Il sole sta per tramontare oltre la cima degli alberi e il riflesso luccica sulla superficie del mare. Desirée nuota verso di lei e indica con cautela il pastore Robert, al quale sembra essere entrata l'acqua in un orecchio. Sul petto ha la stessa peluria arricciata che ha in testa ed è buffo mentre salta su e giù.

Desirée ridacchia e Madeleine si immerge accanto a lei.

«Non è mica un problema per te se li ho invitati a venire con noi?»

«No.»

A qualche metro di distanza Jonas esce fuori dall'acqua. Scuote la testa schizzando da tutte le parti per poi sparire nuovamente sotto la superficie.

Madeleine fa un paio di bracciate e sente il suo corpo farsi leggero in acqua. È una sensazione meravigliosa essere trasportati dalla corrente. Guarda verso la spiaggia restando più ferma che può fino a che non avverte qualcosa muoversi vicino a una gamba.

«C'è qualcosa in acqua» dice a Desirée.

«Cosa?» chiede sgranando gli occhi.

Madeleine si guarda intorno.

«Non lo so, forse un pesce.»

Desirée percepisce un fluttuare sotto la superficie e lascia andare un urlo.

«Uno squalo» grida. «Ci sono gli squali!»

Comincia a nuotare a tutta forza. Madeleine la segue, rapida, finché non vede Jonas spuntare fuori dall'acqua. Ride forte, si passa una mano fra i capelli e si immerge di nuovo.

Madeleine alza gli occhi al cielo, divertita da Desirée che continua con le sue urla teatrali, ma una volta che Jonas le ha quasi raggiunte anche lei si lascia trascinare dal gioco.

Lui avanza quasi scivolando sul fondo, per cui è difficile vederlo. Ogni volta che le afferra un piede lei scalcia per liberarsi e poi scappa. C'è qualcosa di intrigante nell'essere rincorse e lei e Desirée si lanciano in direzioni opposte per poter sfuggire alla cattura.

Il cuore di Madeleine martella nel petto e attende impaziente che Jonas si lanci di nuovo all'inseguimento. Quando Desirée corre verso la riva si sente delusa, ma non osa rimanere in acqua. Ridendo si siedono sulla sabbia fresca avvolgendosi nei loro asciugamani.

«Quanto siete fifone!» esclama Jonas ancora in mare.

Le ragazze si guardano e il ridacchiare di Desirée fa venire a Madeleine le lacrime agli occhi. Non ricorda di essersi mai divertita tanto.

«Davvero credevi che ci fosse uno squalo?» chiede a Desirée.

«So bene che non ci sono squali nell'Östersjön» dice facendo una smorfia.

Madeleine guarda Jonas che sta uscendo dall'acqua. Il suo corpo vigoroso fende la superficie del mare e il costume aderisce alla pelle. Solo quando la voce di Desirée interrompe i suoi pensieri riesce a staccargli gli occhi di dosso.

«Che ne pensi, allora?»

Madeleine si guarda intorno perplessa. Si è persa la domanda dell'amica.

«Di cosa?» Si volta e incontra i suoi grandi occhi curiosi.

«Di fare il gioco della sedia alla scuola domenicale.»

«Va bene» annuisce.

Desirée si strizza i capelli.

«È carino Jonas.»

Madeleine sente il battito accelerare e si stringe ancora più nell'asciugamano.

«Già» dice abbassando lo sguardo. Nonostante l'imbarazzo per il commento di Desirée non riesce a nascondere la sensazione di gioia che le pervade il corpo, e durante il tragitto per tornare alla Storstuga sorride.

## 22

### Giovedì 13 giugno

Patricia è in piedi sulle scale di fronte alla casa grigia. Sente il battito accelerato pulsarle nelle orecchie. L'ultima visita a Evy era stata tutt'altro che piacevole e spera che questa volta vada meglio.

Bussa alla porta con decisione e sente qualcuno muoversi all'interno, ma nessuno apre. Bussa di nuovo e non ricevendo risposta si avvicina alla soglia.

«Evy?» chiama. «Sono di nuovo io, Patricia Sloane. Vorrei parlare con lei.»

Rimane in silenzio, accostando l'orecchio alla porta. Per un interminabile minuto non succede niente, poi si sente un rumore.

«Evy!» insiste, con più audacia. «Non potrebbe aprire? C'è una cosa che avrei bisogno di dirle e preferirei non farlo qui fuori in mezzo alla strada.»

Patricia attende una reazione: nulla. Invece si affaccia un uomo dalla casa accanto. La sua pelle olivastra sembra colorarsi di oro sotto la luce del sole e la barba corta si accende di bianco.

«Non le piacciono le visite» dichiara cortesemente.

Patricia annuisce.

«Già, l'avevo capito.»

L'uomo allaccia un tubo di irrigazione a un rubinetto, trascinandolo in giro per il suo giardino. Lei sospira. Aveva sperato di riuscire almeno a parlarle.

Il vicino torna, ha in braccio una bella miciona nera. Con un dito alla bocca le indica di fare silenzio e bussa alla porta.

«Evy» dice. «Saba vuole entrare.»

Lascia scendere la gatta, che si siede davanti alla soglia iniziando a miagolare. L'uomo alza un pollice all'insù.

«Grazie» sussurra Patricia.

«Yusuf» replica lui allungando una mano. «Ognuno ha i suoi trucchi.»

Se ne va, e dopo un paio di secondi una chiave gira nella toppa.

Patricia fa un passo di lato per non essere vista subito. Evy apre uno spiraglio, poi vedendo la gatta spalanca la porta.

Patricia trattiene il respiro, poi allunga con cautela una mano per evitare di spaventarla.

«Salve.»

Evy la guarda inorridita prima di richiudere la porta, ma lei ha già infilato il piede nella fessura.

«Chiedo scusa» dice. «Non è mia intenzione disturbare, ma devo raccontarle una cosa.»

Evy le lancia un'occhiata tagliente continuando a spingere la porta.

«Tolga il piede» sibila.

«Per favore» dice Patricia «ci vorranno solo pochi secondi.»

Si accorge che Evy la sta studiando. Il volto è segnato dal tempo sotto ai corti capelli grigi, e nota che indossa gli stessi pantaloni blu da lavoro, la maglietta e la giacca di pile della volta precedente.

«Il motivo per cui voglio sapere di più su Madeleine Grey» dichiara più veloce che può «è che è mia sorella.»

Evy ha un sussulto e le rughe intorno alla bocca si addolciscono lievemente. Patricia alza le mani, per mostrare di non avere intenzione di farle del male, e toglie il piede.

«Sono qui perché sto cercando di capire come mai Madeleine è scomparsa. Un paio di settimane fa qualcuno mi ha spedito la sua collana per posta. Non so cosa significhi e non so se lei l'abbia conosciuta, ma alcune persone in chiesa mi hanno suggerito di venire qui. Ho già parlato con un sacco di gente, ma nessuno sembra ricordare nulla di mia sorella. La prego» la esorta «se lei sa qualcosa me lo racconti.»

Per un istante restano in piedi in silenzio a guardarsi l'un l'altra. Evy sembra pensierosa, apre le labbra come se stesse per parlare.

Patricia attende con pazienza. Il suo cuore batte così veloce che le risulta difficile respirare. Evy sa qualcosa di sua sorella, lo si vede dai suoi occhi e non riesce a capire come mai non voglia riferirle ciò che sa.

I secondi passano lenti, densi come sciroppo. Con la coda dell'occhio vede Evy allungare la mano, lentamente, e afferrare di nuovo la maniglia. *Ci siamo*, pensa, *adesso mi fa entrare*. Ma si sbaglia. Evy scuote la testa.

«Mi dispiace» dice chiudendo la porta.

Patricia barcolla all'indietro. Era convinta che Evy volesse aiutarla, che potesse avere qualche informazione decisiva per mettere insieme i pochi e misteriosi pezzi che aveva raccolto.

Il suo corpo freme di frustrazione. Viene colta da una voglia improvvisa di rompere qualcosa. Come può essere andata così? Come è possibile che Madeleine sia sparita senza che nessuno si sia accorto di ciò che stava accadendo?

Per tutti quegli anni aveva soffocato il dolore, lo aveva represso convinta che un giorno sarebbe stata abbastanza forte da accettare ciò che era successo. Ma nonostante siano passati trent'anni è ancora disperatamente fragile. Non riesce a sopportare l'idea che Madeleine non ci sia più e che nessuno sappia che fine abbia fatto. Si rifiuta di accettarlo.

Si copre il volto con le mani. Perché aveva litigato con sua sorella quando era partita per Ljusskär? Avrebbe dovuto capire che per Madeleine rilevare la fattoria di famiglia era una responsabilità troppo grande, come aveva potuto essere tanto sciocca? E perché non le aveva scritto?

E se fosse stata colpa sua? Se fosse stato questo il motivo per cui sua sorella aveva deciso di andarsene, convinta che Patricia fosse arrabbiata con lei al punto da non volere che facesse ritorno a casa, a Mill Creek?

# 23

## Martedì 23 giugno 1987

Il pastore Lindberg come al solito è occupato, e a Madeleine è stato chiesto di aspettare. È seduta su una sedia di fronte a lui, e mentre guarda le foto appese alle pareti l'uomo lavora alla sua macchina da scrivere. Davanti a lei sulla scrivania ci sono una lattina di Pepsi e due bicchieri di carta.

È il suo quarto incontro con il pastore ed è felice che lui l'abbia chiamata. È un onore essere guidati spiritualmente dal leader della Libera Chiesa.

Ogni volta che vede le altre tirocinanti entrare nell'ufficio della parrocchia avverte una lieve fitta allo stomaco. Madeleine desidera mostrare al pastore Lindberg la sua gratitudine per essere stata scelta e che sta facendo del suo meglio, nonostante a volte pensi che parlare con lui sia impegnativo. Non è nella sua natura confidare i suoi pensieri più intimi, anzi, preferisce lasciare le sue emozioni sepolte dentro, dove può tenerle sotto controllo.

Si aggiusta i capelli, legati in una coda di cavallo; ha le labbra lucide di trucco. Ha notato come Desirée si faccia carina prima delle sue conversazioni col pastore e anche lei vuole fare uno sforzo in più.

I loro precedenti incontri hanno avuto una durata variabile. La prima volta avevano parlato un po' di tutto, per pochi minuti, ma durante il secondo e terzo incontro il pastore l'aveva pregata di raccontargli qualcosa in più della sua infanzia, per approfondire la sua conoscenza. E nonostante a lei non facesse piacere alla fine aveva raccontato della scomparsa dei suoi genitori.

In realtà non sa perché; ogni volta che deve condividere qualcosa di personale si sente in imbarazzo. Le sembra improbabile che a qualcuno possano interessare le sue banali esperienze, e poi non è abituata a parlarne.

Lindberg solleva lo sguardo dal foglio che sta battendo a macchina. Ha un modo di sorridere che riesce a stimolarla, e quando la guarda con quegli occhi intensi e penetranti, lei si sente viva.

Madeleine capisce perché sia ammirato da tutti. C'è qualcosa di particolare in lui, qualcosa che nessuno sa spiegare. La sua energia è contagiosa, ha un carisma che lo rende un leader nato; lei ha notato che non appena entra in una stanza tutti lo guardano.

Presa dall'imbarazzo si accomoda la camicia, mentre il pastore si appoggia all'indietro contro la sedia.

«Benvenuta» dice con confidenza. «È di nuovo il nostro momento.»

«Sì.»

«Vuoi qualcosa da bere?»

«Sì, grazie» risponde, nonostante non le piaccia la Pepsi.

Lui apre la lattina e versa il contenuto nei due bicchieri. Madeleine prende il suo e beve un sorso della dolce bevanda. Per qualche ragione si sente sempre nervosa quando si trova seduta lì.

Anche il pastore Lindberg beve un sorso di Pepsi schioccando la lingua.

«Come stai oggi?» chiede con calma.

«Bene.»

«Ti ricordi della nostra precedente conversazione?»

«Sì.»

«Mi avevi raccontato di tuo padre.»

Madeleine annuisce senza guardarlo negli occhi. Di solito iniziano sempre parlando del più e del meno, scherzando su qualcosa che il pastore Robert ha fatto o confrontandosi su quali canzoni scegliere per il coro, ma oggi la voce dell'uomo ha un tono del tutto diverso.

«Vorrei ripartire da dove abbiamo lasciato.»

Le sue ultime parole restano sospese nell'aria. Lei fa un profondo respiro; non sa che cosa dire.

«Madeleine» continua lui. «Se non condividi, non posso aiutarti. L'unico modo per poter crescere è andare avanti, ma tu sei ancora attaccata a ciò che ti è successo. Il passato ti spinge giù, come un'àncora. Devi lasciartelo alle spalle e proseguire per la tua strada.»

Le parole del pastore Lindberg la fanno rabbrividire. Madeleine sa che lui ha ragione, si porta ancora dentro il dolore, ma non riesce proprio a lasciarsi andare a tutte quelle emozioni.

«Come è morto tuo padre?»

Madeleine allontana il bicchiere da sé. Non è pronta per quella domanda. D'un tratto vorrebbe alzarsi e andare via. Lancia un'occhiata verso la porta, ma è chiusa.

«Madeleine» la riprende lui. La sua voce è cupa e la esorta a rispondere. Si sente in trappola, e nonostante il panico cresca in lei, allo stesso tempo vorrebbe compiacerlo. In effetti sta solo cercando di aiutarla. Per quanto le risulti difficile, deve fidarsi di lui.

«Sì…» dice, ma la voce non regge.

«Non c'è bisogno di aver paura» dice il pastore mentre cambia posizione facendo scricchiolare la sedia.

Gli occhi di Madeleine si riempiono di lacrime; si sente colta alla sprovvista dalle emozioni.

«Ha avuto un infarto» sussurra portandosi le mani al volto.

Il pastore solleva il mento in segno di attenzione. «Bene» mormora. «Vai avanti.»

«Non era malato. O meglio, non sapevamo che il suo cuore stesse così male.»

Madeleine in realtà non ha voglia di ricordare. Ogni parola è un ostacolo, e parla lentamente.

«È stato sotto pressione per molti anni. I prezzi del grano erano estremamente bassi, mentre i tassi di interesse e il costo del gasolio aumentavano vertiginosamente. Di sicuro avrà sentito parlare della crisi agricola che ha colpito gli Stati Uniti. La sera papà ascoltava sempre le notizie sospirando. Lavorava a ogni ora del giorno, eppure a stento riusciva a far tornare i conti. Non so se sia stato lo stress a indebolirgli il cuore, ma penso che abbia contribuito.»

Fa una pausa asciugandosi gli occhi.

«Sono stata io a trovarlo. Era per terra, dove stanno le mucche. Quando tornai a casa e vidi le luci della stalla accese, andai subito lì. Dapprima non feci caso a lui. Le mucche possono fare molto rumore, con i muggiti e gli zoccoli che battono. Ma poi lo vidi. Era sdraiato dietro a una mangiatoia. Credetti che fosse stato colpito da un calcio.»

Madeleine si ferma di nuovo.

«Quanti anni avevi?»

«Diciassette.»

Il pastore Lindberg si alza e gira intorno alla scrivania. Giunto di fronte a lei le prende le mani facendola alzare dalla sedia.

Non riesce ancora a guardarlo negli occhi e continua a fissare il pavimento.

Il pastore appoggia delicatamente le braccia intorno a lei stringendola a sé. Il corpo di Madeleine è teso, ma lentamente si lascia andare. Piange e singhiozza contro la sua spalla.

«Così» dice lui. «Sfogati.»

Restano abbracciati finché Madeleine non si quieta. Il pastore si allontana di un passo e la guarda. Controvoglia lei incontra il suo sguardo, accorgendosi che sta sorridendo.

«Sei stata brava. Vero che ti senti meglio?»

Lei annuisce.

«Ma non abbiamo ancora finito.» Si mette dietro Madeleine e le appoggia le mani sulle spalle. «C'è altro che devi raccontare, non è così?»

«No» risponde lei debolmente.

Il pastore Lindberg preme sulle spalle così forte da farle male.

«Madeleine» dice in tono severo e irritato.

Lei respira intensamente, come se fosse stata a lungo sotto la superficie dell'acqua e fosse appena tornata a galla a prendere fiato.

«Non voglio» sussurra.

«Lasciati andare» ripete lui.

Madeleine chiude gli occhi. Sente un peso sul petto che aumenta a ogni respiro. Le sembra che i polmoni stiano per esplodere.

Le mani del pastore scivolano più in basso e con le braccia le cinge la vita.

«Butta fuori» dice con un sibilo, e dentro di lei è come se si rompessero gli argini. Le parole sgorgano.

«È stata colpa mia» mormora. «Avrei dovuto essere là, invece ho preso l'autobus per andare in città. Aiutavo sempre mio padre dopo la scuola, ma quel giorno non ne avevo voglia. Se fossi tornata a casa sarei stata lì quando è successo. Forse si sarebbe salvato.»

Rendendosi conto di ciò che ha detto si sente crollare, ma il pastore Lindberg la sostiene.

Madeleine si sente svuotata. Non aveva mai detto tutto questo a nessuno.

Il pastore la culla. Lei sente il suo corpo premerle contro, forte e stabile.

«Dio ti perdona.»

Madeleine si sente soffocare, come se qualcosa le stringesse la gola; le manca l'aria.

«Non è colpa tua» prosegue lui. «Non potevi sapere cosa sarebbe accaduto.»

Sentendo le sue parole Madeleine inizia a tremare. Il suo corpo è scosso dai brividi fra le braccia del pastore e pensa che sia una fortuna che la stia sorreggendo saldamente.

Sente nascere qualcosa dal profondo e d'un tratto emette uno strano ruggito senza controllo.

«L'ho lasciato morire» dice singhiozzando.

«No, non sei stata tu. Dio l'ha preso con sé. Tutto ha un significato, tu non puoi farci niente.»

La sua voce è calma e risoluta, Madeleine si sente al sicuro fra le sue braccia. Anche se è strano trovarsi così, con lui che la tiene stretta a sé, percepisce una sorta di liberazione.

Sbatte le ciglia per scacciare le lacrime. Si è aperta più col pastore Lindberg che con chiunque altro. Lui ha saputo leggerle l'anima. Non ci sono più ostacoli fra loro, sono legati per sempre.

Il pastore muove delicatamente le mani su e giù e lei sente come la tristezza, lentamente, scivoli via. È questo che lo rende così speciale. È per questo che tutti vogliono incontrarlo. Lui ha un dono: sa esattamente ciò di cui hanno bisogno le persone.

Restano in piedi nella stessa posizione e dopo qualche minuto Madeleine inizia a sentirsi a disagio. È strano che lui le stia ancora così vicino, dietro di lei, dove non può vederlo. Percepisce il suo respiro intenso sulla nuca, ma non osa spostarsi. Non sta a lei decidere quando è finita la consulenza e sarebbe da ingrati dubitare di lui, ora che le sta dedicando il suo tempo.

Bussano alla porta e in un primo momento lui non risponde. D'un tratto si sente ancor più in imbarazzo, immobilizzata dalla sua presa. Sente qualcuno muoversi al di là della porta e trattiene l'impulso di invitare a entrare chi è in attesa.

Bussano di nuovo, stavolta con più forza, e il pastore sospira.

«Sì» dice in tono scocciato. «Chi è?»

«Sono io.»

La voce della signora Lindberg trasforma l'atmosfera all'interno della stanza e il pastore la lascia andare subito.

«Per oggi abbiamo finito» mormora sistemandosi la camicia.

Madeleine si sposta accanto alla porta e quando la signora Lindberg entra la saluta brevemente mentre lascia l'ufficio. L'incontro l'ha frastornata e gli occhi sono gonfi di pianto. Ciò nonostante si sente più leggera. Il peso sul petto è sparito e finalmente capisce cosa intende dire Desirée quando afferma che sono fortunate. È come se un mondo completamente nuovo le si fosse aperto davanti. Il pastore Lindberg le ha toccato l'anima e adesso tutto ciò che la circonda le appare più chiaro.

Madeleine osserva le nuvole in cielo, morbide e di un bianco acceso come zucchero filato a contrasto con l'azzurro. Sente il profumo del mare e ascolta un merlo cantare dalla cima di una quercia.

Per la prima volta da molto tempo la felicità non le sembra

solo una vaga sensazione, ma una vera e propria emozione che la riempie completamente. Madeleine pensa che nessuno possa riuscire a capire ciò che ha appena vissuto se non ha provato la stessa cosa sulla sua pelle.

Alza il viso e chiude gli occhi. Poi invia un pensiero di gratitudine a Dio per averla condotta lì, fino a Ljusskär. Fino alla fine del mondo.

# 24

## Venerdì 14 giugno

Erika percorre lo stretto sentiero attraverso il boschetto che conduce alla sala delle riunioni della Libera Chiesa. Quando era piccola la parrocchia era molto più isolata e non ricorda di esserci mai stata. Quando Jonas le aveva parlato per la prima volta, in un pomeriggio di settembre, era rimasta talmente stupita che a stento era riuscita a pensare a una risposta. Era abituata al fatto che i ragazzi della parrocchia se ne stessero per conto loro, e la sorprese che qualcuno come Jonas potesse essere interessato a lei.

Durante le prime settimane si erano incontrati di nascosto, tenendo segreta la loro relazione. La cosa aveva avuto un che di eccitante, come se il loro amore fosse proibito e nessun altro potesse capire ciò che stavano provando l'uno per l'altra. Erika ricorda la febbricitante sensazione di innamoramento, quanto fosse inebriata di gioia. Jonas era così bello che avrebbe fatto qualsiasi cosa per stare con lui.

Abbassa lo sguardo. Il terreno sotto di lei è irregolare e deve fare attenzione a non inciampare. Ha sentito le farfalle nello stomaco quando ha ricevuto il messaggio di Jonas. A quanto pare si sono procurati dei grossi cartoni da usare come sfondo per la rappresentazione ed Erika ha promesso di passare per dare dei consigli su come dipingerli.

Si sistema i capelli e sorride al pensiero. Durante gli studi era convinta di voler lavorare in campo artistico. Si era iscritta a un corso di estetica e trascorreva tutto il suo tempo libero a dipingere e fare fotografie. La scuola di Ystad conserva ancora molti dei suoi dipinti murali, e nei primi anni dopo la sua partenza da Ljusskär aveva seguito corsi di design e grafica in parallelo agli studi in economia. Ma poi la vita reale aveva sconvolto i suoi piani. Aveva incontrato Martin e si era trasferita a Halmstad, dove aveva trovato lavoro come amministratrice comunale, mansione che svolge ancora oggi.

Erika ricorda che proprio nello stesso periodo aveva ricevuto una lettera da Jonas. L'aveva spedita all'hotel, ma lei, presa dalla sua nuova vita, non aveva mai risposto. Adesso si chiede se non avessero dovuto incontrarsi di nuovo.

Scaccia quei pensieri. Che sciocchezza rimuginare su quelle cose. Non può credere che le sue decisioni siano state dettate dalle circostanze, non vuole. La sua vita va bene così com'è, ha fatto la scelta giusta. Chi sarebbe lei senza la sua famiglia?

Quando alza lo sguardo vede Jonas in piedi sulle scale ad aspettarla. Indossa una camicia bianca e un paio di jeans slavati, e mentre sorride Erika prova una sensazione di solletico allo stomaco.

«Ciao!» esclama lui. «Sono contento che tu abbia trovato la strada.»

Le va incontro a braccia aperte, stringendola a sé a lungo, poi le rivolge uno sguardo caloroso; per un attimo le sembra di tornare a quando aveva sedici anni.

«Ciao» dice voltandosi per mascherare il suo rossore. «Dove sono le quinte?»

«Vieni dentro, così ti faccio vedere.»

Jonas la conduce verso una porta sul retro e la fa entrare in una stanza piena di costumi, materiale scenico e strumenti vari. Su una sedia è appeso un abito tigrato, su un'altra un vestito da principessa; da una parte c'è un elefante di cartapesta, mentre sul tavolo, disposti in fila, ci sono un cappello a cilindro e una tromba.

«Che meraviglia.»

«Sono felice che tu lo pensi» dice Jonas. «I bambini hanno deciso da soli che cosa rappresentare, per cui si tratterà di un *pot-pourri*. Vieni pure ad assistere. Porta anche Lina, sarà divertente per lei.»

«Grazie, ma non so se resteremo così a lungo.»

«Capisco. Viene qui anche il resto della famiglia?»

Erika alza le spalle. «Non lo so. Mia figlia più grande, Emma, ha trovato il suo primo lavoro estivo per cui è impegnata, e Martin, mio marito, è indaffarato con la sua azienda.»

«Chi è che volontariamente si perde un'estate a Ljusskär?» chiede Jonas con un vago gesto della mano.

«Già, direi che è lecito chiederselo.»

Le mostra due grossi pannelli di cartone appoggiati a una parete.

«Queste sono le nostre quinte.»

«Bene» dice Erika passando una mano su uno dei due. «Che tipo di decorazione dovrò farci?»

«I bambini vorrebbero una giungla, un circo, il castello di una principessa e una città.»

Erika incontra il suo sguardo e si mette a ridere.

«Ah, nient'altro? Non volete infilarci anche un laboratorio e una stazione spaziale?»

Jonas sorride appena ed Erika pensa che lui abbia sempre avuto un che di malinconico. Ricorda di aver raccontato a una delle sue migliori amiche che Jonas aveva due tipi di personalità.

Un attimo prima poteva essere la persona più felice del mondo e trovare tutto divertente, il momento successivo poteva lasciarsi sommergere dai pensieri più cupi. A volte sembrava portare il peso del mondo intero sulle spalle e rimanere profondamente turbato dagli eventi esterni, preoccupandosi per il futuro. Ma era anche solito dire che Erika era la sua luce nell'oscurità. Che era lei a renderlo di nuovo felice e che per questo sentiva assoluto bisogno della sua presenza.

«Siamo giunti alla conclusione che un bosco misterioso possa andare bene per tutte le rappresentazioni» spiega Jonas.

«Ah, bene. Un bosco misterioso.»

«Sì, sai, dove ci siano muschio, liane e piante carnivore.» Appoggia il pannello e prende una scatola di cartone con dei barattoli di colore. «Questo è ciò che abbiamo. Spero che basti.»

Erika getta uno sguardo all'interno del contenitore.

«Hai qualcosa per disegnare?»

Jonas le passa una matita di colore giallo che lei afferra avvicinandosi ai pannelli. Fa un passo indietro per considerare le proporzioni, poi comincia. Con mano esperta traccia i bordi del bosco, delimitandone l'inizio e la fine, poi fa uno schizzo della chioma degli alberi. Erika si muove con disinvoltura sul cartone e di tanto in tanto si allontana per avere una visione d'insieme.

Una volta finito il disegno apre alcuni barattoli di colore e comincia a riempire i contorni del bosco. Mescola del verde con del bianco e del nero per ottenere diverse tonalità e dipinge con ampie pennellate.

Lentamente il bosco prende forma. Alberi dal colore grigioverde si fondono a fiori dai colori sgargianti, tutto sotto un cielo violetto. Qua e là aggiunge qualche strano uccello o delle farfalle; sullo sfondo si distinguono alcuni grattacieli che svettano dietro a un tendone da circo e un castello con torri e pinnacoli.

Dopo un po' Erika guarda l'orologio appeso al muro e ha un sussulto. Sono passate due ore. Volge lo sguardo verso Jonas che, appoggiato contro una parete, la osserva.

«Scusami» dice. «Ho perso la cognizione del tempo.»

«Non fa niente» risponde Jonas. «Mi piace vederti lavorare. Sei completamente presa mentre dipingi.»

Erika afferra uno straccio e si pulisce le mani.

«Non mi capita spesso di farlo» dichiara a sua discolpa.

«Perché no? Sei davvero molto brava.»

«Non sono così brava, in realtà» replica lei togliendosi un ciuffo di capelli dalla fronte. «E poi non ho tempo. Lavoro tutto il giorno e con due figlie e una casa a cui badare non sono tanti i momenti di libertà.»

Jonas ha infilato le mani in tasca e si è avvicinato alle quinte.

«Questo non dovrebbe essere un passatempo, ma il tuo lavoro.»

«È difficile guadagnare bene dipingendo» dice lei con un sospiro.

«Mi rendo conto. Ma è un peccato lasciare che un simile talento vada sprecato.»

Quando lui si gira Erika sente un brivido attraversarle il corpo e di nuovo si chiede come sarebbe stata la sua vita insieme a Jonas. Avrebbe avuto un'esistenza più appagante?

Con discrezione osserva il suo volto magro e i suoi grandi occhi appassionati, come sempre velati da una vena di serietà. Erika ricorda com'era baciare Jonas, passando le mani tra i suoi soffici capelli. Erano inseparabili, tanto che la loro sembrava una sorta di simbiosi alimentata da quella famelica intensità tipica degli adolescenti.

Sorride e abbassa lo sguardo verso il pavimento. A Erika mancano quei tempi in cui la vita sembrava dipendere dalle emozioni, per cui ogni bacio era unico e al minimo tocco il mondo intero sembrava tremare.

Per un po' restano in piedi l'uno davanti all'altra senza dire una parola, uniti dal silenzio e dal loro vissuto, fino a che Erika fa un passo di lato.

«Adesso devo andare» dice.

«Capisco. Grazie mille per l'aiuto. I bambini saranno felicissimi di vedere come sta venendo bene.»

«E non è poi così difficile aggiungere le ultime cose» continua lei indicando le quinte.

«No, ci pensiamo noi.»

«Bene, allora ciao.»

Sta per uscire dalla porta, quando la sua voce la raggiunge.

«Erika, aspetta.»

Lentamente si gira e vede Jonas scostarsi un ciuffo di capelli.

«Potrei invitarti a cena fuori, per ringraziarti del tuo lavoro?»

Erika esita. Non le farebbe piacere se Martin uscisse con una sua ex ragazza. Tuttavia Jonas è più di questo: lui è una delle poche persone che l'ha conosciuta da giovane.

«Va bene» risponde. «Mandami un messaggio.»

«Okay. Ci vediamo.»

Erika si allontana dai locali della chiesa con una piacevole sensazione di frenesia. Sa che l'appuntamento con Jonas in realtà non significa niente. È solo una sciocca fantasia, ma era talmente tanto tempo che non si sentiva così libera che vuole indugiare ancora un po' in questo stato d'animo.

# 25

Patricia cammina a passo veloce. È appena stata in chiesa, dove ha tentato senza successo di trovare qualcuno che facesse parte della parrocchia quando Madeleine era scomparsa.

Sospira, con la testa in un turbine di pensieri. In realtà non sa dire che cosa si aspettasse. Credeva davvero di poter scoprire qualcosa di nuovo dopo tutto questo tempo? Di poter trovare le risposte che voleva?

Da più di trent'anni sta cercando di capire che cosa sia successo a sua sorella. Si è immaginata diversi scenari, ha fatto un elenco di possibilità valutando quanto fossero attendibili, senza arrivare a nulla. Per ogni passo avanti ha la sensazione di compierne due indietro; le poche cose che ha scoperto le sembrano così illusorie che teme possano svanire nel nulla a osservarle con attenzione.

Ogni volta che le capita di sentirsi così sopraffatta, cerca di concentrarsi su quello che sa. Madeleine si trovava a Ljusskär venerdì 7 agosto 1987. È qui che è stata vista per l'ultima volta. Ma poi che cosa è successo? Dove è andata?

Pensa a quello che sua sorella aveva detto prima di partire: che una volta in Svezia avrebbe cercato di rintracciare la nonna. Si ricorda di aver tentato di raggiungere i parenti svedesi la prima volta che era arrivata fin lì, nel caso in cui Madeleine si fosse messa in contatto con loro, ma non aveva mai trovato nessuno. Vale la pena di fare un nuovo tentativo? D'altra parte, quante sono le possibilità che la loro nonna sia ancora viva?

Prende un fazzoletto di carta dalla tasca e si asciuga il naso. Forse, dopotutto, non sarebbe dovuta andare a Ljusskär. Teme che questo viaggio non farà che relegarla ancora di più nell'oblio. Essere qui rende tutto definitivo. Se non riuscirà a sapere che cosa è accaduto a Madeleine adesso, probabilmente non lo saprà mai più. Questa è la sua ultima occasione.

Quando scorge l'hotel giallo davanti a sé rallenta il passo. C'è qualcosa di intimo nel B & B and B di Mona, qualcosa che la fa sentire a casa.

Dentro, Doris è seduta come al solito davanti al suo tavolo colmo di libri. In realtà Patricia aveva pensato di andare subito in camera sua, ma lei le fa un cenno.

«Ciao» dice. «Hai letto *Il faro degli amori appena nati*? Stavo pensando che sarebbe carino mettere anche il pane nel quiz letterario» le spiega.

«Sì, è un bel libro, anche se non sono esattamente un'amante degli uccelli.»

Patricia cerca di sorridere, ma sembra non riuscirci molto bene visto che Doris assume subito un'espressione preoccupata.

«È successo qualcosa?»

Non ottenendo risposta Doris tocca con la mano la seduta accanto alla sua. «Vieni a sederti un attimo qui con me» dice con gentilezza.

«Non arriverò da nessuna parte» sospira Patricia mentre si lascia andare sulla sedia.

«Vorrei poter fare qualcosa per aiutarti.» Doris si sistema gli occhiali. «Ho telefonato a Greta. Purtroppo non ha risposto, ma prometto di continuare a cercarla.»

Patricia tocca il mucchio di libri davanti a sé.

«Grazie» mormora. «Non avevo idea che questo viaggio potesse abbattermi tanto. È proprio come se fossi stata catapultata indietro nel tempo.»

«Dev'essere dura.»

«Sì» conferma. «Molto. Madeleine mi manca terribilmente.»

«So cosa intendi» dichiara Doris in tono confidenziale. «Mio marito, Göran, se n'è andato poco più di un anno fa. Farei qualsiasi cosa per poterlo rivedere, fosse anche solo per un minuto. Vorrei tanto abbracciarlo e sentire la sua voce. È difficile abituarsi al fatto che chi amiamo non c'è più.»

Patricia alza lo sguardo verso Doris e si accorge che i suoi occhi sono lucidi.

«Mi dispiace molto. No, non è facile, soprattutto perché il dolore non se ne va mai del tutto. In tanti sembrano credere che col tempo sia più semplice, ma il vuoto resta.»

«La mattina appena sveglia, a volte mi dimentico che Göran è morto. Mi giro per raccontargli qualcosa che ho sognato e lui non c'è. È così strano dormire accanto a una metà del letto vuota.» Sorride appena e si avvicina. «Non dirlo a nessuno, ma ho riempito il suo lato del letto di libri. Perlomeno non mi sento più così sola.»

Patricia ride. Le è mancato affrontare la scomparsa di sua sorella in quel modo. Nei primi tempi dopo che Madeleine era sparita in molti si erano fatti sentire. Le avevano fatto visita portando dolci e manicaretti e scritto bigliettini affettuosi. Ma dopo un po' fu come se si fossero scordati di ciò che era successo. La loro vita era andata avanti e lei era rimasta di nuovo sola, ma in un incubo che non aveva mai fine.

«Penso spesso a tutto quello che ci siamo perse» dice passando un dito sul dorso di un libro. «Starle vicino durante gli esami, aiutarla a trovare il lavoro dei suoi sogni e comprare la sua prima casa. Avrei tanto voluto vedere mia sorella arrivare all'altare con il vestito da sposa di mia madre e poi conoscere i suoi bambini. Sarebbe stata una mamma fantastica, ne sono sicura» aggiunge strofinandosi gli occhi. «Ma la sua scomparsa ci ha portato via tutto.»

«Sono veramente dispiaciuta per te.» Doris cerca di confortarla.

«Grazie.»

«Deve essere terribile non sapere che fine abbia fatto.»

Patricia guarda fuori dalla finestra. Vede passare un uomo con un cappello di paglia, mentre la caffettiera emette il suo piacevole borbottio; l'aria profuma di ciambelline alla cannella che Mona deve aver appena sfornato.

«A volte» dice «penso che Madeleine possa aver sbattuto la testa, dimenticandosi chi è, ma che comunque sia da qualche parte e che viva bene la sua vita. Mi immagino che abiti in una casa con gli infissi bianchi e le rose in giardino. Immagino che abbia un marito gentile che si prende cura di lei e tre figli, due femmine e un maschio» sorride. «Trascorrono tanto tempo fuori insieme, giocando in giardino e organizzando gite.»

«Che bello» dice Doris.

«Sicuramente suona ridicolo, ma ho creato per lei un mondo completo» continua Patricia «dove può avere tutto ciò che si merita. Mi consola pensarla così.»

Una gatta nera si dirige di soppiatto sotto al tavolo e prima che Patricia se ne accorga le è già saltata sulle gambe.

«È la miciona di Evy?»

«Sì, è Saba» conferma Doris. «Ogni tanto viene qui a salutarci.»

Patricia le accarezza delicatamente la testa, infilando le dita dietro le orecchie. Saba le si sfrega contro iniziando a fare le fusa, e intanto lei indica i libri sul tavolo.

«Hai bisogno di aiuto?» chiede e nota che gli occhi di Doris si illuminano.

«Sì, se hai tempo volentieri.»

«Ho bisogno di staccare» dice Patricia afferrando *Dolce come il cioccolato*.

«L'hai letto?» domanda Doris curiosa.

Lei annuisce.

«Sì. Mi chiedo se i piatti non siano troppo strani.»

«Ma no» replica Doris. «Niente è troppo *strano* per il nostro quiz letterario.»

Patricia la osserva con discrezione. Doris è circondata da un'aura di contagiosa e incontenibile gioia ed è difficile trattenere un sorriso parlando con lei.

«Va bene, se lo dici tu. Che ne pensi del *champandongo*?»

Doris sgrana gli occhi. «Un *champan* che?»

«Un *champandongo*» ripete Patricia ridendo mentre Doris si allunga sul tavolo.

«Ma è fantastico. Dobbiamo averlo assolutamente.»

# 26

## Giovedì 25 giugno 1987

Madeleine è seduta al pianoforte e sta accompagnando alcune donne che cantano. Nonostante si siano esercitate insieme solo per un paio di settimane il gruppo è già sorprendentemente affiatato.

Mentre le varie voci sfumano sulle ultime strofe di *Amazing Grace*, Madeleine e Desirée, una di fronte all'altra, si scambiano uno sguardo di soddisfazione.

Il coro è un variopinto gruppetto, e Madeleine non vede l'ora che possano esibirsi di nuovo. La musica finisce e si leva un intenso brusio di voci, mentre lei si alza per applaudire.

«Brave! Siete fantastiche.»

Desirée fa un inchino e dalle file posteriori giungono risate.

«Se ognuna di voi a casa ripassa un'altra volta tutte le canzoni credo che siamo a buon punto.»

Una donna coi capelli corti e biondi di nome Greta alza la mano.

«Riusciamo a fare un'altra prova prima di domenica?»

Madeleine guarda Desirée, che si gira dall'altra parte.

«Chi ne sente il bisogno può venire qui sabato mattina.»

«Io posso» dichiara Greta sorridendo. Il suo viso è radioso e amabile.

Le altre donne del coro si guardano l'un l'altra annuendo.

«Bene, allora è deciso. Vogliamo fare alle undici?»

Madeleine saluta le coriste e le guarda uscire prima di tornare al pianoforte. A volte si intrattiene a suonare per un po' da sola dopo che tutti hanno lasciato la chiesa.

Si siede davanti allo strumento e con le dita scorre i tasti lisci. La luce della sera filtra delicatamente attraverso i vetri colorati, riempiendo la stanza di un bagliore arancione.

Chiude gli occhi, si concentra e inizia a suonare *Clair de lune* di Debussy. È uno dei suoi pezzi preferiti, perché la fa pensare a sua madre. Patricia diceva sempre che Ellinor Grey, morta di cancro quando Madeleine aveva solo sette anni, era come la luna. C'era ancora, lassù nella volta celeste, solo che non era possibile raggiungerla. Un pensiero che la conforta e la rattrista allo stesso tempo.

Madeleine si lascia trasportare dalla musica; adora la sensazione di sentirsi un tutt'uno con il pianoforte, mentre il mondo intorno a lei sembra sparire. La chiesa è sempre stata un luogo dove rifugiarsi, dove sentirsi a casa e trovare forza e consolazione.

Quando alza le mani dalla tastiera fuori si è fatto buio. Madeleine raduna i suoi spartiti e si avvicina al mobiletto dove sono custodite altre raccolte di canzoni e partiture musicali, messe insieme negli anni, alcune sistemate in raccoglitori, altre impilate in un mucchio disordinato.

Solleva un fascio di fogli: quando avrà tempo ha intenzione di controllarli tutti mettendoli in ordine, così che niente vada perso.

Proprio mentre sta per chiudere le ante scorge qualcosa nascosto tra le pagine. Con cura estrae un taccuino rilegato in pelle nera. Ha le dimensioni di uno spartito e lo stemma sul fronte brilla sotto le lampade.

Madeleine lo apre con aria solenne accorgendosi che è pieno di spartiti per pianoforte. Il primo è il *Notturno opera 9 numero 2* di Chopin, e in fondo in un angolo qualcuno ha scritto *Amanda L.*

Sorride mentre immagina di vedere davanti a sé tutte le persone che hanno cantato almeno una volta in quella chiesa. *Saranno state centinaia*, pensa, *e molte di loro avranno lasciato dei doni. Eppure questo taccuino sembra pressoché nuovo con la sua bella copertina di pelle. Forse Amanda lo avrà dimenticato per sbaglio?*

Per un attimo Madeleine esita, poi lo infila nella sua borsa. Vuole riuscire a capire chi sia Amanda e vedere se può restituirle il taccuino.

Attraversa la sala dirigendosi verso le porte in legno di quercia dell'ingresso. Giunta all'esterno, sulle scale sente alcune urla provenire dagli uffici della parrocchia. La ragazza si ferma, ma poi pensa che di qualsiasi cosa stiano parlando là dentro, non sono affari suoi. In punta di piedi inizia a camminare intorno all'edificio in direzione della Storstuga, ma appena girato l'angolo si trova davanti alla finestra dell'ufficio del pastore Lindberg, dove all'interno vede Jonas in piedi.

Si avvicina al muro. Nascosta dietro a un cespuglio riesce a vedere perfettamente la stanza.

Jonas ha il volto arrossato e se ne sta completamente immobile con i pugni chiusi, mentre il padre gli gira intorno. Sembra che stiano parlando di qualcosa. Lo sguardo del ragazzo è fisso a terra.

Madeleine li osserva stupita. Sa che dovrebbe andarsene, ma c'è qualcosa nel loro modo di comportarsi che cattura la sua attenzione.

Jonas parla lentamente e con il procedere del discorso la

sua voce sale sempre più di tono. Alla fine lei riesce a cogliere qualche parola e quando il ragazzo alza lo sguardo verso suo padre lui gli assesta un violento schiaffo.

Madeleine ha un sussulto: Non può credere ai suoi occhi. Il pastore Lindberg, tanto caro e gentile… Come può picchiare così suo figlio?

Lui ha girato il viso e si tiene la guancia. Adesso è il pastore a parlare. Continua a camminare avanti e indietro agitando le mani.

Jonas scuote la testa, ma non sembra protestare oltre; quando il pastore alla fine indica la porta, lui si volta ed esce a piccoli passi.

Madeleine resta in piedi senza sapere cosa fare. Nel vedere Jonas dirigersi verso il portone sente un nodo allo stomaco. Non può lasciare che se ne vada così, deve assicurarsi che stia bene.

Il ragazzo si muove rapido attraverso l'oscuro paesaggio, si infila nel boschetto di abeti e procede oltre, risalendo un pendio. Lei lo segue. Ancora non sa che cosa gli dirà, ma allo stesso tempo non può tornare indietro. Il sentiero di collina è pieno di buche e pietre e Madeleine avanza con cautela. Non è mai stata lì prima d'ora e si meraviglia di quanto la salita sia scoscesa. Ci vogliono diversi minuti per raggiungere la cima e una volta giunta a destinazione ha perso le tracce di Jonas.

Si fa strada nell'oscurità finché non si ritrova vicino al bordo della scogliera. Il terreno scende a strapiombo. Il mare mormora calmo trenta metri più in basso. Madeleine ha le vertigini e indietreggia.

Più passa il tempo e più i suoi occhi si abituano al buio e ben presto riesce a distinguere una figura seduta, in alto sulla collina.

Si avvicina cauta alla panchina di legno; lì accanto sembra

ci sia un sentiero battuto. Le nuvole in cielo si stanno disperdendo e un sottile spicchio di luna spunta fuori, illuminando il cammino.

Quando Madeleine si trova a due metri di distanza, la figura si gira e lei scorge nell'oscurità gli occhi di Jonas.

«Madeleine?»

Lei si avvicina in silenzio, si siede sulla panchina.

«Ciao.»

«Che ci fai qui?» chiede Jonas meravigliato.

Lei stringe le labbra. Sarà difficile dare una spiegazione senza sembrare una completa idiota.

«Quando sono venuta via dalla chiesa, senza volerlo ti ho sentito parlare con il pastore e volevo controllare che stessi bene.»

«Mi hai seguito?»

«Mi dispiace» dice. «Non so perché l'ho fatto. Credo di essermi preoccupata.»

«Non c'è bisogno che tu lo sia.»

«Perdonami» continua chinando la testa. «Ma so quanto possa essere brutto litigare con un familiare e io...» si interrompe volgendo lo sguardo.

Jonas si passa le mani fra i capelli sospirando.

«Non abbiamo litigato» dice. «E poi me lo sono meritato.»

Nonostante la sua voce da adulto c'è qualcosa di sofferente nel suo atteggiamento e Madeleine cerca di frenare l'impulso di abbracciarlo.

«Capisco.»

«Tutti commettono errori» aggiunge lui.

«Assolutamente.»

Jonas appoggia le mani sulle ginocchia e la guarda.

«È una cosa talmente stupida. Quella per cui abbiamo discusso, intendo.»

«Se ti va di parlarne ti ascolto volentieri» dice Madeleine accavallando le gambe. «Non lo dirò a nessuno.»

Jonas scuote la testa. Per un paio di minuti restano seduti in silenzio, poi lui fa un gesto ampio con la mano.

«Mi piace questo posto. Vengo qui quando me ne voglio stare in pace a riflettere.»

«La vista è fantastica.»

«Dovresti vederla di giorno, allora.»

«Dovrei» dice lei stringendosi nel cardigan. «A casa, a Mill Creek, c'è un crinale dove crescono degli aceri. Dal punto più alto si riesce a vedere tutta Charlottesville.»

«Ti manca la tua famiglia?» chiede Jonas.

«No. Cioè, è ovvio che mi manchi, ma in senso buono. Mi rende felice sapere che qualcuno a casa mi aspetta. Ho un nipote che si chiama Matthew. È il bambino più simpatico del mondo. Lui e io ne combiniamo delle belle di solito, sai, di quelle cose che la mamma non ti permette di fare.»

«Ah sì?» dice lui ridendo. «Tipo?»

«Saltare giù dal fienile, salire sulla carriola e spruzzare acqua a Rocky. È un galletto molto irritabile» gli spiega «e ha l'abitudine di inseguirci.»

«Sembra un bel posto. Forse potrei venire a trovarti a Mill Creek una volta.»

«Molto volentieri.» Con la punta del piede Madeleine gioca con la ghiaia intorno alla panchina. «Matthew presto avrà un fratellino e mi dispiace un po' perdermi la sua nascita. Ma lo incontrerò al mio ritorno, tanto i bambini non si rendono conto di nulla quando sono neonati.»

«Non vedo l'ora di andarmene da qui» dice Jonas. «Mi manca solo un anno di scuola, ma una volta preso il diploma ho intenzione di partire.»

Madeleine lo osserva con discrezione. La sorprende che qualcuno che è cresciuto in un paradiso del genere voglia andarsene. In qualità di membro della famiglia Lindberg, Jonas ha tutto ciò che si potrebbe desiderare.

«Perché?»

Lui alza le spalle.

«Voglio cavarmela da solo. Voglio poter decidere per me, invece di fare solo quello che vogliono i miei genitori.» Sbuffa. «A volte mi sembra che la mia vita sia già stata decisa in ogni aspetto. Quando mio padre mi parla di sé ho come l'impressione che voglia che diventi proprio come lui. Ma non è possibile, io sono una persona completamente diversa.»

«A Mill Creek tutti sanno chi sono, o almeno così credono. I più mi conoscono da quando sono nata. A volte mi chiedo se non stia facendo finta di essere quello che loro pensano di me. Per questo me ne sono voluta andare, per capire chi sono, lontano dalle aspettative.»

Jonas la guarda e per un attimo ha l'impressione che lei possa leggergli nel profondo.

«Concluso il mio periodo qui vorrei proseguire con un progetto più grande, tipo una scuola in Tanzania» aggiunge. «Mi piacerebbe molto aiutare davvero e fare cose che abbiano un senso per gli altri. Ma prima ovviamente vorrei tornare a casa, a Mill Creek.»

Jonas raccoglie un sasso e lo lancia oltre il bordo. «Forse potremmo andarci insieme…»

Lei si sente arrossire. «Volentieri. Perché no?»

Un vento freddo sale dal mare. Madeleine ha i brividi e guarda l'orologio. Le dieci e un quarto, è tardi e deve tornare.

«Mi ha fatto piacere parlare con te, ma non posso più rimanere altrimenti congelerò.»

«Vale lo stesso per me; è stato bello parlare con te.»

«Vieni anche tu?» chiede alzandosi.

Jonas scuote la testa. «Credo che resterò un altro po'.»

«Va bene. Ci vediamo.»

«Ciao.»

Mentre scende il pendio Madeleine allarga le braccia per mantenersi in equilibrio e intanto guarda il bordo della scogliera. È ricoperto di erba alta e seminascosto. Al pensiero di quanto sia salita in alto le viene un brivido.

Nonostante la situazione, è felice di avere avuto l'opportunità di parlare con Jonas. Sorride ripensando a ciò che ha detto della Tanzania. Immagina se davvero accadesse, se loro due finissero per lavorare insieme a un progetto della chiesa.

Le emozioni ribollono in lei mentre aumenta il passo. Si sente piena di gioia ed entusiasmo; già non vede l'ora di incontrarlo un'altra volta.

# 27

## Lunedì 17 giugno

Doris osserva affascinata Marianne seduta in un angolo a leggere. Il volto non ha espressioni e a parte voltare le pagine non si è mossa da almeno un'ora.

Sarà davvero emozionante sapere cosa hanno da dire le altre a proposito di *Orgoglio e pregiudizio*. Doris l'ha letto più volte di quante riesca a contare, ma gli ha dato un'altra occhiata, per rinfrescare la memoria sui dettagli.

Prende qualche appunto veloce sul quaderno che ha davanti. È incredibile che Marianne riesca a stare seduta immobile. Lei invece reagisce a ogni parola che legge. Ride, sospira forte, fa una smorfia e gesticola piano con le mani. Preferisce leggere a letto, dove può sfogarsi a suo piacimento. Una volta, mentre stava leggendo *Dracula* di Bram Stoker, con la testa appoggiata oltre il bordo del letto, Göran era entrato nella stanza, spaventandola a tal punto da farla rotolare sul pavimento.

Le viene da ridere ripensandoci. Suo marito non era un amante dei libri, ma si intratteneva volentieri accanto a lei quando leggeva. Come quell'estate che si era rotta due dita e doveva aiutarla a girare le pagine.

Doris guarda il telefono. Cerca di immaginarsi cosa direbbe Göran dei suoi tentativi di incontrare altre persone. Forse sarebbe contento per lei. La nonna di Doris aveva vissuto fino a novantasette anni e non può pensare di starsene da sola per i prossimi trenta solo per paura di ferire il suo defunto marito.

Tuttavia è molto probabile che le donne del circolo di lavoro a maglia non la pensino così, considera amaramente. Di sicuro riterranno che quello che sta facendo sia inopportuno.

Il telefono squilla e Doris ha un sussulto, e prima di rispondere vede sullo schermo il nome di Rut.

«Sì, pronto» risponde seria.

«Doris, sei tu?»

«Sì.»

«Sono Rut.»

«Ah» dice fingendo stupore. «Che piacere sentirti. Come stai?»

Rut non sembra disposta a perdersi in convenevoli ed esita.

«Bene, suppongo. Ma non ho chiamato per questo.»

Doris sente accelerare i suoi battiti e si sforza di ricordare se può aver dimenticato qualcosa di importante che aveva promesso di fare.

«Okay. E perché hai chiamato allora?»

Sente Rut schiarirsi la voce.

«Al nostro ultimo incontro, al quale tra l'altro sei mancata, abbiamo deciso di organizzare un'attività per il festival estivo.»

«Che bello!» esclama Doris sentendosi in colpa.

«Ci sarà una vendita di dolci e una gara di pasticceria per raccogliere fondi per la nostra scuola d'infanzia.»

«Mi sembra una buona idea.»

«E abbiamo bisogno del tuo aiuto.»

Doris non dice nulla.

«Tutti nel circolo di lavoro a maglia contribuiranno alla vendita e parteciperanno alla gara» aggiunge Rut risoluta. «Ma abbiamo anche bisogno di qualcuno che sistemi i tavoli e le sedie, che stia alla cassa, che prepari dei cartelloni, delle decorazioni e che prenda parte alla gara stessa.»

«Non so se ce la faccio» replica timidamente. «Mona ha davvero bisogno del mio aiuto con il quiz letterario.»

«Doris» dice Rut abbassando la voce. «Hai promesso di non venire meno ai tuoi obblighi. Oltretutto noi ci siamo sempre state per te.»

Ha un sussulto. Il tono di ammonimento di Rut le sembra del tutto immotivato. Non si può dire che non si dia da fare per il circolo di lavoro a maglia, ciò nonostante non osa contraddirla. Rut diventa furiosa se non viene fatto ciò che chiede; ma fin tanto che la gara di pasticceria non coincide con il quiz letterario dovrebbe riuscire a fare entrambe le cose.

«Va bene» dice. «Farò del mio meglio, ma probabilmente mi potrò trattenere solo per poco.»

«Bene» risponde Rut asciutta. «Ci conto.»

Terminata la conversazione si accorge che Marianne la sta guardando dal suo tavolo in fondo alla sala.

«Chi era?»

«Rut Lindberg.»

Marianne annuisce. «Ah, capisco» dice. «La Lady Catherine di Ljusskär.»

Doris sbuffa proprio mentre il suo cellulare emette un trillo. Intimorita guarda lo schermo, aspettandosi un messaggio da parte di Rut, invece si tratta di una notifica da Tinder. Quando apre l'applicazione si accorge di averne ricevute molte.

Doris lascia andare lo smartphone, come se fosse improvvisamente incandescente.

«Qualcuno ha risposto» mormora.

«Risposto a cosa?» chiede Marianne.

«Su Tinder. Credo di aver ricevuto un messaggio.»

Mona, in piedi dietro alla cassa, si precipita da lei.

«Ma è fantastico!» esclama. «Come si chiama?»

«Rolf-Casanova» risponde Doris atona.

Afferra nuovamente il telefono per mostrare alle amiche il suo aspetto e Mona stringe gli occhi.

«Somiglia proprio a Clint Eastwood da giovane.»

«Dici?» chiede Doris confusa.

«Forse un po' troppo» borbotta Marianne. «Si chiama Rolf-Casanova?»

«Sì. Cioè, è il suo nome su Tinder.»

«E allora come si chiama realmente? Mister Hitler?»

Doris alza gli occhi al cielo, poi il cellulare suona di nuovo.

«Mi chiede che cosa indosso» dice. «Che gli devo rispondere?»

«Sembra proprio un balordo» bofonchia Marianne.

«Non è così facile trovare l'approccio giusto» dichiara Mona. «Sicuramente vuole solo farsi un'idea di che tipo di persona sei. Credo che tu debba essere onesta.»

«Va bene» concorda Doris e inizia a scrivere. «Una gonna e una maglia che ho comprato quando sono andata a far visita a mia sorella nel 2003 a Göteborg, ma non ricordo il nome del negozio, calze acquistate in un magazzino di abbigliamento sportivo a Ystad e ciabatte Crocs. Anzi no, meglio solo ciabatte» si corregge.

Passano alcuni minuti, poi un altro trillo. Doris emette un gridolino e scoppia a ridere.

«Oh» dice, senza staccare gli occhi dal cellulare.

«È peggio di mio nipote» osserva Marianne sospirando.

Doris spalanca gli occhi. Adesso anche un altro uomo le ha scritto. Rilegge il messaggio diverse volte.

«Cosa vuol dire BDSM?» chiede circospetta.

Marianne ostenta indifferenza e spazza via qualcosa dalla sua borsetta color giallo limone.

«Sono quei giochi di ruolo dove ci si frusta a vicenda» risponde con tono inespressivo.

«Ma, santo cielo!» esclama Doris. «Quest'uomo non fa assolutamente per me! E ora eccone un altro che chiede se mi piace il Tantra. Che cos'è, qualcosa da mangiare?»

«No, è una filosofia sessuale di origine indiana» dichiara Marianne sospirando.

Doris fa una piccola smorfia di disgusto, poi riprende a leggere concentrata, ma d'un tratto ha un sussulto e diventa tutta rossa in viso.

«Che c'è adesso?» domanda Marianne.

Doris scuote la testa.

«Non capisco bene cosa significhi» mormora.

Marianne si sporge verso il telefono, ma Doris stenta a mostrarglielo.

«Allora dillo, su!»

Doris si guarda intorno, poi si china sul tavolo sussurrando qualcosa all'orecchio di Marianne. Nel sentire le parole dell'amica, sgrana gli occhi buttandosi all'indietro.

«No, ascolta» afferma Marianne brusca. «Sarà il caso che tu impari a cercare su Google.»

# 28

Venerdì 26 giugno 1987

Il piano di lavoro della cucina è ancora apparecchiato con la colazione, nonostante siano quasi le nove. Madeleine si è alzata stranamente tardi e quando entra nella sala delle riunioni della Storstuga trova Desirée seduta al lungo bancone. È sola con una ciotola piena di *filmjölk*, il latte fermentato tipico dei Paesi del Nord Europa.

«Buongiorno» dice Madeleine passandosi una mano tra i capelli con fare assonnato.

«Buongiorno» risponde Desirée raggiante.

Madeleine fa un gesto in direzione della cucina a indicare che sta andando a prendere qualcosa. Ha dormito male, pensando a Jonas e al pastore Lindberg.

Si versa una tazza di caffè e spalma del burro su due fette di pane di segale, aggiungendo formaggio e marmellata di arance, più che altro perché qui tutti lo mangiano così.

Ripensare al giorno prima la fa sentire ancora a disagio. Nonostante sia felice di aver avuto l'opportunità di parlare con Jonas non riesce a dimenticare ciò che ha visto dalla finestra. Perché il pastore lo ha colpito? Di cosa avevano discusso? Si era trattato di un singolo episodio o era già successo prima? Jonas lo ha chiamato "un errore", ma non era sembrato sorpreso quando il padre gli aveva tirato lo schiaffo.

Madeleine pulisce il piano della cucina. Fino a quel momento il pastore Lindberg le era piaciuto. Si era fidata di lui, ma dopo aver visto come ha trattato suo figlio non è più sicura di ciò che prova. D'altra parte non ha la minima idea di come sia il loro rapporto o di che cosa Jonas abbia detto a suo padre. Forse aveva solo assistito a un genitore che cerca di educare un figlio e che in un attimo di debolezza ha superato il limite. Ma c'era qualcos'altro nella loro discussione, qualcosa rimasto sospeso. Jonas le era sembrato così remissivo e gli occhi del pastore gelidi e severi.

Madeleine prende il suo piatto con una mano mentre con l'altra cerca di mantenere in equilibrio la tazza traboccante di caffè. Durante il dormiveglia notturno ha riflettuto se raccontare o meno a Desirée quello che ha visto. La sua compagna di stanza probabilmente conosce meglio sia Jonas sia il pastore Lindberg e le potrebbe certo fornire una spiegazione. Ma per quanto sia curiosa non vuole tradire la fiducia di Jonas.

Prende posto al tavolo della colazione.

«Santo cielo, che aspetto orribile hai» dice Desirée scherzando.

Madeleine beve un sorso del suo caffè. «Non ho dormito bene» risponde, poi prende una delle fette di pane e dà un bel morso.

«Posso chiederti una cosa?»

«Certo» risponde allegra Desirée.

«Che cosa ne pensi del pastore Lindberg? Voglio dire, che tipo di persona è?»

Desirée sembra pensarci.

«È più vicino a Dio di chiunque altro abbia mai conosciuto.»

«Che vuoi dire?»

«Ha qualcosa di speciale che non riesco a spiegare bene, ma

quando sono con lui percepisco l'amore di Gesù» dichiara Desirée portandosi una mano al petto. «Lui sa guardarmi dentro come nessun altro.» I suoi occhi diventano lucidi e si china in avanti sul tavolo. «Non sempre sono stata così bene» aggiunge abbassando il tono di voce. «Nella Libera Chiesa mi sento a casa. Qui posso essere me stessa.»

Madeleine beve un altro sorso di caffè pensando alle cicatrici che ha visto sulla pancia dell'amica.

«Mi hai detto che persone da tutto il mondo desiderano raggiungere questa parrocchia. Perché pensi che abbiano scelto proprio noi?»

«Questo te lo potrà dire solo il pastore Lindberg» risponde Desirée sorridendo maliziosa.

«In che senso? A te lo ha spiegato?»

Desirée si alza e appoggia una mano sulla spalla di Madeleine.

«Sei stata scelta. Sii felice per questo. Il disegno di Dio si rivelerà a tempo debito.» Prende il suo piatto e la sua tazza. «Vado in chiesa. Sta a me fare le pulizie prima di domenica.»

«Va bene. A proposito» aggiunge mentre Desirée si incammina verso la cucina. «Sai chi è Amanda L?»

«Sì, era la ragazza che dirigeva il coro prima che arrivassi tu.»

Madeleine resta sorpresa. Per qualche ragione aveva pensato che il taccuino fosse lì da più tempo.

«Ah. E quand'è che è andata via?»

«Un paio di settimane prima del tuo arrivo.»

«Aveva concluso il suo periodo di un anno?»

Desirée scuote la testa.

«No, era arrivata in autunno, insieme a me e Aino, ma si è ammalata.»

«Oh... Cosa le è successo?»

«Non lo so.» Solleva le spalle.

«Pensi che Aino ne abbia idea?»

«Forse» risponde Desirée con indifferenza. «Ti saluto, ora devo andare.»

«Certo. Ci vediamo dopo.»

A Madeleine sembra strano che nessuno le abbia mai raccontato di Amanda prima d'ora. Avrebbero dovuto esserci non poche tracce di lei, trattandosi di un'adepta della chiesa di Ljusskär.

Si guarda intorno. Molti dei tirocinanti hanno lasciato testimonianza di sé. Alle pareti sono appese foto di giovani donne, in posa col vestito da corista, di fronte all'altare o mentre cucinano per qualche grande occasione; sotto le fotografie ci sono scritti i loro nomi. Qua e là ci sono anche oggetti dimenticati: t-shirt, libri e musicassette e spesso si parla dei vecchi ospiti. «Ve la ricordate Helena, che preparava quella buonissima torta di pesche?» e «Minhele, che era venuto dall'Africa e ballava meravigliosamente?»

È evidente che gli adepti siano una parte importante della storia della Libera Chiesa e che la parrocchia sia orgogliosa di ogni scambio. Eppure Madeleine non ha mai sentito parlare di Amanda, nonostante non fosse passato molto tempo da quando aveva lasciato Ljusskär.

Mentre mangia cerca di immaginare quale tipo di malattia possa averla costretta a tornare a casa. Se fosse stata colpita da qualcosa di grave, questo spiegherebbe come mai nessuno ne parla.

Finisce l'ultima fetta di pane pensando a Andrew, il suo compagno di scuola che aveva contratto la leucemia. Vederlo seduto al banco accanto al suo per poi sparire da un giorno all'altro era stato davvero triste, per non parlare di quanto alla svelta tutti lo avessero dimenticato.

Pensierosa sorseggia il caffè. C'è qualcosa in quello che Desirée le ha detto che la tormenta, ma non riesce a capire cosa.

Raccoglie le briciole sul tavolo facendole cadere nella mano. Non appena ne avrà l'occasione chiederà ad Aino di raccontarle ciò che è successo ad Amanda. Qualcuno deve pur sapere perché ha lasciato Ljusskär, sarebbe strano il contrario.

# 29

## Martedì 18 giugno

Evy è seduta in cucina quando parte la musica. La sente forte e chiaro e il rumore fa vibrare i vetri delle sue finestre. Non passano molti secondi prima che capisca che Marianne è tornata, di nuovo.

Fuori splende il sole e il cielo è terso, ma lei non ci fa caso. Invece si precipita verso la brutta casa in cemento di Marianne, che proietta una lunga ombra sulla strada. Sicuramente avrà pagato una fortuna per quella mostruosità che lei definisce "architettura moderna", nonostante assomigli più a una pila di scatole da scarpe inclinata. E adesso vuole costruire ancora, ma Evy non ha intenzione di permetterglielo. Ha fatto ricorso alla Concessione edilizia e non si arrenderà.

Attraversa la strada di fretta, raggiungendo l'alta siepe che protegge la casa da sguardi indiscreti e che allo stesso tempo limita la visuale dei suoi vicini. Dieci anni fa, prima che Marianne costruisse quella stranezza, Evy aveva una vista davvero bella sul mare. Con l'aiuto di un cannocchiale poteva stabilire quanto fossero alte le onde e rendersi conto se la spiaggia fosse affollata, ma ora a stento vede qualcosa.

Sbuffando cammina avanti e indietro in cerca di un varco nella siepe da cui poter urlare a Marianne di abbassare la musica. Alla fine trova un punto dal quale è possibile salire su per la recinzione, davanti alle piante di Thuja.

Evy infila i suoi piedi fra le stecche di legno tirandosi su. I rami le lambiscono il viso ed è costretta a proteggersi gli occhi affinché le foglie non la graffino.

Osserva con attenzione. Il giardino di Marianne sembra un parco divertimenti. Ci sono statue di marmo, una fontana e una pergola assai decorata, al cui centro troneggia un Buddha circondato da piante esotiche, del tutto inadatte al clima svedese. Vicino alla piscina c'è un barbecue che ricorda una nave spaziale e al posto degli arredi da giardino Marianne ha sistemato delle specie di bozzoli ovoidali; a quanto pare uno ci si deve infilare, sempre ammesso che voglia farlo.

Dopo qualche secondo la vede. Marianne è in piedi sul lato corto della piscina, piegata in modo strano. Per un attimo si chiede se non si sia fatta male. La fronte è appoggiata per terra mentre braccia e gambe sono aperte in direzioni opposte. Il tutto è talmente strano da non farle notare subito che Marianne è nuda, ma una volta capito a cosa sta assistendo perde l'equilibrio e cade all'indietro.

La siepe emette un fruscio e mentre Evy cerca di rimettersi in piedi sente Marianne gridare. Con rassegnazione rimuove un rametto incastrato nei capelli. In realtà avrebbe voglia di urlarle di abbassare quella maledetta musica, ma le sembra inopportuno dopo averla spiata durante la sua sessione di ginnastica senza vestiti. Oltretutto ha già ricevuto due richiami dal Consiglio cittadino per essersi introdotta nel giardino dei vicini, il che potrebbe sembrare un prezzo basso da pagare per controllare che tutti si comportino bene, ma un terzo richiamo le farebbe perdere il diritto di voto ed Evy non vuole assolutamente correre questo rischio.

Indietreggia sospirando e nota che la Aston Martin di Marianne è parcheggiata in modo scorretto proprio davanti a casa sua. *Non ci vuole certo un genio per notare che ci sono meno di dieci metri dall'incrocio*, pensa iniziando a misurare la distanza con i passi. Sette, otto, circa nove metri. Proprio come aveva immaginato.

Evy sente ribollire la rabbia. Quando Marianne è qui niente è più in ordine. Infrange ogni regola come se non la riguardasse, solo perché è ricca e famosa. Anche quando non c'è è lo stesso. Secondo un decreto comunale ogni residente è tenuto a spalare la neve e a spargere di ghiaia il marciapiede di fronte alla propria abitazione quando necessario; Marianne non lo fa mai. Ogni inverno è la stessa storia, tutti gli altri si precipitano fuori quando comincia a nevicare; davanti a casa sua la neve si accumula.

Evy si è chiesta diverse volte che cosa accadrebbe se a qualcuno capitasse di scivolare, passando lì davanti, dalla parte di Marianne. Si sarà mai posta il problema? Probabilmente pensa che tutto si possa risolvere con un assegno. "Ecco un po' di soldi da usare come cerotto, spero che la tua schiena rotta guarisca e che ti torni presto la sensibilità alle gambe".

Tira un calcio a uno degli pneumatici. Per anni ha scritto all'azienda che si occupa della raccolta dei rifiuti, al Consiglio di amministrazione locale, e alla Corte superiore per la tutela del territorio e dell'ambiente, ma a nessuno sembra importare che la neve non venga spalata di fronte a casa di Marianne.

Lancia uno sguardo di sfida verso l'imponente edificio in cemento prima di incamminarsi di nuovo verso casa. Evy non sa dire perché la questione della manutenzione invernale la renda così nervosa nel bel mezzo dell'estate, ma dal giorno in cui quella donna le ha bussato alla porta ha faticato a interpretare le sue emozioni. È come se qualcosa si agitasse e ruggisse dentro di lei.

Con mano decisa apre la porta ed entra. In effetti è rimasta scioccata nel sapere che Patricia è la sorella di Madeleine

Grey. Non capisce che cosa ci faccia ora quella donna a Ljusskär. Perché non si è messa in contatto con lei nel 1987, quando la ragazza era scomparsa? Era quello il momento in cui avrebbe dovuto farlo, così sarebbe stato possibile capire cosa fosse successo. Adesso è troppo tardi. Per tutto.

Si dirige verso la cucina e raggiunge Saba, che è salita sul piano di lavoro. La gatta le soffia spaventata e lei mostra i denti soffiandole a sua volta. È stanca di tutto ciò che è successo, stanca di sentirsi responsabile. Perché mai dovrebbe impicciarsi? Avrebbe dovuto fare come gli altri e voltarsi dalla parte opposta. Così avevano fatto con lei quando aveva sposato Tord, ed era per questo che alla fine era arrivata a Ljusskär.

Quel ricordo improvviso la fa esitare. Lavorava in ospedale da appena due settimane quando lui le aveva chiesto di uscire. Evy non aveva saputo che rispondere, ma nel vedere gli sguardi invidiosi delle altre infermiere aveva capito che era buon segno. E quando aveva raccontato a sua madre dell'appuntamento, lei ne era rimasta entusiasta. «Mettiti qualcosa di carino e sorridi, ma non mostrare mai e poi mai quei tuoi orribili denti» le aveva detto.

Evy voleva senza dubbio fare felice sua madre e fece come le fu ordinato. Indossò il suo unico vestito scollato, si lasciò portare da Tord al ristorante e sorrise a bocca chiusa.

Evidentemente andò bene perché lui la invitò ancora, e stavolta le dette un bacio sulla guancia. A Evy non piacque né l'una né l'altra cosa, ma nel vedere quanto fossero eccitate le sue colleghe capì che doveva trovarsi sulla strada giusta. Sei mesi dopo si erano sposati e lei si era trasferita nel suo bilocale.

Per i primi anni tutto andò bene. Evy continuava a lavorare, si occupava delle faccende di casa e di fare da mangiare. A volte pensava che essere moglie è un po' come essere una domestica a cui non devi pagare lo stipendio, d'altra parte aveva molta più libertà di quando viveva a casa con sua madre. E poi sembravano tutti così contenti per lei, molto più felici di quando aveva terminato gli studi per diventare infermiera, nonostante questo fosse di gran lunga più proficuo che sposarsi.

Lei e Tord non parlavano molto. Lui per lo più sedeva col giornale in mano o davanti alla televisione, il che a Evy andava piuttosto bene, dato che raramente avevano qualcosa di cui discorrere.

Ma poi arrivò l'anno in cui la fabbrica dove Tord lavorava fu chiusa. Lui aveva detto che presto avrebbe trovato un nuovo lavoro e lei gli aveva creduto. Aveva continuato a occuparsi delle faccende e a fare da mangiare, nonostante le difficoltà quando lui si lamentava per il suo modo di spolverare e di grigliare la carne.

Il suo umore cominciò a vacillare come il pendolo di un orologio e a volte si arrabbiava così tanto da urlarle contro. Evy capiva che fosse frustrante non avere un lavoro, ma quando glielo diceva lui si innervosiva ancora di più. Un giorno fece l'errore di suggerirgli che forse avrebbe trovato più facilmente un impiego se fosse uscito di casa, e allora lui le dette uno schiaffo così forte da lasciarle il segno sulla guancia.

Quando Evy lo aveva raccontato a sua madre al telefono, lei le aveva risposto che presto le cose si sarebbero sistemate e che *non doveva arrendersi*. La stessa identica cosa successe al lavoro. Quando le sue colleghe avevano visto i lividi intorno ai polsi o i segni scuri vicino agli occhi avevano mostrato compassione, giustificando la difficoltà per un uomo di non riuscire a sostenere la sua famiglia.

Evy rimase colpita da quanto tutti fossero capaci di ignorare le sue ferite. I vicini di casa, i commessi nei negozi e i colleghi d'ospedale sorridevano sconsolati o guardavano per terra. E lei si era convinta che dovesse andare così. Si era trovata in quella situazione perché non aveva idea di quali fossero le alternative.

Ma un giorno tutto era cambiato. Un'infermiera più anziana di lei, che si chiamava suor Alice, le si era rivolta chiedendo senza tanti giri di parole se suo marito la picchiasse. Il suo volto era duro, reso ancora più severo dal fatto che si tirava indietro i capelli scuri in uno stretto chignon. Le altre la chiamavano infermiera Ratched[1] a sua insaputa. Evy non aveva mai capito a che cosa alludessero, ma non aveva avuto problemi a rispondere alle domande di suor Alice.

«Sì» aveva detto. «È così.»

«In tal caso» aveva aggiunto Alice senza scomporsi «devi lasciarlo.»

«Che vuoi dire?» aveva chiesto Evy perplessa.

«Fai la valigia, raduna tutte le cose di valore, prendi più soldi che puoi e vattene.»

«Perché dovrei farlo?»

Suor Alice si era avvicinata a lei, si era abbassata l'uniforme da infermiera oltre la spalla, rivelando una lunga e frastagliata cicatrice che arrivava fino alla schiena.

«Perché altrimenti ti ucciderà. Forse non domani, o nemmeno quest'anno, ma un giorno sarà talmente di pessimo umore da spingersi oltre.»

Dopodiché era sparita.

Evy aveva pensato molto alle parole della donna. Non le piaceva essere picchiata, ma Tord le aveva sempre detto che era colpa sua. La poteva colpire per aver cotto troppo le patate, o per

1. Personaggio del romanzo di Ken Kesey, *Qualcuno volò sul nido del cuculo*, da cui poi è stato tratto anche il film. (N.d.T.)

non aver fatto in tempo a stirargli le camicie. E lei pensava che se si fosse comportata meglio lui avrebbe smesso. Se avesse fatto più attenzione nel preparare da mangiare o avesse imparato a dare la giusta priorità alle faccende di casa, alla fine sarebbe riuscita a compiacerlo.

Evy era sempre stata un po' anticonformista, un po' sbagliata. Sapeva di essere diversa. Una volta, quando una delle sue insegnanti aveva chiamato a casa sua suggerendo ai genitori che avrebbero potuto farla avanzare di classe per via delle sue attitudini, sua madre era scoppiata a piangere chiedendole perché non potesse essere come tutti gli altri bambini. Ma Evy non poteva. La grammatica francese e le formule matematiche per lei non erano un problema, ma non riusciva a interpretare i comportamenti sociali e molte volte non capiva che cosa gli altri si aspettassero da lei. Per questo le sembrava plausibile che spesso Tord si arrabbiasse.

Perciò, nonostante avesse accolto ciò che suor Alice le aveva detto, Evy era rimasta. Non aveva altro posto dove andare. E poi il marito aveva ottenuto un lavoro temporaneo come cameriere e per l'intera primavera il suo umore era migliorato. La vita era diventata più sopportabile, fino a che Evy non scoprì di essere incinta.

Subito aveva capito di non poter restare con Tord. Che lui la picchiasse era una cosa, ma l'idea che potesse alzare le mani sul piccolo che le stava crescendo dentro le causò un attacco di panico. Per questo aveva fatto la valigia, radunato tutto ciò che aveva di valore e prelevato più soldi possibile.

Non aveva idea di dove sarebbe andata, sapeva solo di dover scappare. Aveva tirato fuori una mappa della Svezia, individuato il luogo più lontano possibile e alla fine aveva comprato un biglietto del treno per Ystad.

Il giorno della partenza Evy aveva portato le sue cose alla stazione. Suor Alice l'aveva incontrata là. Aveva promesso di controllare che nessuno chiamasse suo marito dall'ospedale per dirgli che lei non era al lavoro. Aveva otto ore a disposizione prima che lui si potesse accorgere che non sarebbe tornata a casa.

Il viaggio era stato lungo, ma una volta scesa dal treno a Ystad, la mattina seguente, il calore del sole estivo sulla faccia le aveva ridato speranza. Per la prima volta in vita sua si era sentita forte e libera, come se finalmente avesse capito quale fosse il suo scopo. Passandosi una mano sulla pancia aveva detto alla creatura dentro di lei che da quel momento avrebbe pensato solo a loro. Poi si era diretta verso l'ospedale per lasciare il suo curriculum.

La donna alla reception le disse che lei e il marito avevano messo in affitto un appartamento in un piccolo paesino nei dintorni e fu così che lei e il suo bimbo trovarono casa.

Evy sprofonda sulla sedia. Aveva sempre avuto un forte intuito, aveva sempre saputo cosa fosse giusto e cosa sbagliato. Quando era arrivata a Ljusskär aveva capito subito che quella sarebbe stata la sua dimora, e lì era rimasta nonostante non fosse sempre stato facile. Si era chiesta più volte che cosa sarebbe successo se si fosse tenuta lontana dalla chiesa, facendosi gli affari suoi. Ma Evy non ha mai sopportato di veder soffrire gli altri, è contro la sua natura. Si era sentita in dovere di aiutare, come suor Alice aveva fatto con lei.

Abbattuta si preme le mani sul volto. Ha sperato di non dover più ripensare a ciò che è accaduto, ma ora Patricia è qui. È tornata per scoprire cosa è successo a sua sorella.

Solleva lo sguardo sul telefono. Se decide di parlare non potrà più tornare indietro.

La testa è pesante. Non riesce nemmeno a immaginare come possa sentirsi Patricia, ma non è lei ad avere dei segreti da rivelare.

Saba le si avvicina, strusciandosi a una gamba. Evy prende la gatta fra le braccia stringendola a sé. Avverte il suo calore, mentre fa le fusa spingendosi contro il suo petto.

Quindi raggiunge il telefono e solleva la cornetta. La plastica è fredda e con la mano percepisce il peso del ricevitore.

Vede il lungo numero davanti a sé, nove cifre che si susseguono come un lungo codice ritmico. Basterebbe un attimo per inserirlo, come per riaprire tutte le ferite.

Per un momento Evy indugia con le dita sulla tastiera, ma poi ci ripensa, riaggancia la cornetta ed esce dalla stanza.

# 30

## Mercoledì 1° luglio 1987

Ha piovuto tutta la mattina e l'odore di asfalto bagnato ed erba appena tagliata persiste nell'aria. Desirée è seduta appollaiata su una recinzione costruita con stecche orizzontali in legno di pino e sta rosicchiando un filo d'erba.

Madeleine si mette accanto a lei appoggiandosi a uno dei pali. Negli scorsi giorni Aino e il pastore Robert hanno fatto visita a una parrocchia di Jönköping, ma ora sono tornati.

Desirée si toglie il filo d'erba dalla bocca usandolo per indicare la compagna di stanza.

«Cosa ti ha detto Aino quando le hai chiesto di Amanda, ne sapeva qualcosa?»

Madeleine scuote la testa. Aino aveva dato la stessa risposta di Desirée: Amanda si era ammalata ed era tornata in Norvegia.

«No, niente.»

Lo sguardo di Desirée cambia.

«Hai visto quel vestito con i fiocchi che si è comprata? Fa di tutto per sembrare dolce e carina» sogghigna.

Madeleine si sforza di sorridere. Non le piace quando dice certe cose di Aino.

«Ho bisogno di un reggiseno nuovo» aggiunge Desirée poggiandosi disinvolta le mani sul seno per premerlo in su. «A proposito, perché sei così interessata ad Amanda?»

«Non lo sono» protesta Madeleine. «Mi è solo capitato di

trovare un suo taccuino in chiesa e mi sono chiesta che fine abbia fatto.»

«Io comunque non ne ho idea, non so nemmeno da che parte della Norvegia venisse. Detto sinceramente sembrava proprio noiosa. Tu mi piaci molto di più.»

Madeleine sorride scuotendo le spalle come un uccellino arruffato. Proprio in quel momento spunta Jonas da dietro l'angolo. Indossa un paio di jeans e gli occhiali da sole con la montatura simil tartaruga, nonostante il cielo sia ancora coperto da una coltre di nuvole grigie.

Quando si accorge di Madeleine si ferma, chiamandola.

Lei si volge verso Desirée, che le lancia uno sguardo eloquente.

«Su, vai.»

Arrivata di fronte a lui, lo trova con le mani in tasca. Jonas sembra più alto del solito e le sue spalle larghe risaltano sotto la maglietta bianca.

«Ciao!»

Madeleine non ha parlato con lui da quella sera sulla scogliera.

«Ciao! Come stai?»

«Bene» risponde Jonas allegro. «Sto per andare a lavorare in un chiosco, a Kåseberga. Ci vado in bicicletta» aggiunge.

«Oh. Divertente.»

«Divertente non lo so, ma perlomeno guadagno un po' di soldi.»

Sorride e Madeleine sente qualcosa scalpitarle nel petto.

«Senti, ho fatto una cosa per te.»

«Cioè?»

Infila la mano nella tasca posteriore e ne estrae una musicassetta.

«È una raccolta con alcune delle mie canzoni preferite. Mi è venuta l'idea perché ti piace Bowie.»

Madeleine prende la cassetta e guarda in direzione di Desirée, la quale senza pudore ricambia lo sguardo.

«Grazie» dice incontrando i suoi occhi. Sembra abbronzato e i capelli hanno quasi sfumature più chiare del solito.

«Forse non sai come ascoltarla?»

«Sì, certo, posso prendere in prestito lo stereo nella Storstuga» risponde lei con un sorriso, mentre un calore le sale alle guance.

«Bene» dice lui, poi aggiunge con un gesto della mano «ora devo andare.»

«Certo. Ci vediamo.»

Jonas se ne va e Madeleine torna da Desirée.

«Che voleva?»

«Niente.» Fa un profondo respiro, e spera di riuscire a nascondere le emozioni che le si agitano dentro. «Ho preso in prestito una musicassetta.»

«Stai attenta. L'ho visto insieme a un sacco di ragazze diverse.»

Quelle parole sono per Madeleine come uno schiaffo che le fa voltare il viso dall'altra parte.

«Ma no» replica veloce. «Siamo solo amici.»

«Va bene. Se lo dici tu.»

A Madeleine gira la testa e si appoggia alla recinzione. Non le è mai passato per la mente che Jonas potesse avere una ragazza e si stupisce delle emozioni che prova. È forse la delusione a provocarle un nodo allo stomaco? È per questo che non riesce a respirare?

Fa un sospiro. Che cosa si era immaginata? Jonas è più giovane di lei. È carino, intelligente ed è il figlio del pastore Lindberg, mentre lei… sì, chi è lei veramente? Una povera ragazza che viene da una fattoria della Virginia, che non è mai stata capace di integrarsi.

Desirée salta giù dal recinto e le si avvicina. I suoi occhi brillano e la bocca è tesa.

«Non pensare a lui» dice appoggiandole un braccio sulla spalla. «Siamo noi due, questo basta. Sai quanto sono felice che tu sia venuta qui. E credo che anche tu sia contenta di avermi incontrata.»

Madeleine alza lo sguardo. Sta per dire qualcosa quando Desirée fa un cenno con la testa verso il parcheggio, dove c'è la Volvo del pastore Robert.

«Se ne sta seduto là dentro» dice.

Madeleine guarda la macchina dalle linee squadrate, col paraurti nero e i grandi fari rettangolari. Nonostante il riflesso della luce sul parabrezza riesce a vederlo.

Desirée alza gli occhi al cielo. «Spunta fuori dovunque io mi trovi. A volte mi chiedo se non mi segua.»

«Davvero?» esclama Madeleine.

«Be'...» ammette Desirée scrollando la testa «in effetti ha una cotta per me o qualcosa del genere. Ho sentito dire che è stato espulso dall'ultima parrocchia per aver dato il tormento a una delle ragazze. Ma sai, come dice il pastore Lindberg, tutti si meritano una seconda occasione.»

Mentre si volta per andarsene Madeleine le afferra un polso. Quello che Desirée ha appena detto non corrisponde affatto all'immagine che si era fatta del pastore Robert, ma se lei sta dicendo la verità non c'è tempo da perdere.

«Se ti segue lo devi dire a qualcuno.»

L'amica stringe gli occhi. «Sto scherzando» ridacchia prendendola a braccetto. «Dài, vieni!»

Desirée la trascina verso la chiesa e intanto le racconta chi sono secondo lei i piloti più carini di *Top Gun* e che cosa direbbe a Tom Cruise se mai lo incontrasse.

Madeleine la ascolta distrattamente, ma non riesce a smettere di pensare a ciò che l'amica le ha detto, e una volta arrivate alla Storstuga si accorge che dentro di lei è nata una spiacevole sensazione.

# 31

## Mercoledì 19 giugno

Erika fissa il cellulare che vibra. Martin la sta chiamando, di nuovo. Si guarda intorno nella stanza, esita, poi alla fine afferra il telefono e risponde.

«Pronto?»

«Ciao» dice lui. «Finalmente sono riuscito a trovarti.»

«Sì, scusami» mormora lei. «Siamo state fuori, impegnate in tante attività, e non ho avuto modo di richiamarti.»

«Capisco» replica Martin. «Tutto bene?»

«Sì, tutto bene. Lina si allena a nuotare quasi tutti i giorni e abbiamo girato in bicicletta un bel po'. Emma come sta?»

«Bene. Credevo che dopo un po' si sarebbe stancata di alzarsi alle sei, ma in realtà se la cava alla grande. Addirittura l'altro giorno è stata lei a svegliarmi» ridacchia.

Erika si morde le labbra. Si chiede se non debba dirgli che presto andrà a cena con Jonas. In realtà sono solo due vecchi amici che si incontrano e non è obbligatorio riferirlo a suo marito, ma allo stesso tempo non vuole che la questione della cena venga fuori più avanti, come se avesse cercato di nascondere qualcosa.

«Quando pensate di venire allora?»

«A Ljusskär? Ancora non lo sappiamo.»

«Ma Emma lavora solo questa settimana, no?»

Erika sente Martin schiarirsi la voce.

«Le ho dato il permesso di andare a Göteborg con un paio di amici nel weekend. E dice che potrebbe lavorare ancora alla fattoria in settimana.»

«Va bene. Ma tu non dovevi tenere il discorso di apertura alla conferenza di Malmö la prossima settimana?»

«No, non sarà prima del 29 giugno.»

Restano in silenzio.

«Allora potreste raggiungerci quel giorno, dato che ti devi spostare comunque» tenta lei di nuovo.

«Adesso ho molto da fare. Non posso prometterti nulla.»

Erika deglutisce. Non vuole litigare, ma proprio non capisce come ragioni suo marito. Vuole passare in ufficio tutta la maledetta estate?

«Ma non fai altro che lavorare» sbotta infine.

«E cosa dovrei fare?» protesta Martin. «Si tratta della mia azienda, non c'è nessun altro che può occuparsene.» Fa un lungo sospiro e abbassa la voce. «Da quando Oscar se n'è andato ho il doppio del lavoro da sbrigare. Stiamo cercando qualcuno che possa sostituirlo, ma non è facile trovare la persona giusta.»

«Vorrei che ti prendessi una vacanza e che per una volta mettessi la tua famiglia al primo posto.»

«Ma è proprio quello che faccio! Cosa pensi che succederebbe se l'azienda fallisse? Come potremmo cavarcela?»

Erika si affloscia. Questo è proprio ciò che sta cercando di evitare.

«Va bene» dice. «Fai come vuoi. Adesso devo andare.»

«Posso parlare con Lina?»

«Ora non è qui, ma farò in modo che ti richiami più tardi.»

Erika riaggancia prima ancora che Martin possa aggiungere altro. È agitata. Aveva sperato che suo marito avesse chiamato per scusarsi. Che avesse compreso la sua delusione per ciò che era accaduto ultimamente e che l'avesse cercata per dirle che stava partendo per Ljusskär. Ma evidentemente stanno ancora viaggiando su binari separati.

Si sposta davanti allo specchio, si guarda pensando all'orribile parrucca e al vestito di pelle. Il ricordo di quella sera le fa ancora male e non riesce a credere di essere stata sul punto di umiliarsi pur di avere l'attenzione di Martin. Che cosa c'è di sbagliato in lui? Forse non la ritiene più attraente? È per questo che la evita?

Si gira di fianco. Le capita di ricevere complimenti dagli sconosciuti, che qualcuno le dica che è bella o carina. E il corpo non è cambiato: le stesse gambe lunghe e il busto proporzionato di sempre, quindi cosa c'è di diverso?

Pensa a Jonas, ricorda quando le diceva che di lei non ne aveva mai abbastanza. Certo, erano adolescenti, ma Erika non riesce a smettere di chiedersi come lui la veda adesso.

Sente una macchina parcheggiare fuori dall'hotel e guarda dalla finestra. Una donna della sua età sta scendendo da una Mazda blu. Con una mano tiene una busta piena di prodotti per le pulizie e con l'altra uno spazzolone.

Erika torna davanti al suo riflesso. È stata lei a chiamare l'impresa di pulizie. Più tempo passa all'hotel e più le sembra chiaro che sua madre non ce la fa a occuparsi di tutto, ma non vuole dirle nulla perché ha paura di ferirla. Piuttosto spera che grazie all'intervento che ha richiesto, Mona si renda conto di quanto possa essere bello fare a meno di tutti quei gravosi impegni di lavoro.

Si cambia i vestiti e raccoglie i capelli prima di dirigersi verso le scale. È impaziente di vedere l'espressione di sua madre quando la donna delle pulizie avrà finito. Sarà entusiasta per la sala che brilla come uno specchio.

Dall'ingresso arriva un brusio di voci. Le donne del club del libro sono riunite come al solito intorno al tavolo d'angolo e nel resto del salone alcune persone sono sedute a bere caffè.

Erika saluta chi conosce con un cenno, poi raggiunge Lina, seduta seminascosta dietro alle scale insieme a Saba.

«Ciao, tesoro. Ho parlato con papà: mi ha detto di salutarti. Possiamo richiamarlo più tardi.»

«*Mmm*» risponde Lina annuendo senza sollevare lo sguardo.

«Che state facendo?»

Sua figlia si porta un dito davanti alla bocca invitandola a fare silenzio.

«Stiamo spiando» dichiara serissima. «Lo sai che io sono brava.»

Erika si piega, trascinandosi dietro di lei. «E chi state spiando?»

La bimba, con discrezione, indica una donna seduta a un paio di tavoli di distanza.

«Credo che sia una piratessa.»

«Ah sì. E da cosa lo capisci?»

«Perché ha una maglia a righe. E poi ha pagato con tante monetine.»

Erika scoppia a ridere. «Mica solo i pirati indossano maglie a righe» spiega.

Lina si gira e fa una smorfia. «Ma le sue tasche sono piene di monete d'oro.»

«Okay, ho capito. Allora è proprio una piratessa.»

Le fa il solletico al collo e Lina si contorce dal ridere.

«Io tra un po' mi vedo con un amico.»

«E andate a cena» aggiunge Lina.

«Esatto. Ma la nonna resta qui e mi ha promesso che farete la pizza.»

Lina alza le spalle ed Erika le dà un bacio sulla guancia.

«Bene» dice. «Ci vediamo stasera.»

«Sì, sì, vai adesso» si spazientisce Lina.

Erika le arruffa i capelli, poi di nascosto si avvicina all'angolo del club del libro, ma una volta arrivata nota qualcosa di strano: una donna che non conosce è comodamente seduta e ha i piedi poggiati su una sedia. Ha una tazza di tè in mano e Doris è dietro di lei: le sta massaggiando le spalle.

«Ciao» dice incerta.

Mona esce dalla cucina con un vassoio di ciambelle.

«Ciao. Come sei carina!»

«Grazie» risponde a bassa voce facendo cenno verso la donna sconosciuta. «Chi è quella?»

«Si chiama Anna-Stina» sussurra Mona. «L'ha mandata qui l'impresa di pulizie. La poveretta non ha fatto che pulire tutto il giorno. Le fa male la schiena ed è terribilmente stanca.»

«Ma è il suo lavoro.»

Sorride a Erika, poi si avvicina alla signora porgendole le ciambelline. «Prego» dice ad Anna-Stina. «Come va la schiena?»

«Meglio» assicura la donna dando un bel morso alla sua ciambella.

Mona gira intorno al banco, prende lo spazzolone di Anna-Stina e inizia a strofinare.

«Le ho detto che ci penso io a pulire qui, così non deve preoccuparsi di ricevere un richiamo. A quanto pare il suo capo è un vero tiranno.»

«Mamma, ho pagato l'impresa di pulizie perché tu potessi evitare di farlo.»

«Va be', che vuoi che sia. A me piace.»

Erika sospira e scorge Jonas avvicinarsi all'hotel.

«Adesso vado. Lina è seduta dietro le scale e sta spiando, almeno lo sai.»

«Divertiti» dice Mona. «Noi qui ce la passiamo bene.»

Jonas ha un aspetto disinvolto con i suoi pantaloncini e la camicia azzurro chiaro, che mette in risalto i suoi occhi. Sui capelli arruffati sono appoggiati un paio di occhiali da sole, uguali identici a quelli che aveva da giovane, e con un braccio sostiene un cesto.

«Ciao» dice scostandosi il ciuffo.

«Ciao» sorride Erika indicando il cestino. «Cos'hai lì?»

«È un segreto.»

Lei allunga la mano per sollevare la coperta appoggiata sopra al cesto, ma prima che riesca a vedere qualcosa lui lo ritrae.

«Non ci provare!» esclama ridendo. «Sei sempre stata troppo curiosa, lo dico per te.»

«Ma è perché tu sei così misterioso… Non ho mai avuto altra scelta.»

Per un istante restano in silenzio.

«Vogliamo andare?» propone Jonas indicando verso la spiaggia.

«Va bene. Ma fammi strada tu, perché io non so dove siamo diretti» risponde lei in tono provocatorio.

Camminano lentamente in direzione del mare e intanto Jonas le racconta cosa hanno detto i bambini della sua scenografia.

«È piaciuta a tutti tranne che a Elsa. A lei è sembrato che il castello fosse troppo piccolo.»

Erika alza gli occhi al cielo.

«Allora dovrò rifare tutto da capo?»

«No, non ce n'è bisogno. Si è tranquillizzata quando le ho detto che avrebbe potuto portare suo fratello sul palco. Lui farà la parte del suo bianco destriero.»

«A questo servono i fratelli minori? Me lo sono sempre chiesta.»

«Già, non è facile per noi figli unici. Ci sono molte cose che non sappiamo» dice Jonas indicando il molo. «Potremmo sederci lì, come facciamo di solito.»

«*Facevamo*» lo corregge Erika. «Trent'anni fa.»

«È davvero passato così tanto tempo?» dice lui sospirando. «Eppure mi sembra di non avere più di vent'anni.»

Erika lo osserva. Nonostante le braccia robuste e la pelle segnata c'è ancora qualcosa di giovanile e vitale nel suo modo di muoversi; nei suoi occhi scorge lo stesso sguardo malizioso di quando era giovane.

Jonas le fa strada verso il molo e stende la coperta esattamente nel punto in cui in passato si erano seduti tante volte. Erika si toglie le scarpe, scivola verso uno scoglio e immerge i piedi nell'acqua.

«È fredda?»

Lei scuote la testa. «Per niente. Mi piace stare seduta così» dice volgendo il viso verso il sole.

Nonostante non si siano visti per decenni Erika si sente incredibilmente a suo agio con Jonas. Proprio come se avessero ripreso da dove avevano interrotto, come se tutti gli anni in cui sono stati separati non contassero.

Erika chiude gli occhi. Per lei è difficile smettere di pensare alla conversazione avuta con Martin. Da una parte si chiede se non stia sbagliando a criticare suo marito perché lavora così tanto. Sa che l'azienda rappresenta il suo sogno e che ci vuole molto tempo per gestirla. È invidiosa perché invece lei svolge un lavoro per cui non ha passione? Ma pensa anche che, dopo cinque anni, l'azienda di Martin dovrebbe essere un po' più autonoma. Dal suo punto di vista è come se lui scegliesse consapevolmente di mettere in secondo piano lei e le bambine.

«Ti va un bicchiere di vino?» chiede Jonas.

«Sì, volentieri» dice Erika raddrizzando la schiena.

Lui le porge un bicchiere di plastica con del vino bianco e mentre brindano lei nota che indossa una collana di legno dietro al colletto.

«È legno di sandalo» spiega lui mostrandogliela. «L'ho ricevuta da una ragazza di nome Prisha. È cresciuta nell'orfanotrofio dove lavoro. Alcune donne l'hanno trovata appena nata in mezzo ai rifiuti e l'hanno presa con loro. Adesso sta studiando ingegneria.»

«Davvero incredibile.»

«Già, l'India è straordinaria. Può veramente accadere di tutto.»

Erika annuisce con interesse. Si chiede come sia vivere in un Paese dalla cultura così diversa. Ha sempre sognato di poter viaggiare intorno al mondo. Quando studiava a Lund, sopra alla scrivania della sua stanza aveva appeso una carta geografica mondiale, segnando i luoghi che avrebbe voluto visitare: Lisbona, Madrid, Venezia, Istanbul, Il Cairo, Bangkok, Singapore, Shanghai, Seoul, Tokyo, Sydney, Honolulu, San Francisco, Città del Messico e L'Avana. Era una bella lista di città messe in fila per un giro del mondo, ma ancora non ne aveva visitata nemmeno una. O meglio, una volta era atterrata a Lisbona, in uno scalo durante un viaggio verso Gran Canaria. Ma niente di più.

Erika beve il vino e poi lascia che Jonas le riempia il bicchiere. Da piccola pensava di essere una bambina coraggiosa. Non aveva mai paura di montare in sella ai tori, di saltare da un cumulo di fieno, di arrampicarsi sulla cima del grande albero solitario che si trova nei pressi della cittadina di Simrishamn, o di salire sulle rocce più grandi e muschiose vicino alla cascata di Forsemölla. È per questo che adesso si sente così? È questa vita così monotona e abitudinaria a renderla frustrata?

Jonas ha disposto le stoviglie sulla coperta; le passa un piatto. Erika non riesce a evitare di guardarlo. La sua bocca ha lo stesso aspetto di trent'anni prima, e con imbarazzo le tornano alla mente i lunghi e dolci baci che si erano scambiati.

«Okay» esclama lui rivolgendole uno sguardo acceso. «Qui c'è il pollo tandoori e questa è la *raita*, una specie di salsa con yogurt e menta.»

«*Wow*, sembra buonissimo» dice Erika. «Devo mangiarlo con la pita?»

Jonas annuisce e le passa il cestino del pane.

Mentre si gustano il picnic indiano preparato da Jonas, lui le racconta ancora della sua vita a Calcutta.

«Mia madre avrebbe preferito di gran lunga che fossi rimasto qui» dice dando un morso alla sua pita.

«Capisco. La mia è dispiaciuta che non abiti più vicino, nonostante possa raggiungere Ljusskär in un paio d'ore.»

«Come se la passa Mona adesso?» chiede lui.

Erika appoggia il piatto. «Insomma. Nell'ultimo anno mi sono preoccupata molto per lei.»

«Ah, e perché?»

«Penso che stia lavorando troppo. È pesante dover mandare avanti l'hotel e intanto doversi occupare di altri mille progetti. Temo che si stia dando troppo da fare.»

«Lo immagino» dice Jonas prendendo un sorso di vino.

«Durante l'inverno si è gravemente ammalata, e anche se lei non vuole ammetterlo credo che abbia serie difficoltà economiche.»

«Non è mai semplice quando i propri genitori invecchiano e i ruoli si invertono» concorda lui. «Si cerca sempre di non intromettersi troppo, senza scavalcare nessuno.»

«Esatto. Come si capisce quando siamo al punto in cui hanno davvero bisogno di aiuto per cavarsela?»

«Mona che dice? Sta pensando all'idea di andare in pensione?»

Erika alza gli occhi al cielo. «Assolutamente no. Vuole rimanere in quella vecchia casa finché non sarà morta.»

«Alla fine la cosa più importante è che stia bene e che sia felice» dichiara Jonas.

«Immagino di sì. Ma che cosa vuol dire essere felici?»

«La maggior parte della gente risponderebbe che ha a che fare con un senso di sicurezza: sapere di avere del cibo sulla tavola e un tetto sopra la testa» risponde toccandosi la collana.

«Certo. Ma una volta soddisfatti i propri bisogni primari mi chiedo se non sia tutto troppo comodo e sicuro. Il rischio è che uno si fermi davanti a tutti quei reality show alla televisione mentre la vita intanto scorre. Che cosa si guadagna a osservare le celebrità infilarsi dentro ad abiti fin troppo stretti e imparare a ballare il *cha cha cha*? Invece di viverle sulla propria pelle la gente guarda gli altri fare esperienze» Erika alza le braccia in aria. «Prendi me, non ho fatto quasi nulla nella mia vita. Non ho viaggiato e non ho dato alcun contributo in qualche modo significativo al mondo. Non ho nemmeno cercato di inseguire il mio sogno di fare l'artista, invece ho accettato un lavoro terribilmente noioso in un ufficio comunale perché so che mi aiuta a sostenere la mia famiglia.»

Erika tace. D'un tratto si pente di ciò che ha appena detto e piena di vergogna volge lo sguardo dall'altra parte.

«Invece sì che hai dato il tuo contributo nel mondo» risponde Jonas con cautela. «Hai dato la vita e cresciuto due figlie. Io ne ho incontrata solo una, è vero, ma mi sembra una creaturina davvero intelligente e acuta.»

«Questo sì, certo» dice Erika roteando il suo bicchiere.

«Nella vita niente va mai come è stato pianificato» aggiunge Jonas. «Io ho fatto molte cose di cui mi pento. Nonostante cerchi di fare bene e compensare i miei sbagli, non mi sento mai davvero libero» dice e intanto un'ombra vela il suo viso. «La vita è piena di dolore. Ogni giorno dobbiamo chiudere la porta dell'orfanotrofio, nonostante le strade brulichino di bambini bisognosi del nostro aiuto. Ho visto tante cose terribili, ragazzini malati e abbandonati. Non hanno nessuno che si occupi di loro. Come si può riuscire a dormire la notte sapendo che là fuori, dall'altra parte del muro, ci sono creature stese al freddo su un pezzo di cartone? Per quanto io mi sforzi, quello che faccio non è mai abbastanza. Perché per ogni bambino che aiuto ce ne sono altri diecimila che non ce la fanno.» Jonas si strofina la fronte. «Perdonami» mormora. «Non volevo.»

«Non preoccuparti» lo rassicura Erika.

«I bambini di strada a Calcutta sono diventati una parte importante della mia vita, e mi è difficile abbandonarli. In realtà avevo pensato di restare là solo qualche anno, ma mi sono lasciato coinvolgere e ora mi è impossibile andarmene» dice Jonas guardandola. «A essere sincero un po' invidio le persone che riescono a crearsi una quotidianità e una vita familiare. È il mio sogno.»

Erika lo guarda stupita. Non aveva mai pensato che la sua vita potesse essere il sogno di qualcun altro.

«Forse è vero quando si dice che l'erba del vicino è sempre più verde.»

«Immagino di sì. Hai mai pensato di seguire una formazione nel campo delle arti e del design?»

«No. Aver trovato un lavoro mi bastava.»

«E perché non lo fai adesso? Sembra che ti piaccia.»

«Non lo so» risponde Erika giocherellando con i lacci delle sue scarpe da ginnastica. «Ho come la sensazione che sia troppo tardi.»

«Troppo tardi?» chiede Jonas incredulo. «Ma se hai a disposizione ancora metà della tua vita... Puoi continuare a studiare se lo vuoi.»

«So che sembra sciocco» continua Erika strofinando la mano sulla calda pietra su cui è seduta «ma in effetti ho paura di non essere abbastanza brava.»

Lei si aspetta che lui protesti, dicendo qualcosa del tipo "Certo che sei abbastanza brava", invece Jonas annuisce soltanto.

«Non è sciocco, capisco ciò che vuoi dire. Se fosse tua figlia maggiore a ragionare così, se fosse lei ad avere paura di iscriversi a un corso di formazione, cosa le risponderesti?»

Erika sorride. «Che non dovrebbe lasciarsi ostacolare da questo.» Prende il suo cellulare e mostra a Jonas una pagina web. «È un corso a distanza per diventare graphic designer.»

«Ti sei iscritta?»

Lei scuote la testa. «Ancora non l'ho nemmeno detto a Martin.»

Jonas la guarda: il suo sguardo intenso le fa provare le farfalle nello stomaco.

«Fallo» dice lui. «Perché in un attimo potrebbero essere passati altri trent'anni.»

# 32

## Venerdì 3 luglio 1987

Le voci si attenuano mentre Madeleine suona le ultime strofe di *Somewhere Over the Rainbow*. Un brivido le percorre la nuca. È la quarta volta che provano la canzone e finalmente pare abbiano trovato un buon equilibrio tra le voci.

Con la coda dell'occhio vede Rut entrare in chiesa. Prende posto tra le panche nella parte posteriore e applaude.

«Bravissime tutte quante» dice Madeleine. «Stavolta andava proprio bene.»

«Sì, grazie per oggi» aggiunge Desirée sorridendo.

Rut si avvicina al pianoforte. «Cantate molto bene.»

«Lei è molto gentile. Sì, stiamo migliorando» mormora Madeleine salutando le coriste.

Come di consueto Desirée la sta aspettando in piedi vicino all'uscita, ma mentre Madeleine prende la sua borsa Rut alza una mano come per trattenerla.

«Speravo di poter parlare un attimo con te. Da sole» aggiunge.

Madeleine scambia un lungo sguardo con la sua compagna di stanza. «Vai pure avanti, io arrivo subito.»

Rut indica una delle panche. «Sediamoci» dice e Madeleine la segue.

«Ti trovi ancora bene qui?» le chiede Rut.

«Sì, certo» annuisce lei.

«Bene. E una volta finito il tuo anno a Ljusskär, come vorresti proseguire?»

«In effetti, non lo so.»

«Ma se potessi scegliere, cosa vorresti fare?»

«Potendo scegliere mi piacerebbe andare in Tanzania per lavorare in una delle scuole che abbiamo costruito, o qualcosa di simile.»

«Capisco» dice Rut incontrando il suo sguardo. «Probabilmente invieremo una delegazione là nella primavera del prossimo anno. Potrei dire a mio marito che saresti interessata anche tu a partire.»

Madeleine allunga la schiena. «Sì, gliene sarei grata.»

«Lo farò.» Rut sembra sollevata. «Ma allora dovrai fare anche tu una cosa per me.»

«Ah. Che cosa?»

Si schiarisce la voce.

«Ho sentito dire che stai chiedendo in giro notizie di Amanda.»

Madeleine si irrigidisce. Le uniche persone con cui ha parlato di quella ragazza sono Aino e Desirée, ma non può credere che abbiano riferito qualcosa alla moglie del pastore.

«Ho trovato per caso il suo taccuino e mi sono chiesta chi fosse.»

«Amanda era una adepta, ma purtroppo, una volta arrivata a Ljusskär, si è ammalata» dichiara Rut stringendo le mani sulle ginocchia. «Il pastore è sempre disponibile a prendersi cura di chi soffre spiritualmente, ma lei stava troppo male per poter ricevere il nostro aiuto. La sua salute era precaria, per questo siamo stati costretti a rimandarla a casa. Ma adesso è con la sua famiglia, dove può ricevere l'aiuto di cui ha bisogno.» Rivolge a

Madeleine uno sguardo serio. «È per rispetto nei suoi confronti che non parliamo di ciò che le è successo. Capisci?»

«Assolutamente.»

«Bene» dice. «Allora, ci siamo intese.»

«Forse possiamo provare a spedirle il suo taccuino?»

«Non credo sia una buona idea. Non vorrei rammentarle ciò che è successo. E poi non abbiamo il suo indirizzo.»

«Non lo avete?» chiede Madeleine stupita.

Il volto di Rut si fa teso.

«Voglio dire, da qualche parte lo avremo, sicuramente. Se mi dai il taccuino me ne occuperò io.»

«Non ce l'ho qui, purtroppo» replica lei lanciando un'occhiata verso la sua borsa. «Credo di averlo dimenticato in camera. Non appena lo recupero posso lasciarlo nell'ufficio della parrocchia.»

«Sì, fai così» risponde Rut alzandosi. Si dirige verso l'uscita, ma prima di abbandonare la sala si volta. «Grazie per avermi dedicato il tuo tempo.»

«Non c'è di che.»

Madeleine la vede andarsene e resta da sola all'interno dell'ampia chiesa. La conversazione con Rut è stata sconcertante. Se davvero la salute aveva costretto Amanda a tornare a casa, è comprensibile perché in comunità non se ne voglia parlare, ma non riesce comunque a placare la sua curiosità. C'è qualcosa di strano in questa storia. Perché Rut non vuole che le spedisca il taccuino? Non potrà certo peggiorare la sua malattia. E perché le ha detto che non hanno il suo indirizzo?

Pensierosa affonda la mano nella borsa, tira fuori il quaderno rilegato in pelle e lo apre alla prima pagina. C'è scritto il nome di Amanda a penna, e Madeleine passa un dito sopra l'incerta calligrafia.

# 33

## Domenica 23 giugno

Patricia solleva la foto sgualcita davanti a sé. È un ritratto di Madeleine scattato un paio di settimane prima della sua partenza. Scruta il volto della sorella. È seduta, piegata in avanti verso il vecchio pianoforte del salotto, nella casa di Mill Creek. Lo sguardo allegro è rivolto verso la macchina fotografica, al collo ha il ciondolo d'argento a forma di nota musicale.

Si ricorda dei progetti della sorella per la vecchia fattoria. Aveva intenzione di aprire una scuola di musica e dare lezioni di pianoforte ai bambini della zona. «Sarà la più bella di tutta la Virginia» aveva dichiarato orgogliosa. «Faranno la fila per partecipare alle mie lezioni. Aspetta e vedrai!»

Rimette la foto nella borsa, guardandosi intorno nell'ingresso dell'hotel. Marianne è seduta al tavolo dei libri e sta leggendo, mentre dei rumori provengono dalla cucina, dove Mona sta preparando il piatto del giorno per il pranzo. Dal profumino è di sicuro *rösti* di patate con salsa di mirtilli rossi e pancetta.

Marianne appoggia il libro e si alza. Fa un giro tra i tavoli della sala, fermandosi di fronte a lei.

«Lo sapevi che Charlotte, la migliore amica di Elizabeth, si sposa con il prete, il signor Collins?»

«Sì, purtroppo» conferma Patricia.

«È talmente… ingiusto» commenta Marianne. «Povere ragazze. Io non avrei mai sopportato di non poter decidere della mia vita.»

Mona le ha raggiunte furtiva e annuisce concorde.

«Mi ero dimenticata di come se la passassero. La costante sensazione di incertezza economica dev'essere stata davvero pesante. Tra l'altro rischiano di perdere la casa se il signor Bennett muore.»

«Già, il movimento per i diritti delle donne se non altro ha fatto fare dei passi avanti» osserva Patricia.

Doris entra e loro si voltano. Cammina lentamente e indossa un ampio berretto di velluto color rosso vino, che si è tirata giù fino alle orecchie.

«Doris!» esclama Mona allegra. «Sei pronta per il tuo appuntamento?»

La donna alza lo sguardo. «No» sibila.

«Perché indossi un cappello?» chiede Marianne. «Fuori ci saranno almeno venticinque gradi.»

Per un istante Doris sembra esitare, poi si toglie il berretto e dei lunghi ciuffi viola scivolano giù. Nella stanza cala il silenzio assoluto, finché Marianne si porta le mani alla bocca.

«Che cosa hai fatto?»

Doris fa una smorfia.

«Avevi detto che avrei dovuto sistemare i capelli.»

«Intendevo un nuovo taglio, non che dovessi cambiare colore.»

«È stato un incidente» dice Doris nascondendo il volto dietro al cappello. «Ho cercato di schiarirli un pochino e adesso… sembro una specie di punk.» Singhiozza, e Mona le dà una pacca sulla spalla.

«Dài, Doris, non è la fine del mondo.»

«A me piacciono» aggiunge Patricia. «Sono… diversi.»

«Ma io non voglio essere *diversa*» sbuffa Doris. «Voglio solo essere me stessa, quella di quindici anni fa, però.»

Suona la campanella alla porta ed entra Yusuf. «Buongiorno, mie signore» dice facendo un inchino.

«Ciao, Yusuf. Come stai?» lo saluta Mona.

«Bene. Sembra che una colonia di farfalline abbia deciso di infestare la mia coltivazione di lamponi. Molti germogli sono appassiti, ma per il resto è tutto a posto.»

«Mi fa piacere. Sai che compro volentieri frutta e verdura da te.»

«Certamente. Ti metto sempre da parte le cose migliori...» dice indicando lo scaffale dietro al bancone. «Quello è il tuo buonissimo pane alle alghe?»

«Sì» conferma Mona. «Ne vuoi un filoncino?»

«Volentieri.»

Mentre Mona impacchetta il pane, Yusuf si gira verso Doris.

«Carini i tuoi capelli» le dice.

Doris si tocca la testa con imbarazzo.

«Oh, sul serio? Grazie.»

«Color gridellino» aggiunge. «Come la *Platanthera bifolia*, un'orchidea selvatica, hai presente?» Yusuf prende il suo pane e paga. «Grazie» dice a Mona. «Ci sentiamo non appena la rucola e i ravanelli saranno pronti per essere raccolti.»

Una volta uscito, Mona si avvicina a Doris. «Hai un aspetto pazzesco» dice. «Adesso vai a quell'appuntamento e divertiti.»

«Mi sento davvero nervosa» ammette Doris. «Non sono mai uscita con nessuno a parte Göran. E se non avessimo nulla di cui parlare?»

«Ma sì...» la tranquillizza Marianne «certo che parlerete.»

«Potreste chiacchierare di quanto sia vantaggioso avere più di sessant'anni» propone Mona. «Pensa alla libertà che abbiamo, rispetto a trenta o quarant'anni fa, quando dovevamo lottare per dare un senso alla vita quotidiana, preoccupandoci del giudizio degli altri sul nostro modo di vivere. Adesso possiamo fregarcene della loro opinione, a nessuno importa che cosa fanno tre vecchiette come noi. Ce la possiamo spassare alla grande: andare al cinema di giorno, mangiare dolci per pranzo e rimproverare i giovani maleducati.»

«Per non parlare della grande esperienza che abbiamo accumulato. Per sessantotto anni non hai mai saputo che cosa si provasse a colorarsi i capelli di viola, ma adesso sì» aggiunge Marianne.

Doris sorride appena.

«Suppongo abbiate ragione» dice sospirando.

«Ce l'abbiamo sempre» dichiara Mona gioviale. «Non capita tutti i giorni di incontrare un uomo così sicuro di sé al punto di farsi chiamare Casanova.»

«E se non fosse ciò che dice di essere?» chiede Doris preoccupata.

«Dove vi dovete incontrare?» domanda Mona.

«In quel piccolo cafè vicino al porto di Ystad.»

«Bene, perlomeno non sarete soli.»

«Forse dovrei portarmi dietro qualcosa con cui difendermi?»

«Un mattarello?» propone Mona.

«No, non entra nella borsa.»

«Ho trovato» dice lei. Sparisce verso la cucina e torna indietro con una bottiglia di vetro piena di un liquido giallo. «È il mio olio al peperoncino. È molto forte. Se quel Rolf-Casanova cerca di importunarti, spruzzaglielo negli occhi.»

«Grazie» dice Doris annuendo seria. «Lo farò.» Dà un'occhiata all'orologio. «Devo andare adesso, altrimenti perderò il pullman.»

«Sicura che non vuoi che venga con te?» chiede Mona. «Posso sedermi a un paio di tavoli di distanza e far finta di leggere un giornale.»

«Non ce n'è bisogno» afferma Doris. «Devo farcela da sola.»

Mona le sposta i capelli sopra a una spalla e le aggiusta il vestito, lungo e leggero. «Quel Rolf-Casanova non si immagina nemmeno quanto sia fortunato.»

«Grazie» mormora lei. «A proposito, ho chiamato e richiamato Greta, ma ancora nessuna risposta.»

«Può essere che abbia cambiato numero?»

Doris scuote la testa.

«Ho controllato sull'elenco telefonico: è quello.»

«Forse potrei andare là e chiedere a lei di persona» dice Patricia.

«Sì, perché no?» Doris fa un profondo sospiro, cercando di ricomporsi. «Adesso devo andare.»

«Divertiti.» Mona sorride.

Doris esce dall'hotel e Mona apparecchia la tavola per il tè del pomeriggio, mentre le altre prendono posto al solito tavolino. Il telefono di Patricia suona per un messaggio in arrivo e lei rapida lo tira fuori.

«È mio figlio» dice.

«Quanti figli hai?» chiede Mona.

«Due maschi. Justin è il più giovane. Vive a New York e lavora in borsa, mentre Matthew vive a Richmond. È a circa venti chilometri da Charlottesville» spiega.

Lina scende le scale saltellando e abbraccia Mona.

«Ciao, nonna.»

«Ciao, tesoro mio. Come stai?»

Lei la guarda e sorride. «Mi sa che la valigiona che sta nella camera verde era di un pirata.»

«Ah sì? E come mai secondo te?»

«Perché dentro c'è un binocolo e un pezzo di una vecchia gamba di legno.»

«Affascinante. E non c'è anche una mappa del tesoro?»

Lina sembra pensarci. «Vado a controllare» dice salendo nuovamente le scale.

«È meravigliosa» dice Patricia. «Che fortuna che tu possa incontrare tua nipote così spesso.»

«Sì, è fantastico averla qui. Tu hai nipoti?»

Patricia mostra le foto sul telefono.

«Questi sono Zoey e Dax. Hanno quattro e due anni.»

«Che dolci!» esclama Mona.

«Già» sospira Patricia. «Purtroppo li vedo poco.»

Marianne si toglie gli occhiali da lettura.

«Perché?»

«Perché abitano a venti chilometri di distanza.»

«E non puoi trasferirti più vicino?»

«No» dice Patricia. «Io vivo nella fattoria di famiglia.»

«E non puoi venderla?» domanda Mona con cautela.

«No. Non posso.»

«Per quale motivo?»

«Non lo so» risponde Patricia. «È difficile. Ci ho vissuto tutta la vita e sono molto legata ai ricordi della mia famiglia, soprattutto di chi non c'è più.»

«So quanto possa essere faticoso» afferma Marianne. «Mi ci sono voluti molti anni per sbarazzarmi della mia casa d'infanzia. Ma una volta deciso è stata una vera liberazione vedere la ruspa raderla al suolo. E adesso al posto di quella vecchia ho una casa fantastica, con due terrazzi e la vista sul mare, un giardino per la meditazione e la piscina. Manca solo un piccolo annesso con la palestra e una stanza per gli ospiti, ma provvederò non appena Evy la smetterà di fare ricorso per la mia concessione edilizia.»

«Se i tuoi nipoti ti mancano così tanto, forse dovresti valutare una soluzione diversa» propone Mona. «Non dico radere al suolo la casa» prosegue lanciando uno sguardo furtivo verso Marianne «ma almeno trasferirti...»

«A dire la verità non so dire se vogliono che io mi trasferisca più vicino. Mio figlio sicuramente non ha nulla in contrario, ma sua moglie Denise probabilmente la pensa in modo diverso.»

«Be'» inizia Mona. «Non può certo decidere lei dove tu debba vivere. E poi stento a credere che abbia qualcosa in contrario a un paio di mani in più che aiutano. Quale genitore con figli piccoli rifiuterebbe una cosa del genere?»

Marianne fa un gesto verso Markus, seduto in un angolo con lo sguardo fisso sul cellulare.

«Un attimo prima sono piccoli, poi d'un tratto diventano grandi ed è impossibile comunicare con loro.»

Patricia annuisce. Più volte aveva pensato di traslocare a Richmond per poter incontrare Zoey e Dax quando voleva, ma ha sempre avuto paura di ciò che sarebbe potuto succedere alla fattoria di Mill Creek. E poi ha vissuto continuamente con la sciocca convinzione di dover restare lì, nel caso in cui Madeleine si facesse viva.

Prende di nuovo il telefono e scrive a Matthew. *Che cosa ne diresti se mi trasferissi a Richmond?* Probabilmente non ha senso mandare un messaggio del genere sapendo di non poter lasciare Mill Creek, tuttavia è anche curiosa di conoscere la risposta di suo figlio. Se lui dovesse mostrarsi favorevole al trasferimento, potrebbe essere la spinta di cui ha bisogno. Sicuramente a Richmond riuscirebbe a trovare un lavoro part-time e un piccolo appartamento per vedere come va.

Così si fa coraggio e clicca su "Invia". Quando una notifica mostra che il messaggio è stato spedito sente lo stomaco attorcigliarsi: non può tornare indietro, non è possibile. Allora ne scrive uno nuovo: *Scusa, ho detto una stupidaggine, lo sai che non potrò mai lasciare la fattoria.*

Mette via il telefono pensando alla casa fatiscente dove ha trascorso gran parte della sua vita. Non è stato poi così difficile andarsene da lì; Ljusskär la fa sentire vicina a sua sorella. Ma vendere la fattoria sarebbe una cosa diversa. L'idea di non poter mai più entrare nel corridoio e vedere la porta con la misura dell'altezza dei bambini incisa sul telaio, o andare nella camera di Madeleine, dove tutto è ancora come lei lo aveva lasciato, le provoca dolore.

Cerca velocemente di scacciare quei pensieri. La casa è tutto ciò che le rimane e non vuole dirle addio. Anche se amerebbe trascorrere più tempo insieme a Dax e Zoey, quel desiderio è adombrato dalla paura di perdere il controllo sul passato. La stanza vuota di Madeleine è tutto ciò che le resta della sorella, la sua unica àncora di salvezza, e senza questo Patricia non sa davvero che cosa sarebbe.

# 34

Erika mette i biscottini alla nocciola e i cantucci al cioccolato in due buste di carta e li porge a un uomo in maglietta e pantaloncini, mentre i suoi due figli gli girano intorno.

«Prego. Spero che passiate un bel pomeriggio in spiaggia.»

«Grazie, ci proveremo!» L'uomo tenta di acciuffare i bambini, ma loro lo schivano; ora la sua voce gentile si indurisce. «Andiamo, ragazzi, altrimenti niente biscotti.»

Erika sorride e li saluta, poi si volge verso la vetrina su un lato del bancone, facendo un rapido conto. La vendita di dolci, pane e ciambelline in effetti va molto bene.

Dà un'occhiata al nipote di Marianne, seduto nel solito angolino con l'iPad e il cellulare appoggiati sul tavolo davanti a sé. A quanto pare la connessione funziona meglio qui che a casa di sua nonna, ma è ben lontano dalla velocità di navigazione che aveva a Stoccolma, per cui di tanto in tanto borbotta fra sé.

Erika scuote la testa. Nonostante lei ed Emma ogni tanto abbiano degli screzi, è felice che la figlia adolescente sia disposta a lavorare invece di passare il tempo a fissare uno schermo.

Dà uno sguardo al registro degli ospiti: l'hotel è al completo per gran parte dell'estate, ma Erika si chiede se sia sufficiente. Stamattina l'armadietto del bagno nella camera Dickens si è staccato e a stento lei e sua madre sono riuscite a riavvitarlo.

Ovunque si giri vede qualcosa che ha bisogno di riparazioni e per quanto lei sia abbastanza pratica, gli oggetti possono essere riparati un certo numero di volte, ma poi devono essere sostituiti.

Mona si avvicina portando a fatica tre grandi borse. Deve cucinare lo stufato di pollo e verdure per il pranzo di domani degli anziani, preparare la cena e sistemare la contabilità mensile. Erika la aiuta quando le è possibile, ma il suo intervento non sembra fare la differenza. Sua madre è chiaramente oberata.

Mona barcolla verso il bancone, poi d'un tratto si blocca ed emette un gemito acuto. «*Ahia*» si lamenta lasciando andare le borse sul pavimento.

Erika si precipita verso di lei, aiutandola a mettersi in poltrona.

«Che c'è, mamma?»

Mona fa una smorfia. È evidente che prova dolore.

«È di nuovo la schiena?»

«Un'altra fitta» dice passandosi la mano sopra l'osso sacro.

«Devi stare attenta. Ti dai troppo da fare.»

«Il pollo» piagnucola. «Deve essere messo in frigo.»

Erika prende le buste della spesa e le porta in cucina.

«Mettilo nel frigorifero di sinistra! Carote e patate le puoi lasciare accanto al lavandino, tra poco devo iniziare a sbucciarle» le grida.

Erika sospira. Sua madre è convinta di poter continuare a lavorare come se niente fosse.

«Poi mi potresti portare il libro delle ricevute? È in ufficio» aggiunge.

«Va bene» risponde lei.

L'ufficio si trova di fronte alla cucina. Entrando Erika scorge quasi subito, appoggiato sulla scrivania disordinata, il libro che le ha chiesto sua madre. Lo prende e con gli occhi cerca una penna. Sotto a un quaderno pieno di idee per il menù trova una matita, ma nello spostare il taccuino spunta fuori anche una lettera dell'agenzia recupero crediti.

Erika si sente gelare. Sua madre si è dimenticata di pagare le bollette? Solleva la busta e nota che non è stata nemmeno aperta.

Si dirige a passo svelto verso l'ingresso, dove Mona la sta aspettando.

«Grazie» dice lei allungandosi verso il libro delle ricevute.

Erika glielo passa porgendole con discrezione anche la lettera.

«Che cos'è questa?»

Mona assume uno sguardo preoccupato, poi afferra la busta e la infila nel libro.

«Niente.»

«Non è affatto *niente*. È una lettera del recupero crediti che non hai neanche aperto!»

«Si tratta delle bollette della luce» sospira Mona. «Non riesco a capire come facciano a essere così alte. Durante l'inverno a stento ho acceso la caldaia, eppure mi tocca pagare migliaia di corone!»

«A quanto ammonta il debito?» chiede Erika.

In quel momento si apre la porta ed entra Marianne. «Ciao di nuovo!»

Mona rivolge alla figlia uno sguardo intimidatorio. «Ne parliamo dopo.»

«Non ti ho mai vista seduta in questo periodo» esclama Marianne. «È successo qualcosa?»

«Mi fa male la schiena. Ma non è niente di grave. Ho solo

bisogno di riprendermi un attimo, poi dovrò correre a sbucciare le patate e a pulire i polli.»

Erika e Marianne si scambiano uno sguardo.

«Forse sarebbe meglio che tu riposassi.»

«Riposarmi? Siete completamente impazzite? E chi ci pensa a fare da mangiare? Sono diversi chili di patate.»

«Posso aiutarti io» propone la figlia, ma ha appena concluso la frase che Lina si precipita giù per le scale. Indossa un costume da bagno azzurro con sopra delle ciliegie, una maschera sulla fronte e un salvagente intorno alla vita.

«Mamma, andiamo?»

«Tra un attimo, amore. Devo prima aiutare la nonna a fare una cosa.»

Mona inarca le sopracciglia. «Ma almeno sai come si pulisce un pollo?»

«No, non proprio» ammette Erika girandosi verso Marianne. «Tu sai cucinare?»

«So preparare i cocktail» risponde allegra. «Di solito Al Pacino dice che nessuno è più bravo di me a fare il gin tonic.»

«Non credo che il Comune apprezzerebbe un menù a base di gin per il pranzo di domani» sospira Mona.

«Una soluzione si trova di sicuro» afferma Erika mentre Lina la tira per il vestito.

«Dài, vieni, mamma! Voglio andare a nuotare» dice mostrandole come riesce a fare le bracciate.

«Posso pulire io il pollo. E anche sbucciare le patate» dichiara una voce sconosciuta.

Le tre donne si voltano verso Markus.

«Lo sai fare?» esclama Marianne stupita.

«Dopotutto ho frequentato l'istituto alberghiero. Dovresti saperlo, nonna.»

Marianne ha l'aria sbalordita.

«Già, è vero. Ma per favore, Markus, non chiamarmi nonna, mi fa sembrare molto vecchia. Chiamami Marianne.»

Markus solleva il berretto e si passa una mano tra i capelli arruffati.

«Tanto Internet non funziona» spiega alzando le spalle. «Da che parte è la cucina?»

Mona dapprima sembra incerta, ma alla fine lascia andare un sospiro di rassegnazione.

«Cuoci la carne prima di togliere le ossa e la pelle. E metti tutto da parte.»

«Certo» dice Markus. «Ci possiamo fare il brodo.»

«Esatto» risponde Mona stupefatta. «Le patate e le carote sono sul tavolo.»

Erika mostra al ragazzo la cucina e dopo che lui ha trovato tutto ciò di cui ha bisogno torna da Lina.

«Okay, piccola, andiamo.» Si china per abbracciare Mona prima di scambiarsi un'occhiata con Marianne, la quale annuisce.

«Ci penso io a controllare la situazione mentre siete via.»

«Adesso rilassati» dice Erika a sua madre. «E giusto perché tu lo sappia, non abbiamo ancora finito di parlare di quella lettera.»

# 35

## Martedì 7 luglio 1987

Madeleine attraversa il corridoio dell'ufficio della parrocchia, passando la mano lungo la carta da parati. Con la punta delle dita percepisce le piccole irregolarità; sopra di lei la luce di un neon lampeggia irrequieta.

È stata Aino a chiederle di andare nell'ufficio del pastore Lindberg. Le è sfuggito che lui le vuole parlare, senza spiegare di che cosa, e adesso si sente molto agitata.

Lentamente cammina sul tappeto azzurro, guardando le fotografie appese alle pareti. Le immagini sorridenti dei membri della parrocchia sembrano non avere fine. Ci sono anche foto di vari progetti di beneficenza, orfanotrofi in Africa e in Asia, immagini del pastore che distribuisce la comunione di fronte all'altare e una quantità infinita di rappresentazioni delle festività natalizie.

Arrivata davanti alla porta del pastore d'un tratto si blocca. Sono successe molte cose dal loro ultimo incontro e l'idea di trovarsi da sola con lui la rende nervosa.

Forse anche Lindberg vuole redarguirla per aver fatto domande a proposito di Amanda. Il pensiero le mette i brividi, ma che scelta ha? Non può certo rifiutarsi di incontrarlo.

Con mano decisa bussa alla porta e sente dire «Avanti».

Apre e lo vede seduto come al solito dietro alla scrivania. Lui le fa cenno di entrare pregandola di chiudere la porta.

Lei si siede guardandolo con discrezione, mentre sembra concentrato a leggere un documento. Indossa una camicia color blu fiordaliso che mette in risalto i suoi occhi, conferendogli un'aura paterna. Ogni volta che lei gli si avvicina resta ammaliata dal suo carisma. Quando finalmente la guarda, sorridendo, si sente un po' meno nervosa e riesce a calmarsi.

«Madeleine» dice con voce tenebrosa. «Che piacere vederti.»

«Sì, anche per me.»

Allontana da sé i documenti e la osserva.

«Sono impressionato dalla tua bravura nel dirigere il coro. La vostra esibizione domenica è stata...» fa una pausa di riflessione «grandiosa» conclude con enfasi.

«Grazie. È stato bello.»

Il pastore Lindberg annuisce entusiasta. «Per il resto va tutto bene?»

«Sì» risponde spostando un ciuffo di capelli dietro l'orecchio.

Nella stanza scende il silenzio. Madeleine non sa dove guardare e fissa una macchia color rosso scuro sulla moquette.

«A proposito, ho parlato con mia moglie» dice lui d'un tratto. Lei sente il cuore saltarle in gola.

«Ah sì?» sussurra.

«Mi ha detto che partiresti volentieri per la Tanzania.»

«Esatto.»

«Bene. Allora ti aggiungo alla lista. Ci sono molte persone interessate, ma se giochi bene le tue carte sicuramente avrai una possibilità» dichiara facendole l'occhiolino.

«Ah» risponde lei.

Il pastore si appoggia con i gomiti sul tavolo avvicinandosi a lei.

«Vedo un gran potenziale in te, Madeleine. Mi sono accorto delle tue buone intenzioni, ma sei ancora giovane e devi stare attenta. Ci saranno sempre persone che vorranno indirizzarti sulla cattiva strada.»

Il suo sguardo è penetrante.

«In che senso?»

«Devi decidere a chi credere. A volte le cose non sono come sembrano, a volte bisogna avere fede.» Allunga una mano mettendola sul tavolo. «Ti fidi di me?»

Madeleine lo guarda pensando a ciò che aveva visto dalla finestra. Si è forse sbagliata su tutto? Con incertezza appoggia la mano su quella del pastore. Il contatto le provoca un tremore; trattiene il respiro.

«Bene» dice lui stringendole le dita. «Allora voglio che mi ascolti, adesso. So che hai sentito parlare di Amanda, la ragazza che è arrivata da noi durante l'autunno ma che dopo un paio di mesi si è ammalata. Sapevo avesse i suoi demoni, ma non che la sua depressione fosse così forte. Non riusciva a dormire, iniziò ad avere le visioni ed era sconvolta per cose mai accadute.» Fra le sopracciglia del pastore si forma una ruga profonda. «Mi sento in colpa per non aver capito quanto stesse male. I problemi psichici mettono a repentaglio la vita e avrei dovuto prestarle più attenzione. Ad ogni modo la situazione era diventata talmente grave che abbiamo dovuto rimandarla a casa. Non voglio aggiungere altro per rispetto nei confronti di Amanda e spero che tu capisca che è per questo motivo che abbiamo deciso di mantenere segreta la faccenda.»

Un'ondata di vergogna si abbatte su Madeleine. Chiude gli occhi. Il tono di voce del pastore è calmo e rassicurante e subito capisce perché per loro sia stato così importante non raccontare di Amanda. Avevano solo cercato di aiutarla.

Sente le guance arrossarsi. Che diritto aveva lei di sollevare sospetti nei confronti della parrocchia?

«Chiedo scusa» dice. «Non lo sapevo.»

«Capisco» annuisce il pastore. «Adesso peròne sei al corrente. Possiamo lasciare in pace la povera Amanda?»

«Assolutamente!»

Il pastore le stringe la mano, poi lascia la presa.

«Bene» aggiunge. «Noi ci fidiamo di te e tu ti fidi di noi. Vogliamo che tu diventi una persona per cui i tuoi genitori sarebbero andati fieri.»

Queste parole provocano in lei una fitta di dolore al costato. I suoi muscoli si contraggono e ha difficoltà a respirare. È seduta lì, triste e abbattuta, con un coltello piantato nel petto mentre il pastore raduna con indifferenza i fogli sopra la scrivania. «Buona giornata» mormora senza neppure alzare lo sguardo.

Madeleine si alza in piedi incerta e si avvia alla porta barcollando. Un fremito le attraversa il corpo. Le parole del pastore le riecheggiano in testa. Se i suoi genitori fossero vivi, sarebbero forse rimasti delusi da lei?

Esce dalla stanza e si lascia andare su una sedia fuori dall'ufficio. I suoi ricordi su Ellinor Grey sono come di cristallo, fragili e delicati. Le restano solo pochi frammenti, attimi di vita passati con la madre che più volte ha rievocato nella sua mente al punto di non sapere più se siano reali. Come quella tiepida sera di fine estate, quando il fieno battuto doveva essere messo al coperto e loro lo avevano rastrellato, per poi mangiare al sacco, fuori su una coperta. Se chiude gli occhi le sembra ancora di sentire la risata di sua madre mentre giocano e scherzano in mezzo al fieno. Nell'album di famiglia dalle pagine ingiallite c'è una foto di Ellinor scattata proprio quel giorno, seduta sul prato con in braccio le sue figlie. I capelli sono raccolti in un foulard azzurro, il sorriso è radioso. Come può sapere se i suoi ricordi sono reali o se invece tutto ha avuto origine da quella fotografia? Forse la verità è che non ricorda assolutamente nulla di sua madre, perciò come può stabilire ciò che la renderebbe orgogliosa?

Madeleine allarga il collo della maglia, come se questo potesse aiutarla a respirare meglio. Sa che per sua madre la chiesa era importante, che è qualcosa che le lega. Se Ellinor potesse parlare con lei probabilmente le direbbe di ascoltare il pastore. E avrebbe ragione. Perché dovrebbe contestarlo?

Resta seduta fino a che non si è ripresa. A Ljusskär ha trovato una casa, ha ottenuto un posto molto ambito nella Libera Chiesa e non dovrebbe gettare via questa occasione per colpa di qualche ridicolo sospetto. Proprio come ha detto il pastore Lindberg, loro si sono fidati di lei e lei deve fidarsi di loro.

Giocherella con il ciondolo appeso alla catenina d'argento. Ci sono veramente tante cose che vuole fare nella vita, ed essere di aiuto agli altri è sicuramente una di queste.

«Tanzania» pronuncia sottovoce. In realtà Madeleine non sa niente di quel Paese né della scuola che si trova là, sa solo che ci vuole andare. Desidera molto partire per l'Africa, ha bisogno di quella libertà che intravede davanti a sé.

*Il pastore Lindberg sa quello che fa*, pensa. È a capo di una chiesa estremamente popolare e tutti lo elogiano per le opere di beneficenza che ha disseminato per il mondo. Dovrebbe sentirsi grata di essere qui. Deve lasciar perdere quell'Amanda. Da ora in poi non metterà più niente in discussione. Farà esattamente ciò che le verrà detto, con devozione e condiscendenza. Perché dentro di sé sa che la sua curiosità non può che rovinare tutto.

# 36

## Lunedì 24 giugno

Patricia è in piedi di fronte alla finestra e guarda verso il mare. C'è qualcosa di magico nell'osservare le onde accavallarsi mentre i gabbiani stridono.

Tra poco scenderà di sotto, per consumare un'altra delle magnifiche colazioni di Mona. Passa veloce la spazzola tra i capelli. Ogni giorno la proprietaria dell'hotel prepara le leccornie più straordinarie: soffici panini di segale appena usciti dal forno, così caldi che il burro si scioglie subito, filoncini alla melassa e arancio amaro, formaggio spalmabile, confetture fatte in casa, sgombri affumicati freschi di pescheria e grandi uova dal guscio marrone di una fattoria locale.

Stacca il telefono dal caricabatterie e lo infila in tasca. Matthew non le ha ancora risposto al messaggio e forse è meglio così. Cosa deve dirle, povero ragazzo, quando nemmeno lei sa che cosa vuole fare?

Scendendo le scale vede che Mona ha già preso posto al solito tavolino mentre Marianne si avvicina al buffet della colazione. Nonostante tutte le bontà che ci sono, ogni mattina mangia la stessa ciotola di yogurt magro e Patricia non può fare a meno di provare pena per lei.

«Buongiorno.»

«Buongiorno» rispondono Marianne e Mona in coro. Davanti a loro, sul tavolo, è appoggiato il romanzo scelto per il club del libro. Patricia fa un cenno con la testa.

«Ti sei ripresa poi dalla questione con Mr. Collins?»

«No, non proprio» risponde Marianne sedendosi. «E non capisco nemmeno come mai Mr. Darcy stia facendo lo stronzo. Credevo che fosse l'eroe del romanzo.» Scuote la testa. «Sia lodato Mr. Wickham!»

Patricia e Mona si scambiano uno sguardo senza dire nulla.

«Già, davvero» convengono entrambe in modo evasivo.

Suona la campanella alla porta e Doris entra con passo pesante. Si è legata i capelli nella solita treccia e sembra stranamente abbattuta.

«Com'è andata ieri?» chiede Mona curiosa.

«Non bene» risponde.

«Davvero?» dice Marianne. «E io che credevo fossi rimasta fuori tutta la sera.»

«No» replica lei. «Sono tornata a casa presto e mi sono infilata a letto con Ben e Jerry.»

«E chi sono?» domanda Mona.

«È una marca di gelati» sibila l'amica prendendo una tazza di caffè.

«Oh cielo» mormora Mona passandole il vassoio con il pane. «Dài, siediti e racconta.»

Doris sprofonda su una sedia, prende una ciambellina e ci spalma il burro lentamente.

Alla fine Mona non riesce più a resistere. «Devi parlare, altrimenti andrò in iperventilazione.»

«È stato orribile» dice Doris senza alcuna inflessione.

«Si è comportato male con te?» chiede Patricia.

Lei scuote la testa. «No, non è stato scortese. Ma era...» cerca le parole giuste «terribilmente noioso.»

«Ah» interviene Marianne. «Forse era solo nervoso?»

«Non era nervoso» sbuffa Doris. «Ha lavorato come assicuratore.»

«Allora non era un casanova?» chiede Mona con cautela.

«Non direi. Lo dovrei segnalare per pubblicità ingannevole. L'unica cosa che ha fatto è stata raccontare del suo lavoro. Ha parlato ininterrottamente per tre ore senza farmi neppure una domanda. Quando finalmente sono riuscita a dire qualcosa, chiedendogli quale fosse il suo libro preferito, lui ha risposto che leggere è una perdita di tempo. E la cosa peggiore è che nonostante tutto speravo che alla fine ci fosse qualche possibilità» dice portandosi le mani al volto.

«Ma, Doris, si è trattato di un primo tentativo» dice Mona appoggiando un braccio su di lei.

«E anche l'ultimo» replica l'amica. «Non voglio più avere appuntamenti. Preferisco stare da sola per il resto della mia vita.»

«Ma tu non sei sola» le ricorda Mona. «Hai noi.»

«Grazie. Ci sono rimasta talmente male... Credevo che uno che si fa chiamare Casanova fosse un uomo di grande fascino. Göran è stato carino in tutti i modi possibili, ma di sicuro non era un romantico. Ero già contenta che si ricordasse del mio compleanno e ancora di più se mi portava qualcosa dal negozio della stazione di servizio. Un anno mi ha regalato un coprivolante, molto utile per scaldarsi le mani, ma ho sempre sognato di essere corteggiata come si deve. Come si legge nei libri. Voglio incontrare Noah di *Le pagine della nostra vita* o Heathcliff di *Cime tempestose*. Voglio un uomo che si innamori perdutamente di me, che mi guardi intensamente, con cui scambiare baci appassionati. Göran mi rivolgeva sguardi profondi solo quando mi mettevo davanti alla televisione.»

«Io adoro Jamie della saga fantasy *Outlander*» dichiara

Mona con aria nostalgica. «Sapete, quella serie di libri con la protagonista, Claire, che viaggia indietro nel tempo. Lui è così rustico e forzuto, ma anche sensibile. Non dimenticherò mai quella saga.»

«Avete letto *La moglie dell'uomo che viaggiava nel tempo*?» chiede Patricia. «È una storia davvero romantica. E triste. Ho pianto come una bambina quando l'ho letto.»

«Gli uomini romantici sono più rari degli unicorni» sentenzia Marianne appoggiandosi allo schienale.

«Forse a quel Rolf manca un po' di esperienza?» domanda Mona mentre riempie le loro tazze di caffè. «Magari lui non ha capito che conversare è più divertente se si è in due a parlare?»

Doris tira fuori una bustina di plastica sgualcita con dentro un piccolo trofeo giocattolo e la appoggia sul tavolo.

«Che cos'è?»

«Un regalo per me.»

«Be', questa è una cosa carina.»

«Leggi il biglietto» dice risoluta indicando la busta.

Marianne legge ad alta voce.

«*Congratulazioni! Hai vinto un altro appuntamento con me.*»

«Okay, è senza speranze» ammette Mona sospirando. «Poverina... Posso prepararti qualcosa di buono?»

Doris si strofina gli occhi.

«Dovrei andare a casa e guardare un paio di film con Paul Newman per riprendermi, ma i dolcini alle mandorle in effetti andrebbero bene.»

«Te li preparo.»

«E anche i *semlor*» aggiunge Doris. «Nessuno li fa buoni come te, Mona.»

«È una specie di panino dolce ripieno di panna montata» spiega Marianne a Patricia. «Ovviamente io non li mangio mai.»

Doris apre la sua borsa frugando per un po' fino a che non trova quello che stava cercando.

«Ecco» dice passando un biglietto a Patricia. «Questo è il numero di telefono e l'indirizzo di Greta, nel caso volessi provare a contattarla.»

«Grazie. Proverò a chiamarla, se non mi risponde credo che andrò direttamente a Stoccolma.»

Un uomo coi capelli biondi rasati appare sulla porta; si girano tutte. Indossa un paio di pantaloni blu da lavoro e una maglietta nera a maniche corte.

«Salve» esclama Mona alzandosi. «È l'idraulico?»

«Sì. Avevate un problema con…»

«… le tubature» lo precede Mona. «Possiamo partire dalla cucina» dice facendogli strada.

* * *

Una volta finito, l'idraulico lascia l'hotel e Doris si sbriga a raggiungere Mona, in piedi dietro al bancone, che si massaggia la zona lombare.

«Come stai?» domanda Doris.

«Insomma. La schiena è sempre contratta.»

«Poverina. E con l'idraulico com'è andata?»

«Non bene» risponde Mona trascinandola da una parte così che le altre non possano sentire.

«Perché?»

«Non si tratta solo di un paio di tubi da cambiare. Il problema riguarda tutto l'impianto e poi lo scaldabagno inizia a fare i capricci» dice sospirando. «Non posso permettermi di aggiustare tutto.»

«Forse potresti chiedere un aiuto alla banca?»

«Ci ho già provato, ma mi hanno detto di no. Non ho garanzie per un prestito.»

Doris si contorce le mani. «Vuoi che ti presti un po' di soldi? Non ho chissà quale somma da parte, ma Göran aveva aperto un libretto di risparmio e qualcosa c'è.»

«Sei molto gentile, ma assolutamente no» risponde Mona decisa. «So bene che la tua pensione non è alta.»

«Chiedi a Marianne allora» dice indicando con prudenza il tavolo della colazione. «Ti aiuterebbe di sicuro.»

«Mai e poi mai» esclama Mona rossa in viso. «Non devi dirle nulla. Nemmeno a Erika, non voglio che si preoccupi.»

«Certo, te lo prometto» la rassicura Doris.

Mona si lascia andare su uno sgabello e fa un profondo sospiro.

«Non so davvero che fare. Questo posto appartiene alla mia famiglia da più di cent'anni e io sto per perderlo.»

«Andrà tutto bene» la consola Doris. Non ha mai visto Mona così turbata.

«Dovessi perdere il mio hotel davvero non saprei cosa fare. È la mia vita. Ci ho investito tutto quello che avevo, tempo, amore e ogni corona messa da parte. Senza questo albergo non sono niente.»

«Capisco come ti senti» dice Doris «ma vedrai che tutto si risolve.»

«E come?» replica Mona. «Per anni mi sono convinta che i difetti potessero solo aumentarne il fascino. Che le assi di legno sciupate e il rumore delle tubature potessero caratterizzarlo, ma adesso non posso più prendermi in giro. L'hotel ha bisogno di essere ristrutturato, lo so bene. E sto facendo di tutto per poter guadagnare abbastanza per pagare i lavori, ma non basta.» Solleva lo sguardo e Doris vede la preoccupazione nei suoi occhi.

«È solo questione di tempo, prima o poi lo scaldabagno smetterà di funzionare e inizierà a piovere dal tetto.»

Doris appoggia un braccio sulle spalle dell'amica, stringendola a sé.

«Non sei sola. Io farò il possibile per poterti aiutare» le sussurra. «A cominciare dal quiz letterario. Ti prometto che cercherò di attirare più gente possibile, così da poter guadagnare un bel po' di soldi.»

«Stavo pensando di mettere un tavolo anche fuori dall'hotel e proporre dolci e caffè ai passanti» dice Mona tirando su col naso. «Che ne dici?»

Doris annuisce, ma poi le torna in mente che anche Rut aveva deciso di vendere dolci durante il festival estivo. «Di sicuro andrà bene» risponde. «Ora devo andare.»

«Va bene» dice Mona alzandosi.

L'amica le fa una carezza sulla guancia.

«Insieme ce la faremo.»

«Grazie» sorride Mona. «Lo sai quanto apprezzi il tuo aiuto, vero?»

«Sì, lo so» risponde Doris prendendole la mano. «Fatti coraggio. Vedrai che non perderai il tuo hotel, non lo permetterò.»

# 37

## Giovedì 9 luglio 1987

Madeleine è seduta sul muretto che circonda la spiaggia e sta aspettando Desirée, che sta sciacquando il suo costume nell'acqua. È una bella giornata. Il sole splende e le rondini volano alte nel cielo sereno.

Da lontano proviene il suono di un peschereccio che avanza sbuffando, e per la prima volta la spiaggia è piena di gente. Circa venti persone sono sparpagliate lungo la riva, intente ad aprire ombrelloni o a distendere le coperte a quadri. Fino a oggi ad affollare la costa sono stati soprattutto gli abitanti del luogo, ma Madeleine sospetta che tra non molto i turisti scopriranno questo posto. Ljusskär è un paradiso e la sorprende che non ci abitino più persone.

In lontananza vede un bambino camminare a passo deciso sulla sabbia. È più alto di Matthew, ma come lui ha i capelli color biondo scuro e sembra avere la stessa età. In una mano ha un secchiello di plastica rosso e nell'altra una paletta e un rastrello; le sue piccole dita riescono a malapena a stringere i manici.

Lei lo guarda mentre si ferma. Qualcosa ha catturato la sua attenzione; lo vede raccogliere un sasso rotondo che, con grande fatica, infila nel secchiello.

Il bimbo alza gli occhi incontrando lo sguardo di Madeleine, che gli rivolge un sorriso. Vorrebbe così tanto che Matthew e

Patricia venissero a trovarla in Svezia. Suo nipote sarebbe felicissimo di giocare su questa spiaggia, di correre libero lungo il bagnasciuga e di raccogliere conchiglie e sassi levigati.

Il bambino fa oscillare il secchiello al punto da perderne la presa, rovesciando a terra parte del contenuto. Mentre si china per raccogliere ciò che gli è caduto, la paletta gli scivola di mano.

Madeleine cammina verso di lui. Ci sono un bel po' di ciottoli sparsi sulla sabbia e lei lo aiuta a rimetterli dentro.

«Che bei sassi.»

«Sono ventidue» risponde lui entusiasta. «Veramente ne avevo ventitré, ma uno l'ho perso. Per fortuna ne ho trovato un altro, sennò ne avevo solo ventuno.»

«Davvero molto belli» ripete Madeleine.

Un passerotto si è posato sul muretto e gira la testa di lato. Il bambino lo guarda e ride. Proprio come Matthew i suoi denti sono piccoli e arrotondati con il diastema nel mezzo.

«Mi chiamo Mats» dice. «Ho quattro anni, ma ne faccio cinque a novembre e allora è autunno.»

«Io mi chiamo Madeleine e ho vent'anni.»

«Venti anni. Sei grande» constata il bambino.

Si sente una voce gridare in lontananza. Madeleine è talmente concentrata su di lui da non comprendere le parole. Una donna li raggiunge a passo spedito e capisce che si tratta di sua madre, che lo stava cercando.

La signora si ferma accanto a loro e riprende fiato, poi appoggia una mano sulla spalla del bimbo.

«Non puoi allontanarti così! Mi prendo paura se sparisci.» Rivolge al figlio uno sguardo di rimprovero, poi allunga una mano. «Sono Evy» dice. «Non credo che ci siamo mai incontrate prima.»

«Molto piacere, Madeleine» risponde lei. «Sono nuova qui a Ljusskär.»

La donna si scuote la sabbia dai pantaloni.

«Fai parte della Libera Chiesa» dice come di sfuggita.

Madeleine annuisce, ma dalla reazione di lei si rende conto che la cosa non le piace. Evy appoggia una mano sulla schiena di Mats, spingendolo via.

«Vieni, andiamo a casa ora.»

Il bambino fa una smorfia.

«Voglio giocare ancora.» Affonda la mano dentro al secchiello, sceglie un sasso e lo porge a Madeleine. «Tieni. Prendilo. Adesso ne ho solo ventuno, ma non fa niente.»

Lei prende la pietra mentre la madre del bimbo si sforza di sorridere.

«Dobbiamo andare» ripete. «Grazie dell'aiuto.»

Prende la paletta e il rastrello, poi anche Mats per la mano, trascinandolo verso la strada che porta al paese prima di incontrare per l'ultima volta lo sguardo di Madeleine. «Stai attenta» le dice. Proprio in quel momento sente la voce di Desirée e si volta; quando torna a guardare la strada Evy e Mats sono scomparsi.

La compagna di stanza ha ancora i capelli bagnati, che le aderiscono alla schiena. Nonostante sia vestita ha l'asciugamano addosso.

«Cosa voleva?»

Madeleine alza le spalle. «È stato suo figlio a iniziare a parlare con me. Sai chi è?»

«Quasi tutti conoscono Evy» afferma Desirée strizzando il costume così da far gocciolare l'acqua sulla sabbia.

«Che vuoi dire?»

«Allora...» inizia a spiegare. «Io non ci ho mai parlato, ma ho sentito dire che a lei non piace la nostra parrocchia.»

«Ah sì? E perché?»

«Si è messa in testa un sacco di cose non vere» spiega Desirée infilando il suo costume in una busta di plastica.

«Quali cose?»

«Non mi va di parlarne.» Si pulisce la sabbia dalla maglietta e il suo sguardo si accende. «Prendiamo un gelato? Uno di quelli soffici con la granella sopra.»

«Certo» risponde Madeleine, anche se in realtà vorrebbe sapere altro a proposito di quella signora. Ma Desirée si è già incamminata e si rende conto che la conversazione è finita.

Con il gelato in mano l'amica le racconta qualcosa che ha fatto il pastore Robert, ma Madeleine le presta ascolto solo a metà. Non riesce a smettere di pensare a ciò che le ha detto quella donna: che dovrebbe stare attenta. Che cosa intendeva dire?

Anche lei è cresciuta in un paese piccolo e sa quanto sia facile immaginarsi le cose e mettere in giro false voci. Chiunque visiti la Libera Chiesa non può che parlarne bene, raccontando quanto sia meravigliosa. Ogni giorno si accorge di quanto significhi la parrocchia per le persone di Ljusskär, perché contribuisce a creare una comunità. Eppure non riesce a smettere di pensare alle parole di Evy.

«Però non saprei» dice Desirée facendo ruotare il suo gelato. «Tu che ne dici?»

Madeleine fa una piccola smorfia. «Di cosa?»

«Dei miei capelli» replica l'amica con un sospiro. «Mi faccio la frangia oppure no?»

«Stai bene in ogni modo» e fortunatamente Desirée sembra soddisfatta della risposta. Continua a parlare del suo nuovo taglio di capelli e Madeleine si sforza di ascoltarla, ma i suoi pensieri la portano in un'altra direzione. È grata di essere entrata a far parte della chiesa e vuole essere leale nei confronti della parrocchia, ciò nonostante pensa ancora che ciò che è successo ad Amanda sia strano.

Desirée parla ancora dei suoi capelli e lei la segue a fatica. Vorrebbe smettere di rimuginare, ma per quanto ci provi non riesce a liberarsi dalla sensazione incalzante che qualcosa non torna.

# 38

## Lunedì 24 giugno

La strada davanti a Doris è coperta dalla sabbia che si è alzata per il vento, e mentre cammina la sente scricchiolare sotto le scarpe. Da piccola se ne andava in giro sempre scalza e ancora ricorda la sensazione dell'asfalto scaldato dal sole sotto ai piedi e dell'erba che le solleticava le dita.

Con il telefono fra le mani riflette su quante siano le probabilità di convincere Rut a non vendere dolci durante il festival estivo. Per quanto ne sappia, la parrocchia non ha mai cercato di guadagnare qualcosa in quel modo prima d'ora.

Mentre pensa a ciò che Rut potrà dire, si sente a disagio. Non vuole litigare con lei, ma sa quanto sia importante per Mona che le vendite vadano bene durante l'evento, e l'ultima cosa di cui ha bisogno è la concorrenza da parte della chiesa.

Cerca il numero di Rut nella rubrica del cellulare. Anche sullo schermo il suo nome ha un che di austero. Fa un profondo respiro, poi preme su "Chiama".

Squilla diverse volte prima che qualcuno risponda e quando finalmente lei accetta la chiamata si sente un crepitio.

«Pronto, sono Rut Lindberg.»

«Ciao Rut, sono Doris.»

«Ah. Cosa vuoi?» chiede spazientita, come se fosse stata appena distolta da una questione di estrema importanza.

Doris si schiarisce la voce.

«Ecco, in effetti mi sarebbe venuta un'idea. Stavo pensando che durante il festival estivo potremmo vendere le nostre creazioni artigianali.»

Sente Rut sospirare. «I lavori a maglia, in piena estate? Credi davvero che qualcuno voglia comprarsi un cappello di lana a giugno?»

«Ma ci sarebbero anche i quadretti a punto croce» propone Doris. «E i copriteiera e quei bei calzettoni.»

«Cosa mi tocca sentire...» mormora Rut prima di alzare la voce. «Grazie per la proposta, Doris, ma credo che ci limiteremo a fare i biscotti.»

«Ne sei sicura, perché...» riesce a dire prima che Rut riagganci.

Fissa lo schermo, poi rimette il telefono in borsa. Sente lo stomaco in subbuglio al pensiero di Mona. Non osa nemmeno immaginare che cosa farebbe l'amica se non riuscisse a mantenere il suo hotel. Per non parlare di ciò che significherebbe per Ljusskär. Ogni paesino ha bisogno di un punto di riferimento in cui le persone possano andare quando si sentono sole o dove prendersi un caffè.

Cammina senza meta fra le case sbirciando nei giardini in fiore. Molti dei cittadini di Ljusskär si trasferiscono altrove durante i mesi invernali, ma non appena arrivano le belle giornate primaverili con loro i tulipani, ecco che tornano per spolverare gli arredamenti esterni, dare l'olio alle pedane di legno e tirare fuori i barbecue.

Gira l'angolo e intanto vorrebbe sapere come fare per aiutare Mona. Secondo quanto le ha detto l'amica mancano diversi soldi e il quiz letterario non potrà mai farle guadagnare abbastanza. Qualche passo avanti però si può fare.

Fa un sospiro rassegnato; vorrebbe avere denaro a sufficienza per aiutarla, ma il suo lavoro all'asilo d'infanzia non le ha mai reso molto. Anche Göran era solito dire che era vergognoso che lei e le sue colleghe venissero pagate così poco.

Doris vorrebbe che ci fosse un altro modo per fare un po' di soldi. Vincere al Lotto non è così facile. Potrebbe provare su Youtube; ha letto sul giornale che chi ci lavora guadagna davvero molto e pare che non sia così difficile. L'unica cosa che uno deve fare è registrarsi mentre parla di qualcosa. Deve solo capire come fare ad accendere il vecchio computer di Göran.

Un venticello fresco la avvolge ed è assalita da un altro pensiero. Se Mona perdesse il suo B & B and B potrebbe anche lasciare Ljusskär. Potrebbe trasferirsi! Non riesce neanche a immaginare come sarebbe vivere senza di lei.

Procede lentamente lungo una staccionata di legno bianca, dalla forma ondulata e con dei pomelli rotondi sulla cima dei pali. Nel tentativo di distrarsi da quei brutti pensieri si ferma a guardare alcuni cespugli di ortensie che si protendono verso il sole. Le grandi infiorescenze sfumano dal rosa al rosso scuro ed emanano un dolce profumo.

Si sofferma ad annusare quei fiori e sporgendosi in avanti nota che dall'altra parte del cespuglio c'è qualcuno in piedi.

«Ciao!» la saluta Yusuf allegro. «Che piacere trovarti qui.»

«Ciao» risponde Doris sorpresa. Era talmente presa dal suo mondo da non essersi resa conto da che parte stesse andando. «Come sono belle» aggiunge indicando i fiori.

«Grazie. Adoro le ortensie.»

«Anch'io» concorda Doris. «Quanto vorrei averne una così in giardino.»

«Posso aiutarti a metterla a dimora, non è affatto difficile.»

«Sei gentile. Sì, niente male come idea.»

Per un attimo scende il silenzio e Yusuf si dondola sui talloni.

«Sai, ho una cosa per te. Fai il giro e vieni sul retro, così ti faccio vedere.»

Doris esita. Non sa bene cosa rispondere. Yusuf è simpatico, ma non è dell'umore per parlare con qualcuno.

«Io… non sto molto bene» dice, e un attimo dopo si sente mancare.

«In tal caso insisto che tu entri per sederti un minuto.»

Lei si guarda intorno. È a due minuti da casa, ma sente le ginocchia cedere e ha paura di cadere.

«Va bene.» Alla fine si arrende e procede con prudenza lungo la recinzione.

La villetta rivestita di pannelli di legno è circondata da un ampio giardino di cui Yusuf sembra prendersi molta cura. Sul retro c'è una terrazza lastricata, con un tavolino e delle sedie eleganti, che si affaccia su un piccolo frutteto e una serra non troppo grande. Doris si guarda intorno sbalordita. Da fuori non si indovinerebbe mai quale tesoro si nasconda lì dietro. Melker, il bassotto a pelo ruvido di Yusuf, si avvicina per salutare, ma poi torna subito a sistemarsi all'ombra nella sua cuccia.

Yusuf la aiuta a sedersi, poi si dirige verso una delle sue aiuole. Raccoglie qualcosa, facendo ritorno con in mano un piccolo bouquet.

«Violette notturne» dice indicando i suoi capelli.

«Grazie» risponde Doris prendendo i fiori.

«Come ti senti?»

«Di sicuro è la pressione» replica lei.

«Ti va di mangiare qualcosa?» Il volto di Yusuf si illumina mentre con la testa fa un cenno verso il muro dietro di lei, dove all'interno di cinque vasi crescono delle piante di pomodoro attorcigliate a una spalliera. «Sono i primi della stagione» dice orgoglioso raccogliendo un ciliegino bello rosso. «Assaggia.»

Doris prende il pomodorino e lo mangia. È caldo di sole e ha un sapore appena acidulo. «Buonissimo» mormora masticando.

Lui riempie una vaschetta con alcuni pomodori e la appoggia sul tavolo di fronte a lei.

«Prendine ancora. Posso offrirti anche una tazza di caffè? Oppure, ancora meglio, una centrifuga fresca di carote e rape rosse. È deliziosa.»

Doris non può fare a meno di sorridere di fronte al suo entusiasmo. Si vede che ama davvero il suo orto.

«Grazie, con piacere.»

Yusuf entra in casa e poco dopo torna con due bicchieri di succo. Si siede accanto a lei guardandola incuriosito mentre assaggia la bevanda. Doris beve un sorso e si rende conto che il centrifugato è più dolce di quanto pensasse.

«L'hai fatto tu?»

«Sì, certo» sorride lui. «Ma devo ammettere che la verdura l'ho comprata. Le mie piante non sono ancora del tutto mature.»

«Da quanto tempo fai l'orto?» chiede Doris interessata.

«A casa, in Turchia, mio padre faceva il contadino, così ho imparato a farlo fin da piccolo. Ma una volta trasferitomi in Svezia non potevo permettermi una casa con giardino, così i miei figli sono cresciuti al decimo piano di un palazzo a Malmö. Ma naturalmente non abbiamo mancato di coltivare tutto ciò che si poteva sul balcone» racconta ridendo.

Doris annuisce.

«E come mai allora ti sei trasferito qua?»

Yusuf abbassa lo sguardo. «Mia moglie si è ammalata» mormora. «Mi ero convinto che cambiare ambiente e avvicinarsi alla natura potesse esserle di aiuto. Così ci siamo trasferiti a Ljusskär e abbiamo iniziato a coltivare l'orto. Immagino sia stato un modo per affrontare quello che stava accadendo. Ci siamo trovati qualcosa che ci tenesse impegnati, così da non concentrare tutti i nostri pensieri sulla malattia. Un contadino ha sempre da fare: seguire le coltivazioni, far crescere le piantine, preparare le talee, sistemare i pomodori, innaffiare, procedere al raccolto, mettere da parte i semi, potare e poi ricominciare tutto da capo.» Sospira, e quando torna a incontrare lo sguardo di Doris i suoi occhi sono tristi. «Ero sicuro che coltivare frutta e verdura e dedicarsi ai fiori potesse darle conforto» spiega. «E infatti le piaceva, ma non è bastato. Elif se n'è andata due inverni dopo il nostro arrivo.»

Doris beve un altro sorso di succo.

«Mi dispiace molto. Mio marito Göran è morto da circa un anno e mezzo. È sconfortante perdere la persona con cui si è deciso di passare la propria vita.»

«L'ho incontrato un paio di volte durante l'assemblea del Consiglio cittadino» dichiara lui annuendo. «Era molto gentile.»

«Sì, molto.»

Yusuf solleva il suo bicchiere invitandola a brindare.

«Alle persone di cui sentiamo la mancanza» dice, e Doris concorda.

Per un attimo restano seduti in silenzio, poi lo sguardo di Yusuf si accende.

«Mona mi ha detto che avete organizzato un club del libro.»

«Sì, è così. Io adoro i libri» aggiunge.

«Anche io» dice lui sorridendo. «Hai mai letto qualche autore turco?»

«No, credo proprio di no.»

«Ho un romanzo molto bello, se vuoi te lo posso prestare.»

Yusuf si alza ed entra in casa, poi torna con un tomo.

«*Il mio nome è rosso*» le anticipa passandoglielo.

«Sembra interessante» afferma Doris dopo aver dato un'occhiata alla descrizione sul retro di copertina. «Orhan Pamuk ha vinto il premio Nobel per la letteratura, giusto?»

«Sì, nel 2006» risponde lui entusiasta. «Organizzammo una festa nel nostro appartamento per festeggiare. Una cena turca da Nobel.»

Doris ride. L'allegria di Yusuf è contagiosa; si rende conto di non averlo mai preso in considerazione, con quel suo simpatico codino di cavallo.

«Sono felice che tu sia qui» continua lui. «Sto cucinando la *kofta*, qualcosa di simile alle polpette di carne, che pensavo di mangiare con dell'insalata e le patate novelle. Se ti va di restare ce n'è anche per te.»

Doris sposta pensierosa la sua treccia viola sulla spalla. Il giorno precedente il suo appuntamento era finito talmente male da farle decidere di non voler essere corteggiata più da nessuno; ma questo dopotutto non è un vero appuntamento. E poi in effetti non ha altro da fare.

Incontra timidamente lo sguardo di Yusuf.

«Volentieri» risponde sorridendo.

# 39

Evy cammina avanti e indietro nella sua piccola cucina. Una parte di lei ha sempre saputo che prima o poi quello che era successo nella Libera Chiesa sarebbe venuto a galla, ciò nonostante non si sente pronta. Lasciarsi andare ai ricordi è come un pugno allo stomaco; nel tentativo di distrarsi si aggira frenetica per casa.

Si chiede come sarebbero andate le cose se non avesse cercato di aiutare le ragazze della parrocchia. Lei e Mats sarebbero forse sfuggiti agli sguardi e alla sensazione di essere tagliati fuori? Si sarebbero risparmiati di trovare biglietti intimidatori nella cassetta delle lettere? E, cosa più importante, gli altri ragazzi avrebbero aspettato suo figlio sul pontile controllando che fosse uscito dall'acqua prima di andare via?

Quest'ultimo pensiero le provoca un'ulteriore stilettata. Evy si appoggia a una parete. Non vuole ripensare a quel giorno, si sente morire.

Si volta verso il telefono. Ricorda come Mats fosse solito giocare con il vecchio apparecchio facendo girare i numeri e ascoltando il suono quando la ruota tornava indietro. A volte faceva finta di chiamare qualcuno che gli stava simpatico: la nonna, Babbo Natale o Tarzan.

Appoggia la mano sulla cornetta e la solleva. In realtà non

vorrebbe farlo. Preferirebbe continuare a ignorare quello che era accaduto, ma non ce la fa più. La sorella di Madeleine merita una spiegazione.

Lentamente digita le cifre. Sente squillare. Una, due, tre, quattro volte prima che si senta uno scatto.

«Sì, pronto?» La voce è debole, quasi un sibilo, ma il tipico accento si nota ancora; Evy deglutisce con forza.

«Ciao, sono io.»

«Ciao, Evy.»

«Come stai?»

«Come al solito. È successo qualcosa?»

Lei fa un profondo respiro.

«È venuta qui.»

«Come? Chi?»

«Patricia.»

Cala il silenzio. Poi, dopo qualche minuto, si sente di nuovo la voce.

«Perché me lo stai dicendo?»

«Perché ha viaggiato fin qui dagli Stati Uniti. Penso che dovresti incontrarla.»

«No, non posso. Lo sai che mi sono buttata tutto alle spalle. Non sono più la stessa persona.»

Evy si morde le labbra. Non è la sola a voler dimenticare che cosa è successo.

«Ti prego» la esorta. «Pensa a ciò che ha passato. Non credi che abbia il diritto di sapere?»

Evy sente il suo respiro dall'altra parte della cornetta. Un profondo inspirare ed espirare, poi un tintinnio e la telefonata si interrompe.

# 40

## Giovedì 6 agosto 1987

Rut ha chiesto a Desirée di aiutarla nei preparativi per il circolo di lavoro a maglia, così Madeleine trascorre la serata in camera, con una caraffa di tè e lo stereo preso in prestito dalla cucina. Distesa sul letto ascolta ancora una volta il nastro che Jonas ha registrato per lei.

È la prima volta che riceve una raccolta di canzoni da parte di qualcuno, ed è una sensazione speciale sapere che l'ha fatta apposta per lei. Ha scelto le canzoni, le ha messe nell'ordine che voleva e poi ha scritto i titoli sul cartoncino: solo per lei.

Madeleine chiude gli occhi mentre ascolta il cantante degli U2 intonare *I'll show you a place, high on the desert plain, where the streets have no name*. Pensa alle volte in cui lei e Jonas si sono ritrovati soli. C'è qualcosa fra di loro, lo sente. Eppure, cosa ne sa lei dell'amore? E poi lui sta frequentando anche altre ragazze, almeno stando a quanto dice la sua compagna di stanza.

Desirée non potrebbe mai mentirle, giusto? Ma se Jonas non è interessato a lei, perché mai le avrebbe registrato quella cassetta? Sembra un po' più di un semplice gesto di amicizia.

Sprofonda ancora di più nel letto, appoggiando la testa sul cuscino. Nonostante le sensazioni contrastanti non riesce a fare a meno di fantasticare su di lui. Immagina di averlo lì davanti, mentre appoggia le sue braccia su di lei, avvicinandola a sé per sussurrarle qualcosa all'orecchio, così che le loro guance si sfiorino.

Ogni movimento le provoca un fremito. Prova brividi di benessere e la voce di Jonas è decisa e dolce allo stesso tempo. *Madeleine*, dice nel suo sogno. *Madeleine, tu mi piaci*. E mentre la bacia, dapprima delicatamente, poi con passione, il sogno le sembra talmente reale da provare un capogiro.

Quando si sveglia la camera è avvolta nell'oscurità. Con gli occhi semiaperti si guarda intorno lasciando scivolare le mani lungo il corpo. Insonnolita si strofina la faccia. È ancora vestita e guarda l'orologio, che segna le undici e un quarto.

Si volta verso il letto di Desirée, ma è vuoto. Perché non è qui?

Un brivido la scuote. La sua amica non resta mai alzata fino a tardi, oltretutto esiste una regola: tutti a letto entro le dieci e mezza. E se le fosse successo qualcosa?

I pensieri si rincorrono e per qualche secondo Madeleine è davvero preoccupata, ma poi sente qualcuno parlare. Voci sommesse provengono dall'altra parte del muro.

Lentamente si alza e raggiunge la porta. La apre appena e nota che le luci della sala riunioni sono accese. Scorge Desirée in piedi vicino alla cucina che abbraccia qualcuno.

Poco dopo riesce a capire di chi si tratti. La compagna di stanza sorregge in piedi a fatica Aino, che ha la testa appoggiata sulla sua spalla. È tutto molto strano, come se stesse ancora sognando.

Sente qualcuno singhiozzare. Aino sta piangendo.

Madeleine fa un passo verso il corridoio e si accorge che ci sono anche Rut e il pastore Robert. Sono in piedi in disparte e parlano animatamente.

Si avvicina un altro po' per poter sentire cosa stanno dicendo. Il pastore Robert ha un'espressione seria, le guance arrossate e gesticola nel discorrere.

«Non va bene» mormora. «Dobbiamo affrontare la cosa e contattare l'amministrazione.»

«È stato *un* incidente» protesta Rut. «E ti ho detto che me ne posso occupare io.»

«Perlomeno lascia che io telefoni ai suoi genitori.»

«No» dice lei con forza. «Tu non chiamerai nessuno. Il pastore è malato, ha bisogno di aiuto. Cosa pensi che ne sarebbe della parrocchia se questa storia venisse fuori?»

Desirée alza lo sguardo in direzione di Madeleine; lei fa un passo indietro, nascondendosi nell'ombra. Ma è troppo tardi, l'hanno vista, e Rut e il pastore Robert smettono di parlare.

Desirée lascia andare Aino e le va incontro.

«Cos'è successo?» chiede Madeleine.

«Non è niente» sussurra l'amica lanciando un'occhiata verso Rut. «Torna a letto. Domani ti racconto.»

Madeleine esita. Non vuole tornare in camera, ma poi incontra il gelido sguardo della signora Lindberg e fa come le è stato detto. Chiude la porta, indossa il pigiama e si infila sotto le coperte.

Resta in ascolto, ma non sente più nulla. Chiude gli occhi temendo di non riuscire ad addormentarsi, ma con sua grande sorpresa le palpebre si fanno pesanti.

Si volta verso il muro ricoperto dalla tappezzeria a righe gialle. Ha mille pensieri per la testa, ma è difficile fare chiarezza; si convince che sia inutile tirare a indovinare. Di qualsiasi cosa si tratti, Desirée le riferirà tutto domani.

Quando Madeleine si desta Desirée è nel suo letto. Assonnata si mette seduta strofinandosi il viso. Con stupore si accorge che sono già le nove.

Tenta di deglutire, ma la bocca è secca e le sembra quasi di aver ingoiato sabbia. Cerca con gli occhi qualcosa da bere e si chiede che cosa possa aver reso Aino tanto triste.

In camera non c'è acqua e Madeleine fa scivolare le gambe oltre il bordo del letto e con cautela sposta lo stereo, ancora appoggiato sul pavimento. Prende il suo beauty case dal comò e l'asciugamano appeso dalla parte interna della porta, poi esce silenziosa dalla stanza.

Si avvia verso il bagno, ma vedendo la porta della camera di Aino socchiusa si sofferma.

L'amica è seduta per terra a braccia conserte. Il letto è rifatto con cura. La trapunta color giallo limone è ben distesa e i due cuscini sono al loro posto.

Madeleine bussa e la ragazza ha un sussulto.

«Ciao» dice piano. «Come stai?»

Aino non risponde.

«Ti ho sentita ieri sera» aggiunge Madeleine. «Sembravi triste. Che ti è successo?»

Lo sguardo dell'altra è vuoto e fisso sulla parete davanti a lei.

«Niente» mormora.

«Sei sicura? Con me puoi parlare.»

Aino la guarda. «Grazie» dice sorridendo appena. «Ma va tutto bene.»

«Se cambi idea dimmelo.»

«Certo» risponde.

Madeleine prosegue verso il bagno. Anche se è curiosa di sapere che cosa le è capitato non vuole metterle pressione.

Tornata in camera si accorge che Desirée è sveglia. È seduta con la schiena appoggiata contro la testiera del letto e la coperta tirata su fino al mento.

«Ciao» dice Madeleine a voce bassa chiudendo la porta.

«Ciao» risponde lei guardandola con i suoi grandi occhi.

Madeleine si siede sul bordo del letto e ripone il suo beauty case.

«Ora devi dirmi cos'è accaduto ieri sera.»

«Va bene» dice lei. «Ma deve rimanere fra di noi.»

«Certo» replica Madeleine.

«Non so se hai saputo che il padre del pastore sta male.»

Lei scuote la testa.

«Non lo sapevo nemmeno io, prima che Rut me lo raccontasse. A quando pare sta per morire. E il pastore ovviamente è molto turbato. Ieri sera voleva parlare con Aino. Non so che cosa sia successo esattamente ma lui si deve essere arrabbiato e le ha urlato contro.» Abbassa la voce avvicinandosi. «Sembra che le abbia addirittura messo le mani addosso, in un modo strano che l'ha fatta sentire a disagio.»

Ripensa a quando Lindberg le si era messo dietro tenendola stretta.

«Okay.»

«Sì, poi Rut è entrata e Aino si deve essere impaurita; ha iniziato a piangere. Come ti ho detto non so tutto, ma sai, lei è molto sensibile.»

Madeleine fissa l'amica. Sembra del tutto tranquilla mentre racconta l'accaduto, come se ciò che è successo ad Aino non fosse minimamente degno di nota.

D'un tratto Madeleine si accorge che i suoi capelli umidi hanno bagnato il pavimento. L'amica scende dal letto e le passa un asciugamano.

«Grazie» mormora piegandosi per asciugare le piccole chiazze d'acqua.

Desirée indossa una camicia da notte lunga fino alle ginocchia con sopra Snoopy. Madeleine si ritrova vicino alle sue gambe abbronzate. «Povera Aino» dice. «Forse dovrebbe parlare con un dottore o cose simili.»

«No, non credo ce ne sia bisogno» risponde Desirée. «Rut e io abbiamo parlato con lei e la moglie del pastore le ha spiegato che lui non sta bene. Si prenderà una pausa per un po' e sua moglie ha disposto che incontri uno psicologo.»

Madeleine annuisce.

«Però è davvero terribile che lei stia così male.»

«Già» dice Desirée inarcando le sopracciglia. «Ma Aino è fatta così. Abbiamo tutti qualcosa che non va.»

Madeleine la guarda incuriosita.

«Che intendi dire?»

«Be', che tutte abbiamo passato dei brutti momenti. Per questo il pastore ci ha scelte. Vuole aiutarci a guarire.»

«Te l'ha detto lui?»

Desirée si passa una mano fra i capelli. È incredibile che possa avere un simile aspetto pochi minuti dopo essersi alzata dal letto. I suoi riccioli biondo-dorati incorniciano armoniosamente il volto e le rosee guance le conferiscono un aspetto vivace. «Siamo povere anime ferite che il pastore vuole colmare con l'amore di Dio» dichiara pensosa.

Madeleine d'un tratto prova un senso di nausea. Nessuno le ha detto che lei fosse arrivata fin qui perché è "una povera anima ferita". È così che la vede il pastore? Per questo è stata scelta?

Si veste più veloce che può. Sente che deve andarsene da lì, anche se non sa dove.

«Che fai?»

«Niente» risponde evitando di incontrare lo sguardo di Desirée. «Vado a fare un giro.»

Allacciandosi i pantaloni percepisce qualcosa di duro contro la gamba. Dentro a una tasca c'è un sasso levigato. Madeleine lo tocca con le dita, saggiandone la superficie liscia, poi si mette la giacca di camoscio e lascia la stanza.

# 41

## Giovedì 27 giugno

«Devo metterci le uova nella torta?» Doris si gira e incontra lo sguardo di Mona. «È ovvio…»

«No che non è ovvio, ti pare? Si tratta di un dolce povero che preparavano durante l'occupazione tedesca.»

«Scusami» dice Doris frugando nella pila di fogli di carta davanti a sé. Una volta trovato quello giusto lo solleva trionfante. «Ecco la ricetta.»

Mona si avvicina zoppicando e agguanta il foglio.

«Come va la schiena?» continua Doris.

«Mi fa ancora male, ma passerà» risponde lei arricciando il naso. «Devo solo preparare tutti i piatti per il quiz letterario, cucinare il pranzo per gli anziani e fare da mangiare per gli ospiti di domani.»

Doris la fissa. Si chiede se non abbiano deciso di fare troppe cose. In realtà Patricia si è offerta di aiutarla a fare la spesa e lei sta pensando di dare una mano a Mona in cucina. *Sicuramente andrà tutto bene*, cerca di convincersi. Tuttavia è un po' preoccupata; si sono iscritte davvero poche persone. Yusuf ha promesso di consigliare il quiz letterario a chiunque conosca, ma lei non sa dire se sia sufficiente, e si sta pentendo di non aver pubblicizzato di più l'evento.

«Ci sono anche le altre ricette» dice continuando a sfogliare il mucchio. «Quella del curry, della torta al cioccolato, del soufflé, dei pomodori verdi fritti e dello stufato di manzo.»

Mona afferra gli altri fogli e si siede al bancone.

«Hai un'idea di quante persone ci saranno?»

«Ho appeso la lista nella piccola bacheca in veranda» spiega Doris. «Finora si sono iscritte una ventina di persone, ma credo che ce ne saranno molte di più.»

«E hai scritto che per partecipare il prezzo è di 150 corone?» chiede Mona incredula.

«Sì. E che è compreso il caffè e che il menù di degustazione è a tema letterario.»

«Va bene. Preparo la lista della spesa.»

Doris annuisce e tira fuori il questionario che i partecipanti alla gara dovranno compilare. Scorre il testo ancora una volta. Marianne ha promesso di farne delle copie presso gli uffici del Comune.

Lancia un'occhiata all'orologio. Non appena lei e Patricia avranno fatto la spesa inizieranno a lavorare in cucina. Doris fa un conto delle ore a disposizione. Sul volantino che hanno appeso fuori c'è scritto che il quiz letterario inizia a mezzogiorno. Era stata Marianne a proporre quell'orario. Se gli ospiti hanno fame, possono ordinare qualcosa per pranzo durante il gioco.

Doris rilegge velocemente il questionario. Non sa dire quanto tempo possa durare la gara. Spera che Marianne non affretti le cose o che al contrario non la tiri per le lunghe facendola durare troppo.

Il suo cellulare squilla e lei ha un sussulto.

«Pronto» risponde mentre mette in ordine i libri a cui sono ispirate le domande del quiz. Ha intenzione di appoggiarli su un tavolo vicino a Marianne.

«Doris, sono Rut.»

Lascia andare i libri e assume una postura eretta.

«Ciao, Rut. Come stai?»

«Non ho tempo per fare conversazione.»

«Capisco» risponde Doris con educazione alzando gli occhi al cielo. «Di che si tratta, allora?»

«Mi chiedevo cosa porterai per la gara di dolci.»

Doris impietrisce. Aveva immaginato che fosse sufficiente donare dei biscotti per il mercatino. Di solito porta i tipici frollini finlandesi alle mandorle, ne ha un bel po' nel congelatore e aveva pensato di tirarli fuori in serata. Prima che possa risponderle, Rut insiste.

«Il dolce al cioccolato, la torta di carote, di banane, al limone, quella con le mandorle, la torta di mele, di pere e di lamponi sono già state scelte, perciò dovrai pensare a qualcosa di diverso.»

«Non so se faccio in tempo» spiega lei cauta. «Ma ho da parte i biscottini alle mandorle, quattro buste piene.»

La voce di Rut si fa, se possibile, ancora più aspra.

«Sì che ce la fai. Pensa all'orfanotrofio» dichiara in tono severo. «Ti aspettiamo con la torta pronta entro e non oltre le undici. E non dimenticarti che si tratta di una gara. So che non sei una grande pasticciera, ma potresti almeno provare a decorarla.»

«Certamente.»

«E poi conto su di te anche per aiutare durante la giornata» aggiunge. «Quel quiz letterario non potrà poi durare così a lungo...»

«Farò del mio meglio, ma abbiamo tante cose a cui pensare. E Britt mi ha detto che siete già in tante a...» mormora ma poi, accorgendosi che Rut ha già riagganciato, si ferma.

Sospira. Sa che non la perdonerebbe mai se non facesse ciò

che le è stato chiesto, ma che dolce potrebbe fare? I suoi cavalli di battaglia sono la torta ai lamponi con cioccolato bianco e il banana bread glassato con le noci, ma a quanto pare questi ingredienti sono già stati scelti.

Cerca di non pensarci. Improvviserà, una volta rincasata stasera.

Patricia scende le scale e Doris la saluta.

«Sei pronta per andare a fare spese?»

«Assolutamente» dice la donna americana.

«Grazie. Ho davvero bisogno di tutto l'aiuto possibile.»

«Sei stressata?»

«Sì, abbastanza» ammette. «In effetti non so come riusciremo a fare tutto, ma in qualche modo lo faremo.» Doris abbassa il tono della voce. «È importante che tutto vada bene, per Mona. È piuttosto difficile per lei mandare avanti l'hotel da sola e ha davvero bisogno di fare un buon incasso.»

«Capisco» dice Patricia annuendo. «Cercherò di aiutare più che posso.»

«Grazie. A proposito, com'è andata poi con Greta, sei riuscita a metterti in contatto?»

«No, purtroppo no. Ma ho prenotato un volo per Stoccolma. Ci vado domani, in giornata.»

«Che peccato, così ti perdi il quiz letterario.»

«Lo so» risponde Patricia. «Mi dispiace molto. Ma fra due giorni tornerò negli Stati Uniti, e non ce la faccio a stare qui ad aspettare senza fare niente. Se qualcuno sa qualcosa su Madeleine devo provare a parlarci.»

La porta dell'hotel si apre e Doris si accorge con stupore che si tratta di Yusuf. Quando Melker la vede inizia a scodinzolare tirando il guinzaglio.

«Ciao» dice Yusuf.

«Ciao! Che ci fai qui?»

Lui le rivolge uno sguardo sconsolato.

«Dovevamo pranzare insieme.»

Doris sente il calore salirle alle guance. Si è proprio dimenticata dell'appuntamento con lui.

«Scusami. Siamo un po' indietro con i preparativi per il festival estivo» spiega «e non penso di farcela.»

Nonostante Yusuf le sorrida a lei sembra di scorgere nei suoi occhi una certa delusione.

«Ho capito» dice lui. «Spero che vada bene domani. Dirò del quiz letterario a tutti quelli che incontro.»

Doris sta per ringraziarlo quando Marianne entra di corsa. Ha in mano i suoi appunti e li agita con furia.

«Questa cosa non va» esclama battendo un pugno sul tavolo. «È un testo troppo lungo, non ce la farò mai a impararlo in tempo per domani.»

Doris scuote la testa. Con la coda dell'occhio nota che Yusuf sta uscendo. Cerca di salutarlo, ma Marianne si è messa nel mezzo.

«Non c'è bisogno che tu lo impari tutto» spiega. «Puoi tenere il testo in mano.»

«Non si tratta solo di questo» si lamenta Marianne. «Non c'è scritto da nessuna parte se e quando devo fare una pausa tra le varie battute. Ho bisogno di conoscere l'impostazione» sospira. «E poi non ho la più pallida idea di come si pronunci *Quetzalcóatl*, da cui prende il nome la torta al cioccolato.»

«Va be', nessuno lo sa» dice Doris scherzosa, ma l'altra non si scompone minimamente.

Si gira verso Patricia, frustrata. Hanno tantissime cose da fare, ma senza Marianne il quiz letterario non può funzionare.

«Ti scoccia aspettare ancora qualche minuto?»

«Certo che no.»

«Vieni» dice Doris, facendo cenno a Marianne «riguardiamo insieme il copione. E cerchiamo di capire come si pronuncia il nome di quella divinità messicana.»

# 42

## Venerdì 7 agosto 1987

Madeleine è in piedi con le mani in tasca e intanto il proprietario del chiosco sta aprendo la porta dall'interno. Il cielo è grigio. Nuvole basse e pesanti la sovrastano, l'aria è fredda.

Le brontola lo stomaco, ma non è per questo che si trova qui. L'uomo che lavora al chiosco non fa parte della chiesa e Madeleine ha intenzione di chiedergli se sa dove abiti Evy.

Vede passare un anziano signore insieme al suo cane e si volta per fare in modo di non essere riconosciuta.

In realtà non sa che cosa sia accaduto di preciso la sera precedente. Aino le ha confermato che sta bene. E Desirée ha ragione nel dire che Madeleine ha vissuto momenti difficili. Forse il pastore Lindberg è soltanto mosso dalla passione nei confronti delle persone che sono state ferite. Forse vuole solo aiutare e adesso semplicemente sta male anche lui. Ma poi ripensa allo schiaffo che gli ha visto dare a Jonas. Anche quello era un segno della sua sofferenza?

In effetti avrebbe voglia di parlare con Jonas. Tocca il piccolo ciondolo che porta al collo. Vorrebbe dargli qualcosa per ringraziarlo della musicassetta.

Finalmente il proprietario del chiosco socchiude la porta e Madeleine spiega la questione. Mentre lui parla i suoi grandi e folti baffi si muovono. Per qualche interminabile secondo sembra pensarci, poi solleva una mano indicando la strada principale.

«La casa grigia con le finestre blu» mormora.

Madeleine cammina a passo veloce. Non sa perché, ma non vuole essere vista da nessuno. Arrivata di fronte alla piccola abitazione bussa forte e decisa alla porta, ma non succede nulla.

Sbircia dalla finestra. Non vede altro che un semplice studio arredato. Una sedia da ufficio grigia è sistemata di fronte a una scrivania ad angolo in legno di pino. Se Evy non è in casa, non sa dove altro andare.

Ripensa alla conversazione avuta a proposito di Amanda e a come sia Rut sia il pastore Lindberg abbiano tentato di convincerla a lasciar perdere la faccenda. Davvero è per il suo bene che si rifiutano di parlare di ciò che è accaduto, oppure c'è un'altra spiegazione?

Si stringe nella giacca e bussa ancora più forte. Evy deve essere in casa, Madeleine ha bisogno di sapere che cosa significa ciò che le ha detto alla spiaggia.

Passa un altro minuto, poi la chiave gira nella serratura.

Quando Evy apre, dapprima sembra non riconoscerla, poi Mats fa la sua comparsa. La saluta allegro porgendole un furgoncino giocattolo dei pompieri con la scala bianca messa di traverso.

«Salve» dice lei. «Si ricorda di me?»

«Entra» risponde Evy tenendo la porta aperta.

Madeleine non chiede niente da mangiare, ma deve sembrare affamata perché la donna prepara del tè e quando le chiede se vuole un po' di pane col burro accetta volentieri.

Da principio non si dicono gran che, Mats invece sta giocando sul pavimento con il suo furgoncino e parla quasi ininterrottamente.

Quando il tè è pronto Evy si siede al tavolo di fronte a lei, il suo sguardo è serio. Accarezza la testa di Mats chiedendogli se vuole giocare con le costruzioni Lego, e lui dice sì, poi sparisce in un'altra stanza.

Madeleine stringe la tazza calda fra le dita intorpidite e sorseggia il suo tè. Evy le passa il cestino del pane e lei ne prende una fetta, la imburra e la mangia velocemente.

Sembra che Evy sappia già perché la ragazza è lì, eppure la giovane non riesce a iniziare il discorso. Si morde le labbra pensando a ciò che vuole chiederle, ma poi Evy apre bocca.

«Come stai?»

Madeleine non ha proprio avuto modo di pensare a sé in tutto questo.

«Bene» dice.

Evy la osserva in silenzio.

«Sto bene» ripete, stavolta con più convinzione. «In realtà sono qui principalmente per farti una domanda.»

«Certo» annuisce lei.

«Quando ci siamo incontrate in spiaggia mi hai parlato e vorrei capire cosa intendevi.»

«Ti riferisci al "dover stare attenta"?» chiede lei senza staccarle gli occhi di dosso.

«Già, proprio così.»

Evy appoggia la sua tazza fissando il tavolo. La fronte è corrugata dai pensieri e la severa espressione del viso le conferisce un aspetto austero.

«Vivo a Ljusskär da cinque anni e in tutto questo tempo ho visto molte giovani donne approdare alla Libera Chiesa.»

Madeleine cambia posizione. È seduta su una vecchia panca di legno con il piano imbottito, che sembra essere del XIX secolo.

«Sì, fa parte del progetto di scambio internazionale.»

«Esatto.» Evy fa una pausa girando il tè, poi solleva lo sguardo. «Che cosa credi che volessi dire?»

Madeleine deglutisce. Le sembra di avere dentro una bolla gigante che sta per scoppiare.

«Sai chi è Amanda?»

«No» risponde Evy. «Ma so chi è Debra. Arrivò qui quattro anni fa e la incontrai per caso. Mats ha avuto difficoltà a dormire fino a che non ha avuto un anno, così ero spesso fuori con il passeggino e un giorno la vidi seduta da sola in spiaggia. Le chiesi come stava e lei scoppiò a piangere. Era incinta e non sapeva dove andare.»

«Incinta?» ripete Madeleine. «E di chi?»

Evy si aggiusta i corti capelli color sabbia.

«In un primo momento non volle dirmelo. Il pensiero di ciò che sarebbe potuto succedere se la verità fosse venuta a galla la spaventava a morte.»

«Stai dicendo che qualcuno della chiesa l'ha…» Madeleine si ferma.

«Quello che so è che chi arriva qui spesso ha avuto un passato difficile» continua Evy con voce monotona. «Si tratta sempre di giovani donne, deboli e facili da manipolare.»

«No, questo non è vero» dice Madeleine alzando le mani in segno di protesta. «Non è per questo che veniamo qui. Il pastore Lindberg ci vuole aiutare.» Le parole sgorgano dalle sue labbra, eppure proprio mentre le pronuncia si accorge lei stessa di essere in dubbio.

Evy piega leggermente la testa di lato. Adesso il suo volto ha un'espressione più dolce.

«I molestatori sono spesso abili a costruire un rapporto di fiducia con le loro vittime. In questo modo è difficile per loro potersi ribellare. Debra mi raccontò di essere innamorata di lui. Che credeva che volesse lasciare la moglie e iniziare una nuova vita con lei.»

Madeleine sospira. Pensa a ciò che le ha detto Desirée, cioè che Evy ce l'ha con la parrocchia. Ma per quanto tenti di allontanare le sensazioni contrastanti che crescono in lei non ci riesce. In qualche modo, nel profondo, hanno già attecchito.

Comincia a tremare contorcendosi le mani. È tesa e infreddolita. Evy si alza e torna indietro con una coperta, appoggiandola sulle sue spalle.

Madeleine si morde un'unghia. Come può esserle sfuggito tutto questo? Come può essere stata così sciocca?

Pensa a ciò che Rut ha detto al pastore Robert. Che si era trattato di un singolo incidente. Ma se quello che Evy le ha detto è vero deve essere già successo altre volte. Per questo Amanda era stata rispedita a casa? Anche lei era stata una vittima?

Immagina il pastore Lindberg davanti a sé e un brivido le attraversa il corpo. Madeleine si sente tradita. E lei che aveva creduto di potersi fidare della parrocchia, del pastore, di Rut.

Tremante si stringe nella coperta. Tutto il suo corpo le grida di andarsene. Di fuggire verso casa, a Mill Creek, e non tornare mai più.

«Quante sono?» chiede senza alzare lo sguardo.

«Non lo so» risponde Evy. «Che io sappia il pastore Lindberg aveva avviato il programma già durante gli anni Settanta e da quando vivo a Ljusskär, come ho già detto, ne ho viste molte di giovani andare e venire.»

Madeleine stringe in un pugno il suo ciondolo a forma di nota musicale.

«Non si dovrebbero dire cose del genere, a meno che non si abbia la certezza assoluta che sia tutto vero.»

«No» concorda Evy risoluta. «Ma non fare niente sapendo che lo è credo sia peggio.»

«Hai parlato con qualcuno della chiesa?»

Evy guarda fuori dalla finestra.

«Ci ho provato, varie volte, ma nessuno vuole ascoltare.»

Madeleine ripensa al suo incontro con il pastore, quando le aveva appoggiato le mani intorno alla vita pregandola di raccontare di suo padre. Che cosa sarebbe successo se non fossero stati interrotti?

Mats chiama dall'altra stanza ed Evy si allontana. Madeleine chiude gli occhi. La stanchezza le scivola addosso e si sente sprofondare nel buio. Lentamente si distende sulla panca, rannicchiandosi sotto la coperta.

Deve trovare un modo per tornare a casa. Il biglietto è caro, lo sa. E non può certo chiedere aiuto alla chiesa. Ma che cosa ne sarà di Desirée e Aino se lei se ne va? Anche loro non possono rimanere.

Il rincorrersi dei pensieri la rende ancora più stanca. In lontananza l'allegra voce di Mats la fa sentire al sicuro e piano piano si abbandona al sonno.

# 43

## Venerdì 28 giugno

Patricia sta scendendo le scale con la valigia. Nelle ultime ore c'è stato molto movimento in hotel. Doris cammina avanti e indietro fra la cucina e la caffetteria, dove ha sistemato sedie e tavolini intorno a un palcoscenico improvvisato. Si chiede se ieri sera sia almeno tornata a casa.

Markus è sdraiato sul pavimento e sta collegando dei cavi. Su entrambi i lati del palco ci sono due altoparlanti e Marianne è in piedi di fronte a un microfono, che sta cercando di sistemare alla giusta altezza mentre prova la voce.

«*Quetzalcóatl* e *champandongo*» ripete di continuo cercando di eseguire alcuni esercizi di pronuncia.

Mona, in piedi dietro al bancone, mette in fila vassoi colmi di biscotti e insieme a Erika li sta contando. Lei e Lina a quanto pare dovranno occuparsi del banchetto che hanno sistemato fuori, lungo la strada. Erika ha preparato un cartello, che la figlia sta decorando con fiori e stelle di tutti i colori.

«Come va?» chiede Patricia quando Doris le passa accanto.

«Bene» risponde lei guardando l'orologio.

«Un po' stressante» mormora Mona. «Sarà tutto pronto appena in tempo per il quiz letterario.»

«Ma andrà tutto bene» dice Doris. «Faccio un salto a portare la mia torta di arance e zucca in chiesa per la gara di pasticceria, poi comincio a preparare la degustazione.»

«Sapete quante persone ci saranno?» chiede Patricia curiosa.

Doris e Mona si guardano a vicenda e scuotono la testa.

«Ieri sera eravamo a venticinque partecipanti» dice Erika.

«A che ora prendi il pullman?» domanda Mona.

«Fra venti minuti.»

Doris fa un cenno a Patricia. «Buona fortuna. Spero davvero che tu riesca a incontrare Greta e che lei sappia qualcosa di più, così da non aver fatto un viaggio per niente.»

«Grazie.» Da una parte vorrebbe rimanere per assistere al grande evento, ma sa anche che deve approfittare dell'occasione per cercare di parlare con Greta. La sera dell'indomani dovrà partire per rientrare a Mill Creek.

Erika torna dalla veranda. Ha il volto pallido.

«Che cosa c'è?» chiede Mona. «Sembra che tu abbia visto un fantasma.»

«Si sono iscritte molte più persone sulla lista» dice con un filo di voce.

«Ah» esclama Doris euforica. «E quante sono?»

«Centodiciassette.»

Mona scoppia a ridere.

«Ah ah. Molto divertente. Forza, adesso dicci quante sono, sul serio.»

«Non sto scherzando» dice Erika con la lista in mano. «Centodiciassette.»

Doris agguanta il foglio e conta velocemente.

«Dio mio, ma non abbiamo posto per così tanta gente.» Si volta verso Mona. «E adesso che facciamo?»

«Forse possiamo organizzare due turni?»

«E come pensi di fare?»

Mona alza le spalle.

«Ad ogni modo devo preparare altro da mangiare, altrimenti non basterà.»

Sparisce in cucina mentre Doris resta lì in piedi. Gli occhi spalancati e le guance di un rosso infuocato.

«Come ti senti?» le chiede Patricia.

«Tutto okay» risponde Doris ansimando e schiarendosi la voce. «Solo… non riesco a respirare molto bene.»

Patricia osserva l'amica con aria preoccupata, ma prima di riuscire a dire qualcosa il telefono le vibra nella tasca.

«Rispondi, non ti preoccupare» dice Doris.

Patricia esce nella veranda. Vorrebbe davvero restare ed essere di aiuto, ma se vuole arrivare in tempo all'aeroporto di Sturup deve partire subito.

Tira fuori il cellulare e sullo schermo vede lampeggiare il nome di Denise.

È sorpresa. Sua nuora non la chiama mai. Per un attimo esita, poi accetta la chiamata mentre con la valigia si dirige verso la fermata del pullman.

«Pronto» dice restando poi in attesa; si rende conto che a Richmond deve essere mattina presto.

«Ciao, Patricia. Sono Denise.»

«Ah, ciao» risponde lei. «Come va?»

«Bene, grazie. Un po' stanca ovviamente, ma niente di insolito. Zoey è stata sveglia stanotte per via dei suoi dolori della crescita e dato che non riuscivo a riaddormentarmi ho pensato di chiamarti.»

«Oh, povere voi.»

Sente Denise schiarirsi la voce.

«Ah, non fa niente. Tu come stai? Come va laggiù?»

«Bene» e non aggiunge altro.

Restano in silenzio.

«Ascolta» riprende sua nuora dopo un po'. «C'è una cosa di cui ti vorrei parlare.»

Sospira in silenzio. Che cosa vuole Denise da lei proprio ora? Dirle che sta pensando di trasferirsi ancora più lontano con la famiglia o forse che il Natale si sta avvicinando? Patricia non ha mai sopportato le persone che pianificano le cose nei minimi dettagli. Fare l'albero a casa di Denise è pura strategia militare: ogni decorazione ha il suo posto prestabilito e guai a sbagliare ad appenderla. Oltre a questo è solita inviare per mail un programma per i giorni festivi da seguire alla lettera. È preferibile che i bambini mangino solo caramelle disgustosamente naturali (offrire dolciumi dovrebbe essere un diritto inalienabile di ogni nonna!) e il tacchino deve essere sempre cucinato secondo la ricetta della sua famiglia (e se Patricia si offre di aiutare, lei ha anche la sfacciataggine di rispondere che non ha bisogno del suo aiuto perché "È già tutto sotto controllo, grazie mille").

«Dimmi» risponde un po' brusca.

«Ecco, sai quel messaggio che hai mandato a Matthew?»

«Sì?» dice sentendosi d'un tratto sul punto di svenire. Suo figlio ha forse l'abitudine di far leggere i suoi messaggi a Denise?

«Volevo solo farti sapere che non sa bene come risponderti. Si preoccupa di come tu possa reagire dopo la vendita di Mill Creek, ma io credo che sia una buona idea.»

Patricia ha un sussulto. «Ah, davvero?»

«Sono assolutamente sicura che sarebbe un bene per te andartene da lì. Più volte ho cercato di dirlo, ma Matthew ha paura di ferire i tuoi sentimenti. Noi saremmo entusiasti se tu venissi a vivere a Richmond. Di sicuro potrei farti avere un lavoro occasionale nella mia azienda, hanno sempre bisogno di gente nuova alla reception.»

Patricia non sa che cosa rispondere. Denise vuole che lei si trasferisca a Richmond? Scuote la testa. È possibile che si sia sbagliata su sua nuora per tutto questo tempo?

«Oh» è tutto ciò che riesce a dire, ma sembra che basti perché Denise continua a parlare.

«I bambini naturalmente ne sarebbero felicissimi, ma ancora non abbiamo detto loro niente. E se hai bisogno ovviamente possiamo venire a Mill Creek ad aiutarti a rimettere in ordine e imbiancare la casa, così che sia più facile da vendere.»

Patricia fa una smorfia. Che cosa significa "rimettere in ordine"? La casa non è forse già bella così com'è? Sta per replicare in difesa della fattoria di famiglia quando comprende ciò che Denise le sta davvero dicendo.

«Sei gentile» risponde.

«Sì, sai, chiaramente ci teniamo a darti una mano» aggiunge la nuora. «Possiamo riparlare della cosa quando sarai tornata a casa.»

«Va bene. Adesso devo andare. Grazie per aver chiamato e salutami Matthew e i bambini.» Patricia chiude la comunicazione. È commossa per quello che è appena successo e non sa come reagire.

Si guarda intorno confusa. Cinquanta metri più avanti c'è l'unica fermata del pullman di Ljusskär.

Patricia si ferma. Ha capito male oppure Denise l'ha appena chiamata per chiederle di trasferirsi a Richmond?

Guarda in direzione dell'hotel. Dovrebbe andare a Stoccolma. Cercare di rintracciare Greta per chiederle se ricorda qualcosa della scomparsa di Madeleine. Ma lei sa che probabilmente le darebbe la stessa risposta degli altri: che è passato tanto tempo e che non ha assolutamente idea di che cosa sia successo quel giorno. Ammesso che riesca a incontrarla. Patricia non è ancora riuscita a mettersi in contatto con lei e avrebbe solo un paio d'ore a disposizione per poterla trovare prima di fare ritorno.

Si sente combattuta. Pensa a Mona, a quanto sia stata gentile e accogliente, e a Doris, che ha fatto di tutto per aiutarla.

Scorge il pullman arrestarsi in fondo alla strada. Se si mettesse a correre farebbe ancora in tempo, invece si volta e torna indietro.

* * *

Fuori dall'hotel si snoda una lunga fila di persone e Doris prende un profondo respiro. Non le piace parlare di fronte alla gente, ma è stata lei a dare l'avvio al progetto e non può certo tirarsi indietro.

Lentamente si alza in piedi all'interno della veranda e si schiarisce la voce. «Salve a tutti e benvenuti al quiz letterario dell'anno al Bed & Breakfast and Books di Mona. Dal momento che si sono iscritte molte persone divideremo la giornata in due turni, il primo adesso e il secondo alle due. Coloro che non rientrano nel primo turno possono accomodarsi in giardino per una tazza di caffè oppure fare un giro del nostro bel paese, dove potranno trovare anche altre attività.»

Un uomo con un berretto a righe alza la mano.

«È vero che il quiz letterario è condotto da Marianne Stanford?»

«Sì, è così.»

Si diffonde un brusio. Doris deve mettersi in punta di piedi per poter vedere tutti. Saluta Liselott, la vicina di casa di Mona, che insieme ad altre persone che abitano nei paraggi le ha prestato gli arredi da giardino. Alcuni si sono già messi a sedere qua e là e a giudicare dalla folla che circonda il buffet con dolci e caffè sembra che in molti abbiano deciso di approfittare e mangiare qualcosa.

Lina corre verso Doris.

«Abbiamo bisogno di altri panini al formaggio» dice allegra.

«Bene. Vai subito a dirlo alla nonna.» Dà un'occhiata al suo orologio da polso e si accorge che presto sarà ora di iniziare.

Dentro l'albergo c'è ancora più confusione. Quasi tutti i posti intorno al palco sono stati occupati e Doris calcola velocemente sessantaquattro persone.

*È stata una vera fortuna che Patricia abbia deciso di rimanere*, pensa. Senza il suo aiuto in cucina e Markus che sta alla cassa non ce l'avrebbero mai fatta.

Doris si guarda intorno. Tutte le portate sono pronte e in cucina Mona e Patricia stanno preparando altre porzioni per il secondo turno. L'unica che non si riesce a vedere da nessuna parte è Marianne.

Fa un giro nella caffetteria e alla fine trova la sua amica di infanzia dentro l'ufficio di Mona. È in piedi, di spalle alla porta e quando Doris entra lei ha un sussulto.

«Ciao» le dice. «Tra poco si comincia.»

Marianne annuisce. Indossa un vestito blu cobalto con le maniche a farfalla e delle scarpe bianche col tacco e con piccole pietre preziose.

«Va bene» risponde armeggiando maldestra il suo copione.

Vedendola così agitata Doris entra e chiude la porta.

«Come ti senti?»

Marianne fissa il pavimento.

«Insomma...» dice asciugandosi il sudore che le ha imperlato la fronte.

Doris la guarda stupita. Non capisce come una stella del cinema come lei possa sentirsi così nervosa a fare da conduttrice di un quiz letterario in un piccolo hotel di paese. Ma scorgendo il suo sguardo intimorito prova tenerezza per lei.

«Vedrai, andrà bene» afferma decisa.

«È da parecchio che non salgo su un palco» mormora l'amica come per scusarsi.

«Non essere nervosa. Prometto che sarò nelle vicinanze del palco per aiutarti.»

«Te lo ricordi il nome di quella divinità, nel caso in cui mi perdessi?»

«Certo» risponde Doris. «*Quataquata-qualcosa*.»

Marianne scoppia a ridere.

«Sembra perfino peggio di come lo pronuncio io.»

Per un attimo cala il silenzio, ma poi Doris le si avvicina. «Insieme ce la faremo» dice prendendo la sua mano.

Lei sorride, trattenendola quando si appresta a raggiungere la porta.

«Senti. Ho bisogno di dirti una cosa.»

«Ah» fa Doris voltandosi. «E cosa?»

«So di non essere stata una buona amica» dice incontrando il suo sguardo. «Sono sempre stata troppo presa da me stessa.»

Doris è sorpresa. Questo davvero non se lo aspettava.

«Avrei dovuto chiamare quando Göran se n'è andato» aggiunge Marianne. «Non ci sono davvero scuse, ma non sapevo cosa dire. Non ci sentivamo da troppo tempo.»

Doris sbatte le palpebre. «Non fa niente» mormora.

«Invece sì. Avevi perso la persona più importante della tua vita e io non sono nemmeno stata capace di alzare il telefono.» Marianne ha lo sguardo sfuggente. «Mi vergogno. Perdonami.»

«È tutto okay» risponde Doris sorridendo.

«Allora, siamo ancora amiche?»

«Sì» dice Doris. «Siamo amiche. Però adesso dobbiamo andare. È mezzogiorno passato.» Fa un cenno verso la porta. «Sei pronta?»

Marianne corregge la postura.

«*Quetzalcóatl*» replica risoluta.

* * *

Erika mette Lina a dormire su uno dei divanetti della caffetteria. È stata una giornata impegnativa; rivolge un'occhiata a sua madre che se ne sta su una sedia con lo sguardo perso nel vuoto.

«Come va?»

«Sono distrutta.»

«Ma ce l'abbiamo fatta» aggiunge Marianne. «E le vendite devono essere andate incredibilmente bene.»

Mona annuisce. «Non ho ancora fatto i conti alla cassa, ma sono abbastanza sicura che abbiamo superato ogni record.»

«Quando abbiamo sparecchiato il tavolo non era rimasto quasi più nulla» dice Erika. «E il quiz letterario… non è stato un successo?»

«Sì, grazie a voi» risponde Doris sfoggiando un gran sorriso. «Marianne è stata una presentatrice fenomenale. E gli stuzzichini preparati da Mona erano una favola. Avreste dovuto sentire gli elogi quando hanno assaggiato lo stufato di manzo e i pomodori verdi fritti.» Si volta verso Patricia. «Per non parlare di te. Non riesco a credere che tu abbia annullato il tuo viaggio solo per noi.»

«Mi ha fatto molto piacere aiutarvi, e anche poter gustare tutte quelle bontà. Ed è stata una tua idea.»

«Qualcosa di buono dovrà pur venire fuori dal leggere tanti libri» dichiara Doris con imbarazzo.

«Credo proprio che ci siamo meritate dell'ottimo vino»

propone la proprietaria dell'albergo. Tenta di alzarsi ma poi si blocca, appoggiandosi una mano sulla schiena.

«Ti fa sempre male?» chiede Erika preoccupata.

«Ma no, sono solo un po' intorpidita.»

«Vado io a prendere il vino. Devo sceglierne uno in particolare?»

«Sì, quello portoghese. Iniziamo con due bottiglie. Porta anche un po' di formaggio e dei crackers. E le mie alghe sottaceto.»

Erika apparecchia la tavola con il vino e un vassoio con lo spuntino. Marianne apre entrambe le bottiglie e riempie i bicchieri.

Quando Patricia riceve il suo, sospira. «Non riesco a credere che sia la mia ultima sera a Ljusskär.»

Doris le appoggia una mano sul braccio. «Mi dispiace molto che tu non sia riuscita a scoprire altro su tua sorella.»

«Anche a me, però sarà bello tornare a casa. Da quando sono arrivata qui non ho fatto che rimuginare su Madeleine, e ho bisogno di staccare un po'.»

«So esattamente cosa intendi» dice Marianne. «Ho avuto lo stesso problema quando è morta mia madre. Ero nel bel mezzo delle riprese di un film, ma non riuscivo a pensare ad altro che a lei, e a come era solita entrare in camera mia dopo essere stata a una festa e raccontarmi tutte le cose divertenti che aveva fatto. In una scena mi capitò addirittura di pronunciare il suo nome di fronte a un attore.»

«Mi ricordo di lei,» esclama Mona «era così bella con quei suoi capelli chiari e il rossetto rosso... Assomigliava a Marilyn Monroe.»

«Era polacca» spiega Marianne a Patricia «e si rifiutava di adeguarsi alle norme svedesi. Usciva di casa solo se agghindata di tutto punto e mi accompagnava a scuola indossando pelliccia e abiti eleganti.»

«Mi ricordo quel cappotto che ti aveva cucito, color porpora con la pelliccia rosa intorno al colletto. Ero terribilmente invidiosa, mia mamma non mi avrebbe mai lasciata andare in giro vestita a quel modo» dichiara Doris ridendo.

«E quella gonna oro che metteva sempre?» aggiunge Mona. «Quella era fantastica.»

«*Mia madre* era fantastica, ma negli ultimi tempi era anche molto difficile» ammette Marianne. «Litigava con tutti. Penso di aver assunto una cosa come ventisette infermiere durante l'ultimo anno: la maggior parte di loro ha rinunciato.»

«Un brindisi alle nostre mamme» propone Mona alzando il bicchiere.

«Comunque fa un certo effetto pensare che tra un po' starà a noi» mormora Doris.

«Parla per te» la riprende Marianne. «Mi sto avvalendo di ogni tipo di terapia. Io vivrò per sempre!»

«Hai davvero un aspetto incredibile» dichiara Patricia con gentilezza. «Non riesco a capire come la tua pelle possa essere tanto liscia.»

«Forse tutti quei Martini hanno fatto da idratanti per la pelle» scherza Doris.

«Molto divertente» risponde stizzita. «A proposito, ho notato che qualcuno ha fatto visita a Yusuf l'altro giorno. Come mai?»

«È stato un caso, passavo di lì» replica Doris.

«"Passavo di lì." Non ci credo neanche un po'» continua Marianne in tono provocatorio.

«Quanto tempo sei stata sposata con tuo marito?» chiede Patricia.

«Quarant'anni» risponde Doris.

«*Wow*. Impressionante.»

Marianne inarca le sopracciglia.

«Veramente! Io non sono riuscita a sopportare i miei mariti per più di due anni» dichiara ridendo. «La mia relazione più duratura, a parte quella coi miei figli, è stata con un bulldog francese di nome Principessa Leila. Era molto più intelligente di tutti i miei ex messi insieme. E russava meno.»

Erika sorride. Le piace ascoltare le amiche di sua madre raccontare la loro vita.

«Qual è il segreto per una relazione duratura allora?» chiede.

«Credo che abbia a che fare con l'imparare a resistere alle intemperie» risponde Doris pensosa. «Certamente non va bene andare avanti se uno dei due sta male, ma anche un buon matrimonio ha i suoi giorni bui. Se si riesce a sopportarli, spesso in cambio si ottengono amore, lealtà e amicizia.»

Erika sfiora il suo cellulare. Lei e Martin si trovano nel bel mezzo di una tempesta: sarà possibile resistere?

«Avete mai pensato di separarvi?»

«Certo» conferma Doris ridendo. «Molte volte. Ma mai contemporaneamente. Penso che per alcuni matrimoni valga la pena combattere, soprattutto se si hanno dei bambini» aggiunge.

«Dio sa quanto sarebbe stato più facile per me se fossi riuscita a restare col padre dei miei figli» dice Marianne. «Ma d'altra parte non avrei avuto la mia carriera. *Je ne regrette rien!*» dichiara alzando le mani.

Erika volge lo sguardo verso Lina. Il pensiero che lei e Martin possano separarsi le provoca una fitta allo stomaco. Suo padre era morto quando lei era piccola e crescendo si era spesso immaginata come potesse essere avere entrambi i genitori. È proprio questo quello che vuole per Lina ed Emma.

Pensa a quanto Martin abbia lavorato duramente per mettere in piedi il suo studio contabile. Forse non si rende conto di quanto lavori e di cosa questo significhi per la sua famiglia. In effetti è già capitato che Erika si arrabbiasse senza che lui ne capisse il motivo. Suo marito ha l'intuito di un attaccapanni e spesso si comporta da vero ingenuo. Forse dovrebbe solamente spiegargli, usando parole semplici, che la situazione non è più sostenibile, ma che insieme possono trovare una soluzione.

Erika non vuole litigare ancora con lui e decide di fare un tentativo per chiarire come si sente scrivendogli un messaggio. Gli dirà che comprende che sia stressato per il lavoro, ma che il suo atteggiamento la fa sentire trascurata. Gli spiegherà quanto le estati passate insieme abbiano significato per lei e che aveva sperato che potessero trascorrere insieme anche questa. Infine aggiungerà che adesso è il suo turno di pensare alla carriera. È stata soprattutto lei a prendersi cura delle bambine e della casa mentre lui stava tirando su l'azienda, ma ora ha intenzione di rimettersi a studiare.

Rilegge il lungo messaggio, poi clicca su "Invia". Subito si sente sollevata. Adesso sta a Martin.

Mette via il telefono e vede sua madre uscire con il vassoio rifornito di formaggi.

«Mangiate» dice. «Ce n'è per tutti.»

Marianne si serve una piccola porzione e Doris le dà uno spintone.

«Quella è per un topolino, vero?»

«Spiacente, non sono una gran mangiona» sospira l'amica. «Mi dovete capire, ho dovuto gareggiare per tutta la vita con donne magre come grissini.»

«Quando vedi deperire una persona a cui vuoi bene certi

ideali non ti sembrano più qualcosa a cui aspirare» afferma Doris con rammarico.

«Chissà quante altre cose avremmo potuto fare se solo non ci avessero convinte di dover passare il tempo a contare le calorie e a fare le faccende domestiche» aggiunge Erika.

«Sono decenni che ho fame» si lamenta Marianne tagliando una fetta più grossa di brie.

«Poveretta» dice Mona. «Mangiare è una delle gioie della vita. Le mie curve mi ricordano che me la sto godendo.»

«Io ringrazio fin tanto che sto bene» continua Doris. «Ogni giorno mi sveglio e mi chiedo quale parte del corpo mi farà male.»

«Già, se non è la pressione sono le articolazioni o la memoria» dichiara Mona.

«Bisogna cogliere l'attimo e vivere al meglio finché si può. Ci sono ancora un sacco di cose che voglio fare, ma nessuno ritiene di dover chiedere a una donna della mia età che cosa sogni o che progetti abbia» ammette Doris sospirando. «Tutti pensano che possa bastare stare a casa e lavorare a maglia.»

«Quali sono i tuoi sogni?» la incalza allora Patricia sorridendo.

Doris assume un'espressione vaga. «Viaggiare. Vorrei vedere il mondo.»

«Vieni a trovarmi negli Stati Uniti!»

«Volentieri.»

«E quando rivedrai Yusuf?» chiede Mona.

«Avremmo dovuto pranzare insieme ieri, ma sono stata costretta a rimandare e ci è rimasto male.»

«Ma potrai sempre fissare per un'altra volta, no?» osserva Marianne.

«Non credo che sia una buona idea. Yusuf è incredibilmente gentile, ma non so se sono pronta per una nuova relazione.»

«Perché no?» chiede Mona.

«Ho paura che non vada come spero. E se non fosse chi penso? O, peggio, se dovesse restare deluso da me?»

Marianne prende uno dei cellulari appoggiati sul tavolo. «Questo è tuo?» chiede.

Doris annuisce. «Ma che fai?!» protesta poi.

«Fidati di me» mormora lei iniziando a scrivere. «Caro Yusuf, non faccio che pensare a te.»

Doris cerca di toglierle il telefono di mano ma l'amica si alza in piedi. «Ti desidero con tutto il mio corpo» continua sbirciando verso l'amica, che si è fatta rossa in viso.

«Non inviarlo» sibila nell'istante in cui si sente il suono di un messaggio spedito.

«Cosa hai fatto?!» grida Doris.

«Dovresti proprio bloccare il tuo smartphone con un codice» dice Marianne con aria soddisfatta.

Dal cellulare giunge lo squillo di una nuova notifica e Doris le sfila l'apparecchio dalle mani.

Con sguardo vitreo legge sullo schermo. Mona incuriosita si affaccia oltre la sua spalla.

«Ha risposto?»

«Dice che non riesce a venire a cena domani, ma che sono la benvenuta a pranzo domenica» replica sospirando. «Non hai scritto quello che stavi dicendo, vero?»

«Certo che no. Era uno scherzo» risponde Marianne versando altro vino.

«Non farlo mai più» mormora lei portandosi le mani al petto.

«Hai ragione» dice Mona ridacchiando. «Non è divertente.»

Lina si sveglia scivolando fuori dal suo giaciglio improvvisato. Ha il suo coniglietto di peluche sotto al braccio e indossa la camicia da notte, ereditata dalla sorella, che le sta lunga.

«Mamma, voglio stare con te» dice assonnata.

Erika annuisce e la aiuta a salire in braccio. Dopo essersi accomodata, la bimba urta un bicchiere di vino, ma la mamma riesce a riprenderlo al volo versandone appena un goccio.

«Stai attenta» la ammonisce più severa del previsto e Lina nasconde il viso tra le sue braccia.

«Ricordo quando i miei erano così piccoli» dice Patricia estasiata. «Sembra impossibile che debbano crescere e diventare grandi. Un giorno vogliono essere tenuti in braccio e quello dopo se la cavano da soli. Non vogliono più che li aiuti con i compiti o a lavarsi i capelli. Non ci si abitua mai veramente al fatto che da essere indispensabili si divenga poi inutili. E il peggio è che non puoi sapere quando ci sarà il passaggio. D'un tratto ti rendi conto che non ti sveglierai più con un corpicino caldo al tuo fianco.»

Sorride malinconica e intanto Erika stringe Lina ancora più forte. Patricia ha ragione. Era stato traumatico per lei quando Emma all'improvviso aveva cominciato a emanciparsi. Sembrò succedere tutto nel giro di una notte. E sa che tra non molto toccherà anche a Lina. Per adesso è ancora una creatura dai capelli arruffati che vuole farsi coccolare dalla mamma, ma da un momento all'altro vorrà farsi il piercing al naso, andare a raccogliere arance in una comunità kibbutz o assistere a un concerto indossando una maglia che lascia la pancia scoperta, con un pacchetto di preservativi nascosti male nella borsa (okay, forse a Erika era capitato di intrufolarsi nella vita di Emma, ma solo per controllare che lei non avesse preso degli alcolici).

Affonda il naso nel collo di Lina respirando il suo odore e intanto sente sua madre che ride. Mona le sembra felice, circondata dalle amiche, ma lei sa quanto stia anche soffrendo. L'ha vista in difficoltà mentre cercava di afferrare qualcosa da uno scaffale alto o quando doveva piegarsi. Erika sospira. Deve cercare di riprendere il discorso della vendita dell'hotel mentre è ancora alta stagione.

Lina si è riaddormentata sulla sua spalla e le sposta una ciocca di capelli dalla fronte. Vorrebbe davvero che ci fosse un modo per risolvere il problema. Si rende conto che sua madre ama vivere qui, ma non può continuare a mandare avanti l'albergo da sola. Non ce la può fare.

«Sono così grata e felice che siate qui» dice Mona.

«Già» replica Marianne dopo che si è scolata il suo terzo bicchiere di vino. «E a quanto pare potrò anche restare qui per un bel po'.»

«Smetterai di fare film?» chiede Doris.

«Così sembra» mormora lei. «Nessuno mi assegna più alcun ruolo. Evidentemente non conta quanto io sia brava, per i registi ormai sono troppo vecchia.»

«Ma non è affatto normale!» esclama Mona. «Tu sei una vera stella.»

«Non più» sbuffa Marianne. «Venticinque anni fa interpretavo la moglie di Pierce Brosnan. Adesso l'unico ruolo che mi possono dare è quello di sua madre in punto di morte.»

«Ma non stavi aspettando un copione da Spielberg?» chiede Doris.

«Ho mentito.»

«Oh, tesoro» dice Mona turbata.

Marianne fa spallucce, ma è chiaro che sia afflitta. «Non fa certo piacere, ma cosa ci posso fare? La forza di gravità non fa che contrastarmi.» Si versa altro vino. «Ho sempre saputo che prima o poi sarebbe finita così. Immagino che non mi resti che trovare un'altra vocazione. Potrei iniziare a fare la maglia come Doris.»

«Oh, ma che ingiustizia» dice l'amica. «Dovrebbero fare a pugni pur di lavorare con te.» Appoggia una mano sulla spalla di Marianne. «Ma almeno hai noi. Non penseremo mai che sei *troppo vecchia.*»

«Mai» si unisce Mona. «A proposito,» aggiunge poi «ci siamo scordati di queste.» Svita il tappo delle alghe sottaceto e le rovescia in una ciotola. «Prego, assaggiate.»

Marianne ne prende due e mastica lentamente.

«Davvero buone. Devono essere molto nutrienti.»

«Sì» conferma Mona. «Contengono tante vitamine e minerali. E antiossidanti a volontà.»

«Un autentico toccasana dunque. Le vendi?»

«Ci stavo pensando.»

«Secondo me il potenziale c'è» annuisce Marianne assaggiandone ancora un po'. «Dovresti venderle online.»

«Certo, se solo sapessi come si fa.»

A Marianne si accende lo sguardo. «Chiediamolo a Markus! Sono certa che sia in grado di creare uno di quei siti internet. E poi dovremo ideare delle belle etichette.»

«A proposito, come si è comportato?» chiede Doris. «Ho sentito che ha aiutato in cucina e che poi è stato alla cassa.»

«È molto bravo» afferma Mona.

«Vorresti forse assumerlo?» domanda Marianne.

«Lo farei volentieri, se potessi permettermelo.»

«Ha bisogno di un finanziatore» dichiara Erika. «E di aiuto. Sta diventando troppo difficile per lei mandare avanti l'hotel da sola.»

Appena pronunciate queste ultime parole, Erika si rende conto di aver detto troppo. Per un attimo Mona incontra il suo sguardo, poi abbassa gli occhi e intorno al tavolo cala il silenzio.

«Scusami» dice lei. «Non volevo intristirti, ma hai bisogno

di una mano. È troppo impegnativo per una persona sola. Ti fa male la schiena e io mi preoccupo che possa accaderti qualcosa.»

«Me la sono cavata per trent'anni, ci riuscirò benissimo per un altro po'» borbotta Mona.

«Mamma!» esclama Erika. «Non è più come trent'anni fa. Non capisci che può essere pericoloso lavorare quanto lavori tu?»

«Parli come se avessi cent'anni» protesta Mona incrociando le braccia.

Erika nota che le altre la guardano male, ma non riesce più a trattenersi.

«Lo so che non hai cent'anni, ma stai comunque per compierne sessantotto. Che cosa pensi sarebbe successo se non ti fossi accorta in tempo dell'incendio in cucina o se fossi caduta dal tetto prima dell'arrivo dei vigili del fuoco?»

«Sei salita sul tetto?» domanda Doris allarmata.

«Volevo controllare che un uccellino non fosse rimasto incastrato dentro al camino e poi non sono più riuscita a scendere. Ma è andato tutto bene» aggiunge Mona.

«Perché un vicino ti ha vista e ha chiamato aiuto» afferma Erika inarcando le sopracciglia.

«Allora cosa dovrei fare secondo te? Vendere l'hotel? Non ne ho intenzione, adoro vivere e lavorare qui.»

«No» interviene Marianne. «Non devi vendere, devi ampliare l'attività.»

«E in che modo?» chiede Mona seccata.

«Se darai lavoro a Markus e lo istruirai come si deve ci penserò io al suo compenso. E poi possiamo avviare seriamente la vendita delle alghe.»

«Dici davvero?»

«Assolutamente» conferma Marianne. «Il B & B and B è già fantastico così com'è, ha solo bisogno di essere ristrutturato un po'» aggiunge ruotando il barattolo vuoto delle alghe. «E ho la sensazione che questa cosa possa funzionare alla grande. "Le alghe di Marianne"» dice tracciando un segno in aria con le mani.

«"Le alghe di Mona"» la corregge l'amica.

«Sì, sì, di questo parleremo poi!»

«Ma è un'idea fantastica!» esclama Mona alzando il suo bicchiere con aria solenne. «Vorrei fare un altro brindisi, al club del libro migliore del mondo. Grazie infinite per avermi aiutata con il festival estivo, senza di voi non ce l'avrei mai fatta.»

Doris alza il suo bicchiere.

«Al club del libro migliore del mondo» ribadisce. «A proposito, come va con *Orgoglio e pregiudizio*?»

«Ho scoperto tutto su Mr. Wickham» dice Marianne. «Adesso lo odio almeno quanto Mr. Darcy.»

«Oh» mormora Doris. «Finisci di leggerlo così poi ne parliamo.»

Erika brinda insieme alle donne intorno al tavolo. È contenta di aver finalmente affrontato l'argomento. L'intervento di Marianne era proprio ciò di cui sua madre aveva bisogno e lei spera che possa cogliere l'occasione per poter risolvere tutti i suoi problemi, compresa la lettera ricevuta dalla società di recupero crediti.

Beve un sorso di vino. È stata una lunga giornata, si sente esausta. Lentamente prende il cellulare. Adesso che si è aperta con Martin è ancora più impaziente di ricevere una sua risposta. Ma lo schermo è vuoto. Nessun nuovo messaggio.

Spegne il telefono e lo mette via. Cerca di convincersi che il marito ha messo il cellulare in carica; di sicuro è per questo che ancora non le ha scritto. Se avesse letto il suo messaggio avrebbe risposto subito.

*Deve essere per forza così*, pensa appoggiando la guancia sulla testa di Lina, Martin non potrebbe mai volutamente ignorarla, giusto?

# 44

## Venerdì 7 agosto 1987

Quando Madeleine si sveglia dapprima non capisce dove si trovi. Sopra di lei è appesa una lampada di colore bianco con una griglia di plastica; la fissa finché non si ricorda di essere nella cucina di Evy.

Confusa si tira su. La tavola è sparecchiata, ma qualcuno ha appoggiato un bicchiere d'acqua e Madeleine lo beve tutto d'un fiato.

Evy appare sulla porta. Si è cambiata e ora indossa un camice azzurro da infermiera con pantaloni abbinati.

«Come ti senti?» chiede appoggiandosi sulla soglia.

Madeleine sospira. Non sa cosa rispondere.

«Tra poco devo andare al lavoro, ma tu puoi restare.»

Si guarda intorno mentre lei fa un sorrisetto.

«Se stai cercando Mats è con la sua tata.»

«Mi stavo solo chiedendo che ore sono.»

«Le due e mezza, hai dormito per diverse ore. È una reazione normale dopo uno shock.»

Madeleine si alza in piedi ed Evy indica un telefono verde appeso alla parete. «Se vuoi puoi telefonare alla tua famiglia.»

Esita. Di certo le farebbe piacere sentire la voce di sua sorella, ma non vuole far preoccupare Patricia senza che ce ne sia bisogno. Sarà meglio che la chiami quando avrà capito come fare per tornare a casa.

«Sei gentile, ma devo ancora andare a prendere le mie cose e ci sono un paio di persone con cui avrei bisogno di parlare.»

«Capisco» annuisce Evy. «Ma poi tornerai qui, giusto?»

«Certo.»

Madeleine piega la coperta e si dirige verso l'ingresso, ma viene trattenuta. Evy le appoggia una mano sul braccio con sguardo austero.

«Promettimi di stare attenta» dice porgendole un foglio. «Questo è il numero di casa e quello di dove lavoro. Se hai bisogno chiamami pure. Oggi sarò di turno fino a tardi, ma farò ritorno verso le dieci.»

Madeleine afferra il foglietto e lo infila in tasca.

«Va bene, grazie» risponde. Indossa la sua giacca di camoscio e lascia il piccolo edificio.

Fuori è ancora nuvoloso e le nubi sembrano cariche di pioggia. Madeleine trema e si abbottona la giacca mentre cammina verso la spiaggia. Ha bisogno di starsene in pace e di pensare.

Segue il sentiero che porta verso il mare. Tutt'intorno prosperano cespugli di rosa canina carichi di cinorrodi e la vegetazione psammofila si è estesa fino a spaccare i bordi dell'asfalto.

Cerca con lo sguardo un posto dove sedersi indisturbata. Prima di tutto deve capire con chi può parlare. Il volto del pastore Robert le si para davanti agli occhi, mentre ricorda di avergli sentito dire che avrebbe sempre rivolgersi a lui.

Spinge le mani dentro alle tasche. L'istinto le dice che il pastore Robert è una brava persona, ma aveva creduto la stessa cosa di Lindberg. Davvero se la sente di affidarsi al suo intuito?

Quando incontra due signore che passeggiano a braccetto si tira su il colletto della giacca salutando con un cenno della testa. Non appena scompaiono alla vista, taglia attraverso le dune di sabbia verso la parte nord della spiaggia, diretta alla panchina vicino al molo. Pensa di sedersi lì per un po' a ricaricare le energie prima di tornare alla Storstuga.

Una lacrima le scende su una guancia e lei subito la asciuga. Non era affatto così che aveva immaginato di trascorrere il suo tempo a Ljusskär. Adesso non avrà più alcuna possibilità di partire con Jonas per la Tanzania.

Una violenta raffica di vento le sferza il volto costringendola a chiudere gli occhi. D'un tratto si pente di non aver chiamato a casa. Avrebbe dovuto parlare con sua sorella e raccontarle quanto accaduto. Patricia le avrebbe saputo dire cosa fare.

Madeleine si strofina la fronte guardando verso il mare. Anche se è dura deve tornare indietro e raccontare ad Aino e a Desirée quello che ha scoperto. Ma prima deve escogitare un piano per poter tornare negli Stati Uniti.

# 45

## Sabato 29 giugno

Patricia prende la sua tazza di caffè ed esce nella veranda dal pavimento lastricato. L'ambiente è pieno di piante e alcuni raggi di sole si insinuano attraverso le nuvole scure.

Le altre hanno già preso posto sulle poltrone, foderate di vello di pecora di colore grigio argentato, e Patricia si avvicina a loro.

«Okay, ho finito di leggere» dice Marianne appoggiando *Orgoglio e pregiudizio* sul tavolo.

«Allora, che ne pensi?» chiede Mona incuriosita. «Non è male, vero?»

«Avrei apprezzato un po' più di passione. Un paio di scene di sesso qua e là non avrebbero guastato.»

«Ma non puoi dire una cosa simile» la interrompe Doris. «A quei tempi era così, non ci si poteva nemmeno toccare e tantomeno scrivere di sesso.»

«A me piace che si percepisca la tensione tra Mr. Darcy ed Elizabeth, anche se a stento si baciano» aggiunge Mona.

«Secondo me la cosa interessante» continua Doris «è che la Austen critica la funzione sociale del matrimonio, pur idealizzando le nozze di Jane ed Elizabeth.»

«Davvero credi sia così?» protesta Mona. «Loro non possono farci niente se gli uomini di cui si sono innamorate sono ricchi.»

«Quindi non credi che il patrimonio di Darcy e Bingley abbia influenzato i sentimenti di Elizabeth e Jane?»

«Veramente no.»

Patricia si guarda intorno e pensa che tutto questo le mancherà. È il suo ultimo giorno in paese. Stasera dovrà prendere l'aereo per tornare a Mill Creek e ne è felice. Non vede l'ora di incontrare Dax e Zoey, di rivedere Barry, il suo cane, rimasto a casa con Tom ed Eunice. Eppure allo stesso tempo si sente inquieta. La rattrista dover lasciare Ljusskär senza alcuna risposta e si rende conto che, nel momento in cui salirà su quell'aereo verso casa, la sua ultima possibilità di sapere qualcosa su Madeleine svanirà per sempre.

Qualcuno deve essere appena entrato, annunciato dal consueto trillo della campanella sulla porta, e Mona si affaccia verso l'ingresso.

«Vado a vedere chi è» esordisce, ma prima ancora che riesca a dire altro Evy appare sulla soglia della veranda.

Patricia si blocca, gli occhi fissi su di lei, che resta in piedi con un'espressione seria in viso.

«Buongiorno» dice Mona perplessa. «Che piacere vederti qui. Vuoi una tazza di caffè?»

Invece di rispondere Evy si volta verso Patricia inchiodandola con lo sguardo.

«E così Madeleine Grey è sua sorella?» chiede.

Patricia annuisce.

«Sì, è così.»

Nella stanza cala il silenzio e la gatta nera di Evy fa capolino dietro di lei. Saba cammina lungo la parete guardandosi intorno curiosa, poi salta sopra a una delle poltrone libere, accomodandosi sul vello di pecora.

«Aspetti qui» mormora Evy mentre scompare alla vista.

Patricia si scambia uno sguardo con le altre per vedere se abbiano capito le sue intenzioni, ma sembrano altrettanto sorprese.

«È proprio da lei» sospira Marianne alzando gli occhi al cielo.

Quando Evy fa ritorno non è più sola. Alle sue spalle c'è una donna con i capelli raccolti in una coda di cavallo e dei grandi occhiali da sole.

Patricia ha un tuffo al cuore. Il suo corpo si irrigidisce, come se si fosse congelata sulla sedia. Nonostante sia consapevole di fissarle, non riesce a distogliere lo sguardo da loro.

La donna è alta e magra, proprio come Madeleine, ma non può essere davvero lei.

Per un attimo è come se il tempo si fermasse. Patricia percepisce il suo stesso respiro mentre cerca di capire chi ha davanti. I capelli di sua sorella erano più scuri, ma si possono sempre tingere.

La donna con la coda di cavallo avanza con cautela di un paio di passi sul selciato. Si muove proprio come Madeleine e ogni cosa di lei le ricorda la sua sorellina, nonostante gli occhiali scuri le impediscano di vederla bene.

Confusa ritira le mani sotto al tavolo, stringendole forte.

«Chi è quella?» sussurra a Doris.

«Non ne ho idea.»

«Ho portato con me qualcuno con cui credo vorrebbe parlare» dice Evy.

Patricia è agitata e si alza in piedi. I pensieri le affollano la mente; cerca di riordinarli, senza riuscirci. Chi è la donna che ha davanti e perché le sembra di conoscerla?

A meno di un metro di distanza Patricia si ferma. Nonostante gli occhiali scuri capisce che lei la sta guardando. La tensione nell'aria è quasi tangibile.

Sbilancia il peso prima su un piede e poi sull'altro. Non riesce a stare ferma: freme per l'attesa.

Lentamente la donna si toglie gli occhiali. «Salve» dice con voce sommessa. «Lei è la sorella di Madeleine Grey?»

Patricia annuisce. Il volto della donna le sembra familiare, ma non riesce a capire di chi si tratti.

«E lei chi è?»

La donna vaga con lo sguardo.

«Mi chiamo Aino e ho svolto il tirocinio con Madeleine nella Libera Chiesa, l'anno che è scomparsa.»

* * *

Siedono in silenzio intorno al tavolo. Mona ha portato dei biscotti, ma nessuno li mangia.

«Quindi lei ha parlato con Madeleine prima della sua scomparsa?» chiede Patricia.

«Sì» risponde Aino. «Voleva andarsene e pensava che dovessi seguirla.»

«Dove voleva andare?»

«Ovunque, pur di allontanarsi dalla chiesa» dice Aino scrollando una spalla.

«Ma perché?» domanda Patricia.

Scambia uno sguardo con Evy. «Era successa una cosa il giorno prima. Con il pastore. Ognuna di noi aveva incontri individuali con lui.»

«Sì. Le consulenze spirituali.»

Aino annuisce. «Quando mi chiamò notai che c'era qualcosa di strano. Lindberg non aveva l'abitudine di incontrarci la sera e mi sembrò turbato. Camminava avanti e indietro, dicendo che non stavo prendendo la consulenza abbastanza seriamente.

Ovviamente ci rimasi male e risposi che invece lo stavo facendo.» Aino gira il suo caffè con il cucchiaino. «Non so bene come spiegarlo» continua dispiaciuta. «Suona tutto molto sciocco.»

«Niente affatto» protesta Evy.

Aino abbassa lo sguardo sul tavolo. «Il pastore mi disse di chiudere gli occhi chiedendo perdono e poi iniziò a pregare. Si mise alle mie spalle e appoggiò le mani sul mio seno. Riteneva che dentro di me ci fosse qualcosa di oscuro, ma lui mi avrebbe aiutata a scacciare il maligno. Continuò a toccarmi, premendo le sue dita fra le mie gambe, così forte da farmi male.» Scuote la testa. «Non so dire quanto tempo sia passato, ma d'un tratto la porta si aprì. Era Rut, la moglie del pastore. Ovviamente per me fu uno shock. Mi spaventai e cominciai a piangere.»

Patricia resta a bocca aperta. Non sa cosa dire. Le altre si scambiano una rapida occhiata silenziosa, poi Doris si stringe nelle braccia e Mona china la testa avvilita.

«Cos' è successo dopo?» chiede Patricia.

«Rut mi ha presa da parte. Temevo che fosse arrabbiata con me, invece mi consolò, dicendomi che il pastore non stava bene. A quanto pare suo padre era molto malato e mi spiegò che questo gli faceva *perdere il controllo.*»

«E Madeleine venne a sapere dell'accaduto?» domanda Patricia.

«Sì. Disse che avremmo dovuto parlarne con qualcuno.»

«Ma lei non voleva?»

Aino solleva lo sguardo fissando Patricia negli occhi.

«No» dice. «Non avevo altro posto dove andare. Non potevo tornare a casa come Madeleine. La chiesa era tutto per me e Rut mi promise che non sarebbe successo mai più.»

«Okay» replica Patricia. «Sa dove mia sorella sia andata in seguito?»

«Madeleine è venuta da me» interviene Evy.

«Da lei» dice Patricia sorpresa. «Per quale motivo?»

Lo sguardo di Evy si rabbuia. «Ci eravamo incontrate sulla spiaggia un paio di settimane prima. Si era messa a parlare con mio figlio Mats e prima di andare via le dissi di fare attenzione. Non capì subito a cosa mi stessi riferendo, ma dopo l'episodio di Aino si preoccupò e venne da me. Le raccontai che non era la prima volta che il pastore oltrepassava il limite.»

«Che vuoi dire?» chiede Doris agitata. «Era già successo altre volte?»

«Sì. Un paio di anni prima aiutai un'altra ragazza a tornare a casa» rivela Evy. «Il pastore l'aveva messa incinta.»

Doris fa un profondo respiro. «Ma è una cosa orribile!» esclama. «Non ne avevo la minima idea.»

«Hai mai detto niente a nessuno?» chiede Mona.

«Certo» risponde Evy. «Parlai con la polizia e il Consiglio parrocchiale, ma non servì a nulla. Non volevano ascoltare. Sono stata io a denunciare la scomparsa di Madeleine, ma anche questo non ottenne alcun effetto.» Sbuffa guardandosi intorno. «In seguito diventai un'emarginata. Quando le persone mi incontravano per strada si spostavano dall'altro lato. Credevano che avessi mentito per danneggiare la chiesa, che mi fossi inventata tutto.»

«Quindi casa sua è l'ultimo posto dove Madeleine è stata prima di sparire?» domanda Patricia.

«No» replica Aino. «È tornata alla Storstuga e ha cercato di convincermi un'altra volta. Voleva lasciare la parrocchia e mi disse che Evy ci avrebbe aiutate, ma non l'ho seguita.»

«Quel giorno lavorai fino a tardi. Madeleine mi aveva promesso che sarebbe tornata alla fine del mio turno serale, ma non si è più fatta vedere» spiega Evy.

«Ma allora dov'è andata?» sussurra Patricia scoraggiata.

«Non ne ho idea» dice Aino. «Rut mi disse che Madeleine aveva preso il pullman per tornare a casa e non c'era ragione di non crederle.»

Patricia si era sempre chiesta che cosa avesse spinto Madeleine a fare le valigie per lasciare la chiesa, ma la prima volta che era stata a Ljusskär Rut non le aveva detto niente a proposito della situazione del pastore. Si sente invadere da un senso di frustrazione. Se solo avesse saputo… Poi la coglie un pensiero improvviso e si volta verso di lei. «Il pastore approfittò anche di mia sorella?»

Aino stringe con forza la sua tazza di caffè.

«Non mi ha mai detto nulla, ma so per certo che anche lei aveva incontri individuali con Lindberg. Prima di arrivare alla Libera Chiesa vivevo in una casa di accoglienza. Sono cresciuta in una famiglia di tossicodipendenti e ho affrontato momenti difficili. Il pastore era molto interessato alla mia situazione. Voleva che descrivessi le mie esperienze nel dettaglio.» Scrolla le spalle. «Già a quei tempi avevo una visione piuttosto distorta di come dovesse essere una relazione intima e mi fidai di lui. Non credevo che un uomo elogiato per la sua compassione potesse fare del male.»

«Quanto avrei voluto poterglielo impedire…» mormora Doris scuotendo la testa.

«Non poteva saperlo» le dice Aino. «Non appena mi resi conto di ciò che mi era successo feci come mi aveva detto Madeleine e andai da Evy. Lei mi aiutò a lasciare la chiesa.»

«Ho fatto il possibile per poterlo fermare» continua Evy. «Ma non arrivai a niente, poi il pastore fu colpito da un'emorragia cerebrale. In seguito la parrocchia cambiò molto, divenne più aperta e la comunità smise di invitare tirocinanti.»

«Ma Rut era a conoscenza di quanto stava succedendo?» chiede Doris.

«Sì» afferma Aino. «Pare si fosse convinta che tutto dipendesse dallo stato di salute del pastore e che se avesse ricevuto aiuto non avrebbe più fatto nulla del genere. Ma doveva sapere che non era la prima volta. Credo che avesse paura di ciò che sarebbe potuto succedere alla parrocchia se la verità fosse venuta a galla.» Abbassa lo sguardo sulla tazza di caffè. «Vorrei tanto sapere qualcosa di Madeleine. Anch'io mi sono sempre chiesta che fine abbia fatto.»

«La ringrazio per essere venuta qui e per avermi raccontato tutto» dice Patricia. «Sa chi sia stato a vederla salire sul pullman?»

«No, purtroppo no.»

Doris ha gli occhi rossi e sta tremando.

«E io che ho sostenuto la parrocchia, dopo quello che è successo. Credevo che il pastore fosse una brava persona. Ho perfino cantato al suo funerale.»

«Pensi di potermi aiutare a fare una cosa?» chiede Patricia.

«Ma certo» conferma Doris. «Qualsiasi cosa.»

«Potresti chiedere a Rut chi è stato a vedere mia sorella salire sul pullman?»

Doris tira fuori il suo cellulare.

«Lo faccio subito» dice asciugandosi gli occhi.

Patricia freme per l'agitazione. Finalmente ha saputo qualcosa in più sulle ultime ore di Madeleine a Ljusskär. Per così tanti anni si era chiesta come mai sua sorella avesse fatto le valigie e se ne fosse andata. Si era domandata se non fosse tornata a casa per via delle sciocchezze che le aveva detto, e si era pentita di non aver mai risposto alle sue lettere, per dirle quanto le volesse bene e le mancasse. Si era logorata per non essere riuscita a sapere niente e adesso, dopo tanto tempo, le sembra di riuscire di nuovo a respirare.

Doris preme il cellulare all'orecchio, cammina preoccupata avanti e indietro per la veranda mentre sente squillare. Quando alla fine Rut risponde, con la testa fa cenno a Patricia.

«Ciao, sono io, Doris.» Parla decisa, ma poi, quando sente la sua voce, cambia espressione. «Ah, no, non è per questo che ti ho chiamata. Sì, mi rincresce, ma non sono riuscita a fare più di così. Però mi era sembrata carina con la buccia di zucca intorno al bordo. Ah, hanno detto così.»

Patricia deglutisce. Ai suoi occhi, Doris non sembra una che si lascia sottomettere, ma sa anche quanto Rut possa incutere timore e la sente replicare con tono di disapprovazione.

Passano alcuni minuti, poi Doris sembra ricomporsi.

«Rut» la interrompe. «Ho bisogno di chiederti una cosa. No, non ho tempo di parlare della gara di pasticceria, ora. Si tratta di una questione molto più importante.» Guarda Mona, che annuisce incoraggiandola. «Chi ha visto Madeleine Grey salire sul pullman il giorno che è scomparsa?»

Patricia si contorce sulla sedia.

«Sì che lo sai» protesta Doris. «Dimmelo, altrimenti veniamo lì in chiesa» grida, poi guarda Mona con una smorfia di preoccupazione, ma lei le risponde mostrandole il pollice all'insù.

«Cosa vorresti dire?» continua Doris. «Io non sono affatto una traditrice. Penso proprio che tu sia ingiusta adesso, Rut. Io ho sempre difeso la parrocchia.»

Doris si accascia su una sedia. La voce stridula di Rut si sente ancora e Patricia avrebbe voglia di agguantare il telefono e dirle ciò che davvero pensa sul suo conto.

Doris sembra in imbarazzo, ma quando Mona le si avvicina appoggiandole una mano sulla spalla è come se qualcosa si impossessasse di lei.

«Ora basta!» le urla contro. «Ne ho abbastanza di te e delle tue regole. Pensi di poter decidere per gli altri come se Dio ti avesse incaricata di farlo, e noi dobbiamo solo acconsentire, senza nemmeno essere ringraziate. Ma adesso è finita! Dimmi chi è stato a vedere Madeleine salire su quel pullman, altrimenti racconterò a tutto il paese quello che ha fatto il pastore Lindberg.»

Doris ha il volto arrossato e il respiro affannoso. Patricia la guarda stupita, non avrebbe mai pensato che fosse capace di farsi valere a quel modo.

«Come?» dice. «Sei sicura? Okay. Grazie, Rut.» Doris appoggia il telefono.

«Chi è stato?» chiede Patricia.

«Il pastore Robert» risponde Doris atona. «Ha fatto da assistente a Lindberg alla fine degli anni Ottanta, ma poi lasciò la chiesa.»

«Era quello che indossava sempre quegli strani maglioni di lana. Dev'essersi trasferito, perché non lo vedo da un'eternità» osserva Mona.

«Dobbiamo parlare con lui» afferma Patricia decisa. «Avete idea di dove possa essere andato?»

«Credo di saperlo» mormora Doris. «Ma ci servirà una macchina.»

Marianne tira fuori le sue chiavi.

«Possiamo prendere la mia. Chi viene?»

«Io devo preparare il pranzo» sospira Mona. «Ma voi andate.»

Doris guarda Patricia, che annuisce. «Okay» dice. «Muoviamoci.»

## 46

Venerdì 7 agosto 1987

Mentre Madeleine si avvicina alla Storstuga, il cuore le scalpita nel petto; con lentezza cammina verso il retro dell'edificio.

Il cielo si è gradualmente oscurato durante il giorno, ma dalle finestre arriva una luce calda e accogliente e all'interno scorge alcune persone.

Si avvicina piano a una porta di servizio da cui si accede al corridoio. Dentro di sé prega che non sia chiusa e nel premere la maniglia nota con gioia che è aperta.

Attraversa il corridoio con gli occhi rivolti alla camera di Aino. Non c'è nessuno, ciò nonostante accelera il passo, e arrivata di fronte alla porta la apre con cautela, richiudendola dietro di sé.

Aino è seduta sul letto; si accorge di lei e la guarda stupita.

«Ciao» le dice, prima ancora che Madeleine abbia avuto il tempo di portare l'indice davanti alla bocca.

«Ciao» sussurra a sua volta.

«Che fai?»

Lo sguardo di Aino le sembra meno assente di prima.

«Ho bisogno di parlarti.»

Aino si alza e sorride.

«Se ha a che fare con quello che è successo ieri, sappi che va tutto bene. Non c'è bisogno di parlarne.»

Madeleine sospira. Non sa davvero come riferirle ciò che ha

saputo da Evy. «No, non va bene per niente. Intendo quello che ha fatto il pastore.»

«Sta solo male per via di suo padre, che è malato» protesta Aino. «E poi non è stato così grave come è sembrato. La mia reazione è stata esagerata.»

«Niente affatto.» Madeleine fa un passo avanti. «Non sei stata l'unica. Il pastore l'ha già fatto altre volte, con molte altre tirocinanti. Una è rimasta addirittura incinta. Io me ne vado da qui. Vieni con me» dice allungando una mano verso Aino, ma lei scuote la testa.

«Mi piace vivere qui e Rut mi ha detto che posso restare quanto voglio.»

Si sente una voce provenire dalla sala riunioni. Rut sta annunciando che la cena è pronta fra dieci minuti. Madeleine si guarda intorno. Vuole riuscire a parlare con Desirée prima che lei vada a mangiare.

«Per favore, vieni con me. Ho conosciuto una persona che può raccontarti cose su Lindberg che tu non sai.»

«No» risponde Aino voltando lo sguardo. «Non posso.»

Madeleine la osserva in silenzio. Se l'amica non vuole seguirla non può certo obbligarla.

Con prudenza apre la porta e si affaccia nel corridoio. Una volta sicura che sia ancora libero raggiunge la camera sua e di Desirée.

La compagna di stanza è seduta alla scrivania.

«Dove sei stata?» le chiede.

«Fuori» risponde Madeleine chiudendo la porta. «Avevo bisogno di pensare» aggiunge.

«Mi sono preoccupata.»

«Scusami.» Madeleine si avvicina all'amica e le prende le mani. «Ho scoperto una cosa.»

«Ah. E cosa?» chiede Desirée impaziente.

«Ti ricordi quella donna sulla spiaggia con la quale ho parlato circa due settimane fa?»

«Sì, Evy. Non è tanto normale» replica lei inarcando le sopracciglia.

«Mi ha raccontato che non è la prima volta che una ragazza venga importunata dal pastore.»

Desirée sbatte le palpebre, poi scuote la testa.

«Non è vero. Rut dice che non è mai successo prima. Il pastore sta male, te l'ho già spiegato. Non è colpa sua.»

«Certo che lo è! Ha perfino messo incinta una tirocinante. Non puoi fidarti di loro.» Il suo sguardo è fisso sull'amica, che sembra del tutto calma.

«Invece sì» dice. «Posso fidarmi di loro. Bisogna avere il coraggio di credere e io amo la mia parrocchia.»

«Apri gli occhi, Desirée! Sai perfettamente come stanno le cose.»

Lei abbassa lo sguardo verso il pavimento. «Mi dispiace che tu non riesca a vederla come la vedo io.»

Madeleine è sconcertata. Era convinta che l'amica sarebbe rimasta sconvolta quanto lei venendo a sapere della ragazza incinta. Guarda per un lungo istante la compagna di stanza e si sente morire dentro mentre realizza di non avere altra scelta che abbandonarla.

«Io non posso restare» mormora.

«No» la supplica Desirée facendo un passo verso di lei. «Per favore. Non puoi andartene. Io non ce la faccio senza di te.»

«Perché non vieni con me?» sussurra Madeleine. «Andremo da qualche altra parte. Troveremo un lavoro e una nuova parrocchia.»

«Non potresti parlare con Rut?» la prega Desirée. «Non è

come pensi tu. Lei può spiegarti tutto e ha promesso che possiamo restare quanto vogliamo.»

Madeleine scuote la testa. Pensa ad Amanda e a Debra e a quello che le ha raccontato Evy. «Non posso» dice. «Non è la cosa giusta. Ma non voglio lasciarti qui.»

Desirée le stringe le mani ancora più forte. Le loro dita si uniscono intrecciandosi.

«Allora non farlo. Resta con me.»

Madeleine la guarda negli occhi. Non vuole dire addio alla sua amica. Non vuole lasciarla qui, ma non ha alternative. Non può far finta di non sapere niente; il solo pensiero di rivedere il pastore Lindberg le fa venire il voltastomaco.

«Non posso» risponde lasciando le mani di Desirée, tira fuori la sua valigia e l'apre sopra al letto.

«Rut mi aveva chiesto di dirle quando saresti tornata. Di impedirti di lasciare l'edificio» dichiara la compagna di stanza con voce piatta.

Madeleine la scruta in volto, poi apre i cassetti del comò e tira fuori i vestiti. Più veloce che può raduna le sue cose. Una volta pronta, chiude la valigia, mentre si sente di nuovo la voce di Rut provenire dalla sala riunioni.

«Cinque minuti» annuncia ad alta voce.

Desirée è in piedi, immobile, e la fissa.

«Sei sicura di non voler venire?» chiede ancora Madeleine.

Lei annuisce, poi si getta al collo dell'amica e la abbraccia forte. «Le ho detto che eri fuori a fare una passeggiata» mormora. «Ma se non verrai a cena inizierà a insospettirsi.»

Madeleine sente le lacrime riempirle gli occhi e cerca di trattenerle.

«Ti aiuto a uscire di nascosto dalla porta di servizio» aggiunge Desirée.

Proprio in quel momento qualcuno bussa alla porta. Si sentono tre colpi distinti.

«Desirée?» chiede Rut. «Madeleine è tornata?»

Interrompono l'abbraccio e lei indietreggia. L'amica le rivolge uno sguardo teso.

«No» risponde esitante. «Non ancora.»

Sentono Rut sospirare dietro la soglia. «Apri per favore, ho bisogno di parlarti.»

Desirée si avvicina alla porta; Madeleine si guarda intorno confusa. Per un attimo crede che l'amica voglia aprirla, ma invece blocca la maniglia.

«La finestra» sibila indicando verso la scrivania.

Madeleine afferra la sua valigia e apre la finestra con una forza tale da far sbattere l'anta contro la parete. Più veloce che può si arrampica sopra al tavolo. Si muove impacciata con il bagaglio in mano, ciò nonostante riesce a spingerlo giù; la caduta produce un tonfo sordo.

Mette una gamba oltre il bordo della finestra turbata da un pensiero. Se adesso se ne va... lasciando la chiesa in questo modo... non potrà più farvi ritorno.

Per una frazione di secondo quel pensiero la trattiene, ma sa che sta facendo la cosa giusta. Deve andarsene.

Si volta guardando Desirée per l'ultima volta. La sua amica le rivolge un sorriso e in lei si diffonde una sensazione di calma. Duc metri la separano dal terreno. Salta e atterra con qualche difficoltà poi ritrova l'equilibrio. Alle sue spalle sente la porta della camera spalancarsi e la voce insistente di Rut. Afferra la sua valigia e dopo un paio di passi incerti comincia a correre.

Si dirige verso il boschetto che circonda la Storstuga, scomparendo fra la vegetazione. I fitti cespugli le graffiano le mani, ma non rallenta.

È angustiata per essersene andata senza Aino e Desirée. Non potrà mai smettere di pensare a loro. Ma quale altra scelta aveva? Non poteva certo obbligarle a seguirla.

Sono le sei del pomeriggio e Madeleine non può ancora andare a casa di Evy. Si aggira per le strade deserte di Ljusskär e nonostante l'angoscia prova anche un senso di libertà. La stanchezza le rende le gambe pesanti, ma continua lo stesso a correre verso la riva del mare.

# 47

## Sabato 29 giugno

Patricia, impaziente, si guarda intorno. Si stanno dirigendo verso una piccola fattoria, isolata e contornata di campi verdi, macchiati ai bordi da qualche papavero.

L'Österlen è una regione meravigliosa. I prati sconfinati e ondeggianti si estendono sotto al sole e in lontananza sembra quasi di sentire il rumore del mare.

Si lasciano dietro case basse, con la facciata di un candido colore bianco e cortili di lastricato; alcuni cartelli indicano la presenza di mercatini agroalimentari, ma sono quasi nascosti tra la folta vegetazione, come se volessero tenerli segreti.

«Che cosa vendono?» chiede.

Doris, assorta nei suoi pensieri, ha un sussulto.

«Di tutto, dalla birra artigianale, ai prodotti da forno. Alcuni coltivano l'orto: lamponi, rabarbaro, erbe aromatiche e verdure. Altri producono formaggio o realizzano oggetti di artigianato, oppure raccolgono il miele.»

Nuvole scure avanzano all'orizzonte; Patricia è scossa da un fremito. C'è qualcosa di tetro nelle ombre che lentamente si allungano sul terreno.

Ora il suo sguardo è fisso su Doris, seduta davanti, accanto a Marianne.

«Cosa sai del pastore Robert?» le chiede con discrezione.

Lei esita per un momento, poi si volta. «Ha fatto parte della chiesa per due anni soltanto. Credo che il pastore Lindberg lo avesse preso sotto la sua protezione.»

«Hai un'idea del perché abbia lasciato la parrocchia?»

«No. Ma ricordo di aver pensato che fosse strano. Lui e il pastore lavoravano a stretto contatto, perciò in molti si sorpresero del suo congedo.»

«L'hai più contattato dalla sua partenza?» chiede Patricia.

«No, ma ho sentito dire che vive in una fattoria a Stjärnehov. Si trova proprio dietro a quel vecchio stabilimento per la produzione di amido.» Doris fa un gesto con la mano. «Deve essere qui.»

Procedono con cautela verso uno spiazzo ricoperto di ghiaia davanti a un piccolo edificio fatiscente rosso mattone circondato da cespugli incolti. Accanto c'è una stalla, malridotta anche quella, e fra le due costruzioni ci sono rifiuti ammassati. Oltre ai pezzi di una vecchia Chevrolet c'è una cucina arrugginita, un armadio capovolto, alcuni pneumatici e un'enorme quantità di sacchi dell'immondizia.

Patricia scende dalla macchina indugiando qualche secondo. Sembra di essere in una discarica. Doris attraversa di fretta il cortile verso la parte frontale della casa, lei e Marianne la seguono.

Davanti alla porta alcuni blocchi di cemento fanno da scalini. Doris li sale, si volta indietro e guarda Patricia per un attimo, poi bussa.

«Robert, sei in casa?» Nessuno risponde. Fa un altro tentativo. «Robert?» ripete dolcemente bussando ancora. «Sono Doris. Ti ricordi di me?»

Da una finestra aperta proviene il rumore di un televisore acceso. Marianne raggiunge l'amica. «Ehilà? C'è nessuno in casa?» chiede ad alta voce.

Non ricevendo alcuna risposta spinge la maniglia in basso e la porta si apre.

«Che fai?» chiede Doris intimorita.

«Apro. Sicuramente è dentro, da qualche parte.»

Una volta entrate percepiscono un odore pungente. Il pavimento è disseminato di vestiti sporchi e sacchi dell'immondizia.

Patricia si dirige verso la cucina e d'istinto con una mano si tappa il naso. Sui fornelli sono accatastate bottiglie di birra vuote, il lavandino straripa di piatti da lavare e sulla tavola ci sono avanzi di cibo assaliti dalle mosche.

Doris impallidisce.

«Non possiamo entrare così» mormora.

«Robert, ci sei? Vogliamo parlare con te» dice Marianne allungandosi. «Dato che tu non ci hai aperto abbiamo fatto da sole.»

Restano in ascolto tutte e tre.

«Avete sentito qualcosa?» chiede Doris ansiosa.

Marianne annuisce e procede verso quello che sembra essere un soggiorno. Patricia la segue. Il televisore è acceso, il volume è basso. Di fronte ci sono due poltrone di velluto azzurro, ma non ci si può sedere tanto sono coperte di roba. Poco più in là c'è un divano sfondato, sommerso da vestiti e trapunte, con davanti un tavolino carico di oggetti di vario tipo.

«Robert?» ripete Marianne, proprio mentre qualcosa sembra muoversi. Doris, dietro di lei, sobbalza. Un lamento proviene da un cumulo di vestiti. Patricia fa un passo indietro.

Un uomo dalla folta barba bianca si mette seduto. Ha lo sguardo offuscato e stringe gli occhi.

Doris gli si avvicina.

«Robert!» esclama. «Come stai?»

«Non bene» dichiara lui in un gemito.

«Vado a prendere un po' d'acqua» dice Marianne. «Sempre che riesca a trovare un bicchiere pulito.»

L'uomo si strofina il viso, gonfio e arrossato; la maglietta sporca gli sta stretta sulla pancia.

«Tieni» dice Doris porgendogli un paio di occhiali.

Robert si guarda intorno e quando Marianne gli passa un bicchiere d'acqua lui beve a gran sorsi.

«Chi siete?» domanda confuso.

«Sono Doris. Abbiamo fatto parte della stessa parrocchia negli anni Ottanta, la Libera Chiesa.»

«Ah. Che cosa vuoi?» chiede in un sospiro.

«Ti ricordi di me?»

«Sì, certo.»

«Io e le mie amiche, Marianne e Patricia, stiamo cercando di scoprire cos'è successo a Madeleine Grey. Nel 1987 stava facendo un tirocinio presso la chiesa, ma poi un giorno improvvisamente ha lasciato la parrocchia.»

«La rammento» dice Robert con voce impastata.

«Molto bene» risponde Doris. «Ho appena parlato con Rut Lindberg e lei ci ha detto che hai visto Madeleine salire su un autobus per Malmö la sera in cui è scomparsa.»

Robert si toglie gli occhiali e si stropiccia gli occhi. «No» borbotta. «Non sono stato io.»

«Ce l'ha detto Rut» ripete Doris.

Lui scuote la testa controllando i suoi occhiali prima di pulirli con la maglietta.

«Allora vi ha mentito.»

«Ne è sicuro?» chiede Patricia.

Robert rimette nuovamente gli occhiali e la guarda.

«Sì, sicurissimo. Non ho mai visto Madeleine salire su un pullman, e non mi stupisce il fatto che Rut vi abbia detto una bugia.»

Doris aggrotta la fronte. «Perché dici questo?»

«Perché abbiamo litigato» replica Robert accasciandosi sul divano.

«Per cosa?»

Con una mano si gratta la barba bianca mentre guarda lontano fuori dalla finestra.

«Per via del pastore Lindberg. Si comportò male con una delle adepte e quando cercai di parlargliene lui mi urlò contro.» Robert alza una spalla. «Rut mi disse che non l'aveva mai fatto prima e che tutto dipendeva dal fatto che suo padre fosse malato, ma non credo che fosse vero. Io sostenni che lui non dovesse continuare a prestare servizio, ma Rut proseguì a dire che aveva solo bisogno di riposo. Un paio di settimane dopo tornò come se niente fosse successo e allora decisi di andarmene.» Ansima. «Non sono mai veramente riuscito a farmene una ragione. Già durante il mio primo anno correvano voci sul fatto che così tante adepte lasciassero la chiesa senza un motivo, ma Rut e il pastore dicevano che si trattava solo di malelingue. Sono sempre stati gentili con me, mi hanno invitato a entrare nella parrocchia quando non avevo altro posto dove andare e mi hanno dato un'istruzione. Credevo molto in loro, ma poi ci fu quell'episodio con Aino e la situazione iniziò a diventare insostenibile. Col senno di poi mi pento di aver lasciato la comunità e di non essere rimasto per cercare di capire cosa stesse succedendo.»

«E Madeleine?» chiede Patricia inquieta. «Si ricorda se qualcun altro l'abbia vista salire su quel pullman?»

Robert scuote la testa. «Purtroppo no.»

Il cuore di Patricia batte all'impazzata e nonostante gli sforzi per controllare il respiro le sembra di svenire. Aveva creduto di essere a un passo dal sapere qualcosa…

«Ho bisogno d'aria» dice lasciando il soggiorno.

Fuori le nuvole grigie si sono raggruppate. Il sole non si vede più e un vento teso sta squarciando un telo di plastica, facendolo sbattere contro una parete della stalla.

Patricia stringe le mani a pugno. Fin dal primo momento si era chiesta se fosse vero che Madeleine aveva lasciato Ljusskär. Ma gli agenti di polizia con cui aveva parlato erano sicuri e lei aveva ignorato il suo intuito.

Con gli occhi gonfi di lacrime si appoggia a un muro. Perché Rut le ha mentito a proposito del pullman? Perché durante il primo viaggio a Ljusskär nel 1987 non era stata più insistente? Avrebbe dovuto capire che qualcosa non andava. Sopraffatta dalle emozioni si abbandona fra le braccia di Doris quando lei la raggiunge per consolarla.

«Se non ha mai preso quel pullman, che fine può aver fatto?» singhiozza appoggiata su una spalla dell'amica. «Devo saperlo, non ne posso più.»

Anche Marianne è con loro adesso, e mette una mano sulla schiena di Patricia. «Mi dispiace, ma adesso dobbiamo proprio andare, sembra che stia arrivando un temporale.»

Doris riporta Patricia alla macchina e tutte e tre salgono. Marianne mette in moto. «Voi credete a quello che ha detto?» domanda.

Patricia guarda Doris e annuisce.

«Anch'io» dice Marianne.

«Ma non capisco perché Rut abbia mentito» mormora Doris.

«Non ci resta che chiederlo a lei» dichiara Marianne.

# 48

Ha appena iniziato a piovere e sottili colonne d'acqua si agitano nel vento. Erika e Mona sono in piedi dietro al bancone e stanno mettendo a posto delle tazze da caffè.

«Com'è andata?»

Marianne si toglie lo scialle. «Il pastore Robert dice di non aver mai visto Madeleine salire su quel pullman.»

Mona si asciuga le mani al grembiule. «Quindi Rut ha mentito?»

«Così sembra» conferma Doris.

«Ma perché lo avrebbe fatto?»

Patricia incrocia le braccia. Ha gli occhi stanchi e china la testa.

«Non ne abbiamo idea.»

«Forse si ricorda male» dice Mona girando intorno al bancone. «Provate a chiederglielo un'altra volta.»

«E chi ti dice che non mentirebbe di nuovo?» osserva Marianne.

«Ma se c'è qualcuno che può sapere qualcosa è proprio lei» protesta Mona.

Patricia scuote la testa.

«Ci ho già parlato due volte e ha affermato di non sapere niente della scomparsa di Madeleine.» Fa un cenno verso l'orologio da parete. «Mancano solo due ore alla mia partenza. Non ce la faremmo» sospira.

«Avremmo voluto poter fare di più per aiutarti» dice Doris.

Erika appende lo strofinaccio al suo posto e raggiunge le altre. «Forse posso chiedere a Jonas di parlare con Rut» propone. «Sono certa che vorrà aiutarci. Potrebbe riuscire a convincere sua madre a dire la verità.»

«Credi davvero?» chiede Patricia.

«Assolutamente» risponde lei prendendo il suo cellulare. «Lo chiamo subito.»

Erika sente squillare. Suona varie volte e alla fine risponde la segreteria.

La speranza si spegne lentamente negli occhi di Patricia.

«Non risponde» mormora con un filo di voce.

«Sicuramente sarà impegnato con i preparativi del concerto di beneficenza» interviene Erika. «Posso passare alla Storstuga e controllare.»

Lina scende le scale saltellando. Sopra ai pantaloni e alla maglietta si è infilata un costume a pallini e intorno alla vita porta il suo salvagente.

«Mamma» grida correndo verso Erika. «Andiamo a fare il bagno!»

«Amore, purtroppo ha iniziato a piovere» dice prendendola in braccio. «Dobbiamo aspettare che il tempo migliori. E poi ho una cosa da fare.»

Lina fa una smorfia dimenandosi. «Ma avevi promesso» brontola.

Erika si sente in colpa. Sa di aver detto alla figlia che sarebbero andate a nuotare appena finito di aiutare sua madre in cucina.

«Mi dispiace. Non potevo sapere che il tempo sarebbe cambiato.»

Lina batte un piede sul pavimento.

«Hai detto che devo allenarmi, sennò non riuscirò mai a nuotare.»

«E lo faremo» conferma Erika. «Non appena torna il sole. Promesso!»

Cerca di abbracciare la figlia ma lei scappa via salendo le scale con passo pesante.

«Quando torno facciamo insieme un gioco divertente» le propone.

«Ma io voglio giocare *ora*» protesta Lina.

Con aria supplicante Erika guarda Mona, che ha in mano un contenitore termico.

«Devo consegnare il pranzo» sussurra. Fa un cenno con la testa a Doris, che si sposta verso le scale.

«Possiamo farlo io e te un gioco insieme. Che ne dici di fare il puzzle dei dinosauri?»

Lina scuote la testa.

«Sei la mamma peggiore del mondo» grida andando a nascondersi al piano di sopra.

«Tu vai» dice Doris a Erika. «Restiamo qui noi a controllare la situazione.»

Lei esita per un attimo. È mortificata, ma nel vedere il timido sorriso di Patricia prende la giacca ed esce sotto la pioggia.

La porta della Storstuga è aperta ed Erika entra.

«C'è nessuno?» chiede senza ricevere risposta. Avanza di qualche passo e si guarda intorno. La stanza con le quinte teatrali e gli oggetti di scena è buia, ma una maglia di Jonas è appesa a una sedia.

Erika apre la porta della sala riunioni. Guarda verso la cucina e fa un giro nel corridoio, senza incontrare anima viva.

Frustrata, fa un altro tentativo di telefonare a Jonas, ma anche stavolta nessuna risposta. Sospira e raggiunge la finestra. La pioggia si è intensificata e batte forte contro gli infissi. Si affaccia: poco lontano riesce a distinguere la silhouette della villa in stile fin de siècle della famiglia Lindberg.

Erika rimette il cellulare nella tasca della giacca e osserva l'alta recinzione presso cui era solita nascondersi nell'attesa che Jonas uscisse. C'era voluto molto tempo prima che lui decidesse di presentarla a sua madre e a suo padre, e nemmeno allora si sentì la benvenuta. Le sue amiche restavano spesso a cena a casa dei loro fidanzati, ma lei non veniva mai invitata dalla famiglia Lindberg. Aveva la sensazione che Jonas volesse tenerla lontana dai suoi genitori.

Ricorda quanto lui rimase sconvolto dopo aver litigato con suo padre ed è certa che il pastore lo trattasse male. Certe volte, mentre lo aspettava al cancello, lo sentiva gridare contro di lui.

Solo adesso si rende conto che la fretta di Jonas di andarsene da Ljusskär era dovuta all'atteggiamento di suo padre. In un paio di occasioni, quando era rimasto a dormire a casa sua, Erika era stata svegliata dai suoi incubi. Era capace di mettersi seduto sul letto e cominciare a urlare, ma se gli chiedeva come si sentisse lui si rifiutava di parlarne. Ed era capitato che avesse delle ferite inspiegabili: graffi, lividi e gonfiori sul viso. Jonas aveva sempre una scusa: gli avevano tirato una pallonata in faccia o aveva sbattuto contro un albero, ma Erika non gli aveva mai veramente creduto.

Apre il cappuccio della sua giacca e continua a scrutare verso la casa. *Jonas è sicuramente da sua madre*, pensa, e un attimo prima di voltarsi scorge qualcosa. Si avvicina per poter guardare meglio attraverso i vetri bagnati di pioggia e ha un sussulto quando si accorge che si sta allontanando verso la pineta.

Esce a grandi passi dalla Storstuga nella stessa direzione. Il vento tormenta la cima degli alberi che ondeggiano furiosamente.

«Jonas» grida, ma lui è lontano e sembra non sentire.

Erika stringe il cappuccio per proteggersi dalla pioggia. In realtà avrebbe voglia di mollare tutto e tornare in hotel, ma sa bene che può trattarsi dell'ultima possibilità per Patricia di sapere che cosa è successo.

Tra gli alberi vede un vecchio ricovero in legno dove lei e Jonas erano soliti rifugiarsi di tanto in tanto. Esita un momento, poi accelera il passo iniziando a correre.

Jonas è seduto sotto al tetto spiovente.

«Ciao» dice sorpreso. «Che ci fai qui?»

Erika si rifugia sotto alla tettoia, cercando di togliersi la pioggia di dosso.

«Potrei farti la stessa domanda. Non è proprio il tempo ideale per una passeggiata nel bosco.»

«Avevo bisogno di uscire per un po' e pensare» risponde lui con lo sguardo rivolto a terra.

«Capisco benissimo» annuisce Erika. «Anche se restiamo qui solo un paio di settimane all'anno mia madre mi fa impazzire. Ormai ha quasi sessantotto anni ma ancora non ha capito che dovrebbe riposarsi» dice ridendo. «Deve sempre succedere qualcosa. Non sia mai che si metta a leggere il giornale o a schiacciare un pisolino in poltrona.»

Jonas accenna un sorriso ed Erika nota qualcosa di strano in lui. È sempre così attento e presente, mentre adesso sembra che voglia evitare il suo sguardo.

«Senti» inizia lui raccogliendo un legnetto che si trova ai suoi piedi. «C'è una cosa che voglio dirti.»

«Va bene.»

«È la prima volta che torno a Ljusskär» continua con voce atona.

«Oh, non lo sapevo.»

«Sono stato lontano per diversi anni» mormora. «Non sono tornato a casa nemmeno per il funerale di mio padre.» Le rivolge un'occhiata di sfuggita, poi volta nuovamente lo sguardo. «Era scoppiata un'epidemia di morbillo nell'orfanotrofio e non potevo andarmene. Non è stata l'unica ragione» dichiara «ma fu ciò che dissi a mia madre.»

«Te ne sei pentito?» chiede lei con cautela.

Lui scuote la testa.

«No, quello no» risponde. «Ma mi sono pentito di tante altre cose. Per esempio del modo in cui ho troncato con te. Non è stato affatto carino.»

Si aggiusta il ciuffo e la guarda. Erika scoppia a ridere.

«No, per niente. Mi ha segnata per il resto della vita.»

Jonas si ricompone. Non ha capito che lei sta scherzando ed Erika gli dà un leggero spintone sul fianco.

«Scherzo» dice. «L'ho superata, ma apprezzo le tue scuse.»

Lui annuisce.

«L'unica cosa che volevo a quei tempi era andare via da Ljusskär, ma non eri tu la persona da cui stavo scappando. Credevo che sarei riuscito a fuggire dalle difficoltà, che mi sarei lasciato i problemi alle spalle e rifatto una vita altrove. Ma ora che sono tornato mi rendo conto che non è così. È ancora tutto qui. Tutto ritorna.»

«Mi dispiace» dice Erika avvicinandosi. «Avrei voluto aiutarti. Avevo capito che eri in difficoltà, ma non sapevo perché.»

«Grazie» replica lui. «Ma solo io posso rimediare a ciò che è stato.»

Jonas sospira; Erika è nervosa. Non le sembra il momento

adatto per fare domande su eventi passati, ma allo stesso tempo è consapevole che il tempo sta per scadere.

«Mi chiedevo una cosa.»

«Che cosa?» domanda lui rivolgendole un'occhiata veloce.

«Mi rincresce tirare fuori la questione adesso» afferma dispiaciuta. «Ma per caso ricordi una ragazza di nome Madeleine Grey? Era arrivata dagli Stati Uniti per fare un tirocinio nella chiesa, ma dopo un paio di mesi è scomparsa.»

«*Mmm...*» mormora lui.

«Sua sorella Patricia è qui per cercare di capire cosa le possa essere successo. A quanto pare qualcuno le ha spedito la collana di Madeleine a casa, alla vecchia fattoria di famiglia.»

«È venuta qui?»

Erika annuisce e nota che lui ha gli occhi sgranati.

«Dov'è?»

«In hotel, ma presto dovrà prendere l'aereo e tornare in America.»

«Devo incontrarla.» Jonas si alza in piedi di scatto.

«Perché?» chiede Erika. Ma lui non le risponde. Si volta e inizia a correre verso la strada principale.

La pioggia è sempre più fitta e le gocce fendono l'aria come spilli; Erika cerca di proteggersi il viso con le mani. Jonas è già arrivato in hotel quando lo raggiunge. Si è fermato davanti alla porta per riprendere fiato.

Quando entra, Erika lo segue. È ancora in affanno per la corsa e ha le guance arrossate. Tutti e due sono fradici e la maglietta di Jonas aderisce al suo corpo.

Mona è in piedi dietro al bancone ad asciugare i contenitori termici. Patricia e Marianne le siedono di fronte.

«È lei?» chiede Jonas.

Erika sospira. Lui si comporta in modo strano: lo sguardo è confuso e sembra irrequieto.

«Sì» risponde poi.

Quando Patricia li vede scende dallo sgabello.

«Lei è la sorella di Madeleine?» domanda Jonas passandosi una mano sui capelli bagnati.

«Sì» conferma Patricia. «Vi conoscevate?»

«Eravamo amici» mormora lui.

Patricia sorride, ma nel momento in cui lei fa un passo avanti Jonas indietreggia alzando le mani come in segno di difesa.

Erika lo fissa. Non capisce.

«La collana» dice lui. «Sono stato io a spedirla.»

«Cosa? E perché?» chiede Patricia sorpresa.

«Era un regalo» risponde lui. «Me l'aveva data lei. Non ricordavo di averla, ma una volta tornato a Ljusskär l'ho ritrovata fra le mie cose e volevo che la riavesse indietro.»

«Okay» dice Patricia incredula. «Sa qualcosa di ciò che è successo a mia sorella?»

Un silenzio opprimente si diffonde nella stanza. Erika guarda Jonas. Perché non le ha mai detto che lui e Madeleine erano amici?

Dopo un tempo che sembra infinito lui annuisce. Patricia barcolla e Mona si precipita per sostenerla per un braccio.

Lentamente Jonas alza lo sguardo. Gli occhi sono arrossati e le lacrime bagnano le sue guance. Ora sembra più piccolo di quello che è, ha le spalle ricurve ed è affranto. Erika vorrebbe allungare una mano verso di lui, ma è come se fosse immobilizzata.

«Sì» dice con la voce spezzata. «So cosa è successo a Madeleine. Ed è tutta colpa mia.»

# 49

## Venerdì 7 agosto 1987

Madeleine è seduta sulla panchina in cima alla scogliera. Il vento si è calmato e non sente più freddo. Nonostante sia tardi la visibilità è ancora buona, anche se alcune nuvole grigie coprono il sole oltre le cime degli alberi.

Guarda l'orologio. Non appena Evy sarà di ritorno dal lavoro andrà da lei, per preparare un piano. Vuole telefonare a Patricia, raccontarle tutto e avere il suo appoggio per la sua decisione di tornare a casa. Si sente grata a Evy per l'invito a restare da lei fino a quando non avrà trovato un modo per partire.

Il diario è aperto sulle ginocchia e sta scrivendo ininterrottamente. È liberatorio poter raccogliere i propri pensieri e fissarli sulla carta.

In fondo al diario c'è una lettera per Patricia che ancora non ha spedito. Pensa a sua sorella e sorride. Presto potrà rivedere i suoi familiari e forse riuscirà a tornare a casa in tempo per la nascita del nipotino. Per quanto sia dura dover lasciare Ljusskär c'è qualcosa che la spinge a farlo.

Cosa ne sarà della Libera Chiesa non può certo saperlo. Se servisse a qualcosa racconterebbe volentieri ciò che ha scoperto, ma secondo quello che ha detto Evy sembra che le possibilità che qualcuno la ascolti siano assai poche. In ogni caso ha intenzione di parlare col pastore Harold e assicurarsi che nessun'altra giovane donna della sua chiesa venga mandata a Ljusskär.

Alza gli occhi e guarda verso il mare. Nonostante tutto quello che è successo le risulta difficile andare via da lì. C'è qualcosa che la fa sentire a casa, qualcosa di familiare che la attira.

Proprio mentre sta appoggiando di nuovo la penna sul foglio sente scricchiolare un ramoscello. Si volta con lentezza. Dapprima pensa che si tratti di Desirée che è venuta a cercarla, ma poi riconosce un viso che la mette in agitazione.

Jonas è a un paio di metri di distanza e con la mano la saluta. Si è abbottonato il giacchetto di jeans fino al collo e sembra sorpreso.

«Ciao» dice passandosi una mano fra i capelli spettinati.

«Ciao.»

Lui sembra esitare. «Me ne posso andare, se preferisci stare da sola.»

Madeleine è indecisa. È felice di vederlo e vorrebbe tanto parlare con qualcuno che può capire. Ma d'altronde non sa quanto possa rivelargli. Alla fine, con un timido gesto, lo invita a sedersi accanto a lei.

Jonas si accomoda sulla panchina. Dal taschino tira fuori un pacchetto di John Silver offrendogliene una.

Madeleine prende la sigaretta. L'accendino infiamma il buio che sta avvolgendo tutto e lui con la mano fa da scudo alla lingua di fuoco.

Fumano in silenzio, emettendo piccoli sbuffi e lasciando cadere la cenere a terra: è bello starsene semplicemente così, insieme a Jonas.

Con la coda dell'occhio lo osserva; lui se ne sta seduto con lo sguardo rivolto all'orizzonte, e intanto pensa a tutto quello che sarebbe potuto succedere. Loro due sono come fiori mai sbocciati, un desiderio inesaudito di baci e carezze. Madeleine sa che sentirà la sua mancanza una volta che sarà partita.

«Grazie per la musicassetta.»

«Ti è piaciuta?»

«Sì.»

Mentre lui la fissa un'ondata di calore pervade il suo corpo. Madeleine giocherella con la sua catenina, poi la sgancia. Con cautela la mette al collo di Jonas. Lui la prende in mano per guardarla meglio.

«Che cos'è?»

«Un regalo» dice lei. «Così potrai ricordarti di me.» Nel pronunciare queste ultime parole la sua voce trema. Distoglie lo sguardo.

«Ehi, ma… va tutto bene?»

«Insomma.»

«È successo qualcosa?» chiede lui.

Madeleine esita. Vorrebbe lasciarsi andare e liberarsi di tutto ciò che ha tenuto dentro finora, ma allo stesso tempo non vuole rovinare questo momento.

«Devo tornare a casa.»

«Cosa? Ma perché?»

Lei scrolla le spalle. «È difficile da spiegare.»

Jonas si appoggia allo schienale tenendo la sigaretta sollevata davanti a sé. «Che peccato. Se ti va di raccontare ti ascolto volentieri. Sai che con me puoi parlare.»

La sua voce è rassicurante e c'è qualcosa nel modo in cui la guarda che la invita ad abbandonarsi.

«È successa una cosa ad Aino l'altro giorno, mentre era a colloquio con il pastore.»

Madeleine lancia un'occhiata verso Jonas per vedere se reagisce, ma lui scrolla appena la testa.

«Non ne sapevo niente.»

Lei deglutisce. Forse sta sbagliando a raccontare quello che sa. Dopotutto il pastore Lindberg è il padre di Jonas.

«Ah, non c'è bisogno di parlarne.»

Lui spegne la sigaretta gettandola per terra, poi le rivolge uno sguardo serio. «Sai cos'è successo?»

Lei sente i brividi correrle lungo il corpo. È tutto così terribilmente ingiusto. Se niente fosse accaduto, se tutti si fossero comportati come dovevano, adesso non starebbe qui a sprecare il suo tempo prezioso, chiedendosi se può raccontare oppure no.

Scuote la testa e intanto sente affiorare le lacrime. Jonas la tocca con una mano avvicinandola a sé. Madeleine chiude gli occhi e si abbandona. È meraviglioso e terrificante allo stesso tempo; piange in silenzio, mentre lui le accarezza la schiena.

«Su, forza» dice. «Tutto andrà bene. Non c'è bisogno che tu te ne vada.»

«Ma devo farlo» dice lei tirando su con il naso. «Sono venuta a sapere cose che mi impediscono di rimanere.»

«Ah sì? E da chi?»

Madeleine si asciuga gli occhi alla manica della maglietta. Jonas odora di legno di pino e tabacco e il suo corpo la protegge dal vento che proviene dal mare.

«Da una donna di nome Evy» mormora lei.

Lui tira fuori un fazzoletto dalla tasca e glielo porge.

«Evy» ripete. «Si è sempre inventata un mucchio di cose sulla chiesa. Non dev'essere del tutto normale.»

«Ma io le credo.» Lo guarda negli occhi. «E purtroppo si tratta di cose molto gravi.»

«Ne hai parlato con qualcuno?» chiede lui.

«No. A parte Desirée e Aino.»

«Credo che dovresti raccontarlo a mia madre» dichiara Jonas. «Di lei ti puoi fidare.»

«Tu dici?» domanda lei.

«Sì, prima che si sparga la voce, intendo. Sarebbe inappropriato, qualora non fosse vero.»

Madeleine si libera dal suo abbraccio scrutandolo attentamente.

«Non voglio.»

«Ti posso accompagnare.»

Lei si alza. Quello che Jonas le sta dicendo la fa sentire a disagio.

«No, grazie.»

Raccoglie il suo diario appoggiato sulla panchina e sta per infilarlo nella valigia quando anche lui si alza.

«Cos'hai lì?»

Il tono della sua voce è cambiato, adesso è teso e insofferente.

«Niente.»

«Che stavi scrivendo?»

«Hai parlato con Rut?» chiede Madeleine insospettita. «Ti ha mandato lei qui?»

Lui dapprima non risponde, poi però annuisce timidamente.

«Si preoccupa per te. Tutti sono preoccupati. Se vieni con me possiamo parlare di ciò che è successo.»

Madeleine fa un passo indietro.

«Credevo di potermi fidare di te. Pensavo fossimo amici.»

Queste ultime parole restano come sospese nell'aria. Jonas allarga le braccia.

«Ti puoi fidare! Sto solo cercando di aiutarti.»

«Tu vuoi aiutare tuo padre.»

Jonas si muove avanti e indietro. Sembra più alto del solito e la sua figura la sovrasta.

«Non vorrei che tu facessi qualcosa di cui potresti pentirti.» Lei non risponde. «Perché non vieni con me? Nessuno ti obbligherà a rimanere. Se vorrai andare a casa potrai farlo. Ma potresti almeno darci un'altra possibilità, prima di mettere in giro strane voci sulla parrocchia.»

Jonas fa un balzo verso di lei per prenderle il diario, ma Madeleine retrocede.

«Che cosa fai?!» Mentre grida il vento aumenta di intensità e alle sue spalle il mare si agita.

«Dammelo!»

«Neanche per sogno!»

La luce è debole all'imbrunire, ma lei riesce a distinguere la fronte aggrottata e la mascella serrata di Jonas.

«E dài, andiamo» dice allungando una mano. Madeleine scuote la testa, ma si trova proprio sul bordo della scogliera, senza una via di fuga. Quando lui balza di nuovo in avanti, lei d'istinto indietreggia e sente il suolo cederle sotto ai piedi.

Madeleine agita le braccia in cerca di un appiglio. Jonas si getta in avanti urlando, ma è troppo distante per poterla afferrare.

Per una frazione di secondo il suo corpo si dimena nel terrore. L'adrenalina scorre, mentre le mani cercano disperatamente qualcosa a cui aggrapparsi. Poi Madeleine cade all'indietro.

* * *

Il suo corpo è irrigidito dal freddo, si muove con difficoltà, ciò nonostante si costringe a continuare. Si tuffa nelle acque oscure annaspando con le braccia ormai intorpidite. Di tanto in tanto grida il suo nome, ma lo sciabordio delle onde sovrasta la sua voce.

Jonas risale in superficie. Il cuore scalpita nel petto e quando finalmente riemerge prende fiato intensamente, sputando l'acqua salata che gli era entrata in bocca. Gli bruciano gli occhi, ma le nuvole si sono diradate e la pallida luce lunare rischiara la notte.

Non ha idea di quanto tempo sia passato, sa solo che deve continuare. Gli sembra di sentire un rumore e si gira. Dopo qualche secondo intravede una figura. Qualcuno è in piedi sul bagnasciuga e gli sta facendo dei segnali.

Per un attimo ha l'impressione che il cuore si sia fermato. È lei? Ce l'ha fatta?

Jonas scuote la testa iniziando a nuotare verso la spiaggia. Desidera intensamente che sia Madeleine ad aspettarlo. Che sia riuscita a salvarsi dall'acqua.

Cerca di concentrarsi per controllare il corpo, mentre arranca ansimante fra una bracciata e l'altra. *Ti prego*, non fa che pensare. *Ti prego, fa' che sia lei.*

Poi Jonas riconosce la voce e il suo cuore si paralizza.

Barcollando si alza in piedi dirigendosi verso di lei che lo abbraccia.

«Figlio mio, cos'è successo?»

Jonas scuote la testa. Non trova le parole per ciò che vorrebbe dire.

«È caduta» mormora.

«Chi?»

«Madeleine. È precipitata dalla scogliera.»

Rut si toglie la giacca e gliela mette addosso. Nonostante sia più alto di sua madre lui si rifugia fra le sue braccia.

«Abbiamo litigato» continua Jonas. «Per via di papà. Ho cercato di farla venire con me. È tutta colpa mia. Dobbiamo chiamare la polizia. Devono andare a cercarla. È là, da qualche parte.»

Piange a singhiozzi mentre Rut cerca di scaldargli le dita intirizzite.

«Non la troverebbero» dichiara.

Jonas ha un sussulto. «Che vuoi dire? Invece sì, se escono subito con le barche.»

Rut avvicina le mani del figlio alla bocca. L'alito caldo pizzica sulla pelle gelida.

«Cosa pensi che succederebbe se la polizia ti chiedesse come ha fatto a cadere?»

«È stato un incidente» dice lui sfinito.

«E se non ti credessero?»

«Perché non dovrebbero?»

«Perché avete litigato. E perché voleva denunciare tuo padre.»

Lui scrolla la testa e piccole gocce d'acqua cadono sulla sabbia.

«Ma loro non lo sanno.»

«Evy lo sa» afferma lei risoluta.

«Non importa» insiste Jonas ansimando. «Dobbiamo telefonare. Devono andare a cercarla.»

Rut gli cinge la schiena con un braccio.

«Per quanto tempo ci hai provato?»

«Non lo so» dice lui scrollando le spalle. «Che ore sono?»

Lei mostra il suo orologio e lui sospira.

«C'è ancora una possibilità.»

Rut scuote la testa.

«Lei non c'è più» ribatte. «Chiamare la polizia non cambierà le cose.»

Jonas porta le mani al volto. «Che cosa facciamo?» sussurra.

«Tu vai a casa» dice. «E fai una doccia per riscaldarti. Non parlare con nessuno.» Rut si guarda intorno. «Dove sono le sue cose?»

Jonas fa un cenno verso la scogliera.

«La sua valigia è lassù, vicino al punto panoramico.»

«Bene.» Lo spinge appena e lui fa un paio di passi in avanti, poi si volta.

«Mamma?» dice sconsolato.

«Andrà tutto bene, me ne occupo io. Adesso vai.»

Jonas fa un profondo respiro. Vede sua madre risalire il pendio. Si stringe nella giacca e percepisce qualcosa intorno al collo. La catenina di Madeleine. Il piccolo ciondolo argentato risplende nel chiarore lunare.

Lo tocca e guarda verso il mare. Vorrebbe continuare a chiamare il suo nome, ma sa che è inutile. Rut ha ragione. Madeleine non c'è più.

Chiude qualche istante gli occhi, ma tutto ciò che vede è il volto di Madeleine mentre sparisce giù dalla scogliera.

Un brivido percorre il suo corpo. Non vuole andarsene da lì, eppure sa che non può rimanere.

«Perdonami» mormora proprio mentre un'onda si infrange sulla riva. Poi se ne va.

# 50

## Sabato 29 giugno

Patricia se ne sta in piedi, immobile, con gli occhi colmi di disperazione.

Jonas scuote la testa.

«Mi dispiace tanto» mormora. «Avrei dovuto raccontare tutto a suo tempo. Non ho mai voluto farle del male. Era buio e all'improvviso scivolò oltre il bordo» dice fra i singhiozzi. «Cercai di afferrarla, ma non ci riuscii. In un attimo sparì nel nulla.»

«Avrebbe potuto salvarla» dice Patricia. «Se avesse subito chiesto aiuto, forse l'avrebbero trovata.»

«Corsi giù e mi tuffai in mare. La cercai per almeno un'ora, ma era buio pesto. Non riuscii né a vedere né a sentire nulla. Ci ho provato davvero.» Jonas porta le mani al volto. «Non c'è giorno in cui io non pensi a Madeleine. Mi vergogno per non aver raccontato come andarono le cose. Avrei dovuto dire tutto subito, ma ero talmente spaventato. La prego, mi perdoni» la implora. «Farei qualsiasi cosa.»

«Io...» esordisce lei, ma poi tace. Patricia è pallida e il suo sguardo è smarrito.

«Sono mortificato» continua Jonas. «Per tutto il dolore che le ho causato. Ho cercato di rimediare a quanto accaduto come potevo. Mi rendo conto che quello che ho fatto è terribile, ma non mi resta altro che chiederle perdono.»

«Non capisco come» balbetta lei.

Doris scende le scale di corsa. I suoi passi agitati interrompono l'atmosfera di dolore, tutti si girano verso di lei. «Lina è scomparsa» grida.

«Cosa?» replica Erika meravigliata. «In che senso?»

«Credevamo che fosse al piano di sopra, ma ho cercato in ogni stanza e non riesco a trovarla.»

«Lina?» chiama Erika mentre Mona sale le scale.

«Vado a ricontrollare.»

«Mi dispiace» mormora Doris. «Lina voleva andare fuori in bicicletta, ma le abbiamo detto di no. Se l'è presa ed è tornata in camera.»

«Quando è stato?»

Doris guarda l'orologio. «All'incirca mezz'ora fa. Credevo che volesse starsene a giocare un po' da sola, così l'ho lasciata in pace.»

Erika solleva la tovaglia di un tavolino per controllare se la figlia sia nascosta lì sotto.

«Lina!» chiama mentre si aggira per la caffetteria. «Dove sei?»

Anche gli altri cominciano a guardarsi intorno. Doris va in cucina e Marianne controlla in bagno e in ufficio, ma entrambe tornano sconsolate.

«Non è qui» dice Marianne a bassa voce ed Erika sente un dolore al petto. Guarda fuori in strada, sta diluviando. Sua figlia non potrà certo essere uscita con questo brutto tempo? Nel sentire Mona che scende per le scale si volta piena di speranza, ma sua madre scuote la testa.

«Niente, Lina non c'è.»

Erika sente le gambe cedere e si sorregge al muro.

«A meno che non sia uscita per andare al mare» sussurra.

«Sarà meglio andare a cercarla» incalza Doris.

«Siamo in tanti» dice Jonas. «Se ci dividiamo possiamo provare a perlustrare lungo la spiaggia e nei dintorni in breve tempo.»

Patricia lo fissa e prende il suo cellulare.

«Non se ne parla proprio.» Si volta verso le altre donne. «Dobbiamo chiamare la polizia. Ha ucciso mia sorella, non possiamo lasciarlo andare.»

«Assolutamente» conferma Jonas. «Ha ragione. Chiami la polizia. Racconterò tutto, prima però dobbiamo trovare Lina.»

«Per favore» la supplica Erika. «Più siamo e prima la troviamo.»

Lo sguardo di Patricia si ammorbidisce e lei si chiede a cosa stia pensando. Dopo trent'anni ha scoperto finalmente cosa è successo alla sorella. Alla fine però la vede annuire.

«Va bene» accetta Patricia. «Andiamo a cercarla, tutti insieme.»

Jonas indica verso il mare.

«Io corro alla spiaggia.» Per un attimo il suo sguardo sembra vuoto, poi appoggia una mano sul braccio di Erika. «Sono certo che la troveremo» dichiara deciso. «Hai il mio numero, chiama se ci sono novità.»

Lo vede sparire verso la costa. Se Lina è là, lui la troverà sicuramente. Uscito Jonas, Evy entra nell'hotel. Indossa un largo cappello verde per ripararsi dalla pioggia e scuote il suo ombrello.

«Ci sarà una bufera» dice. «Venti a novanta chilometri orari. E sta per arrivare un temporale. Suggerisco a tutti di andare a casa propria e legare qualsiasi oggetto si trovi in giardino.» Non ricevendo alcuna risposta solleva la falda del cappello. «Che cosa vi prende?» chiede.

Marianne, tirandosi su il colletto, fa un cenno alla strada.

«Abbiamo appena saputo da Jonas che lui c'era quando Madeleine è scomparsa. Sembra che i due avessero litigato, su, al punto panoramico, e lui l'ha vista cadere giù dalla scogliera. E adesso non riusciamo più a trovare Lina» aggiunge. «Temiamo che possa essere al mare, voleva fare il bagno.»

Evy si guarda intorno confusa.

«Santo cielo! Dobbiamo subito andare in spiaggia.»

Patricia fa un gesto con la mano. «Voi andate» dice. «Io non conosco così bene il paese, posso restare qui nel caso in cui torni.»

«Mamma!» esclama Erika. «Chiama la polizia e di' loro che Lina è scomparsa, e fai sapere a Doris e a Marianne quali sono i suoi posti preferiti, in modo che sappiano da dove iniziare a cercarla.»

Mona annuisce e prende il telefono mentre Erika lascia l'hotel, seguendo Evy. Si getta in mezzo alla strada e resta senza fiato quando una folata di vento le sferza il viso con la pioggia gelida.

Proprio mentre sta per mettersi a correre il suo cellulare suona. È Martin. Deve essere a Malmö, a preparare il suo intervento per la fiera.

Erika preme il telefono contro l'orecchio. «Sì, pronto?»

«Ciao. Volevo solo dirti che mi dispiace di non aver risposto al tuo messaggio. So che ho avuto davvero molto da fare al lavoro ultimamente e so anche di essere stato quasi sempre assente. Perdonami, adesso le cose andranno meglio, lo prometto. Ed è chiaro che potrai rimetterti a studiare, se è quello che vuoi.»

A Erika servono alcuni secondi per rendersi conto a cosa si riferisca Martin.

«Magari ne riparliamo più tardi» dice. «Adesso abbiamo un'emergenza. Lina è sparita.»

«Che stai dicendo? Cos'è successo?»

«Sono uscita per un impegno e Doris credeva che fosse a giocare in casa, ma sembra che se ne sia andata di nascosto.»

«Da quanto tempo non riuscite a trovarla?»

«Non più di mezz'ora. Siamo usciti in molti a cercarla e mia madre sta chiamando la polizia. Sono certa che stia bene, più che altro ho paura che sia andata a fare il bagno.»

La voce le trema mentre pronuncia queste ultime parole. Immagina di vedere davanti a sé la sua bambina. La sua amata Lina. Se davvero è andata verso il mare è tutta colpa sua. È stata lei a insistere perché si allenasse a nuotare.

«Vengo là» dice Martin.

«Ma hai la conferenza.»

«Me ne frego. Sarò in macchina tra un minuto e faccio prima che posso. Chiamami se sai qualcosa.»

«Certo, lo farò.»

Erika infila il telefono in tasca. Nonostante la preoccupazione prova un senso di gratitudine per ciò che le ha detto Martin. *Una volta che sarà qui sicuramente tutto si sistemerà*, pensa con le lacrime agli occhi.

Si asciuga il viso bagnato di pioggia, poi porta le mani alla bocca. «Lina!» grida nel vento.

La pioggia battente ostacola la vista, ma Erika continua a cercarla nei giardini lungo la strada.

«Stupida ragazzina» mormora sottovoce. Non riesce a credere che Lina sia stata capace di andare in spiaggia senza qualcuno, e se così fosse si troverebbe in pericolo, le onde sono molto alte.

Erika ha un sussulto e cerca di allontanare quelle terribili immagini. Non può pensarci, altrimenti le mancherebbero le forze. Prova a concentrarsi, scruta ogni angolo della strada in direzione della spiaggia. Da qualche parte deve pur essere e lei non ha intenzione di arrendersi fino a che non l'avrà ritrovata.

## 51

La sabbia bagnata rende difficile camminare; il vento le arruffa i vestiti, ma Evy non si arrende.

Schiva un folto ciuffo d'erba. Ha raggiunto il punto della spiaggia dove le dune sabbiose si fondono con il prato. È piuttosto lontano, ma dato che in molti si sono uniti nelle ricerche intorno alla baia, non vede ragione di continuare a cercare là.

A trenta metri di distanza, più in alto, c'è Jonas che chiama Lina. Evy pensa a ciò che ha saputo di Madeleine, a come lei e il figlio del pastore abbiano litigato in cima alla scogliera e a come sia caduta in mare.

Stranamente non prova chissà quale senso di rabbia nei suoi confronti. Si sente solo molto triste. Triste perché ci sono voluti trent'anni affinché Patricia scoprisse cosa era successo a sua sorella. Triste perché la scogliera non era dieci centimetri più lunga. Triste per quel mare spietato. Perché ancora una volta una persona era scomparsa.

Guarda le onde gonfie di schiuma infrangersi con violenza sulla banchina e un brivido le attraversa la schiena. Non restano molti posti in cui cercare. Se la piccola non salterà fuori in breve tempo non saprà più dove altro andare.

Stanca per la pioggia sferzante sul volto, Evy lotta per andare avanti. Per riuscire a mantenere la calma si immagina gli scenari possibili. Lina potrebbe essersi persa ed essere stata invitata da qualcuno a entrare in casa, ma in tal caso avrebbero chiamato in hotel per rassicurare la famiglia. Oppure per ripararsi dalla pioggia potrebbe essersi infilata in un anfratto o nascosta in una delle case dei pescatori.

Le dune di sabbia si susseguono. Evy continua a camminare cercando con lo sguardo. A ogni cespuglio di rosa canina che incontra si accende in lei la speranza di poter scorgere due piccoli piedi, ma nonostante i tentativi di evocare la piccola nei suoi pensieri non riesce a trovarla.

Poi però nota qualcosa spuntare da dietro un dosso. Si trova proprio nel punto di passaggio tra la sabbia e l'erba. Lancia un'occhiata in direzione di Jonas, ma è troppo lontano perché riesca a sentirla, perciò decide di muoversi in quella direzione.

Mezza nascosta dietro a un cespuglio c'è una piccola bicicletta rosa. È appoggiata a terra in uno dei tanti sentieri battuti che portano al mare; le frange legate al manubrio si agitano nel vento.

Evy sente un nodo allo stomaco. Segue con lo sguardo la stradina che conduce in spiaggia scrutando con gli occhi semichiusi, ma non vede assolutamente nulla. Dove accidenti può essere andata a finire Lina?

# 52

Erika corre in mezzo al bosco. Il respiro è affaticato dal peso che ha sul petto, ma rifiuta di fermarsi. «Lina!» grida, nonostante la voce regga a malapena. «Lina, dove sei?»

Un ramo le graffia una guancia, ma continua ad andare avanti. All'inizio era convinta che avrebbero trovato sua figlia da un momento all'altro, che si trovasse in qualche strano posto dove non avevano pensato di cercare: rannicchiata dentro a un mobile della cucina o nascosta dietro alle scatole di cartone del ripostiglio. Ma adesso si rende conto che non può essere così.

Si guarda intorno con attenzione. Le nubi pesanti hanno avvolto il paese nell'oscurità e la pioggia rende la visibilità quasi nulla.

Erika tira fuori il telefono per assicurarsi di non aver perso qualche chiamata, ma nessuno l'ha cercata. Tutto ciò che desidera è trovare sua figlia, stringerla forte fra le braccia e sentire la sua voce.

Lina non si trova dove di solito la porta a fare il bagno. E se si fosse spinta sul pontile e fosse stata trascinata via dalle onde? O se invece avesse avuto un incidente e fosse ferita da qualche parte, senza potersi muovere?

Disperata cerca in ogni direzione. Lina può essere ovunque. Forse potrebbe non tornare mai più a casa.

Scuote la testa. *Smettila adesso*, dice a se stessa. *Lina sta bene, la troveremo.*

A una decina di metri di distanza vede una macchina avvicinarsi e si sbriga a raggiungerla. È la loro Toyota di colore blu che sta percorrendo la strada principale. Corre in mezzo alla via gesticolando con enfasi.

Martin le getta le braccia al collo ed è come se una bomba le scoppiasse dentro. Erika sussulta e le gambe si piegano sotto di lei.

Lui la sorregge saldamente. «Vedrai, tutto andrà bene. La troveremo.»

Lei scoppia in singhiozzi contro la sua spalla. Le lacrime che aveva trattenuto le scendono copiose sulle guance.

«Non so che cosa fare» dice gemendo. «È tutta colpa mia. Non avrei dovuto lasciarla.»

Martin passa le mani calde sulla sua schiena umida. È sempre stato bravo a riportarla alla calma.

«Non è colpa di nessuno» replica con voce rassicurante.

Erika si volta incontrando il suo viso e si sente pervadere dalla speranza. *Adesso Martin è qui*, pensa, *lui riuscirà a trovare Lina.*

Suo marito allunga una mano e passa le dita sulle sue guance.

«Stai sanguinando» dice in tono dolce. «E sei completamente bagnata. Vieni, torniamo in hotel così potrai cambiarti.»

Lei annuisce. Ha battuto la stessa zona così tante volte da perdere l'orientamento.

«La polizia è là» mormora. «Forse hanno scoperto qualcosa.»

«Sì» risponde lui aprendo la portiera della macchina. «Speriamo.»

# 53

Evy cammina lungo il tratto di spiaggia in cui il terreno si alza sopra il livello del mare. Le verdi colline sono adatte per portare a passeggio i cani. Non sono alte come le scogliere più a sud, tuttavia in alcuni punti ci sono delle sporgenze da cui si potrebbe facilmente scivolare. Inoltre dal bagnasciuga sporgono dei massi che rendono la zona di difficile navigazione.

Il cuore le scalpita nel petto mentre si arrampica sugli scogli lungo la riva. Il suo peggior incubo è che un altro bambino possa annegare qui. Dopo l'incidente di Mats si era dedicata completamente a rendere Ljusskär un luogo più sicuro. Non vuole che qualcun altro si ritrovi ad affrontare ciò che lei ha vissuto.

Respira con affanno. Hanno cercato in lungo e in largo nella baia, controllato dentro le cabine colorate e in ogni angolo della spiaggia senza alcun risultato. Per tutto il tempo ha pensato che Lina sarebbe spuntata fuori da un momento all'altro, ma adesso la speranza sta venendo a mancare.

Con fatica sale su un'altra pietra. Sta piovendo così forte che deve faticare per restare in piedi. Ma nonostante le difficoltà qualcosa la spinge a continuare. Sente di essere sulla strada giusta.

Si chiede se non sia il caso di chiamare Jonas, pregandolo di contattare l'albergo per raccontare della bicicletta, ma dovrebbe tornare indietro. No, adesso che è arrivata fino a qui tanto vale andare avanti.

Gli scogli sono scivolosi sotto la pioggia e di tanto in tanto un'onda la investe, ma non fa niente, ormai Evy è già completamente bagnata. Però teme di perdere l'equilibrio. Se dovesse cadere probabilmente non riuscirebbe a rialzarsi.

D'un tratto scorge qualcosa. Vicino a una parete argillosa, sotto una collina a strapiombo, giace un fagottino di colore chiaro. Per un paio di secondi Evy si scorda di respirare, poi si mette a gridare.

«Lina! Mi senti? Sei tu?» urla più forte che può, ma niente si muove.

Si sporge per cercare Jonas, ma non lo vede da nessuna parte. Dannazione! Avrebbe dovuto dire dove stava andando.

Sospira e intanto accelera il passo. Le fa male la schiena mentre tenta di arrampicarsi sugli scogli. Il cielo è percorso da un sibilo inquietante e verso l'orizzonte riecheggiano i tuoni. Il fagottino è ancora immobile, e più lei si avvicina e più le sembra evidente che si tratta del corpo di un bambino.

*Fa' che Lina sia viva*, pensa Evy. *Ti prego, fa' che sia viva.*

# 54

Fuori dall'hotel sono parcheggiate due auto della polizia e all'interno l'atmosfera è tesa quando Martin ed Erika entrano. Le persone, radunate in piccoli gruppi, parlano fra di loro a bassa voce.

Un poliziotto con la divisa marrone sgualcita è al telefono e intanto disegna delle linee su una mappa.

Non appena Mona li vede abbraccia entrambi calorosamente. I suoi capelli si sono afflosciati per via della pioggia e il trucco è colato.

«Ancora nulla» dice affranta indicando l'uomo con la divisa. «Sta dividendo Ljusskär in zone di ricerca in modo da far partire le squadre di soccorso.»

«C'è tanta gente qui» nota Martin.

«Sì, chi ha potuto si è reso disponibile ad aiutare, e in effetti in molti sono fuori a cercare. Marianne e Doris sono in giro e bussano a ogni porta mentre il circolo di lavoro a maglia ha avviato una catena telefonica. Stanno chiedendo a tutti di guardare nei loro giardini e nelle rimesse, prima di venire qui.»

Erika vorrebbe dimostrare la sua gratitudine per tutto l'aiuto che stanno dando loro, ma a stento riesce a stare in piedi. Martin la stringe a sé e lei si abbandona al suo abbraccio rassicurante.

«Andrà tutto bene» le sussurra. «Non preoccuparti. Scommetto che Lina si è nascosta da qualche parte e che presto salterà fuori come se niente fosse successo.» Si volta verso Mona. «Erika deve cambiarsi, sta congelando.»

«Andate di sopra» dice. «Se succede qualcosa vi chiamo.»

Erika si lascia condurre verso le scale. È infreddolita e non vede l'ora di indossare qualcosa di asciutto per poter tornare fuori a cercare. A un tratto una porta si apre alle sue spalle. Yusuf, il vicino di casa di Evy, entra di corsa.

«Hanno trovato una bicicletta sulla spiaggia» grida agitato. «È rosa e ha delle frange sul manubrio.»

Erika afferra la maglia di Martin. «È di Lina!» esclama.

Il poliziotto si rivolge a Yusuf.

«Quanto è distante dal mare?»

«Forse un centinaio di metri. Si trova verso la fine della spiaggia, a nord.»

«Bene. Una pattuglia si sta dirigendo sul posto» dice continuando a parlare al telefono.

Erika guarda Martin. Si accorge che lui le sta accarezzando la spalla, ma non sente niente.

«Buone notizie, no?» dice con voce incerta.

Erika si morde le labbra. «Sono già stata in spiaggia e non l'ho trovata da nessuna parte.»

«La troveremo» dichiara Martin, poi prende una coperta e la appoggia sulle spalle di Erika, prima di dirigersi insieme a lei verso il mare.

# 55

Dopo aver raggiunto Lina Evy è senza fiato, ma cerca in ogni caso di parlare con la bambina.

«Ci sono» esclama ansimante, scivolando sugli scogli fino a lei. Lina è sdraiata con la testa rivolta di lato, ma quando Evy la tocca lei ha un sussulto e la guarda con gli occhi sgranati. Ha battuto la testa e ha la fronte insanguinata.

«Ciao, Lina» dice con voce tranquilla. «Come stai?»

La bambina la fissa, poi stringe gli occhi dicendo qualcosa che lei non riesce a capire. Le sue labbra sono blu ed Evy si toglie la giacca per poterla coprire.

«Ti fa male qualcosa?» grida nel vento.

Lina indica verso le gambe, dove sembra essersi ferita. Ha un buco nei pantaloni, la pelle è arrossata e una delle due è in una posizione innaturale.

«Riesci ad alzarti?»

Lei scuote la testa.

«Non ti preoccupare» dice Evy. «Sono infermiera e posso controllare.»

Con cautela allunga una mano verso la bambina. La parte inferiore della gamba è gonfia e se Lina cerca di muoverla strilla di dolore.

Evy cambia posizione. Non riesce a vedere bene da dove si

trova e non sa come avvicinarsi per via degli scogli, ma ha il sospetto che la gamba sia rotta.

Cerca in giro qualcosa con cui immobilizzarla, ma non trova niente. Lascia andare un sospiro, poi infila con attenzione le mani sotto le ascelle di Lina tentando di sollevarla, ma la bambina è troppo pesante ed è costretta a mollare la presa.

Si guarda intorno preoccupata. La separano circa due metri dal margine della collina, ma alle spalle della piccola c'è un masso enorme e se Evy riuscisse a salirvi sopra forse potrebbe sporgersi oltre per cercare aiuto.

«Provo a chiamare qualcuno» dice in tono rassicurante alla bambina.

Alzandosi sente un dolore alle anche. Il suo corpo non è abituato a questo tipo di movimenti e avanza zoppicando verso la pietra.

Dapprima sembra impossibile che riesca ad arrampicarsi, ma dopo un paio di tentativi andati a vuoto si aggrappa a un cespuglio che sbuca da dietro il bordo e si tira su. Si alza in piedi con difficoltà, reggendosi alla pianta per non cadere. Una volta dritta finalmente vede Jonas camminare a una cinquantina di metri di distanza. Lo chiama ad alta voce agitando le braccia.

«Jonas, sono qui! Jonas, aiuto!»

Non c'è modo di sovrastare il rumore del vento e sta quasi per perdere l'equilibrio quando una raffica la investe. Senza la sua giacca non ha protezione dalla pioggia e l'aria è così fredda da far male alla pelle. Cerca ancora una volta di fare un cenno verso Jonas, ma lui non sta guardando nella sua direzione.

Evy impreca. Che cosa farà se nessuno la vede? Non può lasciare Lina qui. La piccola deve essere portata in ospedale.

Si slaccia il cappello e lo sventola in aria. *Adesso farebbe co-*

*modo una bandierina di segnalazione*, pensa rivolgendo uno sguardo verso il mare.

Le onde si infrangono furiose sulla spiaggia, spruzzando schiuma da tutte le parti.

Le dolgono le braccia, ma fa un ultimo tentativo. In punta di piedi agita le mani più in alto che può e intanto grida il nome di Jonas.

Non scorge che la sua silhouette sfocata, poi d'un tratto le sembra che lui si volti. Evy sa cosa deve fare. Decisa, si piega sulle gambe e fa un salto lanciando le braccia in aria ma nel ricadere si sbilancia e scivola all'indietro.

# 56

Erika scorge delle figure in lontananza, dietro alle dune di sabbia; lei e Martin si sbrigano a raggiungerle. Due poliziotti in uniforme stanno parlando al telefono e intorno a loro alcune persone in semicerchio si stanno riparando dal vento dietro ai loro ombrelli mezzi rotti.

Non appena Erika vede la bicicletta di Lina sulla sabbia ha come la sensazione che qualcuno le abbia assestato una pugnalata. Si sente mancare l'aria e stringe forte la mano di Martin.

Uno dei due agenti indica la bicicletta.

«È di sua figlia?» chiede.

Erika vede Martin annuire. Lei non riesce a dire una parola.

«Perché non è da nessuna parte?» domanda suo marito con rassegnazione. «Perché non riusciamo a trovarla?»

Poi si sente qualcosa. La voce di un uomo squarcia il vento e tutti si voltano.

La pioggia rende difficile capire di chi si tratti; Erika si asciuga la fronte e stringe gli occhi. «Jonas» mormora.

Mentre si avvicina notano che ha qualcosa fra le braccia, di piccole dimensioni. Erika vede un ciuffo di capelli biondi spuntare fuori e si sente assalire dall'angoscia.

«Lina!» grida, e mentre lei e Martin si dirigono verso di lui i poliziotti chiamano l'ambulanza.

Jonas si ferma a pochi metri da loro ansimando per la fatica. Erika prende tra le mani il viso di Lina e la piccola si mette a piangere.

«Mamma» esclama tra le lacrime.

Erika e Martin la prendono in braccio con cautela, stringendo a loro il suo corpicino infreddolito.

«Tesoro» dicono all'unisono. «Dove eri andata?»

Lina singhiozza.

«Stai sanguinando» nota Erika scostandole i capelli dalla fronte.

«Sono caduta» risponde. «Ho battuto sugli scogli.»

Jonas è piegato in avanti e cerca di riprendere fiato.

«La sua gamba sembra rotta» dice sbuffando.

«Dove l'hai trovata?»

«Era distesa laggiù» spiega indicando le collinette vicino alla vegetazione. «Deve essere inciampata. Evy è ancora là. È stata lei a trovare Lina, ma è scivolata e si è fatta male. Qualcuno deve aiutarla.»

Due poliziotti si avviano verso il luogo indicato da Jonas.

«Grazie» dice Erika.

«Di niente. Sono felice che stia bene.»

Lina si gira fra le braccia della madre.

«Mi fa male» si lamenta. «La gamba.»

«Lo sappiamo, piccola» cerca di consolarla Martin. «Forse è rotta, ma l'ambulanza sta arrivando.»

La bambina chiude gli occhi gemendo, Erika scambia uno sguardo con suo marito.

«Eravamo così preoccupati per te» dice. «Ti abbiamo cercata tanto.»

Con la coda dell'occhio vede sua madre arrivare di corsa e in lontananza si sente una sirena.

Lina apre gli occhi e la guarda.

«Mi porteranno in ambulanza?» chiede. «All'ospedale?»

«Sì» le risponde Erika. «È così.»

Lina annuisce. Il suo viso è pallido, ciò nonostante riesce a sfoderare un timido sorriso.

«Finalmente» sussurra.

# 57

## Mercoledì 3 luglio

Patricia osserva intorno a sé; il sole è alto. Guarda verso il mare aperto. Il vento si è placato e la superficie liscia dell'acqua riflette le nuvole gonfie che attraversano il cielo azzurro. Per la prima volta da quando è arrivata le sembra di percepire tranquillità nella baia, come se la calma si fosse lentamente distesa sulle scogliere e sulla spiaggia.

Sono le ultime ore a Ljusskär per lei. In serata prenderà le sue cose e salirà su un pullman per Malmö. In realtà sarebbe potuta restare qualche altro giorno. Non ci sarebbero stati problemi a posticipare il volo. Anche il signor Marsden, quando le aveva raccontato quel che le era successo, le aveva accordato un'altra settimana di permesso. Ma Patricia non vede l'ora di tornare a casa, a Mill Creek. Sono successe così tante cose nelle ultime settimane che ha necessità di rielaborarle. D'un tratto la vita le è piombata addosso; ha bisogno di tempo per riordinare le sensazioni e adeguarsi alla nuova situazione.

Guarda Mona, Doris e Marianne e prova un senso di calore. È più che felice di aver incontrato le donne del club del libro. Nonostante tutto, per certi aspetti è stato fantastico passare del tempo a Ljusskär; le mancheranno davvero.

Patricia osserva il gruppo di persone. Sono in piedi nei pressi della collina, in un angolo al riparo dal vento circondato da cespugli rigogliosi. Quando Mona aveva proposto di organizzare un momento di raccoglimento in memoria di Madeleine, Patricia aveva immaginato che avrebbero partecipato solo lei e le donne del club del libro. Mai avrebbe pensato che in molti volessero prendervi parte. La commuove vedere così tanta gente radunata per l'estremo saluto a sua sorella.

Lina ride e Patricia osserva la bambina, in piedi fra i suoi genitori. È così contenta che tutto sia andato per il meglio. La figlia di Erika ha una frattura alla gamba e le hanno messo dei punti sulla fronte, ma per il resto pare non aver risentito molto dell'incidente. È ancora la prima ad alzarsi la mattina e sembra che si diverta a girare intorno ai tavoli con l'aiuto delle sue stampelle. Ha raccontato a tutti di quanto sia stata contenta di essere salita in ambulanza e aver incontrato un vero dottore, che l'aveva medicata facendole una puntura e poi messo la benda.

Anche Evy era salita in ambulanza, ma non si era divertita quanto la bambina. Mona le ha raccontato che è stata lei a soccorrere Lina, dopo averla trovata sulla spiaggia vicino agli scogli ai piedi di una scarpata. A quanto pare si è fatta molto male nel tentativo di aiutarla. Per fortuna non ha niente di rotto, ma il dolore a un fianco la fa zoppicare e la costringe a muoversi con l'ausilio di un bastone.

Patricia la guarda in silenzio. Evy ha la solita espressione scontrosa e se ne sta per i fatti suoi, mentre la sua gatta nera si strofina alle sue gambe.

Yusuf è inginocchiato e sta aggiungendo della terra intorno al cespuglio di rose che ha piantato in memoria di Madeleine. È una varietà particolarmente bella, dai fiori grandi e pieni a forma di coppa, che si chiama Constance Spry. Doris è in piedi accanto a lui e tiene in mano i suoi attrezzi da giardino.

Una volta che Yusuf ha finito raggiunge Patricia e indica la pianta.

«Prometto di prendermene cura per te» dichiara solenne. «Starà bene qui e crescerà rigogliosa.»

Lei annuisce: non riesce a immaginare niente di meglio che un cespuglio di rose alto più di due metri, e che profuma di cerfoglio e mirra, per onorare la memoria di Madeleine.

«Grazie» dice. «È meraviglioso.»

Una rondine vola alta sopra di loro e Patricia la segue con lo sguardo. Anche se è doloroso per lei aver avuto la conferma della morte di sua sorella, allo stesso tempo è liberatorio sapere che cosa le sia effettivamente successo. Finalmente può davvero piangere la sua perdita e questo le dà un senso di pace difficile da spiegare.

Pensa a Jonas. Hanno parlato molto di lui al club del libro negli ultimi giorni, discutendo del perché avesse voluto mantenere segreto ciò che era successo quella sera.

Non è difficile immaginare quanto possa essersi sentito spaventato e sconvolto dopo che Madeleine era caduta dalla scogliera. E pare che sia stata sua madre a convincerlo a non dire nulla, ma è sicura che Rut non lo ammetterà mai.

Sospira. Questa storia la fa sentire estremamente triste ma anche grata di poter finalmente trovare un po' di serenità. Tira fuori la catenina con il piccolo ciondolo a forma di nota musicale e la solleva davanti a sé. Ha pensato molto a ciò che Jonas ha fatto e gli ha scritto una lunga lettera.

Era convinta che si sarebbe arrabbiata furiosamente con chiunque fosse stato coinvolto nella scomparsa di Madeleine. Ma quella rabbia sembra essersi dissolta e una volta davanti al foglio bianco aveva iniziato a scrivere di sua sorella. Nella lettera racconta di quando Madeleine era bambina, di come fosse solita insistere e pregare che agnellini, pulcini e maialini potessero essere accolti in casa, perché temeva che nella stalla avessero paura del buio. Ha scritto che era incredibilmente portata per il canto e che spesso intratteneva lei e il padre con canzoni che componeva da sola, e di quanto fosse attenta e premurosa con tutti.

In realtà non è sicura del perché abbia scritto quella lettera: forse è una specie di riscatto? O forse no. Ma per qualche ragione la fa sentire in pace con se stessa sapere che Jonas conoscerà qualcosa in più di Madeleine.

Dopo il ritrovamento di Lina lui se ne era andato insieme alla polizia. Patricia lo aveva visto salire sul sedile posteriore di un'auto e partire. Due giorni dopo era stata chiamata da uno degli investigatori, che l'aveva sottoposta a un breve interrogatorio.

Patricia non sa dire quale sia la giusta punizione per Jonas. Ovviamente crede alla versione, la sua, che si sia trattato di un incidente, eppure è stato lui a nascondere la verità. Forse però ha già scontato la sua pena mettendosi al servizio dei bisognosi e probabilmente può essere di maggior utilità a Calcutta piuttosto che in una prigione svedese.

Con delicatezza apre la catenina, la appoggia al collo e la chiude. Da ora in poi porterà Madeleine con sé, ovunque vada; è un pensiero che la rassicura, avere sua sorella sempre vicina al cuore.

Marianne le tocca un braccio. Ha promesso di parlare al suo posto durante la commemorazione.

«Sei pronta?» le chiede con discrezione.

Patricia annuisce e Mona e Doris si mettono al suo fianco prendendola per mano. Marianne si schiarisce la voce, scende il silenzio.

«Siamo qui riuniti, oggi, per dare l'estremo saluto a una donna meravigliosa: Madeleine Miranda Grey. Nata a Charlottesville, negli Stati Uniti, il 4 aprile 1967, ha concluso la sua esistenza a Ljusskär il 7 agosto 1987.»

Patricia ascolta Marianne che rievoca, commossa, la vita di sua sorella. È bello sentire la voce melodiosa di quella donna raccontare con sincera partecipazione l'infanzia di Madeleine: cosa le piacesse fare e quanto fosse gentile.

Finito il discorso Marianne congiunge le mani.

«E adesso vorrei concludere leggendo una poesia di Mary Elizabeth Frye scelta da Patricia, la sorella di Madeleine» dice abbassando lo sguardo.

*Non piangere sulla mia tomba.*
*Non sono lì, non dorme la mia anima.*

*Io sono il soffio di mille venti.*
*Sono lo scintillio di diamante sulla neve.*
*Sono il sole che brilla sul grano maturo.*
*Sono la lieve pioggia d'autunno.*

*Quando ti svegli nel silenzio del mattino,*
*sono il rapido fruscio degli uccelli*
*che si levano in cerchio.*
*Sono la tenera luce notturna delle stelle.*

*Non piangere sulla mia tomba.*
*Non sono lì, non dorme la mia anima.*[2]

2. Traduzione della poesia di Mary Elizabeth Frye *Do not stand at my grave and weep.* (N.d.T.)

Patricia fa un profondo respiro e stringe Marianne in un intimo abbraccio.

«Grazie. È stato commovente» sussurra al suo orecchio.

Osserva il cespuglio di rose e pensa che a Madeleine questo posto con la vista sul mare sarebbe piaciuto.

D'un tratto si sente più leggera e quando Mona le accarezza il braccio rivolgendole uno sguardo curioso lei risponde annuendo.

«Adesso siete tutti invitati nel mio hotel, per un caffè e qualche ciambellina» annuncia Mona.

* * *

Erika e Martin camminano mano nella mano verso il B & B and B di Mona. Davanti a loro Lina si solleva sulle sue stampelle ormai disinvolta.

«È stata una bella cerimonia» dice Martin.

Erika annuisce. Negli ultimi giorni era passata dal senso di colpa per ciò che era successo a Lina alla profonda gratitudine perché tutto fosse andato per il meglio. Adesso ogni preoccupazione si sta attenuando, soprattutto grazie alla presenza di Martin.

Lo guarda camminare a schiena dritta accanto a lei. Per la prima volta dopo tanto tempo ha la sensazione di ricordare che cosa l'avesse fatta innamorare di lui.

Ripensa a quell'estate a Lund, quando si erano conosciuti a una festa, e si era subito sentita attratta dal suo fascino rassicurante. Martin ha sempre avuto la capacità di calmarla e non appena comincia a pensare a *ciò che sarebbe potuto succedere*, lui le ricorda che in effetti è andato tutto bene.

Hanno già parlato un po' di come riequilibrare la situazione in famiglia. Mona li ha più o meno costretti a uscire per una cena a due, così da avere modo di parlare indisturbati. Erika è stupita che Martin abbia accampato una serie di proposte su come dividersi i compiti in maniera più equa. Non è del tutto convinta che il suo schema Excel riesca a funzionare davvero, ma è disposta a provare e per la prima volta da molto tempo si è riaccesa in lei la speranza che i vetri delle finestre di casa possano piano piano essere puliti. Può anche darsi che tiri fuori di nuovo quella parrucca e quel vestito di pelle...

Erika guarda Patricia, a pochi passi da lei. «Che peccato che debba partire. Mi mancherà» dice piano.

Martin annuisce e tira fuori dalla tasca il suo cellulare, che ha appena emesso un trillo.

«Emma è arrivata adesso a Malmö e sta per prendere la coincidenza.»

Lei sorride. Tutta la famiglia trascorrerà le prossime due settimane a Ljusskär. Martin ha promesso di prendersi una vacanza e ha persino chiuso il computer di lavoro nel cassetto del bancone di Mona. Emma è stata la più difficile da convincere, ma dopo aver acconsentito a farle passare una giornata a Copenaghen con gli amici, ha accettato di raggiungerli nell'Österlen. Erika non vede l'ora che siano di nuovo tutti insieme.

Dentro all'hotel tutto è come sempre. Mona e Doris hanno preparato i thermos del caffè e del tè e disposto dei grandi vassoi di ciambelline su ogni tavolo.

Erika, Martin e Lina si siedono insieme alle amiche del club del libro di Mona. Yusuf prende posto con cautela accanto a Doris; lei si accosta a lui prendendolo a braccetto. Evy si avvicina zoppicando e Marianne le scosta una sedia dal tavolo.

«Siediti con noi» le dice sorridendo.

Evy esita, ma sembra stanca di camminare e si siede. Saba la segue di nascosto. Con un balzo sale impavida sulle ginocchia di Lina stiracchiandosi, fiera, come se potersi sedere proprio lì fosse la cosa più ovvia del mondo.

«C'è una cosa che vorrei dirti» esordisce Marianne con aria allegra passandole una tazza.

«Ah» mormora Evy. «Che cosa?»

«Mi sembra di aver capito che secondo te mancano delle attrezzature di sicurezza giù alla baia, così avrei deciso di acquistare una zattera di salvataggio e installare una scala nuova sul pontile.»

Per un attimo Evy sembra non sapere cosa rispondere, poi sbuffa. «Era ora.»

«E stavo pensando che...» aggiunge Marianne prima di essere interrotta. «Che io dovrei ritirare il ricorso alla Concessione edilizia?» Evy incrocia le braccia. «Mai e poi mai. In America sicuramente si usa corrompersi a vicenda, ma qui le cose non stanno così.»

Marianne scuote la testa. «No, stavo dicendo che forse potresti aiutarmi a scegliere la zattera più adeguata.»

Erika sorride divertita a Evy, la quale solleva il mento sospirando forte. «Sì, è necessario, altrimenti chissà che cosa compri.»

Marianne alza gli occhi al cielo ed Erika ride. Quando aveva detto di voler investire nell'hotel di Mona lei non aveva capito che stesse parlando sul serio, ma negli ultimi giorni sua madre e Marianne hanno elaborato dei piani e hanno già avviato la produzione di alghe. Mona ha mostrato a Markus come raccoglierle e lui ha iniziato a creare un sito internet dove vendere i prodotti.

Il nipote di Marianne si è dimostrato inaspettatamente entusiasta di lavorare in hotel e non ha quasi più voluto uscire dalla cucina. Si è occupato di infornare dolci, di preparare succhi e conserve di frutta, dando a Mona l'opportunità di pensare ad altro.

L'ultima a sedersi al tavolo è proprio lei e Patricia la guarda. «Grazie mille per tutto ciò che avete fatto. Non so se vi rendete conto di quanto significhi per me.»

«Anche per noi significa molto» interviene Doris.

«Siamo davvero felici che tu sia venuta qui» aggiunge Mona. «E che tu ci abbia dato la possibilità di conoscere tua sorella.»

«Non riesco a credere che ci lascerai» continua Doris rattristata.

«Nemmeno io» aggiunge Patricia. «È stata una delle estati più incredibili della mia vita. Prometto di tornare. E voi siete le benvenute in Virginia.»

«Hai pensato a cosa fare della fattoria?» chiede Marianne curiosa.

«In effetti ho contattato un agente immobiliare» dice incontrando i loro sguardi. «Venerdì verrà a valutare la casa.»

«Ma è fantastico!» esclama Mona passandole il vassoio di ciambelline. «Tieni, approfitta e prendine un'altra.»

«Mi mancherà la tua cucina» dice Patricia sospirando. «Non so davvero come farò a sopravvivere senza il tuo pane alle alghe.»

«Potremmo spedirti un po' di prodotti a base di alghe una volta che saremo partite con la vendita, potrebbero esserti utili per sondare il mercato negli Stati Uniti.»

«Assolutamente, lo farei volentieri» replica Patricia sorridendo. «Forse le alghe svedesi potrebbero diventare un successo, come è già stato per le *köttbullar*, le famose polpettine di carne.»

Doris scuote la testa e tira fuori un fazzoletto. «Non mi piacciono gli addii» mormora mentre Yusuf le accarezza la schiena.

«Ma ci vedremo presto. Tu e Yusuf potreste venire negli Stati Uniti insieme.»

Doris lo guarda e lui annuisce. «Mi sembra un'idea grandiosa.»

Per un attimo cala il silenzio, poi Mona si alza.

«Abbiamo una cosa per te» dice. «Una specie di regalo prima della partenza.» Tira fuori un pacchetto incartato e lo porge a Patricia. «Dato che siamo un club del libro abbiamo ritenuto opportuno consegnartene uno da portare a casa.»

Lei strappa la carta ritrovandosi fra le mani quello che sembra un album di fotografie. La copertina è finemente decorata con conchiglie e piante essiccate. Lo apre e scopre che all'interno vi sono foto di Madeleine.

«Tutti in paese hanno contribuito» spiega Mona. «Abbiamo cercato ogni possibile immagine di tua sorella e le abbiamo raccolte qui. E poi le persone che l'hanno conosciuta hanno anche lasciato un ricordo scritto.»

Patricia è commossa. «Grazie di cuore» mormora con gli occhi lucidi. E mentre Doris, Mona e Marianne si alzano per poterla abbracciare non riesce a trattenere le lacrime.

«La porta del B & B and B sarà sempre aperta per te» dice Mona stringendola forte. «E io continuerò a lavorarci fino a che non avrò cent'anni.»

«Come minimo» esclama Marianne ridendo. «E a quel punto avremo fatto i milioni con le alghe.»

Lina accarezza Saba dietro alle orecchie guardando sua madre con aria soddisfatta.

«Credo di piacerle.»

«Lo penso anche io.»

La bambina sorride e abbraccia forte la gatta, che gira la testa indispettita.

«Nonna, dovresti avere tanti gatti nel tuo hotel. Pensa che bello se ci fosse sempre un micio in giro a cui fare le coccole.»

«Un *gattostello*» dichiara Mona pensosa. «Niente male come idea, Lina.»

Erika guarda sua madre e sospira. A quanto pare dovrà continuare a trascorrere le sue estati a Ljusskär. *Qualcuno dovrà pur fare da grillo parlante e tenere d'occhio la situazione*, pensa sorridendo. Non si sa mai come può andare a finire.

# Ringraziamenti

Vorrei iniziare ringraziando Louise Bäckelin, che non solo è una bravissima editrice e pubblica i miei libri, ma condivide la mia visione; è molto sensibile, competente e di grande ispirazione. Grazie anche ad Andrea Gruvmalm, Maria Martinsson e a tutti coloro che hanno contribuito alla stesura di questo libro e che hanno svolto un lavoro fantastico, dalla realizzazione della copertina all'impaginazione del testo, dalla promozione alla commercializzazione.

Un ringraziamento speciale alla mia redattrice, Lena Sanfridson, che ha rappresentato un efficace banco di prova durante la scrittura del romanzo e che con acume e perspicacia mi ha aiutata a mettere in risalto la storia.

Come al solito vorrei anche ringraziare mia madre, Eva Skybäck, e mio padre, Björn Skybäck, che sono sempre disponibili a rileggere il testo, a darmi consigli e a prendersi cura delle mie figlie quando ho bisogno, e che mi hanno sempre permesso di sognare in grande. Senza di voi non sarei mai quella che sono oggi.

Mio marito, Antonio, ha un ruolo estremamente importante nella mia vita. Grazie per aver voluto fare questo viaggio insieme a me e per aver creduto in me sempre, per quanto impossibili possano sembrare i miei obiettivi. E grazie a Tilda e a Klara, le mie adorate bambine, che mi donano senso della prospettiva e mi insegnano ogni giorno qualcosa di nuovo (anche se probabilmente non sarò mai brava a fare *parkour*).

Un grazie speciale a tutti i miei familiari e amici che leggono e diffondono i miei libri, e che capiscono che ogni tanto ho bisogno di rifugiarmi nel mio piccolo mondo.

Per scrivere serve sempre tanta ricerca, per questo desidero ringraziare tutti gli esperti che in qualche modo si sono resi disponibili a rispondere alle mie domande. In particolare vorrei ringraziare il dottor Tomas Månsson, la dottoressa Therese Wetterlöv e il dottor Patrick Wetterlöv, che mi hanno aiutata molto per questioni inerenti alla medicina: eventuali errori nel libro sono solo colpa mia. E grazie anche a Staffan Sävenfjord, che cura il blog *Staffans bussbilder* e che mi ha aiutata a capire quale tipo di pullman potesse prestare servizio nella regione dell'Österlen intorno al 1987, oltre agli Amici del Teatro di Skillinge, che mi hanno invitata alla "Giornata del Libro", durante la quale ho potuto prendere ispirazione per le descrizioni paesaggistiche del mio romanzo.

Ultimi, ma non per importanza, vorrei ringraziare tutti i miei fantastici lettori, che mi donano tanto amore e che apprezzano la mia scrittura. Senza di voi non ci sarebbero libri e vi sono estremamente grata per tutto l'incoraggiamento che mi date su Instagram e Facebook, e per consigliare a tutti di leggere i miei romanzi.

Adesso credo che andrò a pulire le finestre.

*Frida Skybäck*

Lund, 11 luglio 2019

*Della stessa autrice*

FRIDA SKYBÄCK
LA PICCOLA LIBRERIA
SUL TAMIGI
GIUNTI

Frida Skybäck

# La piccola libreria sul Tamigi

Cosa fare quando perdi l'amore della tua vita? Charlotte, ancora giovane, ha cercato rifugio nella campagna svedese e si è buttata a capofitto nel lavoro, ma le giornate scorrono tutte uguali. Fino a quando non riceve la notizia di un'inaspettata eredità: una zia di cui conosce a malapena il nome, Sara, la sorella della madre ormai scomparsa, le ha lasciato una libreria con tanto di appartamento nel centro di Londra. Charlotte decide di partire con l'intenzione di vendere tutto al miglior acquirente, dato che il negozio è sull'orlo della bancarotta. Ma al suo arrivo viene accolta con imprevisto calore da un gruppo di eccentrici personaggi: Martinique, la libraia, una donna di mezza età laureata in Letteratura, Sam, l'impiegata part-time, che vanta un tacito diritto di prelazione per uscire con i clienti più carini, e Tennyson, un affettuoso gattone norvegese. Senza dimenticare William, l'affascinante e burbero scrittore in piena crisi creativa che vive proprio lì accanto. Nonostante le resistenze iniziali, Charlotte avverte un'inesorabile attrazione verso quella polverosa libreria, e adesso ha un motivo in più per restare. Il ritrovamento di una lettera che Sara ha scritto in passato alla madre porta infatti alla luce domande rimaste in sospeso: perché Charlotte non ha mai conosciuto la zia? Cosa è successo di così imperdonabile tra le due sorelle? Forse è proprio qui, sulle rive del Tamigi, che verrà svelato il mistero della sua famiglia.

MISTO
Carta da fonti gestite
in maniera responsabile
FSC® C115118

Stampato presso Elcograf S.p.A
Stabilimento di Cles